Marie liebt ihren zu einem Tiny Haus umgewandelten Bauwagen am Ammersee und ihren Job als Produktentwicklerin in München. Um beides unter einen Hut zu bekommen, pendelt sie täglich zwei Stunden mit der S-Bahn. Viel Zeit für die Liebe bleibt da nicht.

Johannes ist aufs Land gezogen, um seinen kranken Vater zu pflegen, und hasst die tägliche Pendelei. Sein einziger Lichtblick: Marie. Aber in Zeiten von Tinder kann man doch niemanden mehr einfach so in der Bahn ansprechen, ohne dabei wie ein Loser oder Stalker zu wirken. Dann ist Marie von einem Tag auf den anderen nicht mehr im Zug. Wie kann Johannes sie finden?

Lisa Kirsch ist das Pseudonym der Autorin Mina Gold, geboren 1987. Sie hat Europäische Literatur studiert und lebt mit ihrer tauben Hündin Rosali in einer Altbauwohnung in Berlin-Neukölln. Wenn sie nicht gerade schreibt, arbeitet sie als Korrektorin und Lektorin und betreibt ein kleines Schmucklabel.

Weitere Informationen finden Sie unter www.fischerverlage.de

Lisa Kirsch

*Das Glück
in vollen
Zügen*

Roman

FISCHER Taschenbuch

Aus Verantwortung für die Umwelt hat sich der S. Fischer Verlag zu einer nachhaltigen Buchproduktion verpflichtet. Der bewusste Umgang mit unseren Ressourcen, der Schutz unseres Klimas und der Natur gehören zu unseren obersten Unternehmenszielen.

Gemeinsam mit unseren Partnern und Lieferanten setzen wir uns für eine klimaneutrale Buchproduktion ein, die den Erwerb von Klimazertifikaten zur Kompensation des CO_2-Ausstoßes einschließt. Weitere Informationen finden Sie unter:
www.klimaneutralerverlag.de

2. Auflage: September 2020

Originalausgabe

Erschienen bei FISCHER Taschenbuch
Frankfurt am Main, September 2020

© 2020 S. Fischer Verlag GmbH, Hedderichstr. 114,
D-60596 Frankfurt am Main

Satz: Dörlemann Satz, Lemförde
Druck und Bindung: CPI books GmbH, Leck
Printed in Germany
ISBN 978-3-596-70029-5

Für Anne-Rose.
Danke, dass du mit mir den Ammersee
unsicher gemacht hast.

1

Ich lief über die Wiese, nahm auf dem Holzsteg Anlauf und sprang kopfüber in den Ammersee.

Prustend kam ich hoch. Das Wasser war eisig, kleine Nadeln bohrten sich in meine Haut und einen Moment lang hatte ich das Gefühl, die Kälte würde mir das Herz zusammendrücken. Doch dann schwamm ich ein paar Züge und genoss, wie sich meine Haut langsam an die Temperatur gewöhnte. Es war 6 Uhr morgens und im See spiegelte sich der rosa Schleier, der noch am Himmel hing. Ich atmete tief ein. Es gibt doch nichts Schöneres als frische Nebelluft mit ein wenig Entengeruch als Würze.

Wie jeden Tag zwang ich mich zu drei Runden. An dem Graureiher vorbei, der auf dem umgefallenen Baum auf Fische lauerte, bis an die Grundstücksgrenze und zurück. Dabei beobachtete ich meinen kleinen Bauwagen. Wirklich klein war er eigentlich nicht. »Der Wohlwagen 2000, Größe M, mit viel Platz für Autarktechnik und Kellerkasten für Stauraum«, hatte der nette Verkäufer in Göttingen damals gesagt. »Genau richtig für einen Singlehaushalt!« Die Spitze mit dem Singlehaushalt hatte ich einfach mal ignoriert. Vielleicht war es auch keine Spitze gewesen, sondern der Versuch, meinen Beziehungsstatus zu erfragen, aber ich war empfindlich geworden bei dem Thema und hörte aus allem einen versteck-

7

ten Vorwurf heraus. Das lag natürlich an meiner Mutter – wie so vieles in meinem Leben.

Aber die Autarktechnik hatte mir gefallen. Die hatte ich auch direkt eigenhändig eingebaut, sobald der Wagen an seinem Platz stand. Solarzellen auf dem Dach, ein Ofen im Wohnzimmer, Wasseraufbereitungsanlage, eine ausfahrbare Terrasse – sogar eine Wanne hatte ich.

Von außen wirkte mein Wohlwagen simpel. Niemand, der ihn da stehen sah, mit der Kapuzinerkresse, die sich die Treppe hinaufrankte, und den weißen Fensterrahmen, würde erwarten, was sich in seinem Inneren verbarg. So schlicht wie möglich und am besten mitten im Grünen, das war schon immer meine persönliche Version eines Traumzuhauses gewesen. Gegen technische Annehmlichkeiten hatte ich hingegen nichts einzuwenden. Mit meinem Peter hatte ich den perfekten Kompromiss zwischen Luxus und Naturnähe gefunden. Ich hatte die Holzpaneele blau angestrichen und den Wagen nach Peter Lustig benannt, dem freigeistigen Helden meiner Kindheit, dem ich die Idee für mein Zuhause verdankte. Auf dem Dach neben den Solarzellen gab es eine Sonnenterrasse, die man über eine winzige Wendeltreppe erreichte. Auch die hatte ich selber angebaut. Und links von der Eingangstür stand mein selbstgezimmertes Hochbeet. Die letzten Erdbeeren dieses Sommers schimmerten rot zwischen den Blättern hindurch. Da konnte ich gleich fürs Frühstück ernten gehen.

Als ich mich auf den Steg hievte und das Wasser von meinem Körper schüttelte, sah ich hinter den Sträuchern eine Bewegung. Es stimmt wohl, dass Rentner unter chronischer Schlaflosigkeit leiden, dachte ich grimmig, als ich mir die

Haare auswrang und den Blick über das Nachbargrundstück schweifen ließ. Anders ließ sich nicht erklären, dass der alte Kratzer jeden Morgen so früh schon im Garten rumwerkelte. Es sei denn, er stellte sich extra den Wecker für meinen Kopfsprung. Zuzutrauen wäre es ihm. Eigentlich tat er mir leid, er war Witwer, leidenschaftlicher Meckerer und geradezu krankhaft an meinem Leben interessiert, aber ich hatte das Gefühl, dass er irgendwo hinter seiner spießigen Vorstadtfassade ein gutes Herz verbarg. Nur versteckte es sich, ähnlich wie bei meiner Mutter, so gut hinter der Sorge um gesellschaftliche Regeln und Konventionen, dass es schwer zu finden war.

Vor der Haustür ließ ich das nasse Höschen fallen *(nimm das, alter Kratzer!)*, warf es über die Leine neben dem Küchenfenster und zog den Vorhang der Außendusche zur Seite. Einen Spalt ließ ich ihn offen stehen, so dass ich den See beobachten konnte, während das heiße Wasser meinen zitternden Körper zum Prickeln brachte. Der See: meine große Liebe, mein wahres Zuhause. Ich lächelte und nahm meine Zahnbürste aus dem Hängeregal. Während ich schrubbte und den weißen Schaum einfach aus dem Mund in den Abfluss tropfen ließ, dachte ich wie so oft, dass nichts mich glücklicher machte, als die glitzernde Ruhe des Ammersees und der majestätische Anblick der Alpen, die ihn bewachten. Den See in meiner Nähe zu wissen, dass ich mich abends, wenn ich in der Bahn saß, auf ihn freuen konnte, das wog alles auf: das frühe Aufstehen, das Pendeln nach München, die langen Arbeitstage. Heute war es so windstill, dass sich die Wolken im Wasser spiegelten und es fast aussah, als schwämmen die Enten im Himmel.

Wenn ich den Vorhang noch ein klein wenig mehr nach rechts zog, sah ich nicht nur den See, sondern auch das Haus. Wie immer bei seinem Anblick durchfluteten mich gemischte Gefühle. Als Erstes kam die Trauer, dunkel und schmerzhaft. Mein Vater war jetzt schon weit über ein Jahr tot, und doch war die Wunde in meinem Herzen noch so frisch, dass es mich immer wieder überraschte. Als würde mir jemand jeden Tag aufs Neue ein kleines Messer in die Brust stoßen. Dann kam die Sorge um meine Mutter. Dieses Gefühl war ein wenig ambivalenter, denn neben der Sorge schwang auch Gereiztheit mit. Gereiztheit und Überforderung. Außerdem war da noch die Beklemmung, die ich immer spürte, wenn ich an meine Kindheit dachte. Das Haus auf dem Hügel am See stand für alles, was ich eigentlich hinter mir gelassen hatte, mein altes Leben, die alte Marie. Hinter mir gelassen nicht nur im übertragenen, sondern auch im wahrsten Sinne des Wortes, denn ich hatte meinen Wohlwagen direkt davor geparkt. Sozusagen in erster Reihe am See.

Es war doch seltsam, dass ich wieder hier gelandet war, dachte ich, und spuckte Wasser in die Luft, während ich basisches Kräuter-Duschgel auf meinen Luffa drückte. Ich hatte meine Zwanziger damit verbracht, vor dem spießigen Kleinstadtleben hier davonzulaufen. Dann war mein Vater krank geworden, und ich war zurückgekommen. Um bei ihm zu sein, um meine Mutter zu unterstützen, um nicht die Tochter zu sein, die zuerst an sich und ihre Freiheit denkt. Aber ich hatte nicht mehr im Haus leben können. Wieder in mein altes Kinderzimmer zu ziehen war mir wie ein fataler Rückschritt in die Vergangenheit erschienen, den es unter allen Umständen zu vermeiden galt. Doch die Mieten in der Gegend waren unerschwinglich. Meine Eltern hatten natürlich angeboten, mich zu unterstützen. Sie hätten mir alles bezahlt, um mich zurückzuholen. Aber mit 31 wieder von ihnen abhängig zu sein, nachdem ich zwölf Jahre damit verbracht hatte, mich freizustrampeln, konnte ich einfach nicht akzeptieren. Und dann war mir die perfekte Lösung eingefallen. Gut, wenn man es ganz genau nahm, war ich auch jetzt nicht wirklich unabhängig, denn der Grund und Boden, auf dem Peter parkte, gehörte meiner Mutter. Aber alles im Leben ist ein Kompromiss, sagt man das nicht so?

Als ich fertig war mit meiner Dusche, zog ich, noch ins Handtuch gewickelt, meine Rottweilerhündin Dexter unter viel Kraftaufwand nach draußen und zwang sie dazu, sich zu erleichtern. Die Hündin konnte den Wagen eigentlich jederzeit durch die Klappe verlassen, die ich ihr eingebaut hatte, aber momentan war sie hochschwanger. Ich fürchtete, dass sie vielleicht ohne mein Nachhelfen zu faul sein würde, und die Holzdielen waren frisch gestrichen.

Ein Blick auf die Uhr sagte mir, dass ich mich beeilen musste. Ich hatte zu oft den Snooze-Button gedrückt, föhnen war heute nicht drin. Schnell drehte ich die nassen Haare im Nacken zu einer Schnecke und stopfte die Entwürfe für die neue Küchenmaschine, die ich gestern im Home-Office noch perfektioniert hatte, in meine Aktentasche. Das Kostüm verstaute ich zusammen mit meinem Make-up-Täschchen und den hohen Schuhen in meinem wasserdichten Rucksack. Ich rollte ihn oben zusammen, schlüpfte in meine zerfetzte Lieblingsjeans, streifte die Birkenstocks über, und zwei Minuten später schob ich mein Fahrrad über die Wiese. Fröhlich winkte ich dem alten Kratzer zu, der gerade die Rosen wässerte und so tat, als würde er mich nicht bemerken. »Herrlicher Morgen zum Baden, was?«, rief ich, ein wenig extra enthusiastisch, und er hob empört die Hand zum Gruß. Er war vor zwei Jahren nebenan eingezogen, und wir waren noch nicht miteinander warm geworden. Ich hatte das Gefühl, dass er mir meine gute Laune generell übel nahm. Wie kommt diese Person nur dazu, immer so fröhlich zu sein in ihrem schäbigen Bauwagen, schien er jedes Mal zu denken, wenn ich mit ihm sprach. Manchmal drehte ich abends extra laut die Musik auf, wenn ich ihn auf der Terrasse sah.

2

Döner roch doch manchmal ein wenig nach Dixi-Klo. Das hatte er in den letzten Wochen schon öfter gedacht. Zumindest um 8 Uhr morgens, wenn man außer Kaffee noch nichts im Magen hat.

Johannes drehte den Kopf zur Seite, als er an der neonbeleuchteten Bude vorbeilief, wo Seyhan gerade mit etwas, das aussah wie eine kleine Heckenschere, an einem überdimensional großen, vor Fett triefenden Fleischklotz herumsäbelte, als gäbe es keine schönere Aufgabe auf der Welt.

»Morgen, Jo!« Er grinste fröhlich und entblößte eine halbgerauchte Zigarette, die zwischen seinen Zähnen hing.

»Na wenn die mal nicht im Essen landet!« Johannes winkte kurz in seine Richtung, rang sich ein Lächeln ab, denn er mochte Seyhan eigentlich sehr gerne, und betrat die Bäckerei nebenan. Wer braucht überhaupt so früh am Morgen schon Döner in Herrsching?, fragte er sich, während er in seiner Tasche nach dem Portemonnaie kramte. Hier kamen um diese Uhrzeit doch nur Pendler vorbei. Morgens in der Bahn die anderen Mitreisenden mit nahöstlichen Geruchsschwaden belästigen, war das nicht eine tolle Idee? Wahrscheinlich würde gleich einer direkt neben ihm sitzen und mit Knoblauchatem Smalltalk halten wollen.

Er merkte selber, dass er schlechte Laune hatte. Was hieß

schlecht. Miserabel. Geradezu unterirdisch. Wenn er abends hier ankam, machte er öfter mal einen Stopp bei Seyhan, der ihn immer nach seinem Tag fragte und ihm immer zwei extra Peperoni oben aufs Kraut legte, obwohl es eigentlich nur eine pro Kunde gab, weil sie beim Einkauf in der Metro preislich reinhauten, wie er ihm mal erklärt hatte. Aber Jo tat Seyhan leid, und deswegen bekam er extra Peperoni.

Abends roch der Döner auch nicht nach Pisse, sondern verführerisch nach einer schnellen, befriedigenden Mahlzeit, die er sich mit einer Portion Pommes rot-weiß reinziehen konnte, bevor er nach Hause radelte. Eine kleine, tröstliche Auszeit vor dem Chaos. Meist hörte er dazu Böhmermanns Podcast und stierte gedankenverloren auf die Gleise.

Wenn er dann daheim vor einem vollgehäuften Teller saß, mit der Gabel im Essen seines Vaters stocherte und versuchte herauszufinden, was er da vor sich hatte und ob es eventuell lebensgefährdende Bestandteile enthielt (einmal hatte er eine Schraube aus dem Blaukraut gezogen, und ein anderes Mal – das war bisher seine schlimmste Woche gewesen – hatte er erst gemerkt, dass das Fleisch verdorben war, nachdem er zwei große, wirklich große Stücke gegessen hatte und sich plötzlich so fühlte, als habe ihm jemand in den Magen geboxt), war er dankbar für den Puffer, den ihm der Döner verschafft hatte. Beinahe jeden Abend malte er eine halbe Stunde mit dem Besteck psychedelisch anmutende Muster ins Essen und kippte sein Kunstwerk anschließend ins Klo. Dann bestellte er gegen zehn noch eine Pizza, die er für zwei Euro Extratrinkgeld an der hinteren Gartenpforte entgegennahm, oder versuchte, sich aus den Vorräten im Kühlschrank was zusammenzubrutzeln, wenn es die Arbeit erlaubte. Meistens erlaubte sie es nicht, und der Abend endete mit einer großen Vesuvio und einer Cola. Mehr als einmal hatte er in einer Besprechung fettige Fingerabdrücke auf den Unterlagen gehabt, die von der Salami herrührten.

Aber das war momentan eben sein Leben.

Er stellte sich in die Schlange und trippelte ungeduldig vor sich hin. Was bestellte die vor ihm denn noch alles? Natürlich, einen Soja-Matcha-Latte. Normaler Kaffee ging ja nicht mehr, der machte auf Instagram nicht genug her. Er musterte die roten Haare der Frau, die gerade durch die News bei Focus Online scrollte. Den Bericht über den Anschlag in Tunesien schnickte sie mit dem Finger weg, aber die neuesten Gerüchte um die Trennung von Tom Kaulitz und Heidi Klum schienen sie zu interessieren. Sie hatte ihr Handy an einer goldenen Stoffkordel um den Oberkörper geschlungen, wie es jetzt alle machten. Damit man es noch schneller zücken konnte und ja keinen erinnerungswürdigen Moment verpasste. Er rollte hinter ihrem Rücken mit den Augen, während er die Bäckerin beobachtete, die mit rosa Krallennägeln quälend langsam die Dose mit dem Matchapulver öffnete. Nun musste die Milch noch heiß gemacht und geschäumt werden. Auch noch zwei Brezen? Alles klar, vielleicht noch eine frischgeschmierte Semmel mit Extrabelägen dazu? Er hatte schließlich den ganzen Tag Zeit!

Okay, jetzt wurde er gemein. Das passierte immer, wenn er zu wenig schlief und einfach alles zu viel war. Heute Nacht hatte er überhaupt nicht geschlafen. Und zu viel war ihm alles schon lange. Eigentlich von Anfang an. Aber fragte danach irgendjemand? Nein, alle schienen äußerst zufrieden mit der Situation. Alle außer ihm.

Endlich hatte die Rothaarige ihren Matcha und ihre Brezen und raffte die Tüte an sich. Sie drehte sich um, und er wollte schon vorrücken, da trafen sich ihre Blicke, und er blieb wie angewurzelt stehen.

3

Als ich den Kies der Auffahrt erreichte und mich gerade in den Sattel schwingen wollte, ertönte hinter mir ein schriller Schrei.

»Mariiii-lee!!«

Ich fuhr erschrocken herum. Warum um Gottes willen war meine Mutter um diese Zeit schon wach?

»Mama, wie siehst du denn aus?«

Meine Mutter stand oben auf dem Balkon und schaute missbilligend auf mich herunter. Sie war in ihren seidenen Morgenmantel gewickelt, und ihr Gesicht war bedeckt von einer schwarzen Crememaske.

»Das Gleiche könnte ich dich fragen! Du musst sofort hochkommen!«

»Ich kann nicht, ich muss die S-Bahn kriegen!«

»Nimmst du eben eine später! Ich muss deine Taille abstecken!«

»Wie bitte?«

»Die Schneiderin! Ich habe es total vergessen, sie hat das Kleid geschickt. Wir müssen schauen, ob es auch passt!«

Ich atmete einmal tief ein und aus. »Mama, ich habe dir doch gesagt, ich brauche kein Kleid. Ich arbeite direkt neben Peek & Cloppenburg, ich kaufe mir einfach eins!«

Meine Mutter schnaubte nur. So antwortete sie immer,

wenn das, was ich sagte, so abwegig für sie war, dass sie es keiner weiteren Antwort würdigen wollte. »Sie hatte deine Maße, und ich habe ihr gesagt, du magst Blau. Brauchst du eben nicht mehr einkaufen gehen, sei lieber dankbar. Es muss heute sein, sonst wird sie nicht fertig, die Gala ist schon übermorgen! Los, es dauert ja nur zwei Minuten!«

Ich wusste, dass es nicht nur zwei Minuten dauern würde, aber ich wusste genauso gut, dass Widerstand keinen Zweck hatte. Wenn die Stimme meiner Mutter diesen Ton annahm, konnte man nur strammstehen.

Ich ließ das Fahrrad mitsamt meinem Rucksack fallen und zog mein Handy aus der Jeanstasche. Während ich die Stufen zur Haustür hinaufrannte, tippte ich eine Nachricht an meine Chefin Nadine. *Werde die frühe Bahn nicht kriegen, sorry, Notfall mit meiner Mutter. Aber zur Präsentation bin ich da!!*

Das will ich auch schwer hoffen! War die postwendende Antwort.

Hundertpro!

»Mariele!!« Das Schreien meiner Mutter ließ mich kurz zusammenzucken. »Bin ja schon da, jetzt kreisch halt nicht so!« Ich ließ den Schlüssel neben der Haustür auf den Boden fallen – eine alte Angewohnheit, von der ich sicher war, dass sie mit meinem ausgeprägten Fluchtinstinkt zu tun hatte, der immer besonders stark zu werden schien, wenn meine Mutter in der Nähe war – und lief nach oben, wo sie bereits im Schlafzimmer hin und her eilte. Auf dem riesigen Bett mit Blick auf den See lagen bunte Kleider übereinandergestapelt, mehrere Paar hochhackige Schuhe standen im Raum verteilt, und es herrschte allgemeines und ungewohntes Chaos.

»Mama, was bist du denn so gehetzt, es ist noch nicht mal

sieben!« Ich ließ meinen Rucksack aufs Bett fallen und küsste meine Mutter aufs Ohr.

»Ich habe heute das Mittagessen mit den Frauen vom Charity-Verband. Oh, Vorsicht!« Meine Mutter drückte mich an sich, schob mich dann aber schnell wieder weg, damit ich die Creme auf ihrem Gesicht nicht aufs T-Shirt bekam.

»Ach, stimmt ja. Deswegen die Maske.«

»Aktivkohle! Ich muss alle Register ziehen, diese Frauen sind wie Hyänen. Letztes Mal hat Regina gesagt, dass ich ›ja schon viel besser‹ aussehe. *Schon viel besser!* Diese unverschämte Person!«

»Sie hat es sicher nett gemeint.«

»Nett. Die wissen gar nicht, was das ist. Sie haben mich nur aufgenommen, weil dein Vater damals so großzügig gespendet hat. Und das lassen sie mich bei jeder Gelegenheit spüren!«

Ich nickte verständnisvoll. Innerlich stöhnte ich. Meine Mutter stammt aus einer alten Münchner Metzgerfamilie und hatte die letzten 40 Jahre ihres Lebens damit verbracht, diese Tatsache vor der Welt so gut es ging zu verbergen. Mit dem Tod meines Vaters hatte sie eine tiefsitzende Panik entwickelt, dass nun doch alle merken würden, dass sie gar nicht wirklich dazugehörte. Die Gala, für die sie mich vermessen wollte, war das erste gesellschaftliche Großevent, auf das sie ohne ihren Mann gehen würde. Ich wusste, wie wichtig es ihr war – und wie sehr sie es gleichzeitig fürchtete.

»Los, hopp, ich denke, du hast es eilig. Ich muss mir auch noch die Haare eindrehen!« Plötzlich packte meine Mutter mich am Arm, schaute mich stirnrunzelnd an und wischte mir dann ärgerlich über das Gesicht. »Du bist ja noch voller

Zahnpasta. Wirklich, Marie, so wärst du jetzt in den Zug gestiegen?«

»Das juckt doch niemanden.« Grummelnd schaute ich in den Spiegel – sie hatte recht, ich sah aus, als hätte ich Tollwut – und rubbelte mir die weißen Reste aus den Mundwinkeln. Wie immer in Anwesenheit meiner Mutter fühlte ich mich nicht wie eine erwachsene Frau, sondern wie ein unmündiges Kind. Ich war 31, hatte in Indonesien solarbetriebene Wasserpumpen gebaut, war in einem umgebauten Van zwei Jahre solo durch Südamerika gefahren, hatte nebenbei studiert, zwei Fremdsprachen gelernt und arbeitete nun bei Vorwerks größtem Konkurrenten als Abteilungsleiterin für Produktdesign. Eine ganz beachtliche Bilanz, sollte man meinen, oder? In meinem Arbeitsleben war ich Frau Brunner, die rechte Hand vom Chef (oder in meinem Fall der Chefin), die für ihre innovativen Ideen bekannt war und sich vor nichts und niemandem verstecken musste.

Hier war ich das Mariechen, das man nach Lust und Laune herumkommandierte.

Normalerweise konnte ich mich meiner Mutter ziemlich gut widersetzen. Aber angesichts der Umstände war ich milder geworden. Der Tod meines Vaters hatte uns auf seltsame Art zusammengeschweißt. Auch wenn sie mich an jedem Tag meines Lebens wahnsinnig machte, ich liebte sie sehr und wollte, dass sie glücklich war. Ich würde also mit auf die Gala gehen, von der sie seit Wochen redete. Ich würde mich in ein maßgeschneidertes Kleid pressen, und ich würde die ganzen reichen Schnösel, die sie mir den Abend über vorstellen würde, zuckersüß anlächeln und meinetwegen sogar ein wenig mit ihnen flirten. Aber ausgehen würde ich nicht mit ihnen. Damit hatte ich schon genug Lebenszeit verschwendet. Doch das musste ich meiner Mutter ja jetzt nicht auf die Nase binden.

Sie zog eine knisternde blaue Monstrosität aus einer Box, und ich brauchte ein paar Sekunden, bis mir klar war, dass das mein Kleid sein sollte. Der Stoff nahm gar kein Ende. Wie es schien, wollte sie mich für das Spektakel so gut es ging verhüllen.

»Mama. Ich gehe nicht zu den Oscars! Hat das etwa eine Schleppe?«

»Unsinn, es fällt hinten etwas weiter. Das betont die Taille.«

Ich seufzte und zog mich aus. »Egal, einfach nicht hinschauen«, sagte ich mir im Kopf. Zum Glück war ich wirklich nicht eitel. Solange ich irgendwie reinpasste, würde es schon gehen.

Mit ihrer Hilfe quetschte ich mich in das blaue Stoffmonster und versuchte, nicht allzu genau in den Spiegel zu schauen. In zwei Tagen konnte man jetzt eh nicht mehr viel drehen. Also versuchte ich, mich damit abzufinden. »Etwas eng!«, kommentierte ich, als ich es richtig drapiert hatte, und meine Mutter zog stirnrunzelnd ihr Maßband hervor. »Hast du etwa zugenommen, seit wir das letzte Mal gemessen haben?«, fragte sie konsterniert.

»Das kann sehr gut sein!«, antwortete ich ungerührt, und sie schnalzte mit der Zunge. Während sie um mich herumwuselte und dabei vor sich hin murmelte, als müsste sie eine komplizierte Rechenaufgabe lösen, zückte ich erneut mein Handy. Ich machte ein Spiegel-Selfie von mir und schickte es an Katja, meine beste Freundin.

Hilf mir!, schrieb ich unter das Foto, auf dem meine Mutter vor mir kniete und mit gerunzelter Stirn das Band um meine Taille enger zog, als könnte sie nicht glauben, was sie da sah.

»Mama, wenn du den Speck zusammenpresst, kriegst du zwar eine kleinere Zahl, aber dann platzt mein Kleid!«, sagte ich gut gelaunt. Mein Gewicht war ein ewiges Streitthema zwischen uns. Ich trug eine sportliche 40–42 und fühlte mich pudelwohl in meiner Haut. Meine Mutter, die eine dünne (und unsportliche!) 36 war und ihr ganzes Leben auf Diät verbracht hatte, missbilligte es, wie alle Menschen, die nicht von Natur aus schlank sind, sondern sich ihr Gewicht erkämpfen müssen, wenn jemand sich nicht von den gesellschaftlichen Zwängen zur Idealfigur beeindrucken ließ.

»Jetzt zieh eben kurz ein, du musst den Bauch ja auch nicht so raushängen lassen! Wenn nur deine Brüste ein wenig kleiner wären!«

Ich seufzte. »Ich lasse ihn nicht hängen, ich atme. Und das ist seine natürliche Form. Außerdem habe ich bisher für meine Brüste nur Komplimente bekommen. Allerdings meist von Männern.«

Meine Mutter spitzte die Lippen. Mit Anzüglichkeiten konnte sie nicht umgehen, was ich gerne mal für mein persönliches Amüsement ausnutzte. »Marie! Na, vielleicht kann sie an den Nähten noch ein wenig was herauslassen. Ziehste halt den Bauch ein, gell? Oder du probierst es einfach mal mit einer Shapewear?«

»Ich habe Shape, vielen Dank! Wie wäre es, wenn du mir einfach ein Kleid machen lässt, das mir auch passt, wenn ich schon dir zuliebe auf diese schreckliche Veranstaltung gehen muss?«

Sie sog scharf die Luft ein. »Du gehst dort doch nicht für mich hin, sondern für dich!«

»Ach ja? Na, dann kann ich es ja auch bleibenlassen!«

»Marie Louise Magdalena!« Meine Mutter nannte meinen vollen Vornamen nur dann, wenn sie wirklich genervt oder wirklich entsetzt war – was beides häufig vorkam.

»Und außerdem ... Wenn du mich auf dieser Party präsentieren willst, warum lässt du mich dann einhüllen wie eine Wurst im Schlafrock? Es ist Sommer, ein Cocktailkleid hätte es auch getan!«

»Für eine Gala? Bist du wahnsinnig? Gottschalk wird persönlich die Eröffnungsrede halten. Was meinst du, was da für Roben ausgepackt werden, da kannst du doch nicht in irgendeinem Beachfetzen rumlaufen!«

»Schon gut.« Ich seufzte wieder und sah auf mein Handy. *Soll ich Verstärkung schicken?*

Dem Smiley zufolge, das Katja hinter ihre Worte gesetzt hatte, lachte sie sich gerade über uns kaputt.

Ich grinste und tippte eine Antwort. *Nicht nötig, sie lässt mich (hoffentlich!) bald wieder gehen.*

»Jetzt wackele doch nicht so, wie soll ich denn so richtig messen?«

»Mama, ich präsentiere heute das neue Modell, ich kann wirklich nicht noch später kommen. Den ersten Zug habe ich schon verpasst!«

»Bin ja gleich fertig. Denkst du an das Abendessen mit Franz?«

Ich zuckte zusammen. Mist, das hatte ich vollkommen verdrängt. »Äh, also eigentlich ist das heute nicht so ide...«, versuchte ich mich rauszureden. Der Blick meiner Mutter ließ mich zurückrudern. »Ja, klar. Ich denke dran!«, seufzte ich.

»Wir holen dich von der Arbeit ab. Ich hoffe, in diesem Rucksack befindet sich etwas, das du gegen diese grauenvollen Latschen eintauschen kannst?«

»Na sicher. Glaubst du, ich gehe so zur Präsentation?«

»Dir traue ich alles zu! Franz hat im *Schapeau* reserviert, also mach was mit deinen Haaren.«

»Bezahlt er denn dieses Mal selber?«, murmelte ich eingeschnappt, und bereute es sofort.

»Wie bitte?« Die Augenbrauen meiner Mutter verschmolzen zu einem wütenden Strich.

»Ach, nichts.«

Sie warf mir noch einen scharfen Blick zu, sagte aber nichts, sondern machte sich jetzt daran, meine Hüfte zu vermessen.

Ich hasste den neuen Freund meiner Mutter. Seine Angewohnheit, sich von ihr in sündhaft teure Restaurants einladen zu lassen, obwohl er angeblich mehr Geld hatte, als man laut aussprechen durfte, war nur eines der vielen Dinge, die mich an ihm störten. Zu denen gehörten auch seine eindeutigen Blicke auf meine Brüste, die *er* ganz sicher kein bisschen zu groß fand.

Außerdem war es viel zu früh für eine neue Beziehung. Aber jeder trauert auf seine Weise. Meine Mutter hatte entschieden, dass es ihr guttat, sich kopfüber ins Leben zu stürzen, und ich musste zugeben, dass das nach den ersten Monaten, in denen sie in ihrem dunklen Zimmer gesessen und auf den See hinausgestarrt hatte, auch eine positive Entwicklung war. Trotzdem – ich konnte Franz nicht leiden. Irgendwas war faul an ihm.

4

Die Frau hielt inne, starrte Johannes an und wurde rot bis unter die Haarwurzeln. Eilig trat sie einen Schritt nach vorne. Im selben Moment machte er eine unkontrollierte Bewegung – und sein Ellbogen knallte gegen ihren Matcha. Der Deckel fiel ab, die grüne Milch schwappte über und verteilte sich auf ihrem Kleid.

»Shit! Tut mir leid!« Johannes machte Anstalten, ihr mit der Hand übers Kleid zu reiben, dann begriff er in letzter Sekunde, was er da tat, und hielt inne, die Finger etwa auf Brusthöhe der Frau in der Luft. Ihm wurde heiß. »Sorry, ich wollte nicht ... äh.« Schnell ließ er die Hand sinken. »Ich hole eine Serviette!«

»Nicht nötig, nichts passiert!« Die Frau sah ihm nicht in die Augen. Sie hatte keine Hand frei, um sich sauber zu machen, aber sie wartete auch nicht auf die Serviette. »Tschüs«, murmelte sie und lief mit schnellen Schritten davon, eine Spur aus grünen Spritzern hinter sich herziehend. Den Deckel ließ sie einfach liegen.

Johannes ließ die Servietten, die er schon in der Hand hatte, wieder fallen, bückte sich und warf den Deckel in den Abfalleimer. Katja, 32, war so schnell verschwunden, dass er nicht einmal mitbekommen hatte, in welche Richtung sie gegangen war. Auf ihrem Tinderprofil hatte sie anders ausgese-

25

hen, aber das taten sie alle. Trotzdem war sie es, zu 100 %. Er hatte sie sofort erkannt – und sie ihn auch.

Das Tolle an Tinder war, dass man per Daumenwisch Frauen aus der Gegend kennenlernen konnte. Nicht mehr so toll war es, wenn diese Frauen einen nach drei Wochen intensiver Flirtgespräche einfach ghosteten. Aber das Schlimmste und überhaupt nicht mehr toll war es, wenn man diese Frauen dann morgens um acht mit schlechter Laune und Bartstoppeln beim Bäcker traf, und sie gar nicht schnell genug vor einem davonlaufen konnten.

Immer noch durcheinander bestellte er einen doppelten Espresso und ein Croissant mit Frischkäse und Schnittlauch. Er verstand es einfach nicht. Was hatte er falsch gemacht? Er war doch nett, er sah ganz gut aus, war sportlich, hatte einen super Job. Gut, heute war er grummelig. Okay, so richtig scheiße drauf war er heute. Aber das konnte sie ja schließlich nicht riechen. Wenn er nicht unter Stress stand, sein Privatleben kein Tinder-Desaster war und er nicht den ganzen Tag über Bauchschmerzen hatte, wenn er an den Abend dachte, war er wirklich ein netter Typ. Normal eben, würde er sagen. Kein Hauptgewinn, aber musste er sich deshalb verstecken?

Sie hatten sich so gut verstanden. Ein Treffen war nur deshalb noch nicht zustande gekommen, weil er immer arbeitete und abends oft das Haus nicht verlassen konnte. Sie war erst erkältet und dann übers Wochenende in Berlin. Aber es war ganz fest geplant gewesen, bloß den Tag mussten sie noch festlegen. Am Ammersee ein Picknick oder – ganz romantisch – eine Bootsfahrt, es war beschlossene Sache. Jeden Abend hatten sie sich geschrieben, bis einer von ihnen zu müde wurde. Über WhatsApp wohlgemerkt, nach nur ein paarmal hin und her schreiben hatten sie Nummern ausgetauscht. Mehr als einmal war er mit dem Handy eingenickt und mit einem »Wahrscheinlich schläfst du schon wieder – Gute Nacht, Jo, ich freue mich auf dich!« in der Hand aufgewacht, auf das er dann lächelnd, noch im Bett liegend, mit einer Entschuldigung und einem Morgengruß antwortete. Überhaupt nicht schmierig war es gewesen. LZB – Langzeitbeziehung hatte unter ihren Fotos gestanden, und nach dem er gegoogelt hatte, was das bedeutete, hatte er das für gut gefunden. Bei Tinder musste man kurz und bündig klarmachen, was man wollte, sonst wurde es kompliziert. Nein, etwas Ernsteres, Erwachsenes, gar nicht Tinder-Typisches war es gewesen, und er hatte sich wirklich Hoffnungen gemacht, hatte es schön gefunden, dass sie sich noch nicht persönlich kannten, und die Vorfreude auf ein erstes Treffen auskosteten.

Gut, von ihren Profilen her hatten sie nicht besonders zusammengepasst. Aber was hieß das schon? Ihre Fotos waren niedlich gewesen, ansprechend. Vielleicht ein wenig zu flirty. Er hielt nicht viel von Bikini-Bildern im Internet, zu viele Spanner (er wusste das, er war mit ihnen zur Schule gegangen), und musste man unbedingt direkt zeigen, was es zu erobern galt? Das setzte einen als männlichen Part so unter Druck. Aber als sie sich besser kennengelernt hatten, war klar gewesen, dass es irgendwie doch passte, und der etwas oberflächliche Eindruck, den ihre Bilder auslösten, verflog. Sie war ein wenig jünger als er, war witzig und interessiert, sie sahen die gleichen Serien auf Netflix (eine Frau, die für *Walking Dead* schwärmt, musste man erst mal finden!), und vor allem antwortete sie! Das war in Tinderland inzwischen eine selten gewordene Spezies. Likes gab es viele, sogar Superlikes hatte er einige vorzuweisen (27, um genau zu sein, aber dass er sie gezählt hatte, sagte Dinge über seinen Charakter, denen er lieber nicht so genau nachspüren wollte). Den Dialog jedoch über mehr als ein »Hey«, ein paar Smileys und Floskeln hinaus auszuweiten war geradezu unmöglich.

Die Superlikes hatte er vor allem den Boulderfotos zu verdanken, da war er sicher. Braungebrannt war er da, von der südfranzösischen Sonne, und die Muskeln auf seinen Armen stachen hervor, weil er sich an den Felsen festhielt und sie so ganz natürlich flexte. Ein bisschen geschwindelt war es schon, momentan war sein Teint eher käsig als knackig braun, und beim Bouldern war er seit Monaten nicht gewesen, schon gar nicht in Südfrankreich. Wenn er es jetzt mal schaffte, dann nach der Arbeit zwei Stunden mit Henne in der Halle. Von einem Sixpack und Henry-Cavill-Bizeps konnte also keine Rede sein. Aber gut, so machte man das eben im Internet.

Er kippte den Espresso im Stehen und biss dann, nach einem panischen Blick auf die Uhr, im Laufen in sein Croissant. Er war immer noch schlecht gelaunt, aber jetzt hatte sich noch eine weitere Ursache dazugesellt. Als er keuchend auf dem Bahnsteig ankam, war die Hälfte seines Schnittlauchs unterwegs zu Boden gesegelt und die Anzeigetafel zeigte 15 Minuten Verspätung an. Natürlich. Der Tag hatte beschissen angefangen, und er würde beschissen weitergehen.

Beschissen enden würde er sowieso.

Er lehnte sich an einen Pfeiler und checkte seine E-Mails. Die Fahrt nach München würde nicht ausreichen um wettzumachen, was er gestern Abend nicht geschafft hatte. Die Beförderung war zum schlechtest möglichen Zeitpunkt gekommen. Warum musste immer alles auf einmal passieren? Der Prototyp für das dreirädrige Cargo-E-Bike von VW war auf der *micromobility expo* in Hannover gut angekommen, jetzt mussten sie nachlegen und die Serienproduktion vorbereiten. Außerdem musste er diese beschissene Pressemitteilung aufsetzen und die Quartalsbilanz abschließen. Er brauchte die Abende, er brauchte die Wochenenden, und er brauchte Schlaf! Lange würde er das so nicht durchhalten. Allein bei dem Gedanken fühlte er eine bleierne Müdigkeit hinter den Augenlidern, gegen die er sicher den ganzen Tag ankämpfen würde. Und das Geschunkel des Zuges lullte ihn immer so ein. Gut, hoffte er jetzt einfach mal auf die Wirkung des doppelten Espresso.

Er steckte das Handy in die Tasche. Wenn die Anzeige stimmte, hatte er noch acht Minuten, aber vorsichtshalber schlenderte er schon mal nach vorne. Er wusste genau, auf welcher Höhe sein Wagen halten würde und positionierte sich so, dass er mit ein wenig sachtem Ellbogeneinsatz als einer der Ersten in den Zug stürmen konnte. Gut fühlte er sich damit nicht, eigentlich hasste er Drängler. Aber er brauchte einen Sitzplatz. Und so unterirdisch, wie dieser Tag angefangen hatte, konnte er schon riechen, dass es heute schwierig werden würde. Jeden Morgen ging er extra bis ganz ans Ende des Bahnsteigs. Die Chance, einen guten Platz zu erwischen, war in den ersten Wagen größer, weil sich die meisten Menschen in Eingangsnähe drängten und zu faul waren, weiter nach hinten zu laufen. Außerdem war dort die Raucherinsel.

Er kannte die meisten Menschen um sich herum vom Sehen. Gegen die ältere, hochgewachsene Frau in Pumps und mit Aktentasche unter dem Arm hatte er das Rangeln um einen Platz schon des Öfteren verloren. Sie führte morgens bereits knallharte (und lautstarke) Geschäftsverhandlungen und ließ sich von den genervten Blicken der Mitreisenden nicht im Geringsten stören. Den Trick mit dem Vorneeinsteigen hatte sie anscheinend auch durchschaut, denn er sah sie hier jeden Morgen. Eigentlich kannte er so gut wie alle hier, überlegte er, außer den fülligen Typ in Chucks und der roth...

Katja, 32, stand nur wenige Meter von ihm entfernt, den Blick auf ihr Kordelhandy geheftet.

Sein erster Impuls war es, sich wegzuducken. Aber plötzlich überrollte ihn eine seltsame Welle aus Emotionen. Vielleicht war es der Schlafmangel, vielleicht der Schnittlauch auf seinen Schuhen, den er gerade bemerkte und hastig wegwedelte, aber etwas in ihm brachte ihn plötzlich dazu, sich umzudrehen. Es war toll gewesen zwischen ihnen! Er hatte nichts falsch gemacht. Und er hatte das nicht verdient!

»Du bist immer so lieb«, hatte Francesca, seine Ex, oft gesagt. »Wie ein Bärchen!«

Meistens hatte sie das nett gemeint, dann mochte sie es, dass er *so lieb* war. Aber wenn sie sich stritten, war er plötzlich viel *zu* lieb, und das *Zu* wurde zu einem Vorwurf. »Immer muss ich alles entscheiden, ich bin doch nicht deine Mutter, ich will einen Mann, kein Kleinkind! Du kannst einfach nie sagen, was du eigentlich willst. Mach doch mal 'ne Ansage!«, hatte sie ihn einmal angeschrien, und er hatte sie verblüfft angestarrt. Eine Ansage wollte sie? Was sollte er denn um Himmels willen ansagen?

Francesca war Halbitalienerin und von Natur aus feurig. Er hatte irgendwann entschieden, dass er da nicht mithalten konnte. Aber trotzdem hatte er aus dieser letzten gescheiterten Beziehung eine Lehre gezogen. Frauen wollten Männer, die die Dinge anpackten, die klar ihre Meinung sagten. Wenn sie nett waren, auf ihre Freundin Rücksicht nahmen, ihr die Entscheidungen überließen, weil sie wollten, dass sie glücklich war, dann war das falsch und unmännlich.

Schön, dann mach ich jetzt mal 'ne Ansage!, dachte er und stürmte entschlossenen Schrittes auf Katja zu. Ein kleiner Teil in ihm schrie ihn an, sofort umzukehren – aber das war das Bärchen! Er war kein Bärchen, er war ein Mann, und er wollte verdammt nochmal wissen, warum sie ihm nicht mehr antwortete.

»Hey!«

Katja sah erschrocken auf. Als sie ihn erkannte, weiteten sich ihre Augen.

»Katja?«

Sie sagte nichts.

»Ich glaube, wir kennen uns?«

Noch immer kam nichts. Sie hatte die Augen so weit aufgerissen, dass er eine kleine geplatzte Ader neben ihrer blauen Iris sehen konnte.

»Ich bin's, Johannes.«

»Tut mir leid, ich kenne Sie nicht!« Ihre Stimme klang seltsam kratzig. Sie hielt ihre Brezen-Tüte an sich gedrückt wie ein Schutzschild. Er roch den Matcha. Schuldbewusst sah er den dunklen Fleck auf ihrem Kleid.

»Doch, natürlich! Von Tinder. Du bist doch Katja aus Dießen. Ich hab dich sofort erkannt!« Er lächelte – wie er hoffte, gewinnend –, aber ihre Augen weiteten sich noch ein wenig mehr und wollten den beinahe ängstlichen Ausdruck einfach nicht verlieren. »Ich glaube, du schuldest mir ein Picknick!«

Er zwinkerte, und sie zuckte zusammen.

»Hör mal, wenn du einen anderen kennengelernt hast, ist das kein Problem, du kannst es mir ruhig sa…«

Plötzlich rollte hinter ihm der Zug ein und übertönte seine Worte. Natürlich, wenn man ihn mal nicht brauchte, kam er dann doch pünktlich.

»Tut mir leid, ich muss einsteigen!«, rief Katja über den Lärm hinweg. Sie nahm ihre Tasche und hastete davon. Johannes sah ihr verdattert nach. Als er in der Scheibe des Zuges einen Blick auf sein Spiegelbild erhaschte, bemerkte er, dass er Schnittlauch im Mundwinkel hängen hatte.

5

Als ich eine halbe Stunde nach der Presswurstanprobe die geschwungene Treppe runterrannte und mich dabei dank meiner ausgelatschten Birkenstocks beinahe königlich auf die Nase legte, spürte ich eine leichte Panik in mir aufsteigen. Natürlich war es nicht bei der Taillenvermessung geblieben, ich hatte mir auch noch Stoffmuster ansehen und außerdem das neueste Kleid meiner Mutter begutachten müssen (reine Zeitverschwendung: Wir hatten schon immer einen vollkommen gegensätzlichen Geschmack, und sie war ernsthaft beleidigt gewesen von meinem Urteil), und nun war ich wirklich, wirklich spät dran. Ich würde zur Bahn rasen müssen, wenn ich den Zug noch erwischen wollte.

Hektisch stopfte ich die – für meine Mutter obligatorische, für mich vermaledeite – *Bunte* in meinen Rucksack. Die hatte sie mir eben noch mit den Worten »ich hab dir was für die Wiesn angekreuzt, Seite sieben, wenn du magst bestell ich es sofort!« aufgezwungen. Ich schwang mich auf mein Rad und trat in die Pedale. Umziehen würde ich mich in der Bahn. Eigentlich hatte ich vorgehabt, das wie so oft auf der Damentoilette der Firma zu erledigen, aber jetzt, wo ich den späteren Zug nehmen musste, kam es auf jede Sekunde an. Es war nicht mein erster Striptease im Zug und würde auch nicht mein letzter sein, ich war Verschlafen gewöhnt und inzwischen routiniert im Improvisieren. In Gedanken ging ich kurz die Schritte durch und nickte zufrieden. Kleid über die Jeans, Shirt drunter durch wursteln, Strumpfhose hochziehen, Schuhe an, fertig. Mit Rock oder gar Bluse und Hose wäre es schwieriger geworden, aber so würde es gar kein Problem sein. Meine Haare waren inzwischen auch trocken, die konnte ich dann schnell hochstecken. Ich schoss aus der Einfahrt, holte im Fahren mein Handy hervor und schaute auf den Streckenagenten. Die App zeigte an, dass die angesagte Verspätung nun doch behoben worden war. Mist, ausgerechnet! Da war doch diese Gleissperrung kurz vor Geisenbrunn, auf die hatte ich gehofft. Heute arbeitete das Schicksal gegen mich.

Noch drei Minuten bis zum Bahnhof von Herrsching. Als ich keuchend bei Seyhans Bude um die Ecke schoss und dabei geflissentlich die gerade auf Rot schaltende Ampel ignorierte, sah ich den einfahrenden Zug.

»Shit, verdammter!«

Ich sprang in vollem Schwung ab, ließ das Rad fallen und warf dem erschrockenen Seyhan die Schlüssel zu. »Anbinden. Zug. Spät. Mach es wieder gut!«

Seyhan fing gekonnt mit einer Hand die Schlüssel, bevor sie in der Knoblauchsoße landeten, und grinste. »Alles klar, Marie! Ich bind's hinter der Bude an!«

»Bist ein Schatz, muss rennen!«, brüllte ich, dann jagte ich los, wetzte um die Ecke und sprang durch die S-Bahn-Tür, zwei Sekunden bevor sie sich piepend hinter mir schloss.

6

Geschafft. Er hatte ein wenig Ellbogenschmalz einsetzen müssen (dafür reichten seine Muskeln gerade noch), aber er saß! Jo schloss eine Sekunde die Augen, um wieder zu Atem zu kommen. Jeden Morgen dieser Kampf, es war purer Stress. Der spätere Zug war sogar noch voller, damit hatte er nicht gerechnet. Alle wollten einen Platz, es war nicht wirklich sozial, sich mit vollem Körpereinsatz durch die Tür zu drängeln. Aber er konnte ja schlecht im Stehen seinen Laptop balancieren. Und wenn er noch mehr Zeit verlor, sah er seinen neuen Posten in ernster Gefahr. Schließlich wussten sie im Büro nicht, was bei ihm daheim los war. Er hatte es bisher tunlichst vermieden, darüber zu sprechen. Die Leben seiner Kollegen waren alle so normal. Die Gespräche im Pausenraum drehten sich um Grillabende, abwaschbare Autositze für Kleinkinder und übertreuerte Sommerferien an der Ostsee – da konnte er schlecht mit seinen doch etwas speziellen Themen dazwischenfunken. Er saß meistens mit Jens und Olaf, den beiden anderen Entwicklern aus seiner Abteilung, in der Ecke am Fenster vor dem Kaffeevollautomaten. Sie hatten Spaß in ihrem Dreierteam, lachten viel, hatten über die Jahre ihren ganz eigenen, manchmal etwas sarkastischen Humor entwickelt, der sicherlich schockierte, wenn man ihn nicht gewohnt war. Ab und an trafen sie sich zum Fortnite-

Zocken. Das waren die einzigen Stunden im Monat, in denen er sich vollkommen frei und unbeschwert fühlte. Aber auch ihnen hatte er kaum etwas erzählt. Nur dass er wieder in der Heimat wohnte, dass er die Stadt nicht mehr sehen konnte, es ihn zurückgezogen hatte, er der Familie nahe sein wollte ... Was man eben so sagt. Ihre Kommentare hatte er ignoriert. Olaf wusste ein bisschen mehr, und seine mitleidigen Blicke konnte er gerade noch so ertragen.

Es kam ihm falsch vor, darüber zur sprechen. Als würde er seinen Vater verraten. Nicht mal mit seinen Brüdern konnte er wirklich offen sein, obwohl sie ihn erst in diese Lage gebracht hatten. So genau wusste er selber nicht, was ihn davon abhielt, ehrlich zu ihnen zu sein. Vielleicht hatte er Angst, dass sie dachten, er wäre der Sache nicht gewachsen. Oder dass er sich rauswinden wollte. Wenn sie wüssten, wie sich die Situation in den letzten Monaten verschlimmert hatte, würden sie Konsequenzen ziehen wollen. Und er war noch nicht bereit für Konsequenzen.

Unauffällig sah er sich um. Keine Schwangeren oder älteren Herrschaften, denen er seinen Platz anbieten müsste. Gut. Dann konnte er den Laptop rausholen. Schon so oft hatte er sich Klapptische gewünscht, irgendwas, worauf man arbeiten konnte. Wussten die beim MMV denn nicht, dass Pendler die Zeit im Zug irgendwie sinnvoll nutzen mussten? Doch, wussten sie sicher, aber es war ja nicht ihr Problem, was? Nicht mal Steckdosen gab es. Mal abgesehen vom WLAN, das, so hatte er zumindest gehört, für Ende 2020 angedacht war. *Angedacht.* Er merkte, dass er immer noch schlechte Laune hatte. Aber gut, warum sollte sie auch besser sein, nach der Abfuhr von Katja eben. Die war ihm näher gegangen, als er selber es zugeben wollte, seine Wangen glühten noch immer. Warum hatte sie nur so entsetzt geschaut? Es konnte unmöglich nur der Schnittlauch gewesen sein. Das war peinlich, aber doch wohl verzeihlich. Er bekam ihren Gesichtsausdruck einfach nicht aus dem Kopf. Erschrocken wurde ihm klar, dass sie ihn wirklich verletzt hatte. Er konnte nicht aufhören, daran zu denken. Was hatte er falsch gemacht?

Während er seinen Laptop hochfuhr und in seiner Tasche nach dem Handy kramte, registrierte er mit wachsendem Entsetzen, wie plötzlich alte Minderwertigkeitskomplexe aus seiner Teenagerzeit in ihm hochploppten, die er längst überwunden geglaubt hatte. Aber anscheinend hatten sie irgendwo in einer dunklen Kammer seiner Seele gelauert und nur auf eine Gelegenheit wie diese gewartet. Konnte es ernsthaft sein, dass er hier saß, ein Mann von 34 Jahren, und über diese Dinge nachdachte? Es war lächerlich. Aber er konnte sich nicht dagegen wehren. Plötzlich war er wieder ein etwas zu magerer, leicht nerdiger Teenager mit unkontrollierbarer Mischhaut, der unsterblich in Annegret Seilspringer verliebt war. Als er es nach über zwei Jahren sinnlosen Schmachtens endlich schaffte, sie anzusprechen, nachdem er auf einer Party am See bereits mehrere Flaschen Rigo getrunken hatte und sich die Sterne leicht drehten, hatte sie ihn so radikal abblitzen lassen, dass er erst mit 18 Jahren wieder wagte, sich einem Mädchen auch nur zu nähern. Er seufzte und dachte, dass er Tinder löschen sollte. Er war zu alt für diesen Mist. Aber man hatte ja eben gesehen, was passierte, wenn man in der nicht virtuellen Welt heutzutage eine Frau ansprach.

Richtig.

Sie liefen davon.

Die Bahn fuhr langsamer und hielt ruckelnd in Seefeld-Hechendorf. Dieses ganze Gezockel machte das Pendeln wirklich nicht einfacher, dachte er und sah aus dem Fenster. Eine Oma mit einem gelb-rot karierten Einkaufstrolley trippelte in Zeitlupe auf die Tür zu. Konnten sie nicht endlich einen Schnellzug einführen, der direkt durchfuhr? Die Leute aus Unterpfaffenhofen konnten ja schließlich auch nach Herrsching zum Bahnhof kommen, das war doch wirklich nicht zu viel verlangt. Man konnte nun mal nicht jedes Kaff der Welt an eine Bahnlinie anbinden, andere Menschen fuhren schließlich auch mit dem Auto zur Station. Wenn sie die ganzen unnötigen Stopps ausmerzten, brauchten sie sicher keine 20 Minuten bis in die Innenstadt.

Der Mann ihm gegenüber erhob sich genau in dem Moment, in dem der Zug mit einem Holpern anfuhr. Er fiel nach vorne, stieß gegen Jo, so dass er ihm den Laptop in den Bauch rammte, und patschte ihm dabei seine Krawatte ins Gesicht. Jo wollte gerade den Mund öffnen, um ihm zu sagen, dass das doch gar nicht schlimm war, da rappelte der Mann sich auf und ging ohne ein Wort weiter. Dabei trat er Jo auf den Fuß. Er klappte den Mund wieder zu und sah ihm sprachlos nach. »Hammel!«, knurrte er leise.

Seine Laune wurde nicht besser, nun pochte auch noch sein kleiner Zeh. Und er hatte den Anruf beim Lotzl vor sich. Schon bei dem Gedanken ging sein Puls hoch. Er hasste den Kerl. Ein PS-Junkie, wie er im Buche stand.

Jos Abteilung stand mit dem Rest des Unternehmens mehr oder weniger auf höflichem Kriegsfuß. Keiner sagte es so direkt, aber wenn man in einem der weltweit größten Autohäuser in der E-Bike-Abteilung arbeitete, musste man eben damit leben, allseits als Tret-Öko belächelt zu werden. Lotzl, der über den Klimawandel nur im Konjunktiv sprach, fuhr einen X4.

Er hielt mit seinem Spott über die »Pedelec-Abteilung« nicht hinter dem Berg. Jo nannte ihn für sich auch gerne Trumpl. Wann immer er ihn sah, machte er einen großen Bogen. Aber Trumpl hatte die Zahlen, die Jo brauchte. Die neuen E-Leasingräder für die Mitarbeiter kamen gut an. Besser als sie erwartet hätten. Anscheinend bewegten sich die Menschen gerne auf Rädern, solange sie sich dafür nicht wirklich *bewegen* mussten. Bereits über ein Zehntel der BMW-Arbeiter nutzte für die langen Arbeitswege auf dem Betriebsgelände mittlerweile das Dienstrad als umweltfreundliche Alternative. Und ein nicht unbeachtlicher Teil von ihnen hatte sich für das E-Leasing registriert. Jetzt wollten sie als Werbung für die Abteilung Zahlen veröffentlichen. Wenn auch die Menschen außerhalb des Unternehmens hörten, dass sich die Mitarbeiter freiwillig für die E-Bikes entschieden, ja dass sogar die Chefetage mitmachte, war das die beste Werbung, die sie kriegen konnten. Sie hatten bereits ein Interview mit einem der Vorstände gedreht, der, so wurde gemunkelt, zwar erst zweimal mit dem Rad zur Arbeit gekommen war, aber gut, Hauptsache, er hielt sein Gesicht hin. Inmitten einer blühenden Grünanlage hatte er voller Überzeugung davon geredet, warum ihm das Ganze eine Herzensangelegenheit war. Dann noch ein paar Schlagwörter wie »Klimaschutz«, »Verkehrsentlastung«, »Greta Thunberg« und »verstopfter Ring« eingestreut und sie hatten die Münchener schon mal in der Tasche. Als Nächstes ging es darum, auch den Rest der Welt zu überzeugen, der vielleicht nicht täglich mit einer verstopften Innenstadt zu kämpfen hatte, aber trotzdem eine umweltfreundliche Alternative zum Auto suchte. Eigentlich sollte das kein Problem sein. Am FIZ hatten sie bereits 760 neue Doppelstockständer geschaffen. Es lief wirklich gut, da brauchten sie gar nichts zu beschönigen. Diese Tatsache musste er nur irgendwie in einen Artikel und dann in eine Präsentation gießen.

Eine junge Frau quetschte sich in ihren Vierer und ließ sich auf den freigewordenen Platz ihm gegenüber fallen. Sie brachte einen durchdringenden Geruch nach Duschgel mit. Sofort zog sie ihr Handy raus und hielt es sich ans Ohr. »Ist ja witzig, ich bin im selben Zug!«, lachte sie in den Hörer. »Ja, ich hab die frühe natürlich verpasst, sie hat mich einfach nicht rausgelassen. Kannst du rüberkommen?« Sie horchte einen Moment. »Ach so, ganz hinten. Ich bin ganz vorne. Na, es ist eh zu voll, und ich muss mich noch umziehen.« Einen Moment hielt sie erstaunt inne. »Oh ... okay! Ja, ich erinnere mich an den. Das musst du mir heute Abend unbedingt genauer erzählen!«

Jo runzelte die Stirn. Umziehen? Hier? Er beobachtete sie einen Moment über den Rand seines Laptops hinweg. Sie war sehr hübsch, ihre blonden Locken noch ein wenig feucht, die braunen Augen ungeschminkt, warm und freundlich. Er mochte natürliche Frauen. Etwas seltsam gekleidet war sie allerdings, trug ein gehäkeltes weißes Top, zerrissene Jeans und ausgelatschte braune Birkenstocks. Am Handgelenk hatte sie bunte Armbänder und, wie er jetzt sah, im linken Mundwinkel einen kleinen weißen Fleck. Vermutlich Zahnpasta, dachte Jo, und lächelte zum ersten Mal an diesem Tag.

Während er halbherzig ein paar Worte seiner PowerPoint hin und her schob, dachte er darüber nach, wie wohl ihr Tinderprofil aussehen würde. Wahrscheinlich ein Festival-Foto, auf dem sie mit Körperfarbe eingeschmiert in die Kamera strahlte. Ein Bild aus Peru oder Bolivien beim Lamafüttern, eines, auf dem sie Hunde streichelte, und eines beim Wandern auf dem Gipfel eines Berges, von hinten, die Haare im Wind wehend, die Arme weit ausgestreckt, als wollte sie sagen: Komm her, Welt! Er sah die Hashtags auf Instagram genau vor sich. #hipppieatheart #naturelover #athomeintheworld #travelgirl

Er schüttelte sich. Okay, was bitte war los mit ihm? Jetzt dachte er in Hashtags? Er verabscheute Hashtags.

Heimlich betrachtete er sie wieder über den Laptoprand und senkte schnell die Augen, als sie zu ihm aufsah. Sie war wirklich hübsch. Vielleicht war sie eine von den etwas Geheimnisvollen, die nur fett NONS unter ihrem Bild stehen hatten (was »No One-Night-Stands« bedeutete, wie er durch Recherche herausgefunden hatte). Wenn man erst mit Mitte dreißig in das Tinder-Game einstieg, hatte man einiges nachzuholen, das war ihm schnell klargeworden. Zum Glück musste man ja heutzutage nicht mehr seine Kumpels fragen. So wie damals, als er in der 9. nicht gewusst hatte, was ein Blowjob war. Himmel, die Geschichte erzählte Henne heute noch.

Eigentlich, dachte er, seufzte leise und beschloss, sich endlich auf seine Präsentation zu konzentrieren – immerhin waren sie schon an Neugilching vorbei und er hatte noch nicht mal richtig angefangen –, sah sie aus wie eine Frau, die gar kein Tinderprofil brauchte. Sie war viel zu hübsch, ihr

Lachen viel zu strahlend. Die Kerle liefen ihr sicher scharen-
weise im echten Leben nach, so dass sie gar kein virtuelles
führen musste.

Der Zug fuhr in den nächsten Bahnhof ein, der Mann neben
ihr stieg aus, und eine ältere Frau in Jeansrock und Bluse
schob sich auf den Sitz. Jo konnte nicht umhin, an seiner
Tastatur vorbei kurz ihre stämmigen weißen Waden zu bemerken, die sich in sein Sichtfeld schoben. »Echte Blau-
krautstampfer«, wie sein Vater sagen würde. Kurz musste er
schmunzeln, dann durchzuckte ihn die Traurigkeit. Er war
überrascht, wie weh es tat und wie unvermittelt es kam.

Der Humor war das, was ihm am meisten fehlte. Sein Vater
war immer ein witziger Typ gewesen. Seine Scherze hatten
etwas Gutmütiges, weil er sich meistens selber mit ein-
schloss. Obwohl er selbst, seit Jo denken konnte, einen be-
achtlichen Ranzen vor sich herschob, lästerte er zum Beispiel
mit Leidenschaft über dicke Menschen. Meistens über die,
die sich in seiner direkten Umgebung befanden und seine
Bemerkungen gar nicht überhören konnten. Er und seine
Brüder hatten sich früher oft vor Scham gewunden, wenn sie
im Restaurant saßen und er sich zu den Tischnachbarn rü-
berlehnte, wenn das Essen aufgetragen wurde, und so etwas
sagte wie: »Die Bikinifigur hätte sich diesen Sommer für uns
eh nicht gelohnt, was?«, und sich dann mit dröhnendem Lachen auf den Bauch klopfte.

Die Frau mit den Blaukrautstampfern stellte ihre Tasche
ab und zog eine Illustrierte heraus. »Fashion-Gaudi auf der
Wiesn!« lautete die Überschrift der *Bunten*. »Modern aufge-
brezelt!« Jo konnte ein Stöhnen gerade noch unterdrücken.

Jetzt ging dieser Schwachsinn schon wieder los. Wenn er morgens noch vor seinem ersten Kaffee die Bahn mit lederhosentragenden Amis teilen musste, wurde es immer ein besonders beschissener Tag. Jeden September wollte er gerne auswandern. Am liebsten auf eine einsame griechische Insel, wo sie garantiert noch nie was von Lederhosen gehört hatten.

In der Abteilung hatten sie die Oktoberfest-Kontingentkarten bereits bekommen. Natürlich hatte er sich nicht eingetragen, aber die meisten waren darüber hergefallen wie über frische Plunderstückchen. Ein richtiges Gerangel war das jedes Jahr. Ihm war das völlig fremd. Am liebsten hätte er sich jetzt rübergelehnt und ihr gesagt, wie vollkommen überbewertet die Wiesn war. Man saß in stinkenden Zelten, in denen es von der Decke tropfte, zahlte ein halbes Monatsgehalt für warmes Bier, wurde hin und her geschubst und konnte kein einziges vernünftiges Wort reden, weil alle nur brüllten und grölten. Christian Lindner, dessen Vorjahres-Outfit die *Bunte* analysierte, würde ihr garantiert auch bestätigen, dass es sich nicht lohnte und er nur für die Presse hinging. Das sah man schon an dem leicht gequälten Gesichtsausdruck und der lächerlich durchgestylten Aufmachung. Grüne Wildleder-Sneaker ... Was hatte er sich nur dabei gedacht? Aber gut, für das Blatt war es ein gefundenes Fressen. Wie konnte man für so eine Postille bloß Geld ausgeben? Glaubte diese Frau wirklich, dass Christine Neubauer exklusive Details aus dem Privatleben ihres Exmannes preisgab? Oder dass sich Prinzessin Caroline mit einem studentischen Liebhaber in den Dünen von Saint-Tropez wälzte? Und er wollte ja nichts sagen, aber wenn sie die Wiesn-Tipps beherzigte und sich in eines der abgebildeten Kleider presste, würde das kein gutes Ende nehmen.

Die junge Frau sah kurz auf, und ihre Blicke trafen sich. Er kramte nach seinen Kopfhörern. Wenn er heute noch irgendwas schaffen wollte, musste er jetzt mal ranklotzen. Den Anruf beim Lotzl verschob er auf die letzte Minute, dann konnte er es auch ganz knapp halten und seine Ankunft würde sie unterbrechen. Er war froh über jedes Wort, das er heute nicht sprechen musste.

Gut zwanzig Minuten lang schaffte er es tatsächlich, sich auf die Worte und Zahlen vor ihm zu konzentrieren. Einmal sah er auf, weil die junge blonde Frau ihm gegenüber sich plötzlich seltsam zusammenkrümmte. Überrascht beobachtete er, wie sie sich frischen Nagellack auf ihre leicht abgewetzten, blauen Fußnägel malte. »Von wegen natürlich«, murmelte er und wurde rot, als sie überrascht aufsah. Er hatte wohl über die Musik aus seinem Kopfhörer etwas zu laut geredet.

Gerade war er wieder in die Präsentation eingestiegen, da ließ eine Bewegung ihrerseits ihn erneut aufsehen. Sie wühlte in ihrem Rucksack und zog Klamotten und ein Paar Pumps heraus. Fasziniert sah er ihr zu. Sie blickte sich um, stand auf und ging zur Tür. Die Bahn war jetzt nicht mehr ganz so voll wie bei ihrer Abfahrt. Sie erkämpfte sich einen freien Stehplatz am Fenster und begann dann, vollkommen unverblümt, damit, sich umzuziehen. Zuerst streifte sie sich ein Kleid über den Kopf und wurstelte darunter ihr Shirt unter den Ärmeln durch. Sie machte die Jeans auf und ließ sie unter dem Kleid einfach fallen. Ein paar Halbwüchsige in Sneakers und aufgerollten Trainingshosen sahen ihr ebenso fasziniert zu wie Jo. Sie fing ihre Blicke auf, grinste und sagte etwas, worauf sie schnell wegschauten.

Jo nahm den Kopfhörer ab, um mithören zu können.

Sie kickte die Jeans beiseite, rollte eine durchsichtige Strumpfhose auf und schlängelte sich, auf einem Bein hüpfend, hinein. Mittlerweile starrten so gut wie alle in der Bahn, aber sie schien es nicht mal zu bemerken. Schließlich war sie drin, zuppelte noch ein bisschen am Bund herum und schlüpfte in die Pumps. Dann klaubte sie die verstreuten Klamotten vom Boden und kam zurück zu ihrem Sitz. Sie stopfte sie in den Rucksack zurück und holte ein kleines Kosmetiktäschchen und einen Taschenspiegel hervor. Dann begann sie, sich das Gesicht zu bemalen. Jo war so umgehauen von ihrer Verwandlung, dass er vergaß, dass er gerade keinen Film ansah, sondern einen echten Menschen. Er schien sie ein wenig zu offen anzustarren, denn plötzlich hielt sie mitten im Lippenstiftauftragen inne und warf ihm über ihren Spiegel einen strafenden Blick zu. Schnell setzte er die Kopfhörer wieder auf. Wow! Sie war plötzlich ein vollkommen neuer Mensch. Nun sah sie aus, als würde sie gleich vor einem Schwurgericht eine glühende Verteidigungsrede für ihren Mandanten halten. Was so ein paar Schlappen ausmachen, dachte er belustigt. Äußerlichkeiten täuschten eben, und zwar nicht nur digital. Plötzlich räusperte sich die Blaukrautfrau. Als er nicht reagiert, tippte sie ihn aufs Knie, sah ihn mit hochgezogenen Augenbrauen an und zeigte auf ihr Kinn. Jo starrte sie einen Moment verständnislos an, dann durchzuckte es ihn. Schnell wischte er sich übers Gesicht, und sie zwinkerte ihm verschwörerisch zu. Er lächelte peinlich berührt, klopfte den Schnittlauch an seiner Hose ab und schwor sich, die nächsten zehn Minuten nicht mehr aufzublicken.

45

7

Ich ließ mich auf meinen Sitz fallen und kickte die Pumps sofort wieder von mir. Die Dinger drückten jetzt schon. Ich hatte sie für die Präsentation eingepackt aber nicht bedacht, dass ich darin auch würde laufen müssen. Eigentlich konnte ich ja trotz Kleid auch in Schlappen bis zum Bürogebäude gehen und dann an der Hausecke schnell tauschen, überlegte ich und stopfte die Hacken gleich darauf zurück in den Rucksack. Das war eine vorzügliche Idee.

Der Typ mir gegenüber hatte endlich gemerkt, dass ihm was Grünes am Kinn hing. Schon die ganze Zeit hatte ich überlegt, ob ich es ihm nicht sagen sollte. Während meiner kleinen Vorführung hatte er dann aber auch so dämlich geglotzt, dass ich es jetzt fast schade fand, dass er sich nun nicht mehr vor seinen Kollegen blamieren würde. Spanner, dachte ich und lehnte mich im Sitz zurück. Männer waren doch alle gleich. Katja hatte das ja auch gerade wieder bestätigt. Sie war am Bahnhof einer alten Tinder-Bekanntschaft begegnet. Die beiden hatten sich nie getroffen, und er hatte doch tatsächlich trotzdem den Nerv besessen, sie einfach anzusprechen. Als ob es nicht ein unmissverständliches Zeichen wäre, wenn man sich nicht mehr meldete. Typen gab es ... Ich brannte darauf, Details zu erfahren. Sie saß witzigerweise gerade im selben Zug wie ich, war aber, um den Typen zu vermeiden, ganz hinten eingestiegen. Überhaupt suchte sie sich gern das Abteil mit dem wenigsten Gedränge aus. Ihre Platzangst hatte sie zwar meist ganz gut unter Kontrolle, aber viele Menschen auf engem Raum war nicht ihr Ding. Meins auch nicht unbedingt, dachte ich, aber das war beim Pendeln nun mal quasi Standard.

Unauffällig sah ich mich um. Vielleicht war der Creep hier ganz in der Nähe. Ich fand ja, dass sie sich nicht groß zu wundern brauchte. Wenn man per App nach der großen Liebe sucht, muss man sich darauf einstellen, es mit seltsamen Gestalten zu tun zu bekommen. Aber Katja war gleichzeitig wahnsinnig romantisch und wahnsinnig ungeduldig. Sie fand, Tinder wäre, wie im Katalog zu bestellen. Da hielten die Bilder auch nie, was sie versprachen, aber man bekam immerhin eine Ahnung von Größe und Schnitt.

Nur der Umtausch gestaltete sich dann eben manchmal komplizierter.

Der Grünzeugtyp starrte schon wieder. Es war doch immer dasselbe, sobald man ein bisschen Haut zeigte, drehten sie durch. Ich schloss die Augen und versuchte, mich auf meine Präsentation zu konzentrieren. Es war alles fertig, ich konnte jedes Wort auswendig. Eigentlich musste ich mir wirklich keine Gedanken machen. Der neue Prototyp war mein Baby, mein ganzer Stolz. Ich würde da reingehen und sie alle umhauen. Aber obwohl ich vollkommen von der Küchenmaschine und meinen Fähigkeiten, sie im besten Licht zu präsentieren, überzeugt war, kribbelte mein Magen ein wenig. Schließlich arbeitete ich meistens am Schreibtisch im stillen Kämmerlein und war es nicht gewohnt, vor vielen Menschen zu sprechen.

Plötzlich zuckte ich zusammen, weil der Typ mir gegenüber in sein Handy brüllte. »Lotzl? Hörst du mich? Ja? Jetzt? Hallo? Seltsam. Bin im Zug, vielleicht ein Funkloch. Du, es geht auch ganz schnell. Wegen der Zahlen ...« Er brach ab und lauschte konzentriert. Ich betrachtete ihn genauer. Einer von denen, die im Zug das ganze Abteil mit ihrem Privatleben unterhielten. Oder vielleicht war Lotzl ja auch ein Kollege, aber was ging das bitte mich an? Gut, ich hatte eben auch kurz mit Katja telefoniert. Aber wir hatten darauf verzichtet, gleich an Ort und Stelle die ganze Tindergeschichte durchzukauen. Die Frau neben mir sah auch schon ganz genervt von ihrer Illustrierten auf. Ach richtig, da musste ich ja auch noch reinschauen. Ich wollte gar nicht sehen, was sie da angekreuzt hatte. Fashion-Tipps aus der *Bunten* ... Meine Mutter ließ nichts aus!

Herrgott, was brüllte der denn so? Gerade wühlte er hektisch in seiner Tasche, und ich sah eine Mappe mit einem blau-weißen Kreis und einen BMW-Anhänger an seinem Schlüssel baumeln. Na klar. Ein Benzin-Neandertaler. Was auch sonst? Sicher fuhr er einen fetten SUV und hatte Abos für *Beef* und *GQ*. Obwohl, vielleicht auch *Kicker*. *GQ* ganz sicher, das hatten sie alle. Irgendwo mussten sie sich ja über »New Masculinity«, Bartschnitte und Sneakers belesen. Ich merkte, dass ich ein bisschen fies wurde. Du schleppst gerade selber die *Bunte* in deinem Rucksack mit dir rum, also mach mal halblang, Frau Brunner!, dachte ich und lächelte. Eigentlich war er ganz süß, jetzt wo das Grün weg war. Groß, braune Haare, nettes Gesicht und – wie mir sofort auffiel – schöne Hände. Er wirkte, als würde er zu wenig Sonne abbekommen. Einer von den vielen Anzugträgern, die in ihren Hamsterrädern versauerten. Aber wenn man ihn sich im Urlaub vorstellte – erholt, braungebrannt, ein bisschen windzerzaust –, dann machte er durchaus was her. Nur die Schatten unter den Augen mussten weg. Wahrscheinlich hatte er die ganze Nacht daran getüftelt, wie BMW seine Autos noch ein wenig schneller machen konnte und wir den Regenwald noch ein bisschen früher loswurden als vorhergesagt. Mann, der kroch seinem Gesprächspartner aber ganz schön in den Allerwertesten. Anscheinend brauchte er irgendwas von ihm. Ich schloss wieder die Augen und hörte ihm zu. Seine Stimme gefiel mir, tief und ruhig, wenn er auch gerade ein wenig genervt schien. Ich öffnete ein Auge und beobachtete seine Mimik. Ja, er konnte Lotzl eindeutig nicht besonders gut leiden. Gerade sah er auf sein Handy, während eine laute Stimme aus dem Hörer schallte, die er aber ignorierte.

»Warte ... ja, sie ist angekommen. Perfekt, danke! Du, ich muss auch los, wir fahren gerade in den Bahnhof ein ...«

Ich sah überrascht zum Fenster raus. Draußen rauschten Felder vorbei.

»Was? ... Sehr witzig, ja!« Er lachte gekünstelt, rollte mit den Augen und kniff sich mit zwei Fingern zwischen die Brauen, als habe er Kopfschmerzen. »Lotzl, ich muss. Wir hören uns!«, brüllte er dann und legte auf. »So ein Arsch!«, murmelte er laut und warf sein Handy in seine Tasche.

Ich lachte, und er sah mich überrascht an und blickte dann schnell wieder auf seinen Laptop. Süß, er war verlegen. Schade, dass er ein BMWler war. Was für eine Verschwendung!, dachte ich und schloss wieder die Augen.

Mist! Das hatte ich mir anders vorgestellt. Erstaunt blickte ich an dem imposanten Gebäude hinauf. Auf dem Rasen und der großen Veranda wimmelte es von gutbetuchten Gästen der Münchner High Society. Lampions flackerten im Dämmerlicht, Musikfetzen und kreischendes Lachen drangen zu mir nach draußen. Irgendwie hatte ich nicht damit gerechnet, dass die Gala auch im Garten stattfinden würde. Das zerschoss zugegebenermaßen meinen Plan, mich unbemerkt ins Haus zu schleichen und auf dem Klo umzuziehen. Zum Glück war es bereits fast dunkel. Das würde die Sache leichter machen. Aber trotzdem ... Wenn meine Mutter mich in Jeansshorts und T-Shirt unter den Gästen erwischte, hatte mein letztes Stündlein geschlagen.

Unter den strengen Augen eines Valets in Frack und Fliege, der missbilligend mit der Zunge schnalzte und mich mit zwei Fingern zur Seite winkte, verließ ich die Auffahrt. Es war klar, dass er mich in meiner Aufmachung unter keinen Umständen durchlassen würde. Etwas ratlos überlegte ich, was ich tun sollte, da kam eine Frau mit Klemmbrett und Headset auf mich zugeeilt.

»Hey, du willst sicher zu den Caterern?«, fragte sie, leicht abgehetzt, aber lächelnd. »Einmal links rum und neben dem Pool die kleine Einfahrt hoch! Dann die zweite Tür! Beeil dich besser, sie tragen in einer halben Stunde auf, und Paulo steht kurz vor einem Nervenzusammenbruch!«

»Klasse, danke!«, rief ich und wetzte die beschriebene Einfahrt hoch. Als ich vorsichtig die Tür aufstieß, schallten mir ohrenbetäubender Lärm und köstlicher Duft entgegen. Eingeschüchterte Angestellte liefen hin und her. Ich trat ein und blickte rechts von mir in eine Küche, in der es brummte wie in einem Bienenstock. Ein miesgelaunter Kellner stapelte im Gang davor Getränkekisten. »Bisschen spät, was?«, schnauzte er. »Immer kommen welche, wenn wir schon alles aufgebaut haben, und denken, sie müssten jetzt nur noch den Champagner servieren.«

»Paulo hat gesagt, ich soll um acht da sein!«, schnauzte ich zurück, und er zuckte erstaunt mit den Achseln. Ich schob mich an ihm vorbei und suchte nach einer Tür, die mich ins Haus führen würde, da packt mich jemand am Arm. »Hey, umziehen! Keiner betritt das Haus ohne Uniform! Herrgott, es ist als würde ich mit Steinen reden.« Der Mann, der eventuell Paulo war, wartete nicht auf meine Antwort, sondern schob mich in einen kleinen Raum, in dem überall Rucksäcke und Taschen lagen und Jacken an den Wänden hingen. Er zeigte auf eine Pappkiste. »Schürzen! Bluse und Rock hast du ja hoffentlich!«

»Na sicher!«, lächelte ich, und er nickte grimmig. »Keine Kaugummis, keine Handys, keine sichtbaren Tattoos! Wer Mist baut, fliegt!«, bellte er und warf die Tür hinter sich zu.

Ich schickte ein dankbares Stoßgebet zum Himmel, dass meine Tage als Aushilfskellnerin lange vorüber waren, zog hastig mein Kleid hervor und ließ meine Shorts fallen.

Zwei Minuten später malte ich vor dem kleinen Spiegel über dem Waschbecken Lippenstift auf. Jetzt noch die Haare. Sie waren ein bisschen verschwitzt, aber zum Glück hatte ich an Trockenshampoo gedacht. Ich war Kylie Jenner – die ich ansonsten voll und ganz überbewertet fand – mehr als dankbar, dass sie den schulterlangen Fransenlook populär gemacht hatte. So musste ich eigentlich nur mein Haarband rausziehen, sprühen und dann einmal kräftig durchwuscheln. Schon war ich Instagram-tauglich. Dass ich meine Haare schon immer so trug, musste ja keiner wissen. Leider gab es keinen Ganzkörperspiegel, aber ich sah auch so, dass ich das Kleid scheußlich fand.

»Einfach lächeln und winken!«, flüsterte ich mir selber zu – mein Überlebensmotto für solche Fälle, das ich von den Pinguinen aus dem Film »Madagascar« geklaut hatte. Meistens funktionierte es sehr gut. Ich warf einen Blick an mir hinunter und stöhnte. Die Schneiderin hatte getan, was meine Mutter ihr mit Sicherheit aufgetragen hatte, nämlich meine Problemzonen verstecken und meine Vorteile (aka meine Brüste) betonen. Jetzt hatte ich bauschigen blauen Stoff um den Bauch drapiert, der dort als eine Art Vorhang-Raffhalter fungierte und in einer viel zu pompösen Schleife links auf meiner Hüfte endete. Sie hatte es gut gemeint mit dem Verstecken. Auch beim Betonen hatte sie sich nicht lumpen lassen, ein Blick in den Spiegel sagte mir, dass mein Vorbau der Stargast des Abends sein würde. Die Aussicht, die nächsten Stunden lang meine Gesprächspartner mit mehr oder weniger höflichem Räuspern dazu zu bringen, ihren Blick wieder in Richtung meiner Augen gleiten zu lassen, war nicht gerade erhebend.

Ich seufzte und versuchte, meine Brüste mit der Hand ein wenig runterzudrücken und ins Kleid zu quetschen, hatte aber nur mäßigen Erfolg. Frustriert sah ich mich um, ob es in dem Raum vielleicht eine vergessene Sektflasche oder etwas Ähnliches gab, das ich schon mal runterkippen konnte. Aber natürlich hatte ich kein Glück. Na, ich würde direkt die Bar ansteuern, dann ging das schon. Dieser Abend war nicht für mich, sondern für meine Mutter. Es war wurscht, wie ich aussah.

Vorsichtig nach rechts und links blickend, schlich ich mich auf den Flur hinaus und hielt meinen Rucksack wie einen Rammbock vor mich – falls Paulo auftauchen und mich zur Schnecke machen sollte. Aber ich hatte Glück und konnte – nur bemerkt von zwei Serviererinnen, die mich grinsend darauf hinwiesen, dass die Toilette im ersten Stock war – unbemerkt ins Haus schlüpfen. Um meinen Triumph zu feiern, schnappte ich mir ein Sektglas von einem der Tabletts, die meine Kellnerkollegen herumreichten. Solche Abende konnte man nur ertragen, wenn sie an den Rändern leicht verschwammen.

Dann machte ich mich auf die Suche nach der Garderobe, denn mein Rucksack zog schon Blicke auf sich. Auf dem Weg kam ich allerdings an einer der vielen kleinen Bars vorbei, und weil die Schlange sich gerade lichtete, beschloss ich, die Chance zu nutzen. Als ich das leere Sektglas gegen ein volles mit Gin Tonic getauscht hatte und auch mein Rucksack verstaut war, stand ich etwas verloren da. Die Villa war riesig, und das Fest erstreckte sich über die gesamte untere Etage sowie den Garten. Wie sollte ich hier meine Mutter finden? Ich beschloss, dass es mir egal war, sie mich hergezwungen hatte und deshalb *mich* finden konnte, und machte mich auf die Suche nach bekannten Gesichtern. Im riesigen Foyer hatte sich eine kleine Traube gebildet, und ich sah, dass gerade die Effenbergs dort Hof hielten.

Gott, der Abend konnte nur schrecklich werden.

Schnell bog ich in einen kleinen Gang ein. Augenkontakte vermeidend, zog ich von Raum zu Raum und nippte, um beschäftigt zu wirken, etwas zu schnell und zu oft an meinem Glas. Ich sollte vorsichtig sein, morgen musste ich wieder pünktlich im Zug sitzen. Wer kam auch auf die bescheuerte Idee, eine Gala an einem Donnerstag stattfinden zu lassen?, überlegte ich.

Der Abend stand offensichtlich unter dem Motto Casino, was ich sicherlich gewusst hätte, hätte ich im Vorhinein einen Blick auf die Einladung geworfen. Oder meiner Mutter zugehört. Überall waren kleine Black-Jack- und Poker-Tische aufgebaut, und die Deko sollte an Las Vegas erinnern. Der Erlös der Glücksspiele wurde gestiftet, schließlich stand der Abend ganz im Sinne der Wohltätigkeit. Man sammelte für eine große Krebsbekämpfungsinitiative. Warum man das Geld nicht einfach überweisen konnte, sondern ein pompöses und wahnsinnig kostspieliges Event daraus machen musste, würde ich nie verstehen. Aber na ja, wahrscheinlich war es leichter, den Reichen das Geld aus der Tasche zu ziehen, wenn man sie satt und betrunken auf einem Haufen hatte.

Ich hörte lautes Kreischen von einem der Tische links von mir – eine Frau hatte offensichtlich beim Pokern ein gutes Blatt auf der Hand gehabt. Sie hüpfte auf und ab und wurde von den Umstehenden bejubelt. Grinsend fragte ich mich, ob sie vielleicht kurzzeitig vergessen hatte, dass sie das Preisgeld nicht selber einheimsen würde. Plötzlich packte mich jemand von hinten und Bartstoppeln pressten sich gegen meinen Hals. »Na, schieben wir 'ne Nummer am Pokertisch?«, fragte eine raue Stimme.

Lachend boxte ich mich frei und blickte in die braunen Augen von Nepumuk Semmelhuber, meinem besten Freund und gelegentlichen Partymitbringsel.

»Nep, Gott sei Dank bist du da!« Ich warf mich ihm um den Hals.

Er lachte, drückte mich an sich und roch gleichzeitig an meinem Glas. »Dein wievielter?«, fragte er väterlich.

»Der erste!«, versicherte ich, aber er schüttelte den Kopf. »Kann nicht sein. Normalerweise fällst du immer erst über mich her, wenn du nicht mehr richtig sprechen kannst!«

»Heute ist ein besonderer Abend. Außerdem falle nicht ich über dich her, sondern du über mich!«

»Ach ja? Und was war das dann neulich nach der Party bei Michael? Du hast uns beinahe gegen einen Baum gesetzt.«

Gut, okay. Das war eine Ausnahme gewesen, auf der wir jetzt mal nicht rumreiten wollten.

»Ach, das hast du damals irgendwie missinterpretiert!«, grinste ich.

»Missinterpretiert? Deine Hand war in meine ...« Plötzlich brach er ab und hustete in sein Glas. »Frau Brunner, wie schön Sie zu sehen! Sie sehen ja super aus!«

Meine Mutter war aufgetaucht, im Schlepptau Franz – der sofort meinen Ausschnitt ins Visier nahm – und ihre besten Freudinnen Inge, Hannelore und Waidtraut. Sie strahlte Nep an. »Ach Nepumuk, wie schön, dich einmal wieder zu sehen.« Sie gab ihm zwei Luftküsschen und drehte sich dann einmal um sich selbst. »Findest du wirklich? Ist es nicht zu ... jugendlich? Es ist Gerard Darel.«

An Neps Gesicht konnte ich sehen, dass er keine Ahnung hatte, wovon sie sprach, aber er lächelte freundlich. »Woher denn! Steht Ihnen ganz ausgezeichnet!«

»Ach, du Schlingel!«, lachte sie, und ich stöhnte peinlich berührt auf. Sie warf mir einen strengen Blick zu und wandte sich dann wieder an Nep. »Ich habe mich gerade eben noch mit deiner Mutter unterhalten. Sie ist ja ganz braun gebrannt.

Wie war es denn in Portofino, du hast deine Eltern doch besucht, nicht wahr?« Während meine Mutter einen Redestrom auf Nepumuk einprasseln ließ, schaffte sie es gleichzeitig, missbilligend an mir auf und ab zu schauen. Ich wusste, dass sie mich bei der ersten Gelegenheit am Ellbogen packen und mir ins Ohr zischen würde, was ihr an meiner Aufmachung nicht passte. »Warst du denn schon bei der Presse? Du musst dich doch sehen lassen!«, lächelte sie Nep jetzt verschwörerisch zu und griff ihn am Handgelenk.

»Ach, meine Mutter hat unsere Familie sicher bereits gebührend auf dem roten Teppich repräsentiert!«, antwortete er, aber meine Mutter war meine Mutter und ließ sich nicht so einfach abwimmeln.

»Unsinn, sie hat mir eben noch gesagt, dass du unbedingt rausmusst. Es ist schließlich für einen guten Zweck! Denk an die Kinder!«, sagte sie eindringlich und schob uns bereits ins Foyer. Ich wusste genau, dass das Letzte, was meine Mutter gerade im Sinn hatte, krebskranke Kinder waren, aber ich verzichtete darauf, das auszusprechen.

Sie gab dem etwas überrumpelt wirkenden Nep einen leichten Stoß in den Rücken, dann drehte sie sich zu mir um. »Getty ist da!«, raunte sie mir eindringlich ins Ohr. Ich konnte riechen, dass auch sie die Bar heute nicht ausgelassen hatte.

»Gertie wer?«, fragte ich verständnislos und sah mich um. »Gertie Meier, deine Friseurin?«

»*Getty Images!* Also jetzt stell dich doch nicht so blöd an, Marie!«, zischte sie.

»Ah!«, sagte ich, etwas lahm, weil ich immer noch nicht kapierte. Doch dann dämmerte es mir plötzlich. »Auf gar keinen Fall!«, protestierte ich entsetzt.

Aber sie schob mich unerbittlich weiter. »Oh doch! Zusammen schafft ihr es in die *Gala*! Nepumuk sieht einfach umwerfend aus in diesem Anzug. Ich wünschte nur, du hättest ...«, sie brach ab und betrachtete mich mit zusammengepressten Lippen.

»Was?«, fragte ich. »Was hätte ich?«

»Ach. Nichts. Gar nichts. Jetzt ist es eben so. Es wird schon gehen!«

Sie gab mir einen Schubs. »Nep, nimmst du das Mariele mit, gell?«, lächelte sie. »Ihr seid so ein schönes Paar!«

»Mama, wir sind kein ...«, stöhnte ich, aber niemand hörte mir zu. Nep hatte mich am Handgelenk gepackt und mit sich gezogen. »Komm, wir stehlen den Effenbergs die Show!«, sagte er, diabolisch grinsend. Ich bekam den Verdacht, dass auch er nicht mehr ganz nüchtern war.

»Aber ... was ... Inge, hilf mir!«, rief ich, aber Nep ließ mich nicht los. Hilfesuchend sah ich mich nach meiner Mutter um, die mir begeistert zuwinkte und gleichzeitig hektische wedelnde Bewegungen mit der Hand machte, die wahrscheinlich bedeuten sollten, dass irgendwas mit meinem Kleid nicht stimmte. »Ich will nicht!«, versuchte ich, mich rauszuwinden, aber Nep hatte ein Glitzern in den Augen, das mir sagte, dass er Spaß an der Sache gefunden hatte.

Er zog mich nach draußen vor die riesige Leinwand, die dort aufgespannt war. Sofort blitzten die Kameras, und die Reporter bombardierten uns alle gleichzeitig und aufgeregt mit Fragen. »Herr Semmelhuber, ist das Ihre neue Lebensgefährtin? Wie heißt sie? Können Sie hierher schauen? Ein kurzes Statement zu der neuen Beziehung? Ist das ein Ring?«

Nep stellte sich hinter mich, umfasste meine Taille und legte seinen Kopf auf meine Schulter.

»Was zur Hölle machst du da?«, zischte ich und versuchte, mich von ihm zu lösen, aber er hielt mich fest und presste mich an sich.

»Mich amüsieren!«, sagte er. »Wir sind schrecklich verliebt, hatte ich dir das noch nicht erklärt?« Aus den Augenwinkeln sah ich meine Mutter, die an das Geländer getreten war, das die Reporter von den Abzulichtenden trennte, und einer eifrig nickenden Pressefrau etwas buchstabierte. »Mach einfach mit, das wird lustig!«, flüsterte er und küsste mich hinters Ohr.

Meine Widerstandskraft, die von zu viel Gin Tonic auf leeren Magen ohnehin geschwächt war, fiel in sich zusammen, als ich die leuchtenden Augen meiner Mutter sah. Ach, was sollte es. Dann spielte ich eben kurz mit, wenn es sie glücklich machte. Ich hoffte einfach mal, dass das Blitzlicht mein Kleid irgendwie weniger schrecklich machen würde, und lächelte verliebt zu Nep hinauf. Er löste sich von mir und trat gönnerhaft einen Schritt nach hinten, damit die Kameras einen Moment nur mich einfangen konnten.

So alleine fühlte es sich plötzlich ganz anders an. Ich wusste nicht, was ich mit meinen freigewordenen Händen machen sollte, die sich eben noch in seine Unterarme gekrallt hatten. Die vielen Blitzlichter bohrten sich in meine Netzhaut. »Hierher! Nach links drehen bitte! Von wem ist das Kleid?« Ich schaute mich leicht panisch um. Waren das da einige Meter rechts von mir etwa Lena Gercke und Palina Rojinski? Schnell ahmte ich ihre routinierten Bewegungen nach, stemmte einen Arm in die Hüfte und lächelte mit kokett zur Seite geneigtem Kopf. Langsam begann ich, Spaß an der Sache zu haben. Den Anweisungen der Presseleute folgend, drehte ich mich nach links und rechts, raffte mein Kleid, so dass es besser zu sehen war, und gab ihnen, was sie wollten.

Als ich nicht mehr konnte und Nep einen verzweifelten Blick zuwarf, nickte er schließlich gnädig. Mit einem Winken, einem: »Es ist noch ganz frisch, sie ist ein wenig scheu!« und einem kumpelhaften Zwinkern in Richtung der Kameras, zog er mich zurück in Richtung Villa.

»Das war, als würde man ein Reh beim Laufenlernen beobachten!«, lachte er mich aus und winkte einem Kellner.

»Ich bin nun mal keine deiner High-Society-Puppen«, schnauzte ich und sah im selben Moment auf, denn meine Mutter kam uns entgegengeeilt. »Wenn ich in diesem Kleid in die Zeitung komme, verzeihe ich dir das nie!«, sagte ich freundlich, nahm ihr ihr Glas ab und kippte den Inhalt in einem Zug runter. Gleich darauf spuckte ich ihn wieder zurück und wischte mir angewidert über den Mund. »Großer Gott, was ist das?«, fragte ich entsetzt.

»Whiskey on the rocks!«, antwortete sie ungerührt.

»Also Whiskey!«, sagte ich.

»Ich bin hier, um mich zu amüsieren, Marie«, konterte sie.

»... und um dich endlich unter die Haube zu bringen!«, fügte sie murmelnd hinzu und drückte das Glas mit meiner Spucke einem vorbeigehenden Kellner in die Hand.

»Wie bitte?«

»Ach nichts! Hör mal ...« Sie warf Nep, der jetzt mit Franz quatschte, einen Blick zu und zog mich zur Seite. »Ich wollte dir eigentlich jemanden vorstellen. Ahrend Bauer, von den

Kunstsammler-Bauers ... Du weißt schon!«, vielsagend zog sie die Augenbrauen hoch, dann deutete sie nach rechts. »Schau mal unauffällig, da hinten steht er. Der mit dem etwas schütteren Haar.«

»Du meinst den mit den Geheimratsecken des Todes?«, fragte ich und blickte zu dem Mann Ende dreißig an einem der Black-Jack-Tische. Er sah eigentlich nett aus, aber ich war gerade nicht in Stimmung, verkuppelt zu werden.

»Genau den. Aber seine Haare sollst du ja auch nicht heiraten. Außerdem kann man da heutzutage transplantieren. Inges Sohn hat das auch gemacht, in Polen. Sieht täuschend echt aus. Sei halt nicht so oberflächlich.«

Laut schnaubend machte ich sie darauf aufmerksam, dass ich daran zweifelte, dass sie mich ihm wegen seiner inneren Qualitäten vorstellen wollte, und sie die Letzte war, die einem Oberflächlichkeit vorwerfen durfte. Als sie daraufhin leicht verletzt die Unterlippe vorschob, seufzte ich wieder und erinnerte mich daran, warum ich hier war: Ich wollte sie glücklich machen. Sie hatte es schwer genug gehabt.

Ich blickte noch einmal zu dem Mann, der gerade laut lachend etwas zu seinem Tischnachbarn sagte, und wappnete mich bereits für einen Abend voll lähmend langweiligem Smalltalk, als meine Mutter plötzlich sagte: »Aber du: Wenn das mit dir und Nep gerade doch was Ernsteres wird ... Das wäre natürlich großartig, da will ich auf keinen Fall dazwischenfunken.« Mit hoffnungsvoll aufgerissenen Augen sah sie mich an. »Darauf warte ich ja schon seit Jahren. Eine Sandkastenliebe, das wäre so romantisch!«

Plötzlich wusste ich, wie ich meine Mutter glücklich machen und den Abend trotzdem genießen konnte. »Na ja, weißt du ... Ich kann nichts versprechen, aber ...« Vielsagend lächelnd blickte ich zu Boden.

»Ach Marie, wie aufregend!« Sie quietschte und drückte meinen Arm. »Dann wollen wir euch auch gar nicht weiter stören, geht doch eine Runde Poker spielen oder vielleicht ein wenig in den Garten. Da habt ihr's lauschig. Ich werde mal in den Saal schlüpfen und sehen, ob ich was an der Tischordnung drehen kann, so dass ihr nebeneinandersitzt. Uschi fände es übrigens auch ganz toll, wenn das mit euch was werden würde. Sie macht sich ja Sorgen, dass er ewig Junggeselle bleiben wird, der Nep. Und sie hätte doch so gern ein Enkelchen!«

Plötzlich lief es mir heiß und kalt den Rücken runter. »Gut, dann arbeite ich da mal dran!«, stammelte ich und löste mich aus ihrem Klammergriff.

»Wir sehen uns beim Essen!« Sie hauchte mir einen Kuss aufs Ohr. »Ich wusste, es war gut, dich herzubringen!«

»Ja, ganz tolle Idee!«, erwiderte ich und konnte mein Lächeln genau so lange halten, bis sie sich umgedreht hatte und Franz am Ärmel in Richtung Speisesaal schleifte.

Ich packte Nep am Arm und zog ihn in die entgegengesetzte Richtung davon. »Was machen wir?«, fragte er abenteuerlustig.

»Enkelkinder, wie es aussieht!«, antwortete ich trocken. Einen Moment hielt er geschockt inne, dann zuckte er mit den Achseln. »Können wir vorher an der Bar vorbei?«

»Und ob!«, erwiderte ich und stampfte davon.

Als am nächsten Morgen der Wecker klingelte, schmeckte ich den Gin Tonic schon, bevor ich die Augen aufgeschlagen hatte. Meine Zunge klebte am Gaumen und mein Magen fühlte sich seltsam flüssig an. Ich versuchte, mich daran zu erinnern, wer und wo ich war. Aber mit geschlossenen Augen hatte ich keine Chance. Erst als ich sie öffnete und die vertrauten Deckenbalken über meiner Nase sah, drang die Realität langsam wieder zu mir durch. »Marie Brunner, 31, Produktdesignerin«, flüsterte ich und nickte. Das hörte sich richtig an.

Ich rappelte mich hoch, ließ einen Moment die Beine über die Bettkante baumeln und starrte benommen vor mich hin. Mein Kopf fühlte sich an wie einmal mit dem Mixer durchgequirlt. Ein Brummen unter der Bettdecke ließ mich zusammenfahren. »Ach ja. Stimmt!«, murmelte ich. Ich stupste Nep mit dem Finger in den mir zugedrehten Hintern. »Hey, ich muss raus!«, sagte ich. Als er nicht reagierte, zuckte ich mit den Achseln, stieß mich ab und landete neben der Geschirrspülmaschine auf dem Boden. Der Sprung aus dem Hochbett verlief etwas unkoordiniert, ich hatte zu viel Schwung genommen, und der ganze Bauwagen wackelte. Ich gähnte und friemelte mir das Haargummi aus dem zerzausten Nest auf meinem Kopf. Dann blickte ich benommen auf mein Handy und stöhnte leise auf. Meine Mutter hatte mir wieder eine ihrer fröhlichen E-Cards weitergeleitet. Mich mit diesen Sprüchen zu nerven war ihr Hobby.

Wer am Morgen verknittert aufsteht, hat am Tag die besten Entfaltungsmöglichkeiten.

62

»Soll mir das vielleicht irgendwas sagen?«, brummte ich und warf das Handy aufs Sofa. Wie schaffte sie es nur, mir so früh schon auf den Wecker zu gehen, und das am Tag nach der Gala? Sicher hatte sie doch genauso einen Brummschädel wie ich.

Kopfschüttelnd trat ich zum Kühlschrank, nahm eine Sprudelflasche heraus und trank sie auf ex aus. Als ich die leere Flasche wieder in den Kühlschrank stellte, bemerkte ich mein zerkrumpeltes Kleid im Gemüsefach. Kurz versuchte ich zu rekonstruieren, wie es da wohl reingekommen war, aber da war rein gar nichts in meinem Gedächtnis. Es war, als würde ich in ein schwarzes Loch starren. Ich machte eine kurze Bestandsaufnahme. Zu der Erinnerungslücke kamen mein dröhnender Kopf, der ekelhaft saure Gin-Geschmack und ein pulsierender blauer Fleck am Oberschenkel, den ich mir nicht erklären konnte. Aber alles in allem war es schon bedeutend schlimmer gewesen. Ein kurzes Bad im See würde es sicher richten.

»Dex, das kitzelt!« Ich bückte mich und streichelte Dexter, die halb in ihrem Korb, halb auf dem Boden lag und mir gerade inbrünstig die Zehen abschleckte. Dexter war in der 7. Woche, was bedeutete, dass sie kurz vorm Platzen stand. Deswegen drehte sie sich auch nicht wie sonst in freudigen Kreisen um sich selbst, sobald ich die Augen öffnete, sondern wartete, bis ich so nahe an sie herangekommen war, dass sie mich von ihrem Liegeplatz aus erreichen konnte.

Kurz kraulte ich ihr den geschwollenen Bauch. »Na Dexi, kommst du mit baden?«, fragte ich liebevoll, aber ich kannte die Antwort bereits. Momentan stand Dexter höchstens noch zum Pinkeln auf. Ich konnte es ihr nicht verdenken. Wahrscheinlich warteten in ihrem enormen Bauch mindestens 15 Welpen darauf, das Licht der Welt zu erblicken. Wie ich die in meinem 20 Quadratmeter großen Bauwagen unterkriegen sollte, wusste ich nicht. Ich hatte diese Frage bisher ganz gut verdrängen können. Und das würde ich auch weiterhin tun, bis sie sich unwiederbringlich materialisiert hatte, beschloss ich und gab Dexter einen Kuss auf die Nase.

Ich zog mir das Nachthemd über den Kopf, ließ es fallen und öffnete die Tür. Dann ging ich zurück und holte eine Unterhose aus der Schublade. Die behielt ich beim Baden neuerdings lieber an, seit ich vor ein paar Wochen den Kratzer mal hinter den Johannisbeerbüschen erwischt hatte. Ob der Alte meine Brüste sah oder nicht, war mir persönlich nun wirklich vollkommen egal, aber *ein bisschen vorgeschobenen Anstand kannst du ja zumindest noch wahren*, hatte meine Mutter gesagt, als ich ihr von der Begegnung erzählte. Natürlich war *ich* die Unanständige, und nicht der alte Spanner hinter den Büschen. Als ich sie auf diesen Missstand in ihrer Version der Dinge hinwies, hatte sie nur geschnaubt und sich zum Zeichen, dass das Gespräch beendet war, zwei Limoncello-Pralinen auf einmal in den Mund gestopft. Eigentlich war mir natürlich genauso schnurz, ob der alte Kratzer meinen Hintern sah, aber meiner Mutter – und dem Hausfrieden – zuliebe machte ich nun eben den Unterhosenkompromiss.

Nur nachts badete ich nackt, das konnte mir keiner nehmen.

Als ich Anlauf nahm, dachte ich kurz, dass es sicherlich irgendwie gefährlich war, mit so viel Restalkohol im Blut aus dem warmen Bett heraus direkt in den eiskalten See zu springen, aber noch bevor ich den Gedanken zu Ende gedacht hatte, war ich auch schon unter Wasser.

Fast sofort wurde mein Kopf wieder klar. Als ich meine Runde, die ich heute aus gegebenem Anlass etwas langsamer absolvierte, beendet hatte und prustend zum Steg zurückschwamm, saß Nep auf der Treppe und ließ die Füße ins Wasser baumeln. Er hatte dicke Ringe unter den Augen, und seine Haare standen in alle Richtungen ab – woran ich sicher nicht ganz unschuldig war –, aber er schien wie immer guter Dinge. Nep hatte nie schlechte Laune, eine Eigenschaft, die wir teilten und die ich nicht nur deshalb sehr an ihm schätzte. Da musste schon mehr kommen als ein kleiner Kater, um uns umzuhauen. Er hielt mir einen dampfenden Kaffeebecher entgegen. »Dein Hund hat mir fast die Eier abgebissen!«, sagte er zur Begrüßung, schien das aber gar nicht weiter schlimm zu finden.

Ich lachte und nahm, noch im Wasser stehend, die Tasse entgegen. »Na, wenn wir gestern erfolgreich waren, dann brauche ich die auch nicht mehr!«, sagte ich, und er spritzte mit dem Fuß Wasser nach mir.

»Keine Scherze über Enkelkinder vor dem Kaffee!«, brummte er.

»Weißt du, wie wir hergekommen sind?«, fragte ich. Ich hatte tatsächlich keinen blassen Schimmer mehr.

»Taxi!«, antwortete er in seine Tasse.

»Oh Gott!«, stöhnte ich. »Das hat doch sicher ein halbes Vermögen gekostet!«

Er zog nur die Augenbrauen hoch, und mir fiel wieder ein, dass ihm das herzlich egal sein konnte. Die Semmelhubers gehörten zu einer von Münchens reichsten Familien.

200 Euro für ein Taxi aus der Stadt nach Herrsching waren für ihn Peanuts, über die er gar nicht weiter nachdachte.

»Du wolltest nicht zu mir, wegen Dexter!«, erklärte er.

»Ach ja, stimmt!« Ich war heimlich stolz auf mich, dass ich trotz meines Zustandes so verantwortungsvoll gewesen war. »Also wie mir scheint, bin ich absolut reif für Enkelkinder!«, stellte ich fest, und Nep trat eine so große Welle nach mir, dass meine Tasse überflutete. »Hey!«

»Selber schuld!«

Ich zog mich auf den Steg, und Nep beobachtete wohlwollend, wie das Wasser von mir abperlte. »Nettes Outfit!«, sagte er. »Schwimmst du immer so? Ich hab gerade deinen Nachbarn im Garten gesehen!«

»Ach, der freut sich doch!«, sagte ich ungerührt und nahm ihm seine Tasse ab.

»Ich mich auch!«, grinste er und zog mich an sich.

Gerade hatten wir es uns auf meinem Handtuch ein wenig gemütlich gemacht, als mein Blick auf seine Hand fiel, die meinen nassen Bauch streichelte. Ich packte sie und starrte entsetzt auf die Armbanduhr. »Bitte sag mir, dass die vorgeht!«, stöhnte ich und schubste ihn gleichzeitig bereits von mir runter.

»Hä?«, fragte er verwirrt.

»Ich muss zum Zug!«, brüllte ich und rannte schon über den Steg, dass die Holzplanken nur so donnerten.

»Ich kann dich doch mitnehmen!«, rief er mir hinterher, aber ich war schon im Bauwagen. Wenn wir mit dem Taxi fuhren, würden wir auf jeden Fall im Verkehr stecken bleiben. Scheiße, wo war mein Rucksack? Kurz durchzuckte mich der entsetzliche Gedanke, dass ich ihn gestern nicht abgeholt hatte, aber dann sah ich, dass er bei Dexter im Korb lag und sie ihren Kopf darauf gebettet hatte. Schnell nahm ich ein Kissen vom Bett, zog den Rucksack unter ihr hervor und ließ es an seiner Stelle unter sie gleiten. Sie beobachtete mich aus treuherzigen Augen und schleckte mir die Hand ab. Hektisch stopfte ich saubere Arbeitsklamotten und eine Strumpfhose hinein, schnappte meine Shorts und hechtete unter die Dusche.

Fünf Minuten später trat ich in die Pedale und jagte mit tropfenden Haaren, aber zitronig duftend, mein Rad die Wiese hoch. »Wir sehen uns dann?«, rief Nep gelassen hinter mir her. Er saß noch immer auf dem Steg und genoss seinen Morgenkaffee.

»Jap, schreib mir!«, winkte ich und bog um die Ecke. Ich würde meine Mutter enttäuschen müssen. Das Letzte, was Nep und mich verband, war der Gedanke an Enkelkinder.

8

»Wie konnte das passieren?« Jo merkte, dass er etwas zu heftig mit der Hand auf den Tisch gehauen hatte. Sein Vater zuckte zusammen und blinzelte ihn verwirrt an. »Ich meine ... Papa, was hast du dir nur gedacht?« Verzweifelt fuhr er sich durch die Haare.

Sein Vater brummte etwas, das er nicht verstehen konnte, seltsamerweise aber das Wort Rührei zu enthalten schien.

»Rührei? Rührei? Ich will verdammt nochmal kein Rührei. Ich will wissen, warum du mein Auto klaust!«, brüllte er, aber er wusste schon, dass es keinen Sinn mehr hatte. Sein Vater hatte auf stur geschaltet, wahrscheinlich, weil er selber nicht mehr wusste, was ihn bei der hirnrissigen Aktion geritten hatte.

»Na, ich wollt eben deine geliebten Topfenknödel machen!«, rief sein Vater, nun selber ärgerlich. »Was glaubst denn du!« Er sah Jo so empört an, dass der nicht anders konnte, als leise zu seufzen. Er konnte Topfenknödel nicht mal leiden. »Die Schaltung war kaputt bei der Schrottschleuder«, setzte sein Vater hinzu, und man konnte ihm genau ansehen, wie ungerecht er es fand, dass er nun für das Versagen von Jos dämlichem Auto zur Rechenschaft gezogen wurde.

»Es ist ein Automatik!«, erwiderte Jo, aber sein Vater hörte schon nicht mehr zu. »Ich mach jetzt Frühstück!«, sagte er entschlossen und stand auf. Jo starrte ihn verdattert an und sah dann zu, wie sein Vater gut gelaunt Eier aus dem Kühlschrank nahm und sie in die Pfanne schlug. Es war noch nicht einmal halb sechs.

Jo war an diesem Morgen um kurz vor fünf von einem ohrenbetäubenden Krachen geweckt worden. Taumelnd fuhr er aus dem Bett, fegte mit rudernden Armen den halben Nachttisch auf den Boden und rannte dann erst mal mit vollem Karacho gegen den Türrahmen. Ohne Brille war er blind wie ein Maulwurf. Vor Schmerzen halb benommen, hüpfte er durchs Zimmer. Als er das Knacken unter seinem Fuß hörte, wusste er schon, dass es mal wieder ein beschissener Tag werden würde.

Mit pochender Stirn und blutendem Fuß hatte er sich schließlich ans Fenster geschleppt, durch das eine nicht zersplitterte Brillenglas hinausgeschaut – und sein Herz war stehen geblieben. Eine Rauchsäule stieg aus ihrem Garten in den rosa Morgenhimmel. Sein Vater saß in seinem – Jos! – nagelneuen Firmenwagen und hatte offensichtlich versucht, damit abzuhauen. Weit war er allerdings nicht gekommen, genau genommen etwa drei Meter. Er hatte es nicht einmal aus der Ausfahrt geschafft, sondern die Mülltonnen umgerissen und war dann gegen das halbgeschlossene Tor gefahren. Die Motorhaube war eingedellt, das alte Holztor hing schief in den Angeln. Sein Vater saß auf dem Fahrersitz des zertrümmerten Hybrids und schien am Radio herumzudrehen.

»Ich pack's nicht!«, stöhnte Jo. Absurderweise fiel ihm in diesem Moment auf, wie idyllisch der Garten zu dieser frühen Morgenstunde aussah, eine Amsel sang, es roch nach

Tau. Nur der beißende Gestank nach Gummi störte, und der schwarze Qualm, der langsam zu ihm hinaufwehte.

Gerade kam Frau Mayr von gegenüber wie ein aufgescheuchtes Huhn aus dem Haus gelaufen. Sie hatte Lockenwickler in den Haaren, winkte ihm hektisch zu, als sie ihn am Fenster sah, und deutete mit beiden Zeigefingern gleichzeitig auf seinen Vater. »Ja, danke. Als ob ich's nicht gesehen hätte. Denkt die, ich häng zum Spaß hier rum?«, murmelte Jo durch die Zähne und schlug das Fenster zu. Wenn's Ärger gab, war die alte Hexe immer sofort zur Stelle.

Nun, eine halbe, sehr kräftezehrende Stunde später, saß er am Küchentisch, stocherte mit einer Pinzette in seiner Fußsohle nach Glassplittern und fragte sich, womit er das verdient hatte.

»Der Schlüssel war in meiner Tasche!«

Als sein Vater nicht reagierte, sondern nur genervt die Augenbrauen hochzog und leise mit der Zunge schnalzte, als fragte er sich, warum Jo immer weiter auf dieser unerheblichen Sache rumritt, wiederholte er: »Papa, der Schlüssel war in meiner Aktentasche. Meiner Arbeitstasche. Meiner *privaten* Tasche, an der du nichts verloren hast. Du weißt doch ganz genau, dass du nicht mehr fahren sollst! Was meinst du, warum wir deinen Wagen weggegeben haben?«

Er wusste nicht, ob es richtig war, so mit seinem Vater zu reden. Sollte er lieber so tun, als sei nichts geschehen? Sollte er nett und verständnisvoll sein? Oder streng und pädagogisch wertvoll? Es gab keine Anleitungen für solche Situationen. Oder vielleicht gab es sie, und er hatte sie bloß nicht gelesen. Es widerstrebte ihm jedoch zutiefst, seinen Vater wie einen senilen Idioten zu behandeln. Also sagte er das, was er auch zu jedem anderen in dieser Situation gesagt hätte. »So eine Scheiße, Mann!«

Sein Vater hatte offensichtlich beschlossen, ihn zu ignorieren, denn er quirlte nun geschäftig mit einem Schneebesen in der Pfanne herum und pfiff dabei leise vor sich hin. Erst jetzt bemerkte Jo, dass er sein – Jos! – bestes Jackett zu der gestreiften Pyjamahose trug. Jo presste die Zähne so fest zusammen, dass seine Wange schmerzte.

»Gib mal her, die Brille, die kleb ich dir wieder zusammen«, sagte sein Vater jetzt plötzlich und streckte eine große, haarige Hand nach seinem Gesicht aus. Jo zuckte zurück. »Da ist nichts mehr zu kleben«, schnauzte er und fühlte sich gleich darauf mies. Er wusste, dass sein Vater diese Dinge nicht absichtlich machte. Aber trotzdem. Wagen, Brille, Sehkraft und Jackett an einem Morgen zu verlieren und das noch vor dem ersten Kaffee, das war einfach zu viel.

Er konnte sich genau vorstellen, wie das Ganze zustande gekommen war. Sein Vater, der nicht nur an fortschreitendem Alzheimer, sondern auch an beginnender seniler Bettflucht litt – was Jo den Alltag um einiges schwerer machte –, war aufgewacht, und der Gedanke, einkaufen zu müssen, schoss ihm auf einem der seltsamen Irrwege, die seine Neuronen nun eben immer öfter begingen, ins Hirn. Weil sein eigenes Auto schon lange nicht mehr da war, hatte er halt auf die nächstbessere Alternative zurückgegriffen. Leider hatte Horst Schraml noch nie in seinem Leben in einem Elektroauto gesessen, geschweige denn eine Automatik bedient. Vom hohen Drehmoment überrascht, hatte er wahrscheinlich zusätzlich Gas und Bremse verwechselt, oder mit den karierten Hauschuhen an den Füßen die Kupplung gesucht und so den Wagen aus dem Stand in die Mülltonnen und gegen das Tor geheizt. Jo sah es bildhaft vor sich. Besser machte es das nicht.

Die alte Mayr war ganz aufgebracht gewesen. Während sie Jo half, seinen Vater aus dem Vordersitz und unter dem Airbag herauszuschälen, während der immer noch versuchte, den richtigen Radiosender einzustellen, und sie ärgerlich bat, ihn doch mal einen Moment in Ruhe zu lassen, konnte sie es sich aber trotz ihrer Sorge nicht verkneifen, eine Spitze gegen Jo abzufeuern. Schon immer hatte sie ihn wissen lassen, wie höchst widernatürlich sie es doch fand, wenn ein Mann in seinem Alter ohne Ehefrau dastand und noch dazu wieder in sein Elternhaus einzog. Immer wieder löcherte sie ihn mit nicht gerade subtilen Fragen zu seinem Beziehungsstatus und – in einer besonders dunklen Stunde hatte er sich das eingestehen müssen – war damit einer der Gründe, warum er sich kürzlich noch zusätzlich zu Tinder auch auf Bumble angemeldet hatte.

»Das geht so nicht weiter. Er ist ja völlig außer Kontrolle!«, schimpfte sie. »Ich sag schon lange, dass er eine Betreuung braucht. Wenn du wenigstens eine Freundin hättest, die ab und zu mal was für ihn kochen könnte, jetzt wo deine Mutter nicht mehr da ist. Du arbeitest schließlich den ganzen Tag«, ergänzte sie schmallippig. »Ganz dünn ist er ja schon geworden, der Horstl!«

Jo hätte ihr am liebsten die Gurgel umgedreht. »Na, von *ganz dünn* ist er schon noch ein paar Pfunde entfernt, der Horstl!«, knurrte er und fasste seinen Vater hart am Ellbogen, als dieser sich bückte und begann, den Inhalt der umgekippten Biotonne mit der Hand wieder einzusammeln. »Papa, das ist doch schon am Schimmeln, ich mache das später. Wir gehen jetzt erst mal rein, und ich rufe einen Arzt, nicht dass du eine Gehirnerschütterung hast.«

Eine Gehirnerschütterung schloss Jo gerade erst mal aus, obwohl das natürlich schwer zu sagen war, bei jemandem, der sich immer seltsam benahm. Aber eine Verbrennung vom Airbag hatte sein Vater am Arm. Jo hatte sie bereits mit Bepanthen versalbt. Seit die Krankheit so rasant voranschritt, war er Experte geworden im Versorgen kleiner Haushaltswunden und hatte eine Vorratsapotheke angelegt, um die ihn jede Helikoptermutter beneiden würde. Trotzdem hatte er den Arzt gerufen. Wenn der bei Horst nichts fand, konnte er sich alternativ ja seinen – Jos! – pochenden Fuß oder schmerzenden Schädel ansehen.

»Also, ich ruf jetzt bei der Arbeit an und dann bei der Pannenhilfe, dann fahr ich zum Optiker, dann sammel ich die Matsche draußen auf und dann ... ach Scheiße!« Er hatte heute ja die Präsentation! »Oh so ein verdammter Mist!«, murmelte er, während er sich mit beiden Händen über das Gesicht rieb und mit verzweifelter Inbrunst wünschte, dass seine Mutter noch am Leben wäre. Sie wüsste, was zu tun wäre, um seinen Vater im Zaum zu halten. Sie würde ihm sagen, dass es doch nicht halb so wild sei, und ihm erst mal einen Kaffee kochen. Aber wenn sie hier wäre, wäre es ja gar nicht erst zu dieser Situation gekommen. Einen Moment dachte er an ihren Geruch, an ihr warmes Lächeln, und in seinem Hals begann es gefährlich zu prickeln. Er zwang

73

sich, nicht zum Kühlschrank zu schauen, wo ihr Foto unter einem Maiskolben-Magneten angepinnt war. »Shit!«, seufzte er. Es stand außer Frage, dass er heute zur Arbeit ging. »Papa, ich warte noch, bis der Arzt kommt, dann muss ich los. Pannendienst machen wir morgen. Hörst du? Finger weg vom Wagen. Ich glaube nicht, dass er explodiert, aber wer weiß. Und lass bitte den Müll liegen, du saust dich nur ein.« Während er hektisch überlegte, welchen Zug er nehmen konnte, damit er irgendwie noch rechtzeitig kam, sich gleichzeitig fragte, ob es sicherer wäre, seinen Vater tagsüber einzuschließen, und wie er es anstellen sollte, ohne Brille seine Slides zu lesen, häufte Horst ihm einen glibberigen Berg Rührei auf den Teller. Jo betrachtete ihn traurig und zog ein daumennagelgroßes Stück Schale heraus. »Iss auf, sonst kriegst Hunger in der Schule!« Gutmütig zerzauste sein Vater ihm die Haare.

Jo spürte, wie er kurz davor war, in Tränen auszubrechen.

Eine weitere halbe Stunde später stand er im Flur vor dem Spiegel und wünschte sich, er wäre heute Morgen gar nicht erst aufgewacht.

»Hm. Nein, das geht so nicht!«, sagte Karla hinter ihm. Seine beste Freundin war kurzerhand rübergekommen, als sie Jos Hilferuf-WhatsApp bekommen hatte.

»Danke, das seh ich auch«, brummelte er und nahm die winzige Brille, die er in der Flurkommode gefunden hatte, wieder ab.

»Es ist die Farbe. Dieses Blau. Damit siehst du aus wie ein Schlumpf. Warte, ich habe eine Idee.« Karla schnappte sich die Brille und verschwand in der Küche, wo er sie gleich darauf verschwörerisch mit seinem Vater murmeln hörte. »Was für 'ne Idee?«, rief er ihr ängstlich hinterher.

»Edding!«, schallte es fröhlich zurück.

»Herrgott, bitte nicht!«, flüsterte er entsetzt seinem verschwommenen Spiegelbild entgegen und ging in die Küche.

»Meinst du echt, das macht es besser?«

»Es wird es wohl kaum schlimmer machen«, entgegnete sie, nüchtern wie immer. »Einen Versuch ist es wert. Horst, kann ich die Zeitung da als Unterlage nehmen?«

»Na sicher, Karlerl!«, sagte Horst gut gelaunt und schob sie ihr zu. »Die habe ich schon gestern gelesen!« Jo warf ihm einen Blick zu. Die »Zeitung« war sein *Wired*-Magazin, in dem es um Netzkultur, Design und Politik ging. Darin fand man alles für Geeks und Technik-Freaks, aber sicher nichts, was Horst Schraml interessierte.

»Geh nur ins Bad, dein Vater und ich regeln das!« Sie sah zu ihm auf und lächelte. Jo war in diesem Moment unendlich dankbar, dass er sich überwunden hatte, ihr zu schreiben. Wie sie so dasaß, mit ihrem orange gefärbten Haar und ihrem schwarzen Kadavar-Shirt, war sie die Letzte, von der man vermuten würde, dass sie in dieser Situation hilfreich wäre. Ihr Äußeres stand jedoch in starkem Kontrast zu ihrem Wesen. Jo hatte nie verstanden, wie ausgerechnet sie auf die Metal-Schiene geraten war, aber sie hielt sich dort hartnäckig seit über 15 Jahren und mittlerweile hatte er sich an die Tattoos, die Springerstiefel und den schlechten Musikgeschmack gewöhnt. Außerdem kannte Karla Horst seit ihrer frühsten Kindheit, sie wusste Bescheid über die Situation, und vor ihr war Jo so gut wie gar nichts unangenehm. Ein großer Vorteil, wenn man einen Vater hatte, dessen immer stärker werdende Demenz und die dazugehörigen Eigenarten man vor der Welt zu verstecken versuchte.

Karla hatte sich spontan angeboten, als Sitter einzuspringen. Unter dem Vorwand, dass daheim ihr WLAN zusammengebrochen war, würde sie den Tag über bei Horst in der Küche arbeiten, damit der sich nicht überwacht fühlte und misstrauisch wurde. Sie war Freelance-Zeichnerin, arbeitete für verschiedene Verlage und Zeitschriften und brauchte nichts außer ihrem Grafiktablet. Er wollte seinen Vater heute nicht allein lassen. Irgendwie hatte er während des Rühreis eine Vision davon gehabt, wie der sich mit seinem Werkzeugkoffer an dem verunglückten Hybrid zu schaffen machte und ihn doch noch zum Explodieren brachte. Und er wusste, dass die beiden sich gut verstanden. Karla war ein Teil der alten Welt, der Welt, die Horst noch nicht vergessen hatte. Zwar war sie in seinem Kopf wahrscheinlich zwölf und nicht 34, aber er behandelte sie mit der liebevollen Fürsorge eines Großvaters und Karla ihn mit einer geduldigen, respektvollen Freundlichkeit, die ihm gutzutun schien. Sie war es auch, die die Idee gehabt hatte, eine von Jos alten Brillen zu suchen. »Irgendwo muss eine sein!«, hatte sie streng gesagt, nachdem er ihr bei der Begrüßung versehentlich die Schulter in den Hals gerammt hatte, weil er bei der Umarmung nicht richtig gezielt hatte. Nach ein paar trockenen Würgern hatte sie verkündet: »So lass ich dich nicht aus dem Haus. Du bist eine Gefahr für die Allgemeinheit.«

Nachdem seine Augen im letzten Jahr begonnen hatten, schon bei dem Gedanken an Kontaktlinsen zuzuschwellen, hatte er sie allesamt weggeworfen und sich geschworen, die kleinen Schleimdinger nie wieder anzufassen. Wahrscheinlich hatte er eine Allergie. Dass die Anschaffung einer neuen Zweitbrille damit durchaus Sinn machen würde, war ihm aber aus irgendwelchen Gründen erst heute Morgen so richtig klargeworden.

Tatsächlich hatte er aber eine seiner alten Kinderbrillen gefunden, in den vielen vollgestopften Schublädchen der uralten Kommode, die niemals jemand aufräumte. Sie steckte in einem Tigerenten-Etui, und Jo musste sie mit ziemlichem Kraftaufwand verbiegen, damit er sie über die Ohren bekam. Aber immerhin sah er damit halbwegs normal.

Nur sah er nicht normal *aus.*

»Schau mal, ist ganz gut geworden, oder?« Stolz hielt Karla ihm ihr Werk entgegen. Jo nahm die jetzt schwarze Brille und schob sie sich auf die Nase.

Harry Potters Vater blinzelte ihm entgegen.

»So kann ich nicht raus!«, sagte er entsetzt.

»Na ja, es ist nicht ideal«, gab Karla zu. »Aber besser als vorhin.«

»Ach ja? Und worin genau liegt die Verbesserung?«

»Schwarz ist ... männlicher?«, Karla zuckte mit den Achseln. »Jetzt stell dich nicht an, wer so blöd ist, nur eine Brille zu haben, obwohl er ohne komplett aufgeschmissen ist, verdient es eben nicht besser!«

»Ich muss heute eine Präsentation halten!«, rief Jo, gekränkt von ihrem fehlenden Mitleid. »Und ich habe eine zweite. Nur ist die leider auch kaputt.«

»Tja, Pech, würd ich sagen.« Karla lächelte ihn im Spiegel freundlich an, und Jo dachte, dass das Schicksal heute eindeutig gegen ihn arbeitete.

9

444 Stellplätze, elf Radboxen und kein einziger freier Platz? Ich konnte es nicht fassen. Hektisch sah ich mich um. Wohin nun mit dem Rad? Ich konnte Seyhan nicht schon wieder die Bude zuparken. Oder konnte ich? Nein, ich wollte seine Geduld nicht überstrapazieren, sonst bekam ich bald sicher keine Extra-Falafel mehr auf meinen Hummus. Die waren zwar nicht allzu teuer im Einkauf bei der Metro, wie er mir mal erklärt hatte, aber eine extra bekamen trotzdem nur seine Lieblingskunden.

Abschätzend musterte ich den Zaun. Wildparken war hier nicht gern gesehen. Seit sie vor ein paar Jahren den Herrschinger Bahnhof umgebaut und dafür die Stadtkasse ordentlich geschröpft hatten, wurde peinlich genau darauf geachtet, dass man die teuren neuen Anlagen auch nutzte. Und es gab so einige Rentner im Ort, die ich in Verdacht hatte, täglich hier vorbeizuschlendern, nur um abgehetzte Pendler mit vorwurfsvoll erhobenem Gehstock auf ihre Schandtaten gegen die Gemeinde aufmerksam zu machen. Aber hey, gerade war kein kritischer Rentner in Sicht, und wenn nichts frei war, musste man kreativ werden. Sollten sie mir eben ans Bein pinkeln, es war eine Notsituation! Ein letztes Mal ließ ich den Blick über den doppelgeschossigen Stellplatz schweifen. Oh doch, da hinten links oben war ja noch was frei. Freudig hastete ich los, doch in diesem Moment hörte ich die S8 herannahen. Verdammt, es würde zu lange dauern, das Rad da hochzukriegen und anzuschließen. Diese riesigen Dinger waren ja gut und schön, sicher platzsparend und sehr ökonomisch, aber wenn man es eilig hatte, war es einfach nur ätzend, sein Fuhrwerk ins zweite Geschoss zu befördern. Ich überlegte nur eine Millisekunde. Kurzerhand schmiss ich das Rad gegen einen Pfeiler, klickte das Schloss zu und rannte los. Warum war ich in letzter Zeit immer zu spät dran?

Das Erste, was ich im Zug sah, in dem ich natürlich keinen Platz bekam, war der Grünzeug-Typ von neulich. Irgendwas stimmte nicht mit ihm. Während ich mich keuchend an die Glaswand lehnte und erst mal zu Atem kommen musste, beobachtete ich ihn heimlich hinter meiner Sonnenbrille. Letztes Mal hatte er anders ausgesehen, aber ich konnte nicht den Finger drauflegen. Am fehlenden Grünzeug konnte es nicht liegen. Neuer Haarschnitt? Neuer Anzug? Ein bisschen übernächtigt sah er aus. Er saß am Fenster und telefonierte wild gestikulierend. Natürlich, was auch sonst. Schließlich war Australien noch nicht ganz abgebrannt, sie mussten bei BMW sicher dringend zusehen, dass sich die Erde rasch noch ein wenig mehr erwärmte. Jetzt nahm er die Brille ab und kniff sich wieder zwischen die Augen, als hätte er Kopfschmerzen. Sogar aus zwei Metern Entfernung sah ich, dass er einen schwarzen Fleck auf der Nase hatte. Ich überlegte, ob man ihm das nicht sagen müsste, aber gerade hatte ich genug eigene Probleme. Mein Kopf dröhnte immer noch, der kleine Sprint eben hatte nicht wirklich dazu beigetragen, dass der Gin aufhörte, in meinen Eingeweiden zu gären, und die

Sonne kniff mich schmerzhaft in die Augenwinkel. »Nie wieder Alkohol!«, flüsterte ich und lehnte meinen Kopf erschöpft gegen die Tür. Ich wusste, dass ich mir genauso gut schwören konnte, nie wieder Pizza zu essen, aber so was sagte sich eben leicht, wenn man sich fühlte wie einmal durch den Quark gezogen.

Meine Beine waren noch ziemlich wackelig (wildes Tanzen und wilder Sex direkt nacheinander ist nie eine gute Idee), und als hinter dem Schnittlauch-Typen ein Platz frei wurde, spurtete ich los. Zwar musste ich eine junge Frau in Adidas-Trainingshose und mit hochgezogenen Socken ausstechen, die ebenfalls den freien Sitz anvisierte, aber – dachte ich ungnädig und ließ mich auf den Platz fallen – wer sich von Instagram vorschreiben lässt, was man zu tragen hat, verdient es nicht besser. Außerdem war ich quasi krank!

Erschöpft lehnte ich die Stirn gegen das Glas. Wenn ich Glück hatte, konnte ich noch eine halbe Stunde vor mich hin schlummern.

»Ich weiß ... Ach herrje. Karla, bist du ganz sicher?«

Blinzelnd öffnete ich ein Auge. Die Grünzeug-Stimme bohrte sich unangenehm in mein Gin-geschädigtes Trommelfell.

»Hm, ja. Ja, ich weiß. Ich weiß. Hör mal, ich verspreche dir, ich komme heute früher nach Hause. Ich muss nur diese Präsentation hinter mich bringen.«

Bestimmt seine Frau. Sie sitzt mit dem schreienden Baby daheim und kriegt 'nen Koller, und er macht sich schön jeden Tag aus dem Staub und erklettert die blau-weiße Karriereleiter, dachte ich, ein wenig sauer, weil er mir mein Katerschläfchen ruinierte. Gerade wollte ich meine Kopfhörer aus dem

Rucksack fummeln, als er sagte: »*Es kann so nicht weiterge-hen!*«

Irgendwas an seiner Stimme ließ mich aufhorchen. Er klang traurig.

Schnell legte ich die Kopfhörer wieder weg und rutschte stattdessen mit dem Ohr ein wenig näher an die Spalte, die meinen Sitz von seinem trennte. Vor mir selber hatte ich kein Problem damit, es zuzugeben: Ich liebte es, andere Men-schen zu belauschen. Manchmal setzte ich Kopfhörer ohne Musik auf, nur damit sich die Leute um mich her unbefange-ner unterhielten. Wozu waren Bahnfahrten schließlich sonst gut?

»*Karla ... aber eine fremde Frau? Also, ich weiß nicht. Das ist so ein krasser Schritt. Meinst du wirklich, das würde gutgehen?*«

Oha. Das wurde ja ziemlich schnell ziemlich interessant!

Der Herr neben mir warf mir einen pikierten Seiten-blick zu. Ich war wohl etwas zu nahe an ihn herangerutscht. Freundlich lächelte ich ihn an, meine Nase etwa zehn Zenti-meter von seiner entfernt, wich aber keinen Zentimeter von meinem Posten.

»*So was ist immer ein Risiko. Ich habe doch schon mit uns beiden alle Hände voll zu tun.*«

Verstand ich das richtig? Er wollte eine andere Frau in die Beziehung bringen. Beziehungsweise Karla wollte das? Be-eindruckt zog ich die Augenbrauen hoch. Die Herrschinger waren gar nicht so spießig, wie es von außen den Anschein hatte.

»*Ich weiß nicht. Es ist schließlich unser Zuhause. Wäre das nicht ... seltsam?*«

»Das wäre es!«, flüsterte ich und kassierte einen weiteren

strafenden Seitenblick. Der Herr rückte ein kleines Stück von mir ab, ich rückte ein kleines Stück hinterher.

»Karla, ich weiß ja, manches muss man einfach ausprobieren, das machen hier ja ganz viele, aber ...«

Ach ja? Lebten wir im selben Herrsching?

»Aber ... also. So weit bin ich einfach noch nicht!«

Ich nickte verständnisvoll. Es war gut, für alles offen zu sein, aber Dreiecksgeschichten funktionieren fast nie, das wusste ich leider aus persönlicher Erfahrung.

Einer ist immer der Dumme, hätte ich jetzt gerne durch den Spalt geflüstert. Der Sex ist vielleicht gut, aber alles andere ist purer Stress.

»Wir besprechen das heute Abend, okay? Ich muss jetzt noch mal die Slides durchgehen!«, sagte Grüni jetzt.

Als er auflegte, ruckelte ich mich enttäuscht wieder gerade in meinen Sitz, schob die Sonnenbrille hoch und stützte die Knie an die Lehne vor mir. Na, bei dem Gespräch heute Abend wäre ich zu gerne dabei, dachte ich noch, bevor ich einschlief.

10

»Harry? Ich bin's, Ron, erkennst du mich etwa nicht?«

»Haha, sehr witzig!« Genervt nahm Jo Henne die Mateflasche ab, die der ihm hinhielt.

»Sag bloß, du hast endlich deinen Brief von Hogwarts bekommen?« Sein Freund musterte ihn amüsiert. »Du warst doch nicht etwa so im Büro?«

»Ich war nicht nur so im Büro, ich habe so eine Präsentation vor dem gesamten Board of Management gehalten.«

Henne pfiff anerkennend durch die Zähne. »Manchmal beeindruckst du mich! Du hast da was Schwarzes auf der Nase.«

»Ich weiß. Geht nicht ab. Wasserfester Edding.« Jo rollte mit den Augen, nahm einen Schluck und spuckte gleich darauf die grausam schmeckende Flüssigkeit wieder in die Flasche zurück. »Was ist denn das?«, rief er und wischte sich mit dem Ärmel über den Mund.

»Kombucha-Mix! Neue Mischung«, erklärte Henne gut gelaunt, betrachtete dann allerdings kritisch den weißen Schaum in der Flasche. »Du hättest es auch auf den Boden spucken können.«

»Das schmeckt wie schon mal verdaut!«

Henne zuckte mit den Achseln. »Ich mag's. Hat richtig Kick. Und, wie lief die Präsentation?«

83

Sie schlenderten auf die kleine Brotzeit-Bar zu, in der sie einmal die Woche zusammen Mittag machten. »Lief ganz okay. Die Zahlen sprechen eigentlich für uns. Aber die Herstellungskosten steigen. Na ja, und höhere Rohstoffpreise sind immer ein Dämpfer, ganz zu schweigen von den Wechselkurseffekten.« Er seufzte. »Es war nur eine Zwischenbilanz, richtig um die Wurst geht's erst im November. Aber EBIT und Free Cashflow sind gestiegen, die Vorleistungen sind auf gutem Niveau, also kann sich eigentlich keiner beschweren.«

Henne nickte konzentriert und brummelte etwas Unverständliches.

»Du hast keinen Plan, was ich da gerade gesagt habe, oder?«, fragte Jo lächelnd. Henne war der Besitzer einer Kletterhalle und hatte mit E-Bikes etwa so viel am Hut wie ein Schreiner mit Currywürsten.

Ertappt schüttelte er den Kopf. »Nein. Klingt aber wichtig.«

»Ich hab davon normalerweise auch keine Ahnung. Ist auch eigentlich gar nicht meine Sache, ich mache das momentan nur stellvertretend, gehört zu meinem neuen Job, für diese Dinge einzuspringen, und Reinhard ist gerade in Elternpause.«

»Der neue Posten hat's ganz schön in sich, oder?«

Jo nickte nachdenklich. Sie waren an der Theke angekommen, und er entschied sich für ein Thunfischsandwich, Henne nahm eins mit Gorgonzola. Ihre Standardbestellung. »Ja«, sagte er, während er die Karte vor das Lesegerät hielt. »Aber es macht Spaß, es wäre überhaupt kein Ding, wenn nicht alles andere gerade so schwierig wäre.«

Henne warf ihm einen besorgten Seitenblick zu. Sie suchten sich einen kleinen Tisch am Fenster. »Probleme?«, fragte er dann.

Jo blickte nach draußen auf die vorbeieilenden Menschen. »Heute Morgen hat er mein Auto geschrottet.«

Henne machte große Augen. »Scheiße!«, sagte er dann dumpf. »Das neue? Wie hat er das geschafft?«

»Frag nicht. Ich habe auch keine Ahnung. Aber nicht nur das. Vorhin hat Karla angerufen. Sie passt heute auf ihn auf.«

Wie immer, wenn Jo Karla erwähnte, zappelte Henne unruhig. Er war seit zwanzig Jahren in sie verliebt. Bis letztes Jahr hatte Karla sein Schmachten kategorisch ignoriert. Doch dann hatte es irgendwann eine sehr alkohollastige Partynacht gegeben, bei der sie sich endlich nähergekommen waren. Seitdem waren die Dinge komisch zwischen ihnen.

»Jedenfalls hat er wohl behauptet, sich eine Weile hinlegen zu wollen, und als sie nach ihm gesehen hat, war er weg. Sie hat ihn dann eine Straße weiter gefunden. Er sagt, er sei spazieren gegangen, aber sie hatte das Gefühl, dass er die Orientierung verloren hat und gar nicht wusste, wo er eigentlich war.« Jo seufzte tief. »Sie findet, es muss eine Pflegekraft für tagsüber her. Aber ich weiß genau, dass er nie eine fremde Frau im Haus akzeptieren würde. Noch dazu eine, die ihm dann Sachen vorschreiben will. Er wollte damals nicht mal die Putzhilfe, und da hat meine Mutter noch gelebt.« Jo wickelte sein Sandwich aus, aber der Geruch des Thunfisches, den er sonst so mochte, ekelte ihn heute. Er legte es auf den Teller zurück. »Ich kann ihn doch nicht einsperren. Aber was, wenn das nur der Anfang war? Wenn er jetzt immer davonwandert oder Autos klaut? Wenn er nicht zurückfindet, sich verirrt, entführt wird oder so?«

Henne sah von seinem Sandwich auf. »Na GPS!«, sagte er, als wäre Jo ein bisschen schwer von Begriff.

Jo starrte ihn an. »Wie bitte?«

Henne nickte ernst. »Kein Scherz, Mann. Die Tante von meiner Ex hatte so was für ihren Mann. Personenortungsgeräte nennt man das. Das gibt's genau für solche Fälle!«

Jo war einen Moment sprachlos. »Und das hängt man ihm dann um den Hals? Wie 'ne Hundemarke?« Er konnte es nicht fassen. Dass er da nicht selber drauf gekommen war! Andererseits war es schon auch ein leicht abwegiger Gedanke, einen GPS-Sender für den eigenen Vater zu bestellen. Wo bekam man so was? Amazon Prime?

»Ja, da gibt's bestimmt richtig viel. Googel das mal. Die Tante war damals auch in einer Selbsthilfegruppe, Sandra hat sie manchmal hingefahren. Für Angehörige. Ihr Alter ist richtig abgedreht, hat Dinge gesehen, mit Sachen um sich geworfen, Müll gegessen. Dagegen ist es bei dir noch ruhig, glaub mir. Vielleicht solltest du über so was auch mal nachdenken.«

Auf dem Nachhauseweg schwirrte Jo der Kopf. Er hatte den Rest des Arbeitstages damit verbracht, im Netz nach GPS-Trackern zu suchen, und dann auch direkt einen bestellt. Das Allround-Finder-Komplettset, einsetzbar für Kinder, alte Menschen und Koffer. Zwanzig Tage Akkulaufzeit, SOS-Notfallknopf und Spritzwasserschutz. Es gab auch welche für Haustiere, die waren aber kleiner. »Klar, weil sie ans Halsband passen müssen«, hatte er beim Scrollen gemurmelt und dafür einen verwirrten Blick von Olaf kassiert. Vielleicht wäre so was für seinen Vater auch gar nicht schlecht, dachte er, bestellte dann aber doch lieber die seniorenfreundliche Version. Er hatte auch gleich ein Abo für die Datennutzung abgeschlossen und sich im Finder-Portal angemeldet. Alles war inklusive: Live-Ortung, Streckenabrufung, Support. Man konnte Alarm über E-Mail und Push-Benachrichtigung einstellen. Er sah es schon vor sich, wie er nun jeden Tag im Büro sein Handy piepen hörte und dann eine Mail bekam, die ihm sagte, dass sein Vater gerade die Auffahrt zur Autobahn hochwanderte. Ein wenig erleichtert fühlte er sich zwar, aber eine Dauerlösung war auch das nicht, vielmehr ein Aufschub der Totalkatastrophe.

Draußen rauschte die Münchner Vorstadt vorbei, aber er sah die Häuser und blinkenden Geschäfte nicht. Er sah alles, was er Henne heute nicht erzählt hatte, aber gerne erzählt hätte. Das geschrottete Auto war nämlich nur die Spitze des immer dünner werdenden Eisbergs, auf dem er daheim rumschlidderte. Unter der Oberfläche schwammen all die Dinge, die er in den letzten Monaten versucht hatte zu ignorieren, die aber langsam nach oben drifteten und damit drohten, ihn unter Wasser zu ziehen. All die Kisten und Kartons, die sich im Haus anhäuften. Die Zeitungsstapel im Flur und in der Küche. Der leicht süßliche, unangenehme Geruch, der ihm in letzter Zeit manchmal an seinem Vater aufgefallen war. Die Aggressivität, mit der Horst immer öfter reagierte, wenn er etwas nicht mehr verstand oder sich sicher war, dass Jo ihn absichtlich verwirrte. Er wusste, dass die ganze Sache langsam eine gefährliche Dimension annahm. Aber wenn er seine Brüder anrief, musste er sich und ihnen eingestehen, dass er es alleine nicht mehr schaffte. Er hatte Angst, was er mit diesem Anruf lostreten würde.

Für den Fall, dass sein Vater eine Hilfe im Haus nicht akzeptieren würde (und das würde er nicht), blieb nur noch das Heim. Aber wenn Horst ins Heim kam, dann bedeutete das, dass sie das Haus verkaufen mussten. Seine Kindheit. All die Erinnerungen. Das Zuhause, in dem seine Mutter gelebt hatte ... und in dem sie gestorben war. Nie wieder in der Küche sitzen und Kaffee trinken, nie wieder im Garten grillen oder abends nach Hause kommen und die Lichter im Wohnzimmer sehen. Er hatte schon so viel verloren, ihre warme Stimme, ihr Lachen, das Gefühl, eine Familie zu haben. Wenn sie das Haus aufgaben, verkauften sie das einzige greifbare Bindeglied, das sie noch zusammenhielt. Seine Brüder hatten alle Kinder und Ehefrauen, Häuser, Rentenpläne. Eigene Leben, die ihn nicht mit einschlossen. Aber im Haus kamen sie manchmal immer noch alle zusammen, zu Weihnachten oder Geburtstagen, und dann war es für ein paar wenige, kostbare Stunden, als wären sie wieder wirklich miteinander verbunden.

Nein, das auch noch herzugeben war ein Schritt, zu dem er noch nicht bereit war.

Er nahm die Brille ab und fuhr sich mit beiden Händen übers Gesicht. Die Bahn fuhr heute gefühlt noch langsamer als sonst. Wie viel Zeit er jeden Tag mit diesem Geschunkel verlor ... Hinter seinen Augenlidern fühlte er ein dumpfes Pochen. Als er die Brille wieder aufsetzte, sah er zwei Sitze weiter die blonde Frau von neulich. Er wusste nicht warum, aber sein Blick blieb an ihr haften, saugte sich geradezu fest. Sie war sehr hübsch, klar. Aber viele Frauen waren hübsch. Doch an ihr war etwas, das ihn anzog. Eine Art unbekümmerte Aura. Sie schien sich nicht im Mindesten darum zu scheren, was andere von ihr dachten oder wie sie auf ihr Umfeld wirkte.

Irgendwas war heute anders an ihr. Er konnte nicht den Finger drauflegen. Sie wirkte müde, zog die Augenbrauen ein wenig zusammen, als habe auch sie Kopfschmerzen. Wieder trug sie die braunen Schlappen, dazu Jeansshorts und ein moosgrünes Shirt, aber aus ihrem geöffneten Rucksack ragte nicht nur ein Fahrradhelm, sondern auch der Absatz eines Pumps. Sie hatte den Kopf zurückgelehnt und die Augen geschlossen. Jo betrachtete sie gerade eingehend – die blonden Locken, die etwas abgewetzten blauen Zehennägel (von denen er zufällig wusste, dass sich darunter eine alte Schicht Rosa befand), die kleinen Steine in ihren Ohren –, als sie ein Auge öffnete und ihn ansah. Ihr Blick war durchdringend und intensiv, aber nicht unfreundlich. Er ging durch Jo hindurch wie ein kleiner Stromschlag. Es wirkte, als habe sie die ganze Zeit über gewusst, dass er sie ansah. Ertappt schaute er weg und spürte sofort, wie sein Nacken anfing zu kribbeln. Eine Sekunde fürchtete er, dass sie gleich aufspringen und ihn empört fragen würde, warum er sie beobachtete. Aber als er einen Moment später wieder zu ihr rüberschielte, kramte sie in ihrem Rucksack.

Sie holte eine winzige gelbe Flasche heraus, öffnete sie und kippte den Inhalt in einem Zug hinunter. Mit zwei Fingern kniff sie dabei die Nase zu, zog eine Grimasse und schüttelte sich kurz. Dann leckte sie einmal über den Deckel und stopfte die leere Flasche wieder zurück.

Bestimmt so ein Gingershot, dachte Jo. Das tranken diese modernen Großstadt-Hippies doch jetzt alle.

Wie um das Klischee zu bestätigen, zog sie ein Einmachglas aus dem Rucksack. Es war mit etwas gefüllt, das aussah wie alte Linsensuppe. Sie schraubte den Deckel ab und roch daran, als sei sie sich nicht sicher, ob der Inhalt noch genießbar war. Dann zuckte sie mit den Achseln und begann zu essen. Bestimmt züchtet sie auch ihre eigenen Sprossen und macht Mandelmilch, dachte er. Aber er musste lächeln.

Zu seinem grenzenlosen Erstaunen zog die Frau, als hätte sie seinen Gedanken gelauscht und wollte ihn eines Besseren belehren, in diesem Moment die *Bunte* aus ihrem Rucksack.

Jo konnte es nicht fassen. Er hätte gewettet, dass sie die *Süddeutsche* las. Allenfalls noch den *Stern*. Noch eher hätte er einen Ratgeber über zuckerfreies Leben oder Intervallfasten erwartet. Sie klemmte sich das Linsenglas zwischen die angewinkelten Knie, hielt sich die Zeitung vors Gesicht und vertiefte sich kauend in die Lektüre. Als sie umblätterte, sah er an Christian Lindners übergroßem Kopf, dass sie konzentriert die Wiesn-Beilage studierte.

Jo schüttelte den Kopf. Er hatte sie wohl vollkommen falsch eingeschätzt. Die Hashtagauswahl von neulich musste er noch mal überdenken. Jetzt wäre es wohl eher so was wie: #dirndlliebe #wiesnmadle #ozapftis #lebkuchenherz

Als er sich zum zweiten Mal binnen weniger Tage beim Hashtagausdenken erwischte, durchfuhr ihn ein heißkalter Schauer. »Jetzt reiß dich mal zusammen, Alter!«, murmelte er leise. Dann setzte er seine Kopfhörer auf und begann, erneut über sein beschissenes, einsames, entgleistes Leben nachzugrübeln.

11

»Also, Sie müssen schon ein bisschen mithelfen, Frau Obermüller!« Ich versuchte, den winzigen, geschwollenen Fuß mit Gewalt in die beige Sandale zu quetschen, aber die alte Dame krümmte die Zehen und versteifte das Bein, so dass sie mir beinahe einen Kinnhaken verpasste, als der Schuh plötzlich abrutschte.

»Ich will die nicht. Ich will die schönen schwarzen, nicht diese Oma-Treter«, sagte sie bockig und pfefferte die Sandale mit einem gekonnten Kick in die Zimmerecke.

Ich seufzte laut. »Aber da passen Sie nicht rein!«

Die alte Dame funkelte mich herausfordernd an. »Unsinn!«

»Ach ja? Wollen wir wetten?«

Zehn Minuten später rollten wir quietschend über den Flur. Sie hatte die schwarzen Schlangenlackschuhe an, die sie so dringend gewollt hatte, und ich war um fünf Euro ärmer. Zwar ragten hinten ihre Fersen etwa 10 Zentimeter weit über den Schuh hinaus, aber wir hatten die Rahmenbedingungen der Wette nicht genau spezifiziert, und so hatte ich grummelnd meine Niederlage eingeräumt. Da sie im Rollstuhl saß, sah man die Fersen ohnehin nur, wenn man genau hinschaute, und dazu waren hier die wenigsten in der Lage.

91

Es war Dienstag, und wie jeden Dienstag arbeitete ich den Nachmittag über ehrenamtlich im Altersheim. Eigentlich war ich zum Vorlesen hier, aber dazu kam es so gut wie nie. Meistens half ich den Senioren beim Strümpfeanziehen und saß dann einfach neben ihnen, wenn sie sich darüber beschwerten, dass es morgens immer nur zwei Körnerbrötchen im Korb gab, um die sie dann rangeln mussten, und dass niemand sie mehr besuchte.

In letzter Zeit achtete Frau Obermüller peinlich genau auf ihre Garderobe. Ich hatte sie in Verdacht, auf Ernie Mützl zu stehen, der am Tisch nur zwei Plätze weiter saß und mit seiner karierten Kappe auch mit 86 tatsächlich noch ganz süß aussah.

Wenn man nicht so genau hinschaute.

»So, Rommé oder lieber ein kleines Work-out?«, fragte ich, als wir beschwingt um die Ecke mit den Topfpflanzen kurvten und Kurs auf den Gemeinschaftsraum nahmen.

»Ach, schaun wir mal, was so los ist!«, sagte sie und wippte gut gelaunt mit den Winzfüßen. Es roch nach Marmorkuchen und Desinfektionsmittel. In zehn Minuten begann hier die Kaffeezeit. Es war ja auch schon halb zwei vorbei!

Ernie war nicht im Gemeinschaftsraum, wie wir beide nach einem schnellen, enttäuschten Rundumblick feststellten (ich war mindestens genauso daran interessiert, dass aus der Geschichte was wurde, wie sie), und so rollte ich Frau Obermüller zu der Kiste mit den »Turngeräten«.

»Ach, warum soll ich mich abzappeln. Erzähl mir lieber was«, sagte sie verächtlich und warf den Ball, den ich ihr reichte, in die Kiste zurück. »Was ist da draußen so los?«

Ich lächelte. Frau Obermüller war meine Lieblingsoma im Heim. Das mochte daran liegen, dass sie die Einzige aus der Lilien-Gruppe war, die noch halbwegs ihre fünf Sinne beisammen hatte, oder daran, dass sie einen extrem trockenen Humor ihr Eigen nannte, der dem meinen in nichts nachstand. Auch wenn sie dabei manchmal eine brüske Offenheit an den Tag legte, die sogar mich schockierte. Es stimmte wohl, was man sagte: Im Alter verliert man jede Hemmung.

»Sag mir nicht, du hast für diese Scheußlichkeit Geld bezahlt!« Gerade bohrte sie ihren krummen Zeigefinger in den Riss meiner Jeans und zog einen Faden heraus. »Also zu meiner Zeit nannte man so was Müll!«

»Heute nennt man das lässig!«, sagte ich achselzuckend.

»Warum zur Hölle trägt man eine kaputte Hose?«, konterte sie. »Hast du kein Geld, um dir was Neues zu kaufen?«

»Ich habe sie so gekauft!«

»Um Himmels willen.«

»Es gefällt mir so. Außerdem ist es bequem!«, setzte ich hinzu, denn das war zugegebenermaßen der Hauptgrund, warum ich in meiner Freizeit fast immer zerschlissene Jeans trug. Und ich hatte die Hose wirklich schon kaputt gekauft, allerdings vor etwa zehn Jahren und auch damals schon secondhand.

Mein Stil stieß im *Seeblick* oft auf Irritation. An nichts bemerkt man die Generationen-Gap so deutlich wie an den Klamotten. Frau Obermüller und ich hatten eine ähnliche Diskussion schon bestimmt vierzigmal geführt.

»Erzählen *Sie* mir doch lieber was! Bei mir ist ja nichts los. Was gibt's Neues hier?«, versuchte ich sie abzulenken, als sie schon wieder einen Faden packte und beherzt daran zog, als wollte sie mir zeigen, dass meine Hose kurz davor war, vollends auseinanderzufallen.

Sie stieß ein verächtliches Schnauben aus. »Was soll es Neues geben? Ich stehe auf, verbringe zwei Stunden damit, mich zu waschen und anzuziehen, dann gibt's Frühstück, danach ist Pause, dann Mittag, dann wieder Pause, dann Kaffee, dann wieder Pause, dann Essen, dann Schlafen.«

»Und zwischendrin Flirten im Gemeinschaftsraum!«, neckte ich, aber sie ging nicht darauf ein.

»Wie kann es bei dir nichts Neues geben? Du bist jung, schön, nicht auf den Kopf gefallen. Die Verehrer stehen doch Schlange, was machst du falsch, dass du keinen abkriegst?«

Ich schielte sie an. »Ich mache gar nichts falsch. Ich will eben keinen Mann.«

Wieder schnaubte sie. »Du brauchst aber einen!«

»Ach ja, und wozu?«

»Weil man die braucht. So gehört sich's nun mal.«

»Und wenn es mir wurscht ist, was sich gehört?«

»Ja willst du denn eine alte Jungfer sein? Und was ist mit Kindern?«

»Jungfern gibt es nicht mehr. Die sind im letzten Jahrhundert ausgestorben. Und Kinder kann ich zur Not ja auch allein bekommen«, konterte ich, fühlte aber sofort einen vertrauten Stich in der Brust. Das war nicht gerade mein Lieblingsthema.

Frau Obermüller sah mich an, als hätte ich ihr soeben verkündet, dass ich sie gerne aufschlitzen und ihre Eingeweide zum Frühstück verspeisen wollte.

»Alleine? Unsinn. Erzähl mir doch nichts. Was ist es? Zu hohe Ansprüche?«, fragte sie schnippisch, als sie sich vom ersten Schock erholt hatte.

»Sehr hoch!«, sagte ich bestimmt und lächelte. »Aber das ist es nicht. Ich habe gar keine Zeit. Und wo soll ich denn jemanden kennenlernen? Ich bin immer entweder bei der Arbeit oder bei meiner Mutter, oder ich bastele an meinem Bauwagen rum.«

»Peter!«, sagte sie, stolz, sich den Namen gemerkt zu haben, und ich nickte bestätigend.

»Passen da überhaupt zwei Personen rein?«, wollte sie dann wissen.

»Sogar eine ganze Horde!«, sagte ich und zeigte ihr ein Bild auf meinem Handy. »Und zur Not eben übereinander!«

Ich zwinkerte, aber sie lachte nicht. Mit anzüglichen Witzen stößt man bei älteren Generationen auf Granit, da war meine Mutter kein Sonderfall. Meistens ließ ich mich davon aber erst recht anstacheln.

Als ich ihr erklärte, was ich alles noch für Umbaumaßnahmen für Peter geplant hatte, legte sie besorgt den Kopf schief. »Männer mögen keine Frauen, die handwerklich begabt sind!«, verkündete sie mahnend.

Ich musste lachen. »Ach ja?«

Sie nickte ernst. »Das ist die eine Sache, die ihnen noch geblieben ist. Da sind sie empfindlich.«

»Soso!«

»Ja doch, ich sage es dir. Bei Männern muss man immer auf das Ego aufpassen. Das hat schon meine Mutter damals gepredigt.«

»Ehrlich gesagt habe ich noch nie einen Mann gehabt, der handwerklich begabt war«, erwiderte ich, plötzlich nachdenklich. »Die meisten können nicht mal 'ne Glühbirne reinschrauben. Das ist heute alles nicht mehr so.«

Stirnrunzelnd sah sie mich an. »Ach ja, was machen die denn dann heute?«, fragte sie erstaunt.

Ich zuckte mit den Achseln. »Fortnite spielen. Oder klettern gehen, das ist jetzt sehr in Mode. DJs sind auch viele ...«

Sie sah mich ebenso verständnislos wie entsetzt an, und ich musste laut lachen. »Jedenfalls ist es gar nicht so leicht, wie Sie denken, jemanden zu finden. Heute gibt es keine Tanztees und Scheunenfeste mehr, wo man verkuppelt wird. Oder Scheunenfeste schon noch, aber was da so rumläuft, wollen Sie auch nicht geschenkt haben, glauben Sie mir. Und ich bin wie gesagt immer beschäftigt. Entweder arbeite ich, oder ich bin hier und streite mit Ihnen über meine Klamotten«, sagte ich.

»Na, hier kann man's ja auch mal versuchen. Der Toni, wäre der nicht doch was für dich?« Plötzlich war sie ganz hellhörig.

Vehement schüttelte ich den Kopf. Der korpulente Altenpfleger, der mir schon seit Monaten schöne Augen machte, war wirklich nett, aber mit seinen 19 Jahren dann doch ein wenig jung für mich. »Ich bin ganz glücklich als Single!«, sagte ich nachdrücklich, aber sie presste die Lippen zusammen und machte eine wegwerfende Geste mit der Hand, die mir zu verstehen geben sollte, dass ich Schwachsinn redete.

Als ich zwei Stunden später heimradelte, schwirrte mir unser Gespräch noch immer im Kopf herum. Frau Obermüller und Ernie Mützl hatten über dem Streuselkuchen angebandelt (woran ich nicht ganz unschuldig war, denn ich hatte kurzerhand die bestehende Sitzordnung umgeschmissen und sie einfach neben ihm geparkt), und irgendwie machte es mir zu schaffen, dass sogar eine fast Neunzigjährige mehr Glück bei Männern hatte als ich.

War ich denn so zufrieden als Single, wie ich ihr versichert hatte? Mein Job war erfüllend, keine Frage. Zwar packte mich hin und wieder das Fernweh, und ich bekam Lust, meinen alten Rucksack aus dem Bodenstauraum des Wohlwagens zu kramen, ein One-Way-Ticket zu kaufen und loszuziehen (besonders, wenn ich zu viel Zeit mit meiner Mutter verbracht hatte). Aber ich konnte mir bei der Arbeit jederzeit ein Sabbatjahr nehmen. Und das würde ich auch. Irgendwann. Ich wollte wieder nach Indien, nach Nepal. Meine Freunde in Südamerika besuchen. Aber gerade war ich gerne hier. Der Ammersee war immer wunderschön, doch im Sommer hatte die Gegend einen ganz eigenen Zauber, den es sonst nirgends auf der Welt zu finden gab. Abenddämmerung über dem Wasser, das Leuchten der Berge zur blauen Stunde, Eistee mit Katja auf dem Steg, meine Schwimmrunde am Reiher vorbei, der erste Kaffee am Morgen auf meiner kleinen Terrasse, meine eigenen Erdbeeren im Müsli. Im Moment wollte ich genau das. Manchmal war es natürlich ein bisschen einsam in meinem Wagen, das konnte ich nicht leugnen. Sogar mit Dexter. Ich war in einem Alter angekommen, in dem die meisten in festen Beziehungen steckten, viele schon Familie hatten. Meine alten Freunde sah ich nur noch selten. Ich war einfach zu lange weggewesen, außer mit Katja und Nep hatten sich fast alle Kontakte irgendwie verloren. Klar, man traf sich noch mal zum Kaffeetrinken, aber dann erzählte man sich nur von seinem Leben, man lebte es nicht mehr gemeinsam. Und immer öfter kreisten diese Gespräche um Themen, zu denen ich wenig bis gar nichts beitragen konnte. Abpumpen und Familienurlaube nach Disney World waren da nur zwei von unzähligen Beispielen. Die Zeiten, zu denen ich mit meinen Freundinnen alles gemeinsam gemacht hatte, wir im Sommer jede freie Sekunde im Seebad verbrachten, ja sogar zusammen in den Supermarkt gingen und jede noch so unbedeutende Kleinigkeit am Telefon totquatschten, waren vorbei. Und irgendwie war das auch gut und richtig, schließlich hatte auch ich einen hektischen Alltag. Aber manchmal fragte ich mich, ob ich nicht etwas falsch machte. Ich lehnte jede Art von Social Media oder Dating-App grundsätzlich ab. WhatsApp war gerade noch zumutbar, aber auch nur, weil man ohne heutzutage auch gleich in eine Höhle ziehen konnte. Alleine den Gedanken, anhand von Fotos und dummen Sprüchen auf die Suche nach der großen Liebe zu gehen und sich dabei durch Hunderte, wenn nicht Tausende Bewerber zu klicken, fand ich absurd.

Sie auf andere Art zu finden war aber wirklich auch verdammt schwer geworden, das musste sogar ich zugeben. Bettgeschichten gab es an jeder Ecke, wenn man es nur drauf anlegte, das war nicht das Problem. Dazu brauchte ich höchstens ein Glas Wein und – an schlechten Tagen – ein tief ausgeschnittenes Shirt. Etwas Festes, Dauerhaftes jedoch ... Tief drin wusste ich, was das eigentliche Problem war, auch wenn ich das bisher nicht mal vor mir selber so richtig eingestanden hatte: Wenn ich jemanden kennenlernen und mich verlieben sollte, würde irgendwann der Moment kommen, in dem ich nicht mehr vor der Wahrheit weglaufen konnte. Obwohl es zehn Jahre her war, hörte ich noch ganz genau die Stimme der Ärztin im Ohr: *Es ist nicht zu hundert Prozent ausgeschlossen, aber mach dir lieber keine Hoffnungen, Marie!*

Das hatte ich auch nie. Aber mit 21 war Kinderwunsch ohnehin kein Thema für mich gewesen. Trotzdem hatte mich die Diagnose damals schockiert. Endometriose ... Ich hatte vorher noch nicht einmal etwas von der Krankheit gehört, dabei ist sie gar nicht so selten. Jahrelang hatte ich mich gequält, die Schmerzen waren so schlimm, dass ich manchmal während meiner Periode nicht in die Schule gehen konnte. Zweimal war ich sogar ohnmächtig geworden. Trotzdem hörte ich immer nur, dass das normal war, dass manche Mädchen das nun mal so hatten. Auch meine Frauenärztin war nicht weiter besorgt gewesen. Nie war ich auf die Idee gekommen, dass etwas nicht stimmen könnte. Aber als ich mit Anfang zwanzig die Pille absetzte, weil ich keine Hormone mehr nehmen wollte, waren meine Schmerzen von jetzt auf gleich unerträglich geworden. Es fühlte sich an, als würde man mir mit einem glühend heißen Messer den Bauch aufschneiden. Obwohl ich auch damals Tabletten nur nahm, wenn es sich absolut nicht vermeiden ließ, konnte ich in dieser Zeit nicht ohne überleben. An den ersten Tagen meiner Regel und den Tagen danach, bestand die Welt für mich nur aus Schmerz. Der Gynäkologe, zu dem ich damals ging, hatte mir gesagt, dass wahrscheinlich psychischer Stress die Ursache war. Wann immer ich an dieses Gespräch dachte, lag mir, auch jetzt, zehn Jahre später, die Wut wie ein Stein im Magen.

Es war Katja, die mich damals dazu drängte, zum Internisten zu gehen. Danach ging alles relativ schnell. Während der OP entfernten sie Gewebe an Blase und Gebärmutter. Und einen Eierstock. Der andere war verklebt, funktionierte aber noch. Zumindest theoretisch.

Ich war der Krankheit aber auch dankbar. Durch sie lebte ich nun gesünder, bewusster, hatte mich mit alternativen Heilmethoden und hormoneller Verhütung befasst, Yoga und Meditation für mich entdeckt, meine Ernährung umgestellt und meinen Körper auf ganz neue Weise kennengelernt. So konnte ich die Krankheit nach der OP irgendwann in mein Leben integrieren. Nun gehörte sie dazu, gehörte zu mir. Sie war nicht heilbar, aber gutartig, und so hatte ich mich einfach mit ihr abgefunden.

Es war immer okay gewesen, dass ich wahrscheinlich keine Kinder bekommen würde. Aber nun war auch noch Katja schwanger. Die letzte meiner Freundinnen, die noch ungebunden war, deren Leben auf der gleichen Frequenz schwang wie meins. Ich freute mich wahnsinnig für sie und auf das Baby. Trotzdem hatte es mir einen Stich versetzt. Es war ein One-Night-Stand mit ihrem Ex gewesen, das Kind war nicht geplant, und sie würden auch nicht wieder zusammenkommen. Sie hatte sofort aufgehört zu daten. Männer gab es für sie jetzt erst mal nicht mehr, hatte sie damals verkündet – und wer Katja kannte, wusste, dass das eine wirklich bedeutsame Aussage war. Nun fing für sie ein ganz neues Leben an. Und auch irgendwie für mich. Ich wollte nicht neidisch sein, aber ganz tief drin fragte ich mich schon manchmal, wer ich wäre, wenn in meiner Gebärmutter alles normal aussehen würde.

Ich radelte durch die stillen, abendlichen Straßen und fühlte mich plötzlich seltsam leer. In letzter Zeit schien es mich zu verfolgen. Wo auch immer ich hinging, sprang es mich geradezu an. Auch die kleinen Sticheleien meiner Mutter hatten zugenommen. Ich wusste, dass sie nicht nur Scherze machte; sie wollte wirklich unbedingt Enkel. Der Gedanke, dass ich ihr diesen Wunsch höchstwahrscheinlich niemals erfüllen würde, tat mehr weh, als ich erwartet hatte. Ich hatte es ihr nie erzählt. Damals lebte ich schon nicht mehr daheim, und in der Zeit, in der ich die Diagnose bekam, hatte mein Vater schon mit seiner Krankheit zu kämpfen. Ich wollte sie nicht noch mehr belasten, es ihr irgendwann sagen, wenn der Zeitpunkt passte. Nur war das irgendwie nie passiert.

Es roch nach Sommerregen auf nassem Asphalt, ein paar Amseln sangen, und zum ersten Mal gestand ich mir ein, dass mich Katjas Schwangerschaft auch ein wenig traurig machte. Und dass es mir nicht so gut ging, wie ich mir immer einzureden versuchte.

Es wäre schon schön, sich mal wieder zu verlieben, dachte ich sehnsüchtig, während ich an den blühenden Gärten unserer Nachbarn vorbeifuhr.

Ja, es wäre wirklich schön.

Aber einfach zu schwierig.

»Halten Sie den Kopf fest?« Die Tierärztin lächelte mich an, warf Dexter dann aber einen misstrauischen Blick zu.

»Keine Sorge, sie knurrt nur manchmal zur Abschreckung, aber zum Beißen ist sie zu faul!«, beruhigte ich sie.

»So? Na dann wollen wir mal!« Sie klang wenig überzeugt, begann aber mit dem Ultraschall.

Eine halbe Stunde später wusste ich, dass es nicht 15 Welpen waren, die in Dexs Bauch darauf warteten, meinen Wohlwagen zu kapern, sondern acht. »Auch nicht gerade wenig!«, sagte ich anerkennend, als ich sie wieder auf die Rückbank des SUVs meiner Mutter gepackt hatte. »Aber das schaukeln wir schon!«

Nur wie so genau, wusste ich noch nicht.

Ich hatte meine Hündin vor einem halben Jahr aus dem Tierheim geholt und ihr den rebellischen Namen Dexter gegeben, weil ich zu dieser Zeit gerade süchtig nach der gleichnamigen Fernsehserie war, die ich abends illegal auf meinem Laptop streamte (das WLAN lief über meine Mutter). Außerdem konnte man schließlich auch mit seinem Hund Genderkonventionen abschaffen.

Ihre Adoption war eine etwas unüberlegte (und leicht hirnrissige) Aktion gewesen, das musste ich im Nachhinein zugeben, aber ich hatte sie noch keine einzige Sekunde bereut. Damals war ich als moralische Stütze und Entscheidungshilfe mit Katja zum Tag der offenen Tür ins Tierheim gegangen. Sie überlegte, sich eine Katze anzuschaffen, da es ja mit den Männern nicht so klappte und sie abends nicht mehr alleine auf dem Sofa sitzen wollte. Das Ende vom Lied war, dass sie es doch für eine zu große Verantwortung hielt, ich aber mit einem Rottweiler nach Hause ging.

Damals war ich durch die Gitterstäbe Dexters traurigen braunen Augen begegnet, die sich bittend an mir festsaugten. Als die Pflegerin mir erzählte, dass Rottweiler so gut wie nie ein zweites Zuhause fanden und sie wahrscheinlich bis an ihr Lebensende in dem tristen Betonkäfig bleiben würde, hatte etwas in mir einfach geklickt. »Nein, bleibt sie nicht!«, hatte ich gesagt, und damit war es entschieden gewesen.

In Bayern gelten Rottweiler als Listenhunde, aber sie hatte den Wesenstest mit Bravour bestanden und durfte wenige Wochen später bei mir einziehen. Seither war sie mein Ein und Alles. Ich war überzeugt, dass es kein treueres, liebenswürdigeres Geschöpf auf dieser Erde gab. Als Vorbereitung hatte ich jedes Buch und jede Website verschlungen, die sich mit der Rasse beschäftigten, und fast alle bestätigten mir, dass Rottweiler sanftmütige Familienhunde waren, die nur in den falschen Händen und in Ausnahmefällen gefährlich werden konnten.

Das meiner Mutter zu erklären war freilich ein anderes Paar Schuhe gewesen.

Aber auch sie hatte Dex nach anfänglichem Fremdeln schließlich irgendwann akzeptiert.

Ich hatte ihr natürlich auch keine Wahl gelassen.

Dass Dex dann schwanger geworden war, schuldete ich wiederum einer zweiten leicht hirnrissigen Aktion – die ich durchaus schon des Öfteren bereut hatte. Ich wusste theoretisch schon, dass man läufige Hündinnen nicht unbedingt von der Leine lassen sollte. Schon gar nicht in unübersichtlichen Auslaufgehegen mit viel Grünwuchs zum Verstecken. Aber sie hatte an diesem Tag einen solchen Bewegungsdrang und der Mann mit dem Beagle, der sich zu mir auf die Bank neben dem Wassertrog setzte, so schöne blaue Augen, dass ich einfach alles um mich herum vergaß. Wir flirteten eine Viertelstunde, dann ging er nach Hause zu seiner Frau und ich zog Dexter aus den Büschen, wo sie sich augenscheinlich ziemlich gut vergnügt hatte. Was mir aber erst klarwurde, als mir wenige Woche später ihr geschwollenes Gesäuge auffiel und sie begann, mir auf der Suche nach Extrafutter den Kompostkübel auszuräumen.

Es kamen etwa 38 andere Hunde als Vater in Frage, daher würden wir beide alleinerziehend sein. Bisher hatte ich die

finanziellen, beruflichen und privaten Konsequenzen, die das
für mein Leben haben würde, noch nicht so wirklich an mich
herangelassen.

Langsam musste ich aber anfangen, mir Gedanken zu machen. Die Tierärztin hatte mir einen kleinen Einlauf darüber
verpasst, wie viel Arbeit verantwortungsvolle Welpenaufzucht
bedeutet, und ich beschloss, bei meiner Chefin morgen
gleich meinen Mutterschutz anzufragen. Auf dem Heimweg
fuhr ich kurzentschlossen beim Baumarkt vorbei. Ich band
Dexter an den Sitz und ließ alle Türen sperrangelweit offen
stehen. So konnte sie auf ihrer Decke liegen bleiben, ohne
zu ersticken. Niemand würde es wagen, sich einem Auto mit
Rottweiler drin zu nähern, da war ich mir ziemlich sicher.
Die Rasse hatte schon auch ihre Vorteile. Auch um meinen
Wohlwagen musste ich mir seit ihrem Einzug keine Sorgen
mehr machen. »Bin gleich zurück, Babe!«, sagte ich, und
gab ihr einen schnellen Kuss aufs Ohr, das leicht nach Käse
roch. Dann kaufte ich Holz und Hasendraht. Im Kopf hatte
ich bereits einen Plan. Ich würde den Esstisch vorübergehend
ausquartieren und an seinen Patz ein Luxus-Laufstall-Baby-
gehege bauen. Niedrig genug, dass Dexter rauskonnte, aber
hoch genug, dass es die Kleinen davon abhalten würde, mein
Zuhause zu zerkauen.

Den Rest des Abends saß ich mit einem Glas Wein an meinem Zeichentisch und entwarf den Plan für das Welpenge-
hege. Als ich schließlich mit brennenden Augen, aber zufrieden ins Bett ging, bestellte ich vom Handy aus noch schnell
Kuscheldecken, abwaschbare Planen als Unterlage und kleine
Futternäpfe. Dann fühlte ich mich halbwegs gewappnet. Ich

würde das beste verdammte Zuhause für die Welpen bauen, das sie sich nur wünschen konnten. Und ich würde die beste alleinerziehende Hundemama sein, die die Welt jemals gesehen hatte. Schließlich galt es nur etwa drei Monate zu überstehen, bis die Kleinen in ein neues Zuhause übersiedelten. Dexter und ich würden das schon meistern. »Wir schaffen das nämlich durchaus auch allein!«, flüsterte ich störrisch in die Dunkelheit und dachte an Frau Obermüller.

12

»Sä postboat brings sä parcel.«

Die Frau am Postschalter tippte mit einem langen Glitzer-
nagel auf das Dokument, das der Mann ihr gegenüber in der
Hand hielt, und funkelte ihn durch dicke Brillengläser ungeduldig an. »Sä postboat. Brings. Sä parcäääl!«, sagte sie noch
einmal, jedes Wort betonend, diesmal ein wenig lauter und
deutlich ungeduldiger.

»But ... I don't even live near the water!« Die verzweifelte
Stimme des jungen Mannes vor ihm in der Schlange riss
Jo aus seinen Gedanken. Ist ja interessant, seit wann haben
sie ein Postboot auf dem Ammersee?, dachte er und trat näher. Wie soll das überhaupt funktionieren, das ist doch hirn-
rissig.

»Please, I just need my package«, sagte der Mann flehend,
und die Frau schob mit einem Finger ihre Brille nach oben.
»Also was kann man doran net verstehen«, murmelte sie ärgerlich. Dann sah sie Jo an. »Könna Sie ihm vielleicht erklären, dass der Postbode ihm das Packerl bringt und er es nicht
hier zu holen braucht?«, fragte sie.

Jo starrte sie einen Moment verständnislos an.

Dann begriff er.

»Ah, the postboat!«, rief er lachend und nickte dann
schnell, als ihn ein ärgerlicher Brillenblick traf. Er drehte sich

zu dem Mann und übersetzte. »The mailman will bring it to your house, don't worry!«, erklärte er zwinkernd.

»Sag ich doch!«, knurrte die Frau, und der Mann zog dankbar lächelnd ab. In diesem Moment sah Jo es. Dort, auf dem Tresen, neben der Glitzernagelhand der Beamtin. Die aufgeschlagene Zeitschrift. Sein Blick war schon vorher darüber gestreift, und er hatte registriert, dass etwas nicht stimmte, aber erst jetzt wusste er, was es war.

Die Frau aus der Bahn.

Er sah wie hypnotisiert auf das Bild. Ihr Gesicht in der *Gala*? Doch, sie war es. Kein Zweifel. Gleich unter dem wesentlich größeren von Mariella Ahrens, die offenbar gerade einen neuen Mann gefunden hatte. Die blonde Frau, deren Anblick ihm inzwischen so vertraut war, hing im Arm eines gutaussehenden Jünglings. Irgendwas klingelte bei seinem Anblick, er kam ihm bekannt vor, aber gerade konnte er ihn nicht einordnen. »Neues Wiesn-Glück«, stand fett unter dem Bild. »Semmelhubers geheime Flamme. Das Exklusivinterview.«

»Soan Se jetzt dran oder nicht?«, riss ihn die Stimme der Glitzernagelfrau aus den Gedanken. Er zuckte zusammen. »Oh ja, Entschuldigung! Eine Sekunde.« Ohne nachzudenken, ging er zu dem Regal neben der Kasse und griff nach einer *Gala*. »Oma wollte ja noch die Illustrierte«, murmelte er extra laut und kassierte dafür einen misstrauischen Blick durch die Brille.

»Nehmen Se lieber die *Bild der Frau*. Die hat Rezäpde!«

Er schüttelte den Kopf. »Sie mag den Promitratsch!«, erklärte er, und die Beamtin nickte verständnisvoll. »I oa!«, sagte sie und kassierte ab.

Vor dem Laden klemmte er sich das Paket zwischen die Knie und blätterte hektisch in der Zeitschrift, bis er ihr Gesicht fand.

Marie Brunner, 31.

Marie ...

Jetzt hatte sie einen Namen. Marie passte zu ihr. Es klang wie ihr Lächeln. Freundlich und warm.

Und nun fiel ihm auch wieder ein, wer der Mann war. Klar, Lokalpromi! Die Semmelhubers waren eine der reichsten Familien der Gegend. Ihnen gehörte unter anderem eines der Zelte auf dem Wiesn-Gelände, was sie so ziemlich automatisch zu Milliardären machte. Er glaubte sich zu erinnern, dass die Kinder hier zur Schule gegangen waren und Nepumuk, so hieß der Kerl, eine Klasse unter Henne gewesen war.

»Mit dem?«, fragte er die Hochglanz-Marie. »Ernsthaft?«

Geschmack hatte sie also nicht. Er rümpfte die Nase. Okay, gut sah er schon aus, der Sonnyboy, wenn man mal objektiv war. Aber ganz ehrlich, man wusste doch sofort, dass mit dem nicht viel anzufangen war. Über seinen Lebensstil kursierten rund um den See die wildesten Gerüchte. Inzwischen lebte er in der Stadt, brauste aber, in einer Kolonne mit der halben Münchner Schickeria, an den Wochenenden gerne mal mit offenem Verdeck und Schampus-Kühler an den See. Er hatte auch noch einen älteren Bruder. Die beiden zogen ein Windsor-William-Harry-Ding durch, der Jüngere machte einen auf Peter Pan, jettete von einer Party zur nächsten, während der Ältere die Geschäfte der Familie übernahm. Wenn auch nur ein kleiner Teil von dem stimmte, was er bisher über Nepumuks Ausschweifungen gehört hatte, beneidete Jo ihn glühend und hasste ihn gleichzeitig mit Inbrunst. Aber die

Verbindung erklärte immerhin Maries höchst fragwürdigen Zeitschriftengeschmack. Wahrscheinlich hatte sie neulich in der Bahn in der Wiesn-Beilage der *Bunten* nach Bildern ihres neuen Boyfriends gesucht. Was es auch nicht besser machte ...

Er betrachtete sie genauer. Auf dem Bild trug sie ein seltsames blaues Kleid, das ihr nicht gerecht wurde, strahlte aber gekonnt in die Kamera. Solche Auftritte schienen ihr nicht fremd. Erneut war er überrascht, wie wandlungsfähig sie war. Niemals hätte er in der Frau aus der Bahn, mit ihren Schlappen und ihrer Linsensuppe, dieses Red-Carpet-Püppchen vermutet.

»Eine Bekannte des Paares hat uns exklusiv verraten, dass die beiden sich schon lange kennen, es aber erst in letzter Zeit ordentlich gefunkt haben soll. ›Sie ist noch etwas schüchtern‹, verriet Nepumuk über seine neue Liebe. Na, wenn das mal nicht das Wiesn-Paar des Jahres wird!«

Jo gab ein verächtliches Schnauben von sich und rollte die Zeitung ein. Was für ein Exklusivinterview! Einen Moment überlegte er, ob er die *Gala* direkt in den nächsten Mülleimer werfen sollte. Dann behielt er sie aber doch in der Tasche.

»Ich habe dir doch erklärt, das ist nur zur Sicherheit. Das haben jetzt alle. Ist modern. Und praktisch! Bei mir läuft das übers Handy, also wenn ich mich mal verirren sollte, kann man mich darüber finden.«

»Ich hab doch auch eins!«

»Ja, aber das ist zu alt, es hat kein GPS.«

Sein Vater zog misstrauisch die Augenbrauen zusammen, holte dann sein riesiges Prepaid-Nokia mit den extragroßen Tasten aus der Hosentasche und betrachtete es einen Moment lang abschätzend. »Ich brauche so was nicht!«, sagte er bestimmt, und Jo seufzte. »Doch, Papa. Das ist doch gar nicht schlimm. Du merkst das ja nicht mal.«

Bereits seit einer halben Stunde saßen sie jetzt auf der Terrasse. Die Sonne versank hinter der Fliederhecke, die Nachbarn grillten, und es roch nach einer unbeschwerten, lauen Sommernacht.

Das war sie aber nicht.

Jo erklärte seinem immer bockiger werdenden Vater gerade zum zehnten Mal, warum der das kleine schwarze Gerät, das er vorhin von der Post geholt hatte, von jetzt an immer in der Hosentasche mit sich herumtragen sollte. Er bereute es bereits zutiefst, die Diskussion überhaupt losgetreten zu haben.

Aber er hatte keinen anderen Weg gesehen. Beim Akkuladen hatte er nämlich festgestellt, dass er bei seiner GPS-Recherche eine winzige, entscheidende Kleinigkeit übersehen hatte: Personen ohne deren Wissen oder Zustimmung zu orten war strafbar. Außerdem, und das war das entscheidendere Problem, war es gar nicht so leicht, einem Mann, der seine meiste Zeit in Jogginghosen und Unterhemd verbrachte, einen etwa faustgroßen, schwarzen Sender unterzujubeln, ohne dass der es merkte. Horst hatte schließlich keine Handtasche, in der er ihn einfach verstecken konnte.

Eine Weile hatte er mit sich gekämpft. Wie wahrscheinlich

war es schließlich, dass sein Vater ihn dafür anzeigen würde, wenn er ihn heimlich mit seinem Handy trackte. Na ja, wenn er eine seiner wütenden Episoden hatte, konnte das durchaus passieren, dachte Jo jetzt und seufzte. Er nahm einen Schluck Bier und wünschte sich einen Moment Frieden. Einfach mal abschalten, dasitzen und den Amseln zuhören. Das hatte er schon immer gerne gemacht.

Wesentlich mehr als die nicht sehr wahrscheinliche Bedrohung durch eine Anzeige seines Vaters trieb ihn die Entmündigung um, die mit der ganzen Sache verbunden war. Schließlich hatte Horst durchaus auch noch sehr viele gute Tage. Tage, an denen er fast der Alte war, an denen nur die, die ihn ganz genau kannten, merkten, dass etwas nicht stimmte. Er hatte sich vorgenommen, ihn so lange wie möglich und so gnadenlos wie möglich zu behandeln wie immer und so wenig Zugeständnisse wie möglich an die Krankheit zu machen. Dazu gehörte eben auch, dass er ihm jetzt erklärte, warum er von nun an jeden seiner Schritte über GPS verfolgen würde, als wäre er ein wertvoller Koffer.

Wenn er es wirklich durchziehen wollte, müsste er jetzt natürlich auch ganz ehrlich ein. Er müsste sagen: Papa, es stimmt einfach nicht mehr bei dir da oben. Du hast eine Krankheit, die dich vergesslich macht, sehr vergesslich. Und auch merkwürdig. Es wird nie wieder besser werden, sondern immer nur noch schlimmer und schlimmer. Deshalb bin ich auch wieder hergezogen. Nicht wegen der Arbeit, die konnte ich sehr gut zu Fuß von meiner alten Wohnung aus erreichen. Und auch nicht, weil ich so gerne in meinem Kinderzimmer schlafe. Nicht weil es mir Spaß macht, jeden Tag zwei Stunden zu pendeln oder mein Sozialleben aufzugeben. Deinetwegen. Nur deinetwegen bin ich hier. Weil du langsam verwahrlost, weil du Sachen hortest und dich nicht mehr richtig wäschst. Und vor allem weil es kein anderer machen wollte. Und ich sorge mich, dass du das Haus verlässt und nicht mehr weißt, wer du bist, und dir dann etwas passiert. Deswegen wirst du jetzt geortet, ob du willst oder nicht. Wenn du das nicht akzeptierst, dann musst du bald hier weg, verstehst du das? Dann musst du dein Zuhause verlassen, das Haus, in dem du seit 40 Jahren wohnst, das du selbst gebaut hast. Und ich gehe wieder in die Stadt, und dann sehen wir uns nur noch am Wochenende und an Geburtstagen.

Aber das sagte er nicht. Er sagte: »Mann, Papa, mach es einfach, okay? Ich hab jetzt keine Lust, ewig rumzudiskutieren über den Mist.«

Gerade als sein Vater den Mund öffnete, um erneut zu protestieren, kam Karla um die Ecke und rettete Jo. »Hey Leute!« Sie setzt sich auf einen freien Stuhl und lächelte in die Runde. Heute trug sie ein Insomnium-Shirt und hatte die Haare zu kleinen Harley-Quinn-Zöpfen aufgesteckt. Ihr Make-up hätte ebenfalls besser nach Gotham City gepasst als in Schramls Garten. Aber egal, wie sehr sie sich auch verunstaltete, Karla sah immer gut aus. Jo merkte, wie sein Vater sich in ihrer Anwesenheit sofort entspannte.

»Karlerl. Ich hol dir eine Limonade!«, sagte er und stand auf.

»Lass nur, Horst!«, rief sie, aber er winkte ab.

»Ein Bier könnte ich nicht zufällig ...«, begann sie vorsichtig, aber als sie Jos schnelles Kopfschütteln gewahrte, brach sie ab. »Limonade wäre super!«

»Er hat nicht mehr so ganz auf dem Schirm, dass du erwachsen bist!«, erklärte Jo und Karla seufzte. »Bin ich ja auch nicht.« Plötzlich sah er, dass sie etwas in der Hand hielt. Bevor er reagieren konnte, rief sie: »Instagram? Ernsthaft?«

»Hey!«

Er versuchte, Karla sein Handy zu entwinden, das eben noch vor ihm auf dem Tisch gelegen hatte, aber sie war zu schnell. »Du sollst nicht immer meine Chats lesen!«, rief er empört und versuchte, sie in den Schwitzkasten zu nehmen, aber sie knuffte ihn in die Seite und scrollte bereits mit konzentrierter Miene durch seine Abos.

»Was hat dich denn da geritten? Du hasst doch Social Media.«

Jo seufzte tief. Er hatte nicht gedacht, dass er so schnell entdeckt werden würde.

Ja, er hatte sich auf Instagram angemeldet. So genau wusste er auch nicht, warum. Er wollte wohl einfach gerne mehr über die mysteriöse Marie Brunner herausfinden. Außerdem hatte er schon länger mit dem Gedanken gespielt, ob es nicht an der Zeit war. Technisch gesehen war er schließlich auch noch ein Millennial. Ganz haarscharf. Zwar hatte er noch nie ein Bild seines Kaffees gepostet (geschweige denn ein solches aufgenommen), er hasste Elektro-Musik, kannte keine einzige Kardashian und fragte sich bei Billie-Eilish-Songs regelmäßig, ob dieses Mädchen eigentlich mit Flüstern Milliardärin geworden war, aber er gehörte zur Generation Y. Auch wenn er das gerne verleugnete. Und das räumte ihm das Recht ein, vielmehr oblag ihm dadurch die Pflicht, einen Instagram-Account zu haben. So oder so ähnlich hatte es zumindest Henne mal formuliert, der mit seinen Kletterfotos seit Jahren eine kleine, aber treue Fangemeine heranzüchtete. Bisher hatte er sich hartnäckig geweigert, aber zum Stalken gab es nichts Besseres (wusste er ebenfalls von Henne, der eine ungesunde Obsession für seine Ex Sandra entwickelt hatte und jede ihrer Storys verfolgte, als seien es Eilmeldungen im Fernsehen).

Er wollte nicht stalken. Stalken klang ungesund, irgendwie pervers. Er wollte einfach ... nur mal gucken. War das denn so schlimm?

»Ach, gar nichts ...«, brummelte er, doch Karla zog bereits wissend die Augenbrauen zusammen. »Da steckt was dahinter. Los, raus damit! Um wen geht's?«

Jo seufzte. Sie kannte ihn einfach viel zu gut.

»Ach, ich sehe morgens manchmal so 'ne Frau in der Bahn«, murmelte er und nahm einen Schluck Bier. »Und jetzt habe ich zufällig ihr Bild in der *Gala* entdeckt. Sie ist mit dem jüngeren Semmelhuber zusammen, kennst du den?«

Karla nickte. »Nepumuk. Klar, wer nicht. Meine Freundin Sonja hatte mal was mit ihm. Ist aber schon länger her. War der nicht bei Henne in der Schule?«

Jo nickte. »Glaub auch. Na ja, jedenfalls hat mich das irgendwie überrascht, die beiden passen nun echt so gar nicht zusammen!«

»Aber wenn sie einen Freund hat, warum ...«

»Nur so!«, rief Jo genervt. »Sag ich doch! Und jetzt gib her!« Wieder versuchte er, Karla das Handy zu entwinden (sie wischte auch gerne mal unautorisiert durch sein Tinder und war dabei immer äußerst gnadenlos. Wer weiß, wer ihm durch sie schon alles durch die Lappen gegangen war!). Unbeeindruckt wehrte sie ihn mit dem Fuß ab und scrollte weiter durch seinen Account. Jo schüttelte den Kopf, gab auf und lehnte sich zurück. Wenn Karla was wollte, konnte auch ein Bulldozer nichts gegen sie ausrichten. Sie war berühmt für ihre Hartnäckigkeit. Während sie sich mit konzentriert gerunzelter Stirn über sein Handy beugte, betrachtete er ihre schöne gerade Nase, ihre schrecklichen orangenen Haare und dachte, welches Glück er hatte, sie zur Freundin zu haben.

Letztes Jahr hatte er sich überreden lassen, mit ihr nach Wacken zu fahren. Obwohl er den Survival Guide für den Erstbesuch gelesen hatte, war er ziemlich naiv an die Sache rangegangen. Nachdem er ein ganzes schwülwarmes Augustwochenende von langhaarigen, zappelnden Horden hin und her geschubst worden war und sich gefühlt hatte, als sei er durch ein Raum-Zeit-Kontinuum in eine brüllende, schwarze Parallelwelt gefallen, hatte er sich geschworen, nie wieder ein Festivalgelände zu betreten. Er war schlicht und einfach zu alt für den Scheiß. Überlebt hatte er das Ganze nur, weil er sich nach dem ersten Schockmoment durchgehend betrank. Zwei Dinge hatte er damals gelernt. 1.: Er hasste Metal aus tiefstem Herzen. Und 2.: Die meisten der Metalheads, die er insgeheim immer allesamt für verkappte, von Satan gesteuerte Serienkiller gehalten hatte, waren friedliebende Familienväter, die sich in ihren Camps über Rasensprenger und Kitamangel unterhielten und einfach einmal im Jahr so richtig die Sau rauslassen wollten. Über die Frauen konnte er keine Aussage treffen, er hatte mit keiner einzigen geredet. Sie machten ihm eine Heidenangst. Wenn man von Karla ausging, versteckten sich hinter den einschüchternden Fassaden allerdings liebenswürdige, witzige und kluge Geschöpfe, mit einem für ihn unverständlichen Hang zu gutturalem Gesang.

Wahrscheinlich hatte er an diesem Wochenende aus Angst die Liebe seines Lebens verpasst.

Trotzdem. Für ihn war das einfach nur Krach.

»Und du glaubst, damit kannst du sie beeindrucken?«, sagte Karla jetzt und betrachtete missbilligend sein Profil. »Hast du denn kein besseres Bild? Du siehst ja aus wie 40.«

Jo justierte seine Kurzeinschätzung in Gedanken: Witzig, klug – und manchmal erschreckend fies.

»Bin ich ja auch fast.«

»Na ja, komm, sechs Jahre hast du noch. Außerdem ist 40 das neue 30. Das heißt, mit fast 40 musst du heute aussehen wie beinahe noch 20!«, belehrte sie ihn, grinste aber über ihre eigenen Worte. Niemand interessierte so was weniger als Karla. Zumindest bei sich selber.

»Ich sage doch, ich war nur neugierig. Außerdem habe ich sie ja gar nicht gefunden«, verteidigte er sich und versuchte erneut vergeblich, sein Handy zurückzuerkämpfen. Karla wehrte ihn mit einem lässigen Ellbogenkick ab. »Also auch falls du sie findest, solltest du ihr auf keinen Fall folgen. Mit zwei seltsamen Kletterbildern und acht Abonnenten kannst du nicht groß Eindruck schinden, wenn sie sich dein Profil ansehen sollte, da denkt sie doch sofort, du bist ein perverser Catfish.«

Jo rollte mit den Augen. »Ich sage doch, sie hat einen Freund. Ich – wollte – ja – nur – mal – gucken!«

»Hm, hast du *ihn* schon gefunden?«

Erstaunt hielt er inne. »Wie meinst du das?«

Karla stöhnte genervt. »Du Anfänger. Wenn du ihn findest, findest du auch sie. Und da er in der Gegend quasi ein Celebrity ist – und nach allem, was ich gehört habe, auch ein eingebildeter Poser –, hat er hundert Prozent Instagram.«

Jo war plötzlich Feuer und Flamme. »Ja los, dann schau mal!«, drängelte er, und es dauerte keine zwei Sekunden, bis sie triumphierend verkündete: »Hab ihn!«

Jo stützte sein Kinn auf ihre Schulter, und zusammen scrollten sie sich durch die Bilder. Unter dem malerischen Usernamen *Chill_Your_Lifestyle* präsentierte sich ein braun gebrannter Semmelhuber vor einem Muschelteller in Saint-Tropez. Ein offensichtlich betrunkener Semmelhuber mit grölenden, leichtbekleideten Freunden auf einer mondbeschienenen Yacht auf Capri und ein Semmelhuber in Russenhocke vor einem chromschwarzen Lamborghini. Die Fotos waren mit einer ganzen Reihe Hashtags verlinkt: #partyhard #dope #thebestornothing #staytuned #livingthelife

»Schleimiger Protz-Poser«, knurrte Jo. Ihm fielen da doch auch ein paar passendere Hashtags ein. #braindead #idiotswithmoney #schönaberblöd

»Hm, ist sie das?«, fragte Karla plötzlich und klickte auf das letzte Bild. Ein offensichtlich seliger Semmelhuber, der den Hals einer sehr schönen, gar nicht blonden jungen Frau abküsste.

»Hey, was macht der denn da?«, rief Jo. »Das ist sie nicht!«

Karla zuckte mit den Achseln. »War vielleicht nur Publicity mit ihr?«

»Hat die *Gala* etwa gelogen?« Empört rappelte Jo sich auf und schaffte es endlich, Karla sein Handy zu entwinden. Er starrte auf das Gesicht der großbusigen Brünetten. Nein, das war ganz sicher nicht Marie Brunner, 31.

»Jemand muss es ihr sagen!«

Karla lächelte nachsichtig. »Ich würde mal denken, sie weiß es schon. Er scheint es ja nicht gerade zu verheimlichen.«

»Aber ...«, setzte Jo an, doch in diesem Moment kam sein Vater auf die Terrasse. »Karla? Ja wann bist du denn gekommen? Ich hab dich gar nicht gehört.«

Karla blickte Jo einen Moment alarmiert an. Er zuckte traurig mit den Achseln. Das war nichts Neues. »Och, gerade eben erst, Horst!«, erwiderte sie lächelnd, nachdem sie sich gefangen hatte.

»Na, hat denn der Johannes dir nichts angeboten? Da hol ich dir gleich mal was zu trinken!«, verkündete sein Vater und ging wieder ins Haus.

Sie sahen ihm eine Weile schweigend nach.

»Es wird schlimmer, oder?«, fragte Karla leise.

Jo nickte. »Ja«, sagte er mit plötzlich trockenem Hals. »Langsam, aber stetig.«

Sie seufzte und drückte kurz mitfühlend seinen Arm. Dann musterte sie ihn von der Seite.

»Du, aber jetzt mal die viel wichtigere Frage.« Sie grinste unheilvoll. »Seit wann liest du eigentlich die *Gala*?«

13

»Los, Mama!« Ungeduldig stupste ich meiner Mutter zwei Finger in den knochigen Hintern.

»Jetzt drängel eben nicht so!« Konsterniert schlug sie meine Hand weg.

»Ich habe aber keine Lust, die ganze Fahrt zu stehen!«

Zögernd ging sie zwei Schritte auf die Gleiskante zu, hüpfte dann aber sofort erschrocken wieder zurück, als ein lautes Rattern ertönte. Der Zug, der uns nach Hause bringen sollte, fuhr ein, wie immer viel zu schnell für den überfüllten Bahnsteig, und sie presste sich erschrocken mit beiden Händen die frischen Locken auf dem Kopf fest, damit der Fahrtwind sie nicht durcheinanderwirbelte.

»Ich wusste es, wir hätten Auto fahren sollen!«, hörte ich sie grummeln, mein Kinn auf ihrer Schulter. Aber auch sie musste lachen.

»Nein, dann hätten wir zwei Stunden gebraucht und uns wahrscheinlich gegenseitig zermetzelt«, antwortete ich fröhlich und griff unsere Taschen. Die Tür piepte, und die Menschen strömten alle auf einmal los. Ich packte ihre Hand und zog sie entschlossen mit mir in den Wagen. Wie ein scheues Reh stolperte sie mit aufgerissenen Augen hinter mir her. Meine Mutter fuhr nicht oft S-Bahn, das sah man auf den ersten Blick.

Tatsächlich ergatterten wir durch meinen dreisten Ellenbogeneinsatz zwei gegenüberliegende Plätze, und ich ließ mich schnaubend fallen. Sie blieb einen Moment stehen und musterte, wie schon heute Morgen auf der Hinfahrt, angewidert die fleckigen Polster. Dann setzte sie sich so umständlich, als hätte der Sitz eine ansteckende Krankheit (was ich nicht mal ausschließen wollte ...).

Es knackte über uns, und eine ungeduldige Stimmte sagte durch die Lautsprecher: *Liebe Fahrgäste, dieser Zug ist innen hohl. Sie können ganz durchgehen!*

Wir sahen uns an und lachten ungläubig. Das war wirklich der dämlichste Spruch, den ich seit langem gehört hatte. Aber es stimmte schon, meistens drängelten sich die Menschen in ein paar Abteilen, während in anderen noch Sitzplätze frei waren.

Herdentrieb nennt man das wohl.

Ich seufzte, stieß die Schlappen von meinen geschwollenen Füßen und ließ den Kopf gegen das Fenster sinken. Dann aber sah ich in letzter Sekunde, dass die Scheibe ganz verschmiert war, und zuckte zurück, bevor ich die Soße an der Stirn kleben hatte

Was für ein Tag!

Was hatte mich nur geritten, mit meiner Mutter einen Stadtbummel zu machen und sie auch noch zum Friseur zu begleiten? Ich musste kurzzeitig unzurechnungsfähig gewesen sein, als ich dem zustimmte. Aber seit sie mit Franz zusammen war, hatte ich irgendwie das Gefühl, dass sie mir immer mehr entglitt. Und bei einem Shopping-Bummel konnte ich sicher sein, dass er sich uns freiwillig nicht anschließen würde.

Sie hatte schon recht, das Gedrängel in der Bahn war nervig an einem Samstag. Aber mit ihr Auto zu fahren war auch keine Alternative. Nicht nur wären wir auf jeden Fall im Wochenendverkehr stecken geblieben, es gab dabei regelmäßig Mord und Todschlag. Wenn *sie* am Steuer saß, bekam sie spätestens auf der Autobahn Schnappatmung, in der Stadt dann Panikattacken und verfluchte abwechselnd mich, die anderen Fahrer und ihren verstorbenen Mann, der sie im Stich gelassen hatte, so dass sie jetzt alleine der unmöglichen Parksituation in München ausgesetzt war. Mein Einwand, warum sie auch unbedingt eines der dicksten (und klimaschädlichsten!) Autos fahren musste, die momentan auf dem Markt waren, wurde dabei jedes Mal geflissentlich überhört.

Wenn *ich* fuhr, war ich immer entweder zu schnell oder zu langsam, sie machte mich panisch auf jedes Auto aufmerksam, das auch nur in unsere Nähe kam, zuckte ständig erschrocken zusammen und klammerte sich am Türgriff fest, so dass es immer im Streit endete und ich damit drohte, sie an einer Raststätte auszusetzen.

Ruckelnd fuhr der Zug an. Ich konnte es nicht erwarten, endlich nach Hause zu kommen. Schon seit geraumer Zeit fühlte ich eine bleierne Müdigkeit und freute mich auf einen ruhigen Samstagnachmittag in meiner Hollywoodschaukel. Meine Mutter, die seltsamerweise überhaupt nicht müde schien, zog triumphierenden Blickes die *Gala* aus ihrer Handtasche.

Ich zuckte zusammen. »Ich habe dir doch gesagt, ich will dieses Bild nie wieder sehen!«, rief ich. »Ich sehe aus wie eine fette Blaubeere!«

Schon vorhin hatte sie im Friseursalon scheußlich mit dem Artikel angegeben und eine ganze Traube Menschen um ihren Stuhl versammelt, die begeistert über ihre Haube hinweg das »Exklusivinterview« mitlasen. Die Friseurin hatte das Foto von mir und Nep sogar an die Wand hängen wollen (*die Kundinnen stehen auf so was!*), aber ich hatte mich mit Händen und Füßen gewehrt.

»Ach, jetzt stellste dich eben nicht so an!«

Ihr Standardsatz.

Meine Mutter lächelte und schlug die Illustrierte auf. Sie war ganz zerknittert, so oft hatte sie sie schon durchgeblättert. Irgendwie rührte es mich ja, wie glücklich der Artikel sie machte. Mein beruflicher Erfolg interessierte Gabi Brunner nicht im Geringsten. Sie war erst stolz auf ihre Tochter, wenn sie in der Klatschpresse erschien. »Pack das weg!«, sagte ich und stupste sie mit den Zehen gegen das Knie. Sie ignorierte mich. Plötzlich fiel mein Blick auf den Mann, der sich hinter ihr gegen die gläserne Trennwand lehnte.

Der Grünzeug-Typ!

Beinahe hätte ich die Hand zum Gruß gehoben. Unsere Blicke trafen sich, er hatte mich offensichtlich gemustert und sah nun ertappt zu Seite. Eine leichte Röte breitete sich auf seinen Wangen aus, und er tat schnell so, als würde er beschäftigt sein Handy aus der Tasche fummeln.

Schon witzig, dass ich ihn jetzt sogar an einem Samstag in der Bahn traf. Er war angezogen, als käme er direkt aus dem Büro. Ja, deswegen bist du auch so blass, dachte ich streng und betrachtete ihn eingehend. Mit der Work-Life-Balance nahmen sie es bei BMW anscheinend nicht so genau.

»Ihr seid einfach so ein schönes Paar!«, flötete meine

Mutter jetzt zum sicher dreihundertsten Mal und riss mich aus meinen Gedanken. Sie betrachtete immer noch unser Foto.

»Ja, aber du weißt doch, wir sind nicht zusammen!«, dämpfte ich ihren Enthusiasmus. Ich war nur froh, dass sie kein Instagram besaß und daher Neps neueste Eroberung noch nicht gesehen hatte.

»Ja, weil du schwierig bist!«, konterte sie sofort.

Ich holte tief Luft. »Ich bin überhaupt nicht schwierig.«

»Wie nennst du das denn sonst?«, stichelte sie.

»Na, wählerisch«, gab ich zurück, und ihre Lippen wurden schmal.

»Das ist ein anderes Wort für schwierig! Schau doch mich an. Wenn ich Franz gefunden habe, dann kannst du auch jemanden finden! Du musst es eben auch mal ernst meinen. Ihm zeigen, dass du wirklich interessiert bist!«

Ich seufzte. Meine kleine Notlüge von neulich drohte langsam nach hinten loszugehen. Nun machte meine Mutter sich ernsthaft Hoffnungen auf mich und Nep, dabei gab es keine zwei unterschiedlicheren Menschen auf diesem Planeten. Nep war lustig, klar. Es war toll, Zeit mit ihm zu verbringen, wenn man nicht gerade auf tiefgründige Konversation aus war.

Oder überhaupt auf Konversation.

Ich überlegte gerade, ob ich ihr zuerst erklären sollte, dass Franz nun wirklich kein Hauptgewinn war oder dass Nep und ich in diesem Leben niemals eine Einheit werden würden, als ich sie etwas murmeln hörte.

»Marie Semmelhuber«, formte meine Mutter mit den Lippen, und mir rann eine Gänsehaut den Nacken hinunter. »Na gut, klingt nicht gerade schön!«, gab sie zu und legte nachdenklich den Kopf schief. »Aber für die Liebe muss man flexibel sein!«

Ich sah sie ungläubig an. »Du weißt schon, dass ich niemals meinen Namen aufgeben würde?«, fragte ich. »Für keinen Mann der Welt.«

Erstaunt ließ sie die Zeitung sinken. »Ja warum um Himmels willen denn nicht?«

Ich holte tief Luft. Dass ich ihr das wirklich erklären musste ... »Weil das eine völlig überholte, archaische Tradition ist, deren Wurzeln patriarchalischer nicht sein könnten«, stieß ich hervor und sah schon daran, wie sich die Fältchen um ihren Mund zu kleinen Strichen zogen, dass in diesem Satz viele Wörter vorkamen, die ihr nicht passten.

»Es bedeutet einfach, dass ihr euch liebt und eine Familie seid!«, erwiderte sie patzig. »Wirklich Marie, man kann es mit der Emanzipation auch übertreiben!«

»Kann man nicht«, sagte ich ruhig. »Ist quasi unmöglich. Und es ist Papas Name.«

Damit brachte ich sie zum Schweigen. Plötzlich wirkte ihr Gesicht weicher. Sie nickte. »Stimmt!«, gab sie zu.

Ich lehnte mich vor, weil ihre Augen plötzlich gefährlich schimmerten, und strich ihr mit dem Daumen über den Handrücken. »Aber wenn es dich beruhigt: Falls ich irgendwann mal heirate, kann der Mann sehr gerne meinen Namen annehmen«, grinste ich. »Da habe ich rein gar nichts dagegen.«

Sie sah mich schmallippig an. »Da musst du erst mal einen finden, der das auch will!«

»Wieso, an Brunner gibt's doch nichts auszusetzen.«

»Das meine ich nicht!«

»Wir können ja auch verschiedene Namen haben, das ist doch wirklich ganz egal.«

»Also das ist doch nicht egal! Wie sieht das denn aus? Da kann man es ja auch gleich bleibenlassen!«, giftelte sie.

Plötzlich kam mir ein Gedanke, der mich im Sitz auffahren ließ. »Du denkst ja wohl nicht daran, irgendwann Franz' Namen anzunehmen?«, rief ich, und sie sah erschrocken auf. »Dass dir das bloß nicht einfällt!«

Ich war momentan noch schlechter auf Franz zu sprechen als gewöhnlich. Wir hatten ihn nach dem Einkaufen noch auf einen Kaffee getroffen, und während er sich Stachelbeerkuchen in den Mund stopfte und seine Hand auf den Oberschenkel meiner Mutter legte – was mich rasend machte –, hatte er mich doch plötzlich aus dem Nichts heraus daran erinnert, dass ich langsam in die Jahre kam und »meine Uhr zu ticken anfing«. Wann ich denn an Familiengründung denken würde?

Genau die Frage, die Singlefrauen jenseits der 30 am liebsten mögen. Um ein Haar hätte ich ihm mit seinem Kuchen das Maul gestopft. Aber wenigstens war er ehrlich, er fand das Bild in der *Gala* nämlich auch scheußlich.

»Ach Marie, über so was reden wir doch noch gar nicht!«, winkte meine Mutter jetzt ab, aber ich spürte, dass ich ins Schwarze getroffen hatte.

»Gut, denn wenn du das machst, bin ich fertig mit dir!«, sagte ich scherzhafter, als ich es meinte.

Sie schüttelte den Kopf. »Bei mir macht das ja auch keinen großen Unterschied mehr, aber für die Kinder ist es doch viel schöner, wenn ihr auch nach außen eine Einheit bildet. Sonst habt ihr auch gleich wieder den nächsten Streit: Wer entscheidet, welcher Name weitergetragen wird. Nein, das ist doch alles viel zu kompliziert!«

Ich biss mir auf die Lippen. Seltsam, wie weh das plötzlich tat. Mit einem Mal gar nicht mehr so kampfeslustig, betrachtete ich meine Mutter, die schon wieder mit zufriedenem Lächeln die *Gala* studierte. Vielleicht musste ich es ihr einfach irgendwann sagen, dachte ich, spürte aber sofort wieder diesen seltsamen Widerstand in mir. Ich wollte ihr nicht die Hoffnung nehmen. Enkelkinder waren nun, da mein Vater nicht mehr da war und ihre Freundinnen alle der Reihe nach Oma wurden, ein großes Thema. Ich wusste nicht genau, was sich in letzter Zeit verschoben hatte, aber irgendwie hatten meine kleinen Scherze darüber ihre Leichtigkeit verloren.

Für den Rest der Fahrt schwiegen wir. Sie vertiefte sich in die *Gala*, ich beobachtete die vorbeiziehende Landschaft und versuchte, nicht mehr an meinen Uterus und seine Unzulänglichkeiten zu denken.

Noch ein wenig verschlafen tauchte ich unter und schwamm ein paar kräftige Züge mit offenen Augen durch das kalte Nass. Die schillernde, stille Unterwasserwelt hatte schon immer eine besondere Faszination auf mich ausgeübt. Heute war das Wasser so klar, dass die Morgensonne bis auf den Grund des Sees schien und ich die Steine und Algen in ihrer ganzen Farbenpracht sehen konnte.

Was ich nicht sah, war das große Stück Seegras, das direkt vor mir herumdümpelte. Beziehungsweise ich sah es schon, aber erst als es mir plötzlich auf der Nase klebte und sich kalt über meine Wangen legte. Panisch tauchte ich auf, prustete – und atmete es dabei ein. Plötzlich hatte ich den ganzen Mund voller Schleim. Hustend schlug ich mit den Armen und versuchte es herauszuziehen, während ich mit den Beinen strampelte, um irgendwie über Wasser zu bleiben. Völlig außer Puste, aber vom Seegras befreit, zog ich mich schließlich auf den Steg. Da lag ich eine Minute wie eine japsende Seekuh auf dem Rücken und versuchte, meinen rasselnden Atem zu beruhigen. Ich musste noch mal husten und würgte ein bisschen Grün hoch.

Der Tag fing ja gut an.

Tod durch Seegras.

Das wäre wirklich zu peinlich.

Als ich aufstand, perlte das kalte Wasser von mir ab. Der alte Steg federte leicht, als ich mich in meiner Unterhose auf das Bootshaus zubewegte. Wie immer überkam mich beim Anblick der staubigen Fenster eine leise Traurigkeit. Das Bootshaus war das Refugium meines Vaters gewesen, hier hatte er stundenlang an seinem ganzen Stolz, dem *Mariechen*, herumgebastelt. Irgendwie war sie nie fertig geworden, aber das war auch egal gewesen. Er wollte gar nicht rausfahren, er wollte werkeln. Ich konnte das nur zu gut verstehen. Auch ich war am glücklichsten, wenn meine Hände beschäftigt waren, wenn Körper und Geist in kreativer Weise zusammenarbeiteten.

Meine Mutter hatte das Bootshaus seit seinem Tod nicht mehr betreten. Aber, wenn man es genau nahm, war es auch vorher nicht ihr bevorzugter Aufenthaltsort gewesen.

Das *Mariechen* lag noch immer dort drin auf dem Trockendeck, mit einer Plane zugedeckt, als würde sie schlafen. Sie gab einen traurigen Anblick ab, und ich vermied es meist, zu lange über sie nachzudenken.

Irgendwann würden wir sie verkaufen müssen. Aber bis dahin leistete sie mir Gesellschaft. Ich hatte im Bootshaus die alte Werkbank für meine Zwecke umfunktioniert und es zu meinem Hobbyraum gemacht. Wenn ich nun etwas für meinen Peter baute, konnte ich dort nach Herzenslust sägen und schweißen, und immer war es ein wenig, als würde mein Vater mir beim Arbeiten wohlwollend über die Schulter schauen. Ich liebte den Geruch dort drinnen, diese Mischung aus Holz, Farbe und Algen, das leise Plätschern und Gurgeln des Wassers gegen die Pfeiler. Wenn ich dort arbeitete, vergaß ich die Zeit. Ich lächelte. Vielleicht konnte ich heute nach Feierabend mit dem Welpenstall weitermachen. Die Pläne hingen schon an der Wand, Holz und Hasendraht lagen bereit.

Während ich über mein neuestes Projekt nachdachte, sah ich plötzlich aus den Augenwinkeln Schemen heranflitzen. Als ich erstaunt den Kopf drehte, blickte ich in die hocherfreuten Gesichter von mindestens acht männlichen Radfahrern im Rentneralter, die mich über das Schilf hinweg unter ihren Helmen heraus anstarrten. Beziehungsweise nicht mich, sondern meine freischwingenden Brüste.

Ich schnaubte belustigt, winkte ihnen zu – und bevor ich mich versah, spritzte Kies auf, es quietschte, und ein lautes Krachen ertönte, als sie alle ineinander crashten und sich direkt vor meinem Wohlwagen zu einem bunten Knäul verkeilten

»Oh nein. Nicht schon wieder!«

Normalerweise hätte ich auf die Blicke der Männer mit einer saftigen Anzüglichkeit geantwortet. Das ging jetzt aber natürlich nicht mehr.

Ich stöhnte auf, dann rannte ich los.

Nicht zum ersten Mal verfluchte ich das Gesetz, das es den Bayern vorschreibt, ihre Seeufer öffentlich zugänglich zu machen. Das bedeutete, dass ein kleiner Rad- und Spazierweg am Ufer langführte, der für alle begehbar war. Unser Grundstück endete mit einem Zaun direkt davor und ging dann dahinter mit dem Steg und dem Bootshaus weiter. Eigentlich machte mir das nichts aus, unser Haus lag ein wenig abseits vom Ortszentrum und den Stränden, daher kamen hier unter der Woche nur selten Menschen lang – und schon gar nicht in der Frühe, wenn ich badete. Aber die Männer hatten wohl heute frei und zu ihrem Pech die Gunst der morgendlichen Stunde genutzt. Und allem Anschein nach hatten sie nicht damit gerechnet, eine halbnackte Frau aus dem See steigen zu sehen.

Eine ähnliche Situation hatte es im letzten Sommer schon mal gegeben. Damals war ein Radfahrer, von mir überrascht, ins Schilf gerast. Sein Vorderrad war im Ufermatsch stecken geblieben und hatte ihn über den Lenker ins Wasser katapultiert. Mit Micha schrieb ich immer noch manchmal SMS hin und her. Sein Schienbein war inzwischen wieder gut verheilt, und er hatte neulich eine Tour durchs Elbsandsteingebirge gemacht.

Ich hoffte nur, dass auch der heutige Crash so glimpflich enden würde.

Eine Viertelstunde später hatte ich das Knäuel von Armen und Beinen auseinandergefriemelt, und nun saß die ganze Mannschaft bei mir auf der Terrasse und trank Wasserkefir, während wir auf den Krankenwagen warteten. Ewald hatte sich nämlich den Knöchel verstaucht und konnte nicht mehr fahren, und Reinhard lag mit blutender Nase auf meiner Hollywoodschaukel und presste sich ein kaltes Tuch in den Nacken.

»Richtig idyllisch hast du es hier, Marie!«, rief Hermann gerade und goss sich Kefir nach. Er massierte mit der linken Hand eine seiner mehr als strammen Radlerwaden und deutete mit der rechten auf die blaue Silhouette der Berge hinter dem See. »Jeden Morgen dieser Anblick, also da bekomme ich doch sofort Lust, mir auch so einen Wagen zu kaufen!«

»Ich weiß genau, welchen Anblick du dabei wirklich im Sinne hast!«, murmelte Hubert in seinen Bart.

Hermann wurde rot. Ich lächelte nachsichtig. Inzwischen hatte ich mir was übergeworfen, denn während ich den Männern aufhalf und mitleidig die verdrehten Lenker und diversen Schürfwunden begutachtete, waren sie doch leicht abgelenkt gewesen von meiner fehlenden Oberbekleidung. Und ich hatte eine WhatsApp ans Büro gesendet. Weil ich genau wusste, dass sie mir niemals glauben würden, wenn ich den wahren Grund für mein Zuspätkommen nannte, hatte ich vorsichtshalber heimlich ein Foto von der lädierten Gruppe mitgeschickt.

Eine weitere Viertelstunde später waren wir in eine lebhafte Diskussion über die Ammersee-Mückenplage vertieft – in die sich über den Zaun hinweg der alte Kratzer einmischte, der schon die ganze Zeit neugierig um die Büsche herumgeschlichen war, um zu sehen, was wir da trieben. Die Meinungen darüber, was am besten half, gingen weit auseinander. Rudi, Hermann und Ewald waren zutiefst davon überzeugt, dass sich das Problem bald von selbst erledigen würde. »Der Lauf der Natur, das sind synökologische Vorgänge, das gleicht sich wieder aus!«, prophezeite Rudi kopfschüttelnd, konnte aber nicht näher erklären, wie und durch was dieser Ausgleich ausgelöst werden würde.

Der alte Kratzer, Heinrich, Reinhard und Bernd vertraten die BTI-Front. »Ist ganz umweltschonend. Mit Glyphosat kannste das gar nicht vergleichen. Anders kriegste die Viecher auch nicht unter Kontrolle! Ich mähe seit zwei Jahren nur noch mit Skibrille!«, empörte sich der Kratzer jetzt, und die anderen nickten zustimmend.

Ich war bisher mit meinen ökologischen Zitrusspiralen und ätherischen Ölen gut ausgekommen und konnte gerne darauf verzichten, dass sie mir das Grundstück mit Gift vollballerten. Aber mein Peter hatte natürlich auch eingebaute Netze und ich schon immer eine Blutgruppe, die Mücken nicht besonders gut zu schmecken schien, daher hielt ich mich in der Diskussion zurück und schenkte Kefir nach.

Als die Männer gerade damit begonnen hatten, mir ihre skurrilsten Stichstellen zu zeigen, Rudi im Begriff war, dafür seine ohnehin sehr knappe Shorts hochzurollen, und ich überlegte, wie ich diese leicht abdriftende Diskussion wieder auf unverfänglichere Pfade leiten konnte, kamen die Sanitäter über die Wiese gelaufen.

Schließlich waren die Jungs verarztet, für Ewald und Reinhard war eine Taxe bestellt, wir hatten Nummern und Kefirrezept ausgetauscht und ich ihnen versprochen, dass sie jederzeit vorbeikommen konnten, wenn sie mal wieder den See umrundeten.

Seufzend warf ich einen Blick auf die Uhr. Es war ein lustiger Morgen gewesen, aber was ich jetzt versäumt hatte, würde ich abends aufholen müssen. Hoffentlich konnte Dexter mit der Geburt noch ein wenig warten. Ich winkte den Jungs zu, bis sie hinter der nächsten Kurve verschwunden waren, dann sprintete ich unter die Dusche und schlang anschließend an die Spüle gelehnt im Eiltempo mein Granola hinunter.

Vielleicht konnte ich die Bahn um 9.05 Uhr noch bekommen, wenn ich mich jetzt richtig ranhielt.

14

»Ein Recht auf Verwahrlosung?« Jo schüttelte ungläubig den Kopf. Aber weil die Frau am Ende der Leitung das natürlich nicht sehen konnte, beeilte er sich, nach der ersten Schrecksekunde hinzuzufügen: »Das kann doch nicht Ihr Ernst sein!«

Sie versicherte ihm, dass es durchaus ihr Ernst war, und begann dann damit, ihm zu erklären, was sie mit dieser seltsamen Aussage meinte.

Als er zehn Minuten später auflegte, saß er erst mal eine Weile einfach da und starrte benommen vor sich hin.

Er hatte etwas getan, das er schon sehr lange vor sich herschob. Er hatte bei einer Beratungsstelle angerufen. Im Moment bereute er diese Entscheidung ein wenig, denn eigentlich war er jetzt noch verwirrter als vorher. Gleichzeitig tat es irgendwie gut zu wissen, dass es Menschen gab, die sich mit der Thematik auskannten und bereit waren, ihn zu unterstützen. Auch wenn ihn manche der Aussagen, die die freundliche Dame der Alzheimer-Gesellschaft Pfaffenwinkel-Werdenfels e. V. gemacht hatte, schwer im Magen lagen. Aber er hatte ja bereits mit einem mulmigen Gefühl die Nummer gewählt. Seinem Anruf war nämlich eine ausführliche Onlinerecherche vorausgegangen. Er hatte nur mal gucken wollen und war dann in den Foren hängengeblieben.

Natürlich war er in den Foren hängengeblieben.

Der Klassiker.

Den ganzen Sonntagabend lang hatte er sich durch Threads geklickt, unter dem Thema »Frühbetroffene tauschen sich aus« Beiträge von Usern mit seltsamen Namen wie püppie66 und hotcoco-schoko711 gelesen und beunruhigende Überschriften wie »Verschleimung«, »Inkontinenz«, »Kaufsucht«, »Verfolgungswahn« und »Weglauftendenz« durchgearbeitet.

Danach huschte sein Vater die ganze Nacht in verschiedenen Szenarien durch seine Albträume.

Aber er war mit dem Gefühl aufgewacht, es vielleicht doch gar nicht so schlimm getroffen zu haben. Von Inkontinenz und Verschleimung war jedenfalls noch nichts zu sehen. Dieser Gedanke – und Karlas unerbittliches Drängeln – hatte ihn dazu gebracht, endlich das Gespräch zu suchen. Schaden konnte es ja schließlich nicht, sagte sie, und dem hatte er brummelnd zustimmen müssen. Das »Recht auf Verwahrlosung«, von dem die Dame aber nun gesprochen hatte, nachdem er ihr stockend von seinem Vater erzählte, musste er erst mal sacken lassen. »Meinen Sie damit, ich soll ihn einfach machen lassen, wie er lustig ist?«, hatte er gefragt.

Sie hatte gelacht. »Nein, das meine ich nicht. Ich will damit sagen: Nehmen Sie es nicht so ernst und gönnen Sie ihm ein wenig Verlotterung. Er ist jetzt in einer sehr speziellen Lebensphase, und wenn Sie zu viel an ihm herumkritisieren und versuchen, ihn zu ändern, machen Sie Ihnen beiden nur Probleme. Natürlich muss der Zustand noch irgendwie tragbar sein, aber tatsächlich kann man niemanden zwingen, ein bestimmtes Maß an Hygiene einzuhalten. Ich rate Ihnen daher: Suchen Sie sich ihre Kämpfe bewusst aus und lassen Sie auch mal fünfe gerade sein.«

Sie hatte ihn für die GPS-Idee gelobt, vor dem ausgeprägten Bewegungsdrang der Erkrankten gewarnt und von einem Heim erzählt, in dem es eine Bushaltestellen-Attrappe gab. »Sie warten da ein bisschen, und dann vergessen sie, wo sie eigentlich hinwollten, und kommen wieder rein!«, erklärte sie fröhlich.

Jo fand diese Idee fabelhaft. Er überlegte noch am Telefon, ob er nicht einfach den ramponierten Hybrid im Garten stehen lassen sollte. Immer, wenn sein Vater den Drang bekam abzuhauen, konnte er ein bisschen am Radio rumschrauben, den Schlüssel im Anlasser drehen und würde dann wieder ins Haus kommen und fragen, wann es Essen gab. Er stellte sich vor, dass Horst dazu Brummgeräusche von sich gab wie ein Kind mit seinem Spielzeugbagger, und musste gleichzeitig lächeln und Tränen wegblinzeln.

»Im Grunde geht es nicht um Sauberkeit«, sagte die Dame mitfühlend. »Es geht darum, Ihnen beiden das Leben so angenehm wie möglich zu machen.«

Jo sah das voll und ganz ein. Bevor er an diesem Morgen mit seinem Vater ins Taxi stieg, schnüffelte er dann aber doch noch einmal unauffällig an seiner Jacke. Ein bisschen charmante Verlotterung war ja gut und schön, solange er der Einzige war, der darunter litt. Wenn er Horst mit in die S-Bahn nehmen musste, sah das Ganze aber schon wieder anders aus.

Und leider musste er genau das heute tun.

Sein Auto war kaputt, einen Leihwagen hatte er nicht bekommen, und sein Vater hatte einen wichtigen Arzttermin in der Stadt, bei der seine Medikation besprochen und gegebenenfalls neu eingestellt werden sollte. Jo hatte sich extra für den Termin frei genommen und würde Horst auf jeden Fall dort hinbringen. Auch wenn das bedeutete, dass er sich mit ihm in die Öffentlichkeit begeben musste. Das vermied er sonst, wo er nur konnte. Zum Rewe, klar, das machten sie zusammen, oder mal Semmeln holen. Aber so wirklich unter Leute ... Das war schon heikel.

Beim Frühstück schwiegen sie. Der unwissende Beobachter hätte es für vertraute Einvernehmlichkeit gehalten, doch wie so oft in letzter Zeit beschlich Jo das Gefühl, dass er eigentlich alleine am Tisch saß. Horst wirkte gut gelaunt, aber abwesend, blickte immer wieder verträumt in den Garten, schlürfte seinen Kaffee, als würde er ihn gar nicht richtig schmecken.

»Du, Papa? Kennst du eigentlich eine Familie Brunner?« Jo war von sich selbst überrascht. Aber dann dachte er, dass das vielleicht gar kein schlechtes Gesprächsthema war. Horsts Kurzzeitgedächtnis war an den meisten Tagen stark angeschlagen, aber von früher wusste er noch fast alles. »Hier aus Herrsching?«

Sein Vater runzelte einen Moment die Stirn. »Brunner? Sagt mir nichts«, erwiderte er, sah ihn aber einen Moment lang mit so wachen Augen an, dass ihn ein ganz warmes Gefühl durchflutete. »Oh, schade«, erwiderte er enttäuscht. Als sein Vater sich nach kurzem Nicken wieder seinem Wurstbrot widmete, sagte er schnell. »Marie Brunner? Nie gehört?«

»Hm?« Horst zog die Augenbrauen zusammen, häufte ein wenig Rührei auf die Gelbwurst und biss herzhaft ab. Seine nächsten Worte gingen in einem nassfeuchten Genuschel unter.

»Kannst du erst schlucken?«, fragte Jo streng, musste aber lächeln und dachte, dass die Idee mit dem Fünfe-gerade-sein-Lassen ihm irgendwie gefiel. »Ich hör sonst nur Wurst«, setzte er etwas freundlicher hinzu, und sein Vater nickte.

»Jetzt wo du es sagst, war da nicht 'ne kleine Brunner in deinem Kindergarten? Ein bisschen jünger als du? Ich meine, wir hatten da mal eine Fahrgemeinschaft. Die Mutter war ein bisschen anstrengend. Rote Haare, schrille Stimme. Wohnten drüben ums Ufer rum. Aber ob's nun eine Marie war ...«

Jo sah ihn überrascht an. Er konnte sich an keine kleine Brunner oder eine Mutter mit schriller Stimme erinnern.

»War sie in meiner Gruppe oder in einer anderen?«, fragte er, aber Horst hob die Schultern, zum Zeichen, dass er da nun wirklich nicht helfen konnte. »Ist doch ewig her! Warum fragst'n?«, wollte er wissen und überraschte Jo erneut mit diesem klaren Blick, der ihm sagte, dass er ihn in diesem Moment wirklich wahrnahm. Dass er wusste, wer er war, wer Jo war, warum sie hier saßen und worüber sie sprachen. »Ach, ich ...«, setzt er an und wusste nicht, wie er seine Fragen erklären sollte. Er entschied sich kurzerhand für die Wahrheit. »Ich sehe jeden Morgen eine Frau in der Bahn. Manchmal auch abends, wir haben wohl ähnliche Arbeitszeiten. Na ja, sie war mir schon öfter aufgefallen. Und jetzt habe ich sie durch Zufall in einer Zeitung entdeckt. Sie heißt Marie Brunner und wohnt im Ort und irgendwie ...« Jetzt wusste er wirklich nicht, wie er weitersprechen sollte.

Horst sah ihn forschend an. »... gefällt sie dir, die Dame?«, fragte er, und ein wissendes Lächeln umspielte plötzlich seinen Bart.

137

Jo war überrascht, dass sein Vater ihn so leicht durchschaut hatte. »Na ja, sie ist sehr hübsch«, gab er zu und sah in seine Tasse. »Aber ich wollt's nur wissen. Ist ja nicht jeden Tag eine aus Herrsching in der *Gala*.«

»Die *Gala*«, Horst pfiff durch die Zähne, und ein kleines Stück Wurstmatsch landete auf dem Tisch. »Da ist sie ja eine Berühmtheit.«

Jo nickte. »Eben drum frag ich.«

Sein Vater lehnte sich zurück und verschränkte die Arme vor der Brust. »Ja dann geht doch mal zusammen aus.«

Jo hob erschrocken den Kopf. »Was? Papa, ich kenn sie ja gar nicht. Ich meinte doch nur. Wollte nur wissen, ob du mal von der Familie gehört hast.«

Horst lächelte wissend. »Dann lernst' sie eben kennen«, sagte er brüsk. »Ich denk schon lange, dass du wieder eine Freundin brauchst«, verkündete er dann, und brachte Jo dazu, den Schluck Kaffee, den er gerade genommen hatte, wieder in die Tasse zu husten.

»Ach ja?«, fragte er verdattert, und Horst nickte ernst. »Natürlich. Francesca war nichts für dich.«

»Du erinnerst dich an *Francesca*?« Jos Stimme wurde parallel zum seltsamen Verlauf der Konversation immer höher. Horst schüttelte nachsichtig den Kopf. »Ja sicher, glaubst du, ich bin senil?«, fragte er, stand auf und räumte seinen Teller in die Spüle. »Aber ich find', du brauchst was Heimisches.«

Jo zog die Augenbrauen hoch. »Was Heimisches? Das klingt leicht bis sehr rassistisch!«

Horst murmelte etwas Unverständliches und kratzte den Teller sauber. »Ich mein ja nur«, brummte er. »Eine, der es hier gefällt. Von der ich keine Angst haben muss, dass sie dich plötzlich übern Brenner schleppt. Wie sieht sie denn aus, die Marie?«

Jo musterte ihn einen Moment. Er hatte nie etwas davon gesagt, dass er Angst hatte, Jo könnte mit Francesca nach Italien gehen. Von dieser Offenbarung und Horsts offensichtlichem Interesse an dem Thema überrascht, antwortete er automatisch: »Na ja, sie hat blonde Locken, etwa schulterlang, und braune Augen. Ein paar Sommersprossen. Meistens trägt sie Schlappen. Ich weiß nicht, sieht einfach nett aus, irgendwie. Freundlich. Natürlich.«

Horst nickte langsam. »Erinnert mich an deine Mutter«, sagte er und machte den Geschirrspüler zu.

»Mama hatte braune Haare.«

»Ich weiß, das meine ich nicht. Die Art, wie du von ihr sprichst. Ich fand Marianne auch so toll, als ich sie noch gar nicht kannte. Aus der Ferne einfach. Wusste eben, die ist's!«

Jo klammerte einen Moment die Finger ganz fest um seine Tasse. Er räusperte sich und stand auf. »Ziehst' dich an? Wir müssen die Bahn um 9.05 kriegen!«, sagte er, ohne seinen Vater anzusehen.

Als er an ihm vorbeiging und dabei den letzten Schluck Kaffee trank, hielt Horst ihn am Arm fest. »Du. Einfach mal probieren! Was kannst'n verlieren?«, sagte er.

Jo hielt erstaunt inne, brauchte eine Sekunde, bis er überhaupt verstand, was sein Vater meinte. »Ach, das ist heute nicht mehr so einfach, Papa. Man kann nicht einfach rumlaufen und wildfremde Frauen ansprechen, mit denen man noch nie geredet hat. Das wird schnell missverstanden.«

Sein Vater runzelte die Stirn. »Unsinn, was soll sie da missverstehen? Du sagst ihr einfach, dass du sie toll findest, und gut is. Ist ja kein Hexenwerk.«

Jo, weil er nicht wusste, wie er sonst reagieren sollte, nickte nur. »Ja, mal sehen!«, rief er über die Schulter.

Als er ins Bad ging, schüttelte er benommen den Kopf. Jetzt bekam er schon Dating-Tipps von seinem Vater. Viel schräger konnte es nicht werden.

Auf dem Bahnsteig musterte er Horst von der Seite. Er war so normal heute. Es war geradezu unheimlich. Nicht stur, nicht bockig, nicht vergesslich, nicht seltsam. Ohne Probleme waren sie pünktlich ins Taxi und zum Bahnsteig gekommen, sein Vater hatte die kurze Fahrt über mit dem Fahrer Smalltalk gehalten und gut gelaunt aus dem Fenster geschaut. Er sah sogar normal *aus*, trug seine beige Windjacke, eine graue, etwas ausgebeulte Jeans, ein kariertes Hemd. Außer schlechtem Geschmack konnte man nichts beanstanden.

Jos Misstrauen hätte nicht größer sein können.

Irgendwas musste da ihm Busch sein. Ausgerechnet heute verhielt er sich so vollkommen unauffällig. Am Ende strich der Arzt noch die Medikation, wenn sein Vater so weitermachte.

Er ertappte sich dabei, wie er das Gleis nach blonden Haaren absuchte. Aber natürlich würde sie heute nicht da sein, normalerweise fuhr er ja früher, die Bahn um neun nahm sie sicher nicht. Er wusste auch gar nicht, wann es passiert war, dass er sie plötzlich so interessant fand. Vielleicht lag es an dem Gespräch zwischen ihr und ihrer Mutter, das er am Samstag belauscht hatte. Wenn er jetzt so drüber nachdachte, war die Stimme der Mutter tatsächlich etwas schrill gewesen.

Zwar hatte sie braune Haare, aber seine Kindergartenzeit war ja nun auch eine Weile her. Er hatte nicht alles gehört, obwohl er sein Ohr gar nicht fester an die Glaswand hätte pressen können, aber die Fetzen, die er mitbekommen hatte, waren interessant. Marie hatte so eine Art ... Er mochte es, wie sie mit ihrer Mutter umgegangen war. Die beiden hatten sich beinahe ununterbrochen gezankt, und trotzdem war da diese Wärme zwischen ihnen spürbar gewesen. Irgendwie hatte er das Gefühl gehabt, dass sie sich um ihre Mutter kümmerte, auch wenn die gar nicht so aussah, als hätte sie das nötig. Und sie war anscheinend tatsächlich nicht mit Protzer McSchleim zusammen! Das hatte seine Laune unerklärlicherweise extrem gebessert. Er kannte sie ja gar nicht, es konnte ihm also völlig egal sein, aber irgendwie hätte es das Bild, das er sich in seinem Kopf von ihr gemacht hatte, doch extrem verschoben. Dieser dämliche Hirni mit seinen Polohemden und seinen Yachten passte einfach nicht zu ihr und ihrem Linsenglas.

Einen Moment lang überlegte er, ob sein Vater nicht vielleicht recht hatte. Sollte er sie einfach mal ansprechen? Sie waren ungefähr im gleichen Alter, sie war offensichtlich Single. Eventuell hatten sie sogar gemeinsame Kindheitserinnerungen. Aber was sollte er sagen? »Du, ich habe dich neulich belauscht und wollte jetzt mal fragen ...« Oder vielleicht: »Ich habe dich in der *Gala* gesehen, und dachte ...« Nein, da konnte er sich auch gleich selber ins Abseits schießen. Metrosexuell mochte angesagt sein, aber *Gala*-lesende Männer gingen da sicher doch einen Schritt zu weit. Er schüttelte den Kopf. »Jo, keine Dating-Tipps von Horst! Absolut *niemals* Dating-Tipps von Horst«, murmelte er in seinen Bart, anscheinend etwas zu laut, denn sein Vater hob fra-

141

gend eine Augenbraue. »Nichts, nichts«, lächelte er. »Schau, da kommt die Bahn.«

Drinnen war es beinahe noch voller als sonst. Horst bot einer alten Dame, die sicherlich zehn Jahre jünger war als er und ihn verwirrt anlächelte, charmant seinen Sitz an, und sie lehnten sich nebeneinander gegen die Tür. Jo sah sich kurz um, er kannte hier tatsächlich kein einziges Gesicht. »Wenn wer aussteigt, kriegen wir bestimmt Plätze«, sagte er, aber seinem Vater schien das Stehen nichts auszumachen. »Ach, ich sitz doch den ganzen Tag«, winkte er ab. »Aber dass du das jeden Morgen mitmachst, dieses Gedrängel. Also für mich wär's ja nichts«, fügte er gut gelaunt hinzu.

Ja, ich reiß mich da jetzt auch nicht unbedingt drum, dachte Jo, sprach es aber nicht aus, seufzte nur leise in seinen Hemdkragen. »Ich schau noch mal, ob ich auch alles habe«, sagte er. Horst hatte inzwischen so viele Unterlagen angesammelt, die Befunde von verschiedenen Ärzten, die ganzen Rezepte, dass Jo für den besseren Überblick eine kleine Akte angelegt hatte.

Er ging in die Knie, öffnete seine Tasche und kramte darin herum. Ja, für seinen Vater hatte er alles dabei, er warf einen kurzen Blick auf die Unterlagen und nickte zufrieden. Als er die Mappe wieder zurückstecken wollte, segelte ein zerknittertes Blatt aus der Tasche, das offensichtlich unter der Mappe eingequetscht gewesen war. Er hob es stirnrunzelnd auf, dann schlug er sich, immer noch kniend, mit der flachen Hand gegen die Stirn. »Shit!«, murmelte er und ließ die Hand langsam am Gesicht runtergleiten, bis sie an seiner Lippe hängen blieb und auf wahrscheinlich ziemlich unattraktive Weise seine Zähne entblößte.

Am Freitag direkt vor Feierabend hatte Jens ihm im Vorbeigehen ein Dokument vor den Latz geknallt. »Du, die brauchen ganz schnell deine Rückmeldung. Es hat 'ne Änderung gegeben im Design beim Active!«

Das »Active« war das Active-Hybrid-E-Bike mit Brose-Antrieb, dessen neueste Version sie in diesem Jahr auf den Markt gebracht hatten und an dessen verbessertem Nachfolger sie jetzt tüftelten.

Eigentlich standen die Entwürfe von *Designworks* längst, nun hatten sie anscheinend doch noch entschieden, den Lenker zu verbreitern. Mit gerade mal 580 mm in L war er tatsächlich schmal, aber sie hatten ihn absichtlich so designen lassen, damit man sich mit dem Rad gut durch engen Verkehr und parkende Autos schlängeln konnte, ohne irgendwo hängen zu bleiben. Die Rückmeldungen dazu waren jedoch bereits beim aktuellen Modell gemischt gewesen. Der schmale Lenker machte nämlich nicht nur agil, sondern auch wackelig. Nun hatte *Designworks* was an der Ergonomik gedreht – und sie brauchten dazu anscheinend sehr schnell seine Meinung. »Am besten gestern«, war Jens' Kommentar gewesen.

Nun, dieses »gestern« lag jetzt vier Tage zurück.

Und er war am Samstag sogar im Büro gewesen! Einen Moment schloss er die Augen, während er sich überlegte, wie er das noch so hinbiegen konnte, dass es nicht seine Schuld war.

Message nicht bekommen?

Nee, auf Jens konnte er es nicht schieben.

Noch mal Rücksprache gehalten?

Hm, damit könnte es gehen, nur musste er dann jemanden

finden, der ihm bei dieser kleinen Notlüge Rückendeckung gab.

Er wunderte sich etwas, dass noch keine drängelnde Mail eingegangen war. Während er auf dem Handy sein Postfach öffnete, um zu schauen, ob er vielleicht was übersehen hatte, streckte er die linke Hand aus, um seinen Vater am Hosenbein zu zupfen. »Du, Papa, ich muss mal kurz tele...«, setzte er an, aber seine Hand griff ins Leere. Überrascht drehte er den Kopf.

Sein Vater stand nicht mehr neben ihm.

Erschrocken richtete er sich auf und sah sich hektisch in dem vollen Wagen um. Seine Augen suchten die Menge ab. Beige, beige, beige ... Kein Beige!

Einen Moment durchzuckte ihn der entsetzliche Gedanke, dass sein Vater versehentlich beim letzten Halt ausgestiegen war, ohne dass er es bemerkt hatte. Dann aber atmete er erleichtert auf. Doch, da hinten war er ja.

Jo runzelte die Stirn. Was um Himmels willen machte er da bloß?

Sein Vater stand etwa fünf Meter entfernt über einen Sitz gebeugt und sprach mit jemandem. Er lächelte und gestikulierte erklärend mit den Händen. Als Jo näher kam, sah er zu seinem Entsetzten blonde Locken aufblitzen.

Ihm wurde plötzlich eiskalt.

»Der wird doch nicht ...«, stieß er hervor und eilte rasch auf Horst zu.

»Ja wissen Sie, da dachte ich, fragste einfach mal für den Jungen. Er ist ja so schüchtern. Und als ich Ihre Locken gesehen habe, wusste ich gleich: Das muss die Marie sein! Er hat ja richtig von Ihnen geschwärmt!«

Jo fühlte, wie das Frühstück sich in seinem Magen du einem zementartigen Klumpen zusammenballte. Jetzt nicht kotzen!, dachte er.

»Papa, was zur Hölle ...!« Er packte seinen Vater am Arm und zog ihn von der Frau weg. Zu seiner grenzenlosen Erleichterung blickte er in das Gesicht einer Fremden.

»Tut mir leid, er ist ... Er macht manchmal ...«

Er ist nicht ganz richtig im Kopf, hätte er beinahe gesagt, verkniff es sich aber im letzten Moment. Das, was Horst da gerade gemacht hatte, war nicht dem Alzheimer geschuldet. Das war schlicht und einfach seine unmögliche Persönlichkeit. »Bitte entschuldigen Sie!«, bat er mit brennendem Gesicht.

Die Frau lächelte. »Ach, das macht doch gar nichts. Aber Sie haben mich verwechselt, ich heiße Alina.«

»Oh, na des ist ja schade!« Horst beugte sich bereits wieder geschäftig zu ihr hinunter. »Dabei würde das so gut passen mit Ihnen und ...«

»Papa!« Jo merkte, dass die Umstehenden ihn bereits vielsagend musterten und die meisten ein Grinsen kaum zurückhalten konnten. Er konnte nicht fassen, was hier gerade passierte.

»Sie sind also der Johannes?«, fragte Alina und lächelte ihm auf eine Art und Weise zu, die Jo kurz verwirrte. Flirtete sie etwa mit ihm?

Er nickte, komplett aus der Bahn geworfen. »Äh ja! Ich kann mich nur noch mal für meinen Vater entschuldigen!«

»Ach, aber das war doch total rührend von ihm!«, rief sie, viel zu laut.

145

Horst machte ein zufriedenes Gesicht und sah ihn erwartungsvoll an.

Jo hatte sich noch nie in seinem Leben sehnlicher gewünscht, sich einfach wegbeamen zu können.

»Leider bin ich ja die Falsche, aber falls es mit dieser ominösen Marie nichts wird, können Sie mich ja mal anrufen«, setzte Alina nun lachend hinzu, als von ihm nichts kam. Sie sagte es scherzhaft, aber ihr Blick machte deutlich, dass sie nicht nein sagen würde, wenn Jo sie jetzt nach ihrer Nummer fragte.

»Äh, ja klar«, stotterte er.

Er war einfach so schlagfertig wie ein Kieselstein.

Ein paar Sekunden lang starrten sie sich an. Sie war hübsch, vielleicht ein bisschen jünger als er. Offensichtlich wartete sie auf eine etwas charmantere Antwort, aber ihm fiel nicht das Geringste ein. In diesem Moment hätte er wahrscheinlich nicht mal mehr seinen Namen sagen können.

»Äh ...«, sagte er.

Alter, das kann nicht dein Ernst sein, sag was! Irgendwas!

»Okay, dann ... tschüs!«, presste er hervor, und ihre Brauen hoben sich erstaunt.

Wortlos drehte er sich um und zog seinen Vater hinter sich her.

»Aber du hast ja gar nicht ...«, protestierte Horst, doch er warf ihm über die Schulter einen so wütenden Blick zu, dass er den Mund rasch wieder zuklappte.

Er zog ihn zurück zur Tür, wo immer noch seine Tasche stand, und atmete ein paarmal ganz tief durch. Das Gefühl, dass Dutzende Augenpaare sich in ihn hineinbrannten, brachte ihn dazu, sich hart auf die Wangen zu beißen. Der

Impuls, seinen Vater anzuschreien, war so stark, dass er einen Moment die Augen schließen musste. Aber als er sie wieder öffnete und Horsts liebevollem Blick begegnete, der ihn unter viel zu langen, buschigen Augenbrauen besorgt und ein wenig ängstlich musterte, fiel seine Wut wie ein Kartenhaus in sich zusammen. Plötzlich war er einfach nur noch müde.

Er atmete noch einmal tief ein und aus und kniff sich kurz in die Nasenwurzel. »Das war ... lieb von dir, Papa. Wirklich«, stieß er gepresst hervor. »Ich weiß, du wolltest mir nur helfen. Aber ich kann das schon alleine.«

»Ich dacht' ja nur. Wenn du die Marie doch schon so lange gut findest, muss man halt mal ...«, setzte sein Vater an, aber Jo schüttelte den Kopf. »Ja, aber weißt du, vielleicht findet sie es komisch, wenn ich meinen Papa vorschicke, um sie nach ihrer Nummer zu fragen. Ich glaube, das mögen Frauen leider nicht so. Das hättest du doch sicher auch komisch gefunden, bei Mama damals, oder?« Er sagte es ganz vorsichtig. Das Letzte, was er jetzt gebrauchen konnte, war ein Streit mit einem bockigen Horst.

Sein Vater nickte nachdenklich. »Die Alina da fand's nicht so schlimm, mein ich«, sagte er, leicht beleidigt, aber auch verständnisvoll.

»Ja, aber das war ja leider die Falsche!« Jo spürte ein Pochen in der rechten Schläfe. Die ganze Situation war so surreal, dass sie schon wieder komisch war. Hinter ihm lachte jemand, und er war sich sicher, dass sie alle über ihn redeten. Sein Nacken prickelte. Trotzdem übermannte ihn plötzlich eine seltsame Welle der Rührung.

»Ist ja auch egal«, seufzte er. »Wie wäre es, wenn wir uns

einen Döner holen, später bei Seyhan?«, fragte er dann, weil er unbedingt über etwas anderes reden wollte, und sein Vater nickte erfreut. »Es kommt ein alter Tatort heute Abend. Ich glaube, der war gut, einer aus Köln, die magst du doch. Vielleicht lassen wir den Döner einpacken und schauen ihn zusammen? Ich hab ja frei und ...«

Mitten im Satz durchfuhr ihn plötzlich ein Stromstoß. Große braune Augen sahen ihn an. Ein paar blonde Locken kringelten sich unter der Kapuze eines Hoodies hervor und um Maries Wangen.

Scheiße, dachte Jo.

Sie saß in dem Vierer rechts vor ihnen. Der Hoodie! Sie trug die Kapuze über das nasse Haar gezogen. Während er sie anstarrte, rasten Gedankenblitze wie kleine Kometen durch sein Hirn. *Das kann nicht sein! Ich hätte doch die Schlappen erkennen müssen! Und den Rucksack. Sie war die ganze Zeit über hier? Wie viel hat sie gehört? Habe ich ihren Namen gesagt? Konnte sie verstehen, dass es um sie ging?*

Immer noch sah sie ihn an, sie hatte sich halb zu ihnen herumgedreht, und es wirkte, als wäre sie gerade im Begriff, etwas zu sagen. Neben ihm brabbelte Horst irgendwas vor sich hin, er verstand kein einziges Wort.

In diesem Moment wurde über Lautsprecher verkündet, dass sie gleich in Harthaus halten würden. Er dachte nicht nach, sondern folgte seinem Fluchtinstinkt. Sobald die Tür piepte, stürmte er aus dem Wagen und drückte seinen verdatterten Vater zwei Abteile weiter wieder in den Zug hinein. Schwer atmend lehnte er sich gegen die Tür.

Er hatte das Gefühl, dass von seinem Gesicht Dampf aufstieg, so sehr brannten seine Wangen.

15

»Was ist nur los mit euch?« Ich drehte das Sprossenglas ins Licht und betrachtete kritisch die winzigen hellgrünen Köpfchen, die sich aus dem weißen Flaum der Brokkolisamen schoben.

Irgendwie wollten die kleinen Scheißerchen gerade nicht so richtig.

»Wachsen. Ihr sollt wachsen!«, erklärte ich ihnen streng. »Was braucht ihr denn? Mehr Wasser? Weniger Wasser? Licht? Vielleicht ein bisschen Musik? Liebe?«

»Mit wem sprichst du?« Katja sah von ihrem Handy auf. Sie saß auf dem Sofa, die Füße auf dem kleinen Tisch ausgestreckt, und ließ den Nagellack auf ihren Zehennägeln trocknen. Dexter lag neben ihr und röchelte leise im Halbschlaf.

»Mit meinen Sprossen.« Ich zuckte mit den Achseln und stellte das Glas wieder unter die Spüle. »Sehen irgendwie matschig aus.«

Sie verzog das Gesicht. »Experimentierst du wieder mit Fermentationsprozessen?«

Ich lachte. »Das ist der Wasserkefir. Und es ist kein Experiment, das riecht immer so.«

»Kann nicht sein«, sagte sie, voller Überzeugung.

»Also den Jungs neulich hat's geschmeckt, sie wollten sogar das Rezept«, erwiderte ich beleidigt. »Ich habe Hubert einen Ansatz mitgegeben, und er hat mir heute geschrieben, dass er ganz begeistert am Mischen ist.«

»Wenn du mit ›Jungs‹ die Horde Rentner meinst, die dich beim FKK erwischt hat, dann glaub ich das sofort. Die hätten wahrscheinlich auch Benzin getrunken, wenn du es ihnen vorgesetzt hättest.«

Ich lachte leise und schenkte mir Wein nach. Dann ließ ich mich in die Lücke auf dem Sofa fallen, die neben Katja und Dexter noch frei war. »Marie, deine Beine!« Katja sah mich entsetzt an.

»Was ist damit?«, fragte ich unschuldig.

»Da hat sich ja schon Unterholz gebildet!« Vorwurfsvoll fuhr sie mit der flachen Hand über meine Waden und zuckte zurück. »Ihh, voll pieksig!«

»Jaja, ich geh bald mal wieder ran«, winkte ich ab.

»Deforestation nennt man das dann auch«, brummelte sie.

»Blöde Kuh«, erwiderte ich und rieb meine Wade an ihrem nackten Schenkel. Sie quietschte und hätte beinahe ihren Tee verschüttet. »Mein Lack ist noch frisch, Mann!«, beschwerte sie sich und trat nach mir. »Dein Rasierer hat doch sicher schon Rost angesetzt.«

»Quatsch, ist höchstens ein bisschen eingestaubt«, erwiderte ich gut gelaunt.

Ich sah das mit der Körperbehaarung ganz locker. Wenn sie da war, war sie da, wenn nicht, nicht. Wen interessierte das schon? Im Büro trug ich Strumpfhosen, da sah man das nicht. Klar, für die Gala neulich hatte ich mich schon mal durchs Beet geackert, aber jeden Tag ... Das war mir entschieden zu viel Arbeit. Zum Glück galt man ja heute als verstaubte Antifeministin, wenn man Körperbehaarung bei Frauen beanstandete. Deswegen hatte ich mir – außer von meiner Mutter und Katja natürlich – noch nie einen dummen Spruch anhören müssen.

»Deine Mama ist ein ranziger Hippie, wusstest du das?«, fragte Katja nun liebevoll Dexter, die gerade ihren riesigen Kopf in ihren Schoß gebettet hatte, und gab ihr einen Kuss auf die Stirn.

»Ja, verbündet euch nur gegen mich!«

Sie grinste. »Schwangere müssen zusammenhalten. Wann ist es eigentlich so weit?«, fragte sie und betrachtete Dex' geschwollenen Bauch, der ab und zu verdächtig zuckte.

»Nächste Woche, wie es aussieht«, seufzte ich. »Ich muss unbedingt das Gitter noch fertig kriegen.«

»Am Anfang brauchst du das sicher nicht, die sind ja noch winzig und können sich erst mal gar nicht bewegen.«

Ich nickte und nahm einen Schluck Wein. »Ja, aber sicher ist sicher. Und sie sollen es ja auch kuschelig haben.«

»Ach, sieh mal an, da bekommt mein Mariechen plötzlich Mutterinstinkte.« Katja lächelte in ihre Teetasse.

»Omainstinkte«, verbesserte ich, musste aber auch grinsen. »Und ich denke nur praktisch.«

»Jaja«, sie sah mich vielsagend von der Seite an.

»Es werden vielleicht die einzigen Enkel, die meine Mutter je zu Gesicht bekommt«, seufzte ich. »Zum Glück weiß sie das nicht. Vielleicht rückt sie mir erst mal ein wenig von der Pelle, wenn die Kleinen da sind.«

Katjas Miene wurde plötzlich ernst. »Marie, ich weiß du willst nicht drüber sprechen ...«, begann sie, und ich unterbrach sofort. »Genau, will ich nicht!«

151

Sie ignorierte mich. »Aber ich finde wirklich, du musst das endlich mal wieder angehen. Diese Ungewissheit frisst dich doch auf. Mit zwanzig war es dir egal, da war das alles noch ganz weit weg, du wolltest einfach nicht drüber nachdenken, und das kann ich verstehen. Aber jetzt tickt langsam die Uhr. Vielleicht ist es ja gar nicht schlimm, es wird so viel geforscht, und nur weil du dich untersuchen lässt, heißt es ja nicht, dass sie dich wieder aufschneiden. Auch wenn du dich dann entscheidest, dass du wirklich keine Kinder willst, dann ist es wenigstens deine *Entscheidung*!«

Einen Moment lang sah ich nachdenklich zur Decke hinauf. Wenn sie nur wüsste ...

In letzter Zeit hatte ich wieder Schmerzen, wenn ich meine Periode bekam. Lange nicht so schlimm wie damals, aber doch beängstigend stark.

Ich hatte noch niemandem davon erzählt.

Traurig blies ich mir eine Locke aus der Stirn. Katja hatte ja recht. Ich wusste, dass ich mich drückte, und das sah mir ganz und gar nicht ähnlich. Aber irgendwie konnte ich einfach noch nicht wieder an die Sache ran. Ich hatte zu viel Angst davor, dass man mir schwarz auf weiß bestätigte, was ich tief drin doch ohnehin schon so lange wusste: dass ich niemals Kinder haben würde. Nachdenklich schob ich mein Shirt hoch und fuhr mit dem Zeigefinger über die kleine weiße Narbe neben meinem Nabel.

»Ach, es reißt sich doch gerade ohnehin niemand darum, mich zu befruchten«, sagte ich und ruckelte im Sofa nach unten, so dass ich meinen Kopf neben Dexters auf Katjas Bauch legen konnte. »Also ist es eh egal.«

»Ja, aber du hast niemanden, weil du gar nicht suchst. Der

Traumpartner fällt einem heutzutage nicht mehr einfach in den Schoß!«, rief sie und musste dann lachen, weil ich sie – aus ihrem Schoß heraus – angrinste. »Sicher?«, fragte ich neckisch, und sie schüttelte den Kopf. »Du bist einfach viel zu wählerisch.«

»Also das stimmt jetzt mal so was von überhaupt nicht«, protestierte ich und richtete mich wieder auf, aber sie sprach ungerührt weiter und stellte ihr Glas ab, damit sie an den Fingern abzählen konnte, welche Männer ich alle ausschloss. »Du willst keinen Fleischesser. Du willst keinen Musiker. Du willst keinen Beamten. Du willst keinen BWLer. Du willst keinen von 'ner App ...«

»Jaja, blablabla. Still jetzt«, unterbrach ich sie und hielt mir einen Moment die Ohren zu, damit ich den Rest nicht mehr hören musste, denn die Liste ging noch eine Weile weiter.

Okay, vielleicht hatte sie schon ein bisschen recht. Ich WAR wählerisch. Aber wer war das nicht? Es ging schließlich um eine ganze Menge.

»Du versperrst dich damit von vornherein so vielen Möglichkeiten«, rief Katja jetzt und zog mir mit Gewalt die Finger aus den Ohren. »Ich meine ... Wer will schon keine *Mu-si-ker*?«

»Ach, und was hat es dir bisher gebracht, NICHT wählerisch zu sein?«, fragte ich beleidigt, und sie stieß mir als Antwort schmerzhaft ihre glitzernden Fußnägel in den Oberschenkel.

»Fiese Kuh. Ich hatte eben Pech.«

»Du hattest Idioten. Und zwar eine ganze Fußballmannschaft davon.«

»Das war ja das Pech!«

153

Ich seufzte. Warum war das immer alles so kompliziert. »Du kannst nicht ewig von Typ zu Typ hüpfen. Irgendwann haben die alle Kinder und Frauen«, sagte Katja streng.

»Ja und?«, fragte ich störrisch.

»Das nennt man dann Ehebruch«, konterte sie, aber ich zuckte mit den Achseln. »Ist ja nicht meine Ehe.«

Sie rollte mit den Augen. »Heute bist du absichtlich stur. Du weißt genau, was ich meine.«

Einen Moment lang starrte ich in meinen Wein. Dann leerte ich das Glas in einem Schwung. Ja, wusste ich. Aber ich wollte es eben nicht hören.

»Musiker haben alle ein Egoproblem. BWLer sind kapitalistische Aufschneider, über Fleischesser müssen wir gar nicht diskutieren ...«, setzte ich an.

»Nur weil jemand Fleisch isst, ist er nicht gleich ein schlechter Mensch, Marie«, fiel sie mir ins Wort.

»Ich weiß ja.«

»Ich esse auch Fleisch.«

»Ich. Weiß. Jaaaaa. Dich muss ich aber auch nicht küssen!«, rief ich.

»Doch, musst du«, erwiderte sie und versuchte, mich mit Duckface-Mund abzuknutschen.

Ich lachte und sprang vom Sofa auf. Das war ein Thema, über das wir uns häufiger stritten. Für mich war es ganz einfach: Ich liebte Tiere und wollte nicht, dass man sie quälte und tötete. Deswegen aß ich kein Fleisch und trank keine Milch. Ich wollte, dass Tiere ein friedliches, schönes Leben hatten, und zwar nicht nur die, die ich persönlich kannte. Für mich war Katja die Spinnerin, die darüber weinte, dass man in China Hunde aß, selber aber genüsslich ein Schnitzel nach dem anderen verzehrte, ohne auch nur mit der Wimper zu zucken.

»Mal ernsthaft. Wann warst du das letzte Mal richtig an jemandem interessiert?«, fragte sie jetzt.

Ich schüttelte den Kopf. Das war lange her. Es gab tatsächlich niemanden hier in Herrsching, der mich auch nur ansatzweise neugierig machte, dachte ich traurig und leerte mein Glas.

Plötzlich musste ich, zu meiner Überraschung, an Grünzeug-Typ denken. Die Szene zwischen ihm und seinem Vater, die ich neulich in der Bahn beobachtet hatte, hatte mich auf seltsame Weise gerührt. Der alte Mann war ihm offensichtlich schrecklich peinlich gewesen und trotzdem hatte er ihn respektvoll behandelt. Liebevoll. Beinahe hatte ich den inneren Kampf auf seiner Stirn ablesen können. Ich hatte das Gefühl, mir und meiner Mutter zuzusehen, wie wir uns kabbelten. Sie nervte mich, sie machte mich wahnsinnig, sie war mir oft peinlich – aber ich liebte sie und würde alles für sie tun. Grüni und sein Vater hatten von einer Marie gesprochen. Ich hatte kurz überlegt, ob ich einen kleinen Witz machen und mich einmischen sollte: »Hey, ich bin Maire, habt ihr gerade von mir geredet?«, hatte es dann aber doch gelassen. Er war mir zwar vertraut, weil wir uns nun schon so oft gesehen hatten, aber wir kannten uns ja gar nicht. Seitdem hatte ich aber immer mal wieder kurz an ihn denken müssen.

Mit knappen Worten erzählte ich Katja von der Begegnung. »Ich bin wirklich nicht an ihm interessiert, versteh das nicht falsch. Aber irgendwie war es ... rührend, wie er mit seinem Vater umgegangen ist«, murmelte ich. »Er arbeitet bei BMW, das können wir also gleich verge...«, wollte ich abwinken, doch Katja war schon aufgesprungen.

»Ja und er ist hier aus Herrsching?«, rief sie, plötzlich hellwach. »Das kriegen wir doch raus! Hast du einen Namen? Irgendwas?«

Ich schüttelte den Kopf.

»Keine Ahnung, aber er steigt auch immer hier ein«, sagte ich und bereute es bereits, ihr von ihm erzählt zu haben. »Keine Ahnung, wie er heißt. Aber ich meinte doch auch nur ...«

Schnell griff Katja nach meinem Handy. »Ich installier dir jetzt Tinder«, verkündete sie. »Wenn er hier wohnt und Single ist, finden wir ihn da sicher.«

»Nur über meine Leiche!«, rief ich entsetzt, aber sie reagierte nicht und wischte schon auf dem Display herum.

»Gib das sofort her!« Ich versuchte, ihr das Handy zu entwenden, doch sie sprang auf und lief ins Bad. Bevor ich mich's versah, hatte sie die Tür von innen verriegelt.

Ich trommelte dagegen. »Wag es ja nicht!«, rief ich, musste aber gleichzeitig lachen.

»Ich höre dich nicht!«, schallte es fröhlich von der anderen Seite der Tür zurück.

Stöhnend ließ ich mich am Holz hinab auf den Boden gleiten. »Du weißt genau, wie das endet!«, rief ich durch das Holz, aber sie antwortete nicht mehr. Wahrscheinlich war sie schon dabei, den zukünftigen Vater meiner Kinder nach rechts zu wischen. Ich gab auf, krabbelte auf allen vieren zum Couchtisch zurück und griff nach der Weinflasche. Plötzlich hörte ich hinter mir den Schlüssel im Schloss.

»Bumble ist vielleicht besser!«

»Hä?« Verwirrt drehte ich mich um. Katja stand im Türrahmen und schaute nachdenklich auf mein Handy.

»Was ist ein Bumble?«, fragte ich erstaunt.

Sie sah mich genervt an. »Wirklich Marie, du könntest diesen Wagen genauso gut auch hinterm Mond parken. Bumble. Die App!«

»Ach so«, sagte ich, hatte aber keine Ahnung, wovon sie sprach.

»Oder OkCupid ...«, murmelte sie jetzt konzentriert. »Aber da sind auch viele Spinner unterwegs, hab ich gehört. Weißt du, Tinder ist einfach schon ein bisschen rum«, sagte sie dann lauter in meine Richtung. »Da sind nur noch die Freaks, die ganz Jungen und die ganz Verzweifelten übrig.«

»Du musst es ja wissen«, sagte ich und versuchte aufzustehen, aber sie trat sofort einen Schritt zurück. »Bleib, wo du bist«, rief sie mit ausgestreckter Hand, »oder ich bin gleich wieder da drin!«

Ich ließ mich auf die Fersen zurücksinken.

Sie lächelte unheilvoll. »Wir machen jetzt einen Deal«, sagte sie.

»Ach ja?« Misstrauisch legte ich den Kopf schief.

Sie nickte. »Ich melde dich bei Bumble an. Und du darfst es mindestens eine Woche nicht löschen.«

»Ach komm«, rief ich. »Das ist nicht fair.«

»Willst du dein Handy zurück oder nicht?«, fragte sie ungerührt. »Ich kann da drin viel Unheil anrichten, das sei dir versichert.«

Leider wusste ich, dass das stimmte.

»Zwei Tage«, versuchte ich zu verhandeln.

»Sechs Tage«, gab sie zurück.

»Drei«, rief ich.

Sie nickte. »Okay, drei Tage. Aber dann musst du die App auch *benutzen*. Und mindestens jeden Tag vier Männer nach rechts wischen. Und sie dann anschreiben.«

Ich war nicht sicher, ob es am Wein lag, aber ich nickte. »Okay, okay«, rief ich ergeben. »Wenn du mich dann endlich in Frieden lässt. Obwohl ich dir jetzt schon sagen kann, dass die Angebotslandschaft hier mehr als fragmentiert sein wird.«

Sie nickte und ging wieder ins Bad. »Das werden wir ja sehen. Ich mach dann mal dein Profil fertig«, sagte sie und knallte die Tür zu.

»Wie war das eigentlich bei Ihnen damals mit dem Rasieren?« *In der Steinzeit*, fügte ich in Gedanken hinzu.

Ich saß mit Frau Obermüller auf der Veranda im Schatten. Schon seit geraumer Zeit beobachteten wir eine Gruppe Senioren – in der sich rein zufällig auch Ernie Mützl befand – beim Boulespielen. Sie bewegten sich so langsam, dass es zuweilen schien, als würden wir ein Standbild betrachten. Eben noch hatten wir über das Wetter diskutiert, aber weil ich meine Beine vor mir aufs Geländer gestützt hatte und der goldene Flaum in der Sonne glitzerte, war mir Katja wieder eingefallen.

Frau Obermüller sah mich verständnislos an.

»Heutzutage macht man ja meist alles ab. Oder lässt vielleicht noch eine kleine Landebahn. Aber es muss auf jeden Fall getrimmt sein«, erklärte ich und nahm einen Schluck Kaffee. »Sie wissen schon. Da unten.«

Verstört hustete sie ein paar Krümel Kuchen in ihre Handfläche, dann runzelte sie aber zu meiner Überraschung nachdenklich die Stirn. »Also bei uns damals wäre das höchst frivol gewesen«, erklärte sie. »Da galt man ganz schnell als liederliches Flitscherl, wenn man nicht aufpasste.«

»Flitscherl?« Ich riss die Augen auf. »Solche Wörter aus Ihrem Mund?«

Sie nickte, zufrieden, nun mich schockiert zu haben. »Nicht, dass mich geschert hätte, was die anderen denken«, setzte sie ein wenig zu überzeugt hinzu. »Aber früher, da wäre uns so was ja auch gar nicht erst in den Sinn gekommen. Warum auch? Ist doch viel zu viel Arbeit.«

»Das sag ich auch immer«, rief ich zufrieden, und wir saßen einen Moment in seltenem, stillen Einverständnis da.

Plötzlich machte mein Handy ein Geräusch. Ich zog es aus der Tasche. Bumble erinnerte mich liebevoll daran, dass ich mich heute noch nicht gemeldet hatte und viele Männer in meiner Nähe auf mich warteten.

»Na, wer schreibt dir?« Frau Obermüller versuchte, einen Blick zu erhaschen.

»Ach, nur eine Dating-App.«

Sie sah mich verständnislos an, und ich erklärte ihr, was es damit auf sich hatte und warum ich gerade gezwungen war, mich durch die unzähligen Männerprofile des Münchner Umlands zu swipen.

»Sehen Sie?« Ich beugte mich zu ihr rüber, so dass unsere Schultern sich berührten und eine Welle Weichspüler-Jasminduft aus ihrer Strickjacke zu mir aufstieg. »Hier schreiben die Männer was über sich selbst. Zum Beispiel der hier, Armin, 32. Sein perfekter Dinnergast wäre Gandhi, er geht gerne ins Fitnessstudio, mag Tiere und ist Jungfrau. Also, vom Sternzeichen«, beeilte ich mich hinzuzufügen, als sie überrascht die Augen aufriss.

Sie nahm mir das Handy ab und schob interessiert die Brille nach oben. Blinzelnd hielt sie es sich vor die Nase und betrachtete die Auswahl. »Ja schaut doch nett aus«, sagte sie dann erfreut. Plötzlich streckte sie ihren kleinen, knittrigen Zeigefinger aus, tippte auf Armins Gesicht, und ehe ich mich versah, zog sie das Foto nach rechts.

Das Display wurde gelb.

Boom! Jetzt liegt es an dir! Du hast du 24 Stunden für den ersten Schritt!, erklärte mir Bumble.

»Hoppla!« Sie kicherte überrascht. »Na was ist denn nun passiert?«

»Nun haben Armin und ich anscheinend ein Match«, grummelte ich und nahm ihr das Handy vorsichtshalber wieder ab. Nicht dass sie ihm gleich noch meine Adresse schrieb.

»Ein Match?«

Ich seufzte. »Das bedeutet, er findet mich gut und würde gerne mit mir sprechen bzw. schreiben. Und nun haben Sie ihm eben gesagt, dass ich ihn auch gut finde.«

»Ach wie aufregend!« Sie lehnte sich zu mir hinüber und sah mich erwartungsvoll an. Ich steckte das Handy in meine Tasche. »Nicht aufregend. Er kann mich nur kontaktieren, wenn ich ihm zuerst schreibe. Ist ganz praktisch.«

»Ja, aber dann musst du ihm schreiben! Sonst ist er doch enttäuscht«, rief sie eifrig.

Ich schüttelte den Kopf. »Vielleicht. Später.«

Sie presste missbilligend die Lippen aufeinander. »Von nichts kommt nichts.«

»Das sagt die Richtige!«

»Wie bitte?«

»Ach nichts.« Ich stand auf und packte ihren Rollstuhl. »Ich würde sagen, wir mischen die Mumien da hinten mal ein bisschen auf«, rief ich. Und bevor sie protestieren konnte, hatte ich sie schon losgeschoben und hielt auf die Boule-Runde zu.

16

»Hol mich runter!«

»Ach weißt du, ich genieße noch einen Moment den Anblick.«

Jo fluchte in sich hinein und strampelte mit den Beinen,
was dazu führte, dass er beinahe vornüberkippte. Ein Adrena-
linstoß durchfuhr ihn, schnell packte er das Seil. »Jetzt mach
schon, Mann!«

Er hing gerade in luftigen zehn Metern Höhe von der Decke der Kletterhalle, und Henne hatte die Sicherungsleine
in der Hand, die ihn daran hinderte, auf dem Boden zu zer-
schellen.

Eine Situation, die er normalerweise unter allen Umständen vermieden hätte.

Eigentlich hatte er es fast über die ganzen zwölf Meter geschafft, aber kurz vor dem Ziel hatten ihn plötzlich die Kräfte
verlassen.

Wahrscheinlich war es doch keine so gute Idee gewesen,
heute, statt zu bouldern, gleich an die Kletterwand zu gehen.
Aber als er beim Reinkommen die Gruppe Halbwüchsiger
entdeckt hatte, die gerade an der Boulderwand herumtobte –
einer trug doch tatsächlich eine Webcam auf der Stirn –, hatte
er gleich wieder umkehren wollen. Bouldern war momentan
so angesagt, dass man sich mit lauter Möchtergern-Youtubern

anlegen musste, um überhaupt an die Wand ranzukommen. Stattdessen war er direkt auf die Kletterseile zugesteuert.

»Mann, du bist doch gar nicht in Form«, hatte Henne eingewandt, was ihn natürlich wahnsinnig ärgerte.

Nein, er war nicht in Form. Aber musste Henne das hier so rumschreien?

Außerdem, was wusste der schon?

»Ich komm schon klar«, hatte er mit einem halben Lächeln beschlossen, was Henne dazu brachte, die Augen gen Himmel zu drehen. »Alter, du warst ewig nicht hier, mach dich doch erst mal an der Eins warm und dann ...«

»Jetzt laber nicht rum«, hatte er nur abgewunken, und Henne hatte ihn grummelnd gesichert. »Chronische Selbstüberschätzung ...«, murmelte er in seinen Bart.

»Was?«

»Nichts. Dann auf, zeig uns, was du auf dem Kasten hast«, sagte er herausfordernd, und Jo legte los.

Er wusste genau, dass Henne recht hatte. Aber – auch wenn Francesca das angezweifelt hatte – er war ein Mann und damit ein Dickkopf. Wenn man ihm sagte, dass er etwas nicht konnte oder haben durfte, wollte er es erst recht, und zwar auf Teufel komm raus.

»Pass auf, Mann, dir geht die Puste aus«, hatte Henne immer mal wieder gerufen, und ihn dadurch noch mehr angespornt. Er hatte ein richtiges High erlebt, als er anfing. Wie ein Affe kletterte er die Wand empor, sein Körper kannte die Bewegungen wie von selbst, und seine Finger griffen zielsicher an die richtigen Stellen. Kinderspiel, dachte er und spürte, wie ihn ein lange vergessenes Glücksgefühl durchströmte.

Doch plötzlich, kurz vor dem Ziel, hatte er gemerkt, wie

seine Kräfte schwanden. Seine Arme zitterten, verwundert stellte er fest, dass ihm schwindelig wurde. Sein Fuß rutschte ab, und er konnte sich gerade noch halten.

Dann hatte er den Fehler gemacht, nach unten zu schauen. Von einem Moment auf den nächsten ging nichts mehr.

Er stürzte etwa einen Meter ab, bevor die Sicherung griff.

Und nun baumelte er im Toprope hängend von der Decke, und Henne lachte sich unten halb schlapp.

Später holten sie sich einen Gemüsedöner. Jo wollte weniger Fleisch essen (immer wenn er in letzter Zeit eine Scheibe Salami sah, hatte er seltsamerweise Greta Thunbergs vorwurfsvolles Gesicht vor Augen), und Henne machte ohnehin gerade Detox. Er bestellte einen vegetarischen Falafelteller ohne Brot. »Zu viele Carbs«, erklärte er auf Jos fragenden Blick hin. »Und ich will rausfinden, ob ich vielleicht glutenintolerant bin.«

»Ach ja, und wofür?«, fragte Jo verwundert.

Henne zuckte mit den Achseln. »Das haben gerade alle«, erwiderte er. »Und wenn du es hast und nicht weißt, kann dich das richtig belasten. Will ja nicht enden wie du heute«, setzte er grinsend hinzu, und Jo seufzte. Wie lange würde er sich das jetzt anhören müssen?

»Was'n in letzter Zeit los mit dir?«, fragte Henne in ernsterem Ton. Er schielte ihn von der Seite an und biss in eine Peperoni. »Seyhans sind besser.«

Jo nickte. »Sowieso.«

»Ach, ich weiß auch nicht. Mein Vater ist einfach ... schwierig«, setzt er an, schüttelte dann aber gleich wieder den Kopf. Er wollte nicht schon wieder über seinen Vater nachdenken.

»Ich muss einfach wieder in Form kommen, hab mich ein wenig gehen lassen. Zu viele Vesuvios«, sagte er und grinste freudlos.

»Da kann ich nur zustimmen.« Henne stopfte sich eine ganze Falafel auf einmal in den Mund. Gleich darauf spuckte er sie wieder aus. »Scheiße, heiß!«, rief er und wischte sich mit dem Handrücken über den Mund. »Versuch's doch auch mal mit dem Gluten-Detox«, schlug er vor, aber Jo hob abwehrend die Hände.

»Und woher stammt die plötzliche Erkenntnis, dass du was ändern musst?«, fragte Henne, und Jo seufzte.

»Ach, Karla hat neulich mein Instagram-Profil auseinandergenommen und ...«

»Moment mal, du bist bei Instagram?« Empört ließ Henne die Serviette fallen. »Und folgst mir nicht?«

Jo winkte ab. »Es war nur ein Versuch. Ich sehe in der Bahn immer eine Frau, richtig hübsch, sympathisch. Irgendwie kommt sie mir bekannt vor. Und neulich habe ich durch Zufall ihren Namen rausgekriegt und wollte schauen, ob ich sie da finde. Aber hat nicht geklappt.« *Habe nur ihren dämlichen Lackaffen-vielleicht-Boyfriend gefunden*, setzte er in Gedanken hinzu und merkte, wie er schon wieder schlechte Laune bekam.

»Wie heißt sie denn?«, fragte Henne neugierig.

»Marie Brunner. Ist wahrscheinlich aus Herrsching.«

»Hm, dann müsstest entweder du oder ich sie ja eigentlich aus der Schule kennen.«

Henne war nach der gemeinsamen Grundschulzeit in Herrsching auf die Realschule gegangen, Jo nach Dießen aufs Gymnasium gewechselt.

»Ja, kann sein, aber ich erinnere mich nicht. In meinem Jahrgang war sie nicht und auch nicht in dem unter mir.« Er zuckte mit den Achseln. »Aber ansonsten kann das gut sein, ich würde schon die Hälfte der Leute aus meinem Abijahrgang kaum noch erkennen. Wenn sie ein paar Jahre jünger ist, keine Chance.«

»Und was hat das Ganze jetzt mit deiner schlechten Laune und deinem plötzlichen Anfall von Größenwahn zu tun?«, fragte Henne.

»Karla meint, 40 ist das neue 30. Und deswegen muss ich aussehen wie beinahe 20«, erklärte Jo ihm und spürte, wie ihm allein der Gedanke schon Kopfschmerzen bereitete.

Henne nickte ernst und musterte ihn kritisch. »Ich sag ja immer, du brauchst 'nen neuen Look. Probier's doch mal mit 'nem Schnauzer.«

»Ein Pornobalken? Hör doch auf, Mann!«

»Na ja, irgendwas Frisches halt.«

»Also du schaust jetzt auch nicht gerade aus wie ein tauglitzerndes Gänseblümchen«, erwiderte Jo sauer. Immer mussten alle auf ihm rumhacken!

Sie waren vor einem Schaufenster stehen geblieben.

»Wow. Das'n Schnäpper!« Henne zeigte auf eine blaue Sonnenbrille mit gelbem Rand. »Kauf dir doch die, damit bist du ein anderer Mensch!«

»Bist du wahnsinnig? Damit sehe ich aus wie ein Insekt! Außerdem kostet sie 200 Euro.«

»Das ist Balenciaga. Damit kannste nichts falsch machen. Die Frauen erkennen so was, glaub mir.«

»Nicht die Frauen, die ich will.«

Henne schnaubte abfällig. »Jo ist auch irgendwo ein däm-

166

licher Spitzname. Bisschen unmännlich. Klingt wie Jo-Jo«, murmelte er.

»Entschuldige mal. Du heißt wie ein weibliches Huhn«, empörte Jo sich, ehrlich verletzt, weil er heimlich genau das Gleiche über seinen Namen dachte.

»Ich heiße Henry, Mann. Und Hühner sind immer weiblich.«

»Ja, und ich heiße Johannes!«, gab Jo zurück.

»Ja, aber keiner nennt dich so.«

»Und dich nennt keiner Henry.«

»Aber geht's hier um mich? Wer braucht denn Nachhilfe im Tindern?«

»Ich hab dich doch gar nicht um Hilfe gebeten.«

»Ich mein doch nur, Mann, du brauchst eben einen USP!«

»Einen Unique Selling Point?« Er lachte auf. »Spinn nicht rum, das ist doch kein Bewerbungsgespräch.«

Henne schüttelte mit ernster Miene den Kopf. »Irgendwie schon. Welchen wichtigeren Job gibt es schon als den des Lebenspartners. Schließlich rennen hier Tausende Singles rum. Warum sollte sie gerade dich wollen? Du brauchst etwas, das dich von anderen unterscheidet.«

Jo grübelte einen Moment vor sich hin. Vielleicht hätte er die Harry-Potter-Brille doch behalten sollen. Die war auf jeden Fall etwas, das ihn aus der Masse heraushob.

Erst mal klang das alles, wie die meiste Dinge, die Henne so von sich gab, bescheuert. Aber wenn man drüber nachdachte ...

»Und was ist dein USP?«, fragte er, plötzlich neugierig.

»Na, mein Humor!«, erwiderte Henne wie aus der Pistole

geschossen, und Jo prustete höhnisch. »Du meinst deinen beißenden, morbiden Sarkasmus?«

»Nenn es, wie du willst, es kommt an.«

»Ach ja? Und wo ist deine bessere Hälfte gerade?«

»In meinem Handy«, grinste Henne. »Ich bin eben wählerisch, aber sie wird schon noch auftauchen.«

Jo beschloss, alle Tipps von Henne auf die No-go-Liste unter die seines Vaters zu setzen.

Auf dem Heimweg in der Bahn holte er sein Handy aus der Tasche. Nachdenklich betrachtete er eine Weile das Display. Bumble hatte er schon seit mindestens zwei Wochen nicht mehr geöffnet. Zwar erinnerte die App ihn immer mal wieder daran, dass er »sehr gefragt« war und »viele Frauen in seiner Nähe auf ihn warteten«, aber er versuchte eigentlich, die ganzen Portale nur in München zu benutzen, denn wenn man in Kleinstädten wohnte, war das so eine Sache mit dem Onlinedating. Es musste ja nicht unbedingt die ganze Gegend erfahren, bei welchen Seiten er unterwegs war. Genauso wenig musste er wissen, dass Frau Klein aus der Bäckerei freundschaftlich geschieden und nun auf der Suche nach einem unverbindlichen Abenteuer war.

Er seufzte tief und lehnte einen Moment erschöpft den Kopf gegen das Glas. Dann zuckte er zurück, weil er plötzlich eine klebrige Pampe an der Stirn hängen hatte. Frustriert fummelte er ein Taschentuch aus der Jeans und wischte sich übers Gesicht.

Das anonyme Onlinedating war Gift für ihn. Es nagte an den Grundpfeilern seines Selbstwertgefühls. Es war ohnehin schlimm genug, dass man jederzeit weitergewischt oder gelöscht werden konnte. Immer, wenn wieder ein Match nicht mehr antwortete, oder gar plötzlich auf mysteriöse Weise aus dem Chatverlauf verschwunden war, ging es wieder los, das Gedankenkarussell. War er zu langweilig? Seine Fotos zu nichtssagend? Seine Konversationsversuche zu unoriginell? Seine zu dünnen Waden konnten sie auf den Bildern nicht sehen – dafür hatte er tunlichst gesorgt –, also was war es? Warum hatte Katja ihn einfach fallengelassen, obwohl sie sich doch scheinbar so gut verstanden hatten?

Er hatte das Internet zu Rate gezogen, aber da ging es immer nur darum, wie Frauen sich auf den Plattformen am besten vor Predators (aka Männern) schützen konnten. Da die ja ohnehin alle nur das Eine wollten und von Natur aus unsensibel waren, kamen sie in diesen Artikeln nur am Rande und als Bedrohung vor. Doch vor kurzem war er über eine Reportage gestolpert, die das genaue Gegenteil behauptete. Unter dem Titel »Tinder frisst dein Ego auf«, wurde dort eine höchst interessante These vertreten: Den Männern ging es deutlich schlechter als den Frauen! Zumindest beim Onlinedating.

Tinder und Co. zerstörten anscheinend auf der ganzen Welt empfindsame Männerseelen. Und warum? Weil sie das männliche Selbstbewusstsein auf eine für sie vollkommen neue Art und Weise auseinandernahmen: Objektivierung. Und warum war Objektivierung für Männer schlimmer als für Frauen? Jo hatte über diese doch eigentlich so simple Tatsache mehr als gestaunt: Weil sie das nicht kannten. Frauen waren anscheinend von Kindesbeinen an daran gewöhnt, wo auch immer sie hinsahen, mit jüngeren, schöneren und perfekteren Versionen ihrer selbst konfrontiert zu werden. Für sie war das quasi Alltag, sie hatten im Laufe ihres Lebens

Schutzmechanismen entwickelt, um damit fertigzuwerden (oder waren in Therapie). Für den Mann hingegen war dieses Verhalten seiner Umwelt neu. Und er konnte damit schlicht nicht umgehen.

Jo hatte den Artikel verschlungen und dann einen ganzen Abend damit verbracht, zu diesem Thema zu googeln. Zwar schämte er sich danach ein wenig, ein Mann zu sein und Frauen zu all diesen Qualen zu verdammen, aber: Er war plötzlich nicht mehr alleine. Hier waren seine Antworten, schwarz auf weiß. Millionen anderer Männer auf der ganzen Welt fühlten mit ihm, sie trafen sich auf reddit und diskutierten in endlosen Threads ihr Elend.

Zwar war er dankbar, dass er nun nicht mehr alleine dastand mit seiner Unfähigkeit, in der modernen Dating-Welt zurechtzukommen. Trotzdem wollte er auch nicht zu denen gehören. Zu den Losern und gekränkten Egos in den Chatrooms, die sich darüber ausheulten, dass sie nicht genug Matches bekamen und ständig an der Optimierung ihrer Profile arbeiteten. Sie glaubten doch nicht wirklich, dass der richtige Slogan unter dem Bild darüber entschied, ob sie ihre Traumfrau fanden oder nicht? Danach hatte er erst mal alles außer seinem Namen und seinem Beruf gelöscht. Für diese dämlichen Sprüche war er ohnehin zu alt.

Gedankenverloren öffnete er Bumble und wischte ein wenig hin und her. Beinahe alle Bilder landeten bei ihm rechts. Was konnte er schließlich schon Negatives über die Frauen sagen, bevor er mit ihnen kommuniziert hatte? Irgendwie hübsch waren sie doch alle. Natürlich hatte er auch einen Typ, der ihm besonders gefiel, aber im Grunde hatte für ihn jede Frau etwas Schönes und Reizvolles.

Als er klein war, hatte seine Mutter manchmal geschäftlich verreisen müssen. Nach dem Tod seiner Großmutter blieb er in diesen Zeiten mit seinen Brüdern, seinem Vater und Großvater zurück. Damals hatte er verstanden, dass Frauen etwas Unersetzliches an sich hatten. Sie machten die Welt einfach nur durch ihre Anwesenheit ein wenig wärmer und schöner.

Und ganz sicher wohlriechender.

Wer, so wie er, sieben Jahre in verschiedenen Männer-WGs gehaust hatte, wusste, wovon er sprach. Auch mit Francesca war er am Ende nur deshalb so lange zusammengeblieben, weil er einfach eine Freundin in seinem Leben haben wollte. Zur Not sogar eine, die ihn – man konnte es nicht anders sagen – komplett unterbutterte. Manchmal dachte er, dass Frauen, sollten alle Männer auf dieser Erde (zum Beispiel durch einen sehr präzisen Asteroideneinschlag) plötzlich vernichtet werden, wahrscheinlich ziemlich gut alleine klarkommen würden. Eine reine Männerwelt hingegen ... Er mochte es sich gar nicht ausmalen.

Plötzlich erstarrte er.

Das konnte nicht sein.

Da war sie!

Marie, 31. Sie lächelte ihm entgegen, die Haare ein wenig windzerzaust, die braunen Augen blitzend.

Jo durchlief ein Schauer. Er starrte sie an und lächelte unwillkürlich zurück.

Dann ließ er das Handy fallen.

Als er sich hastig bückte und es aufsammelte, war ihr Gesicht verschwunden.

»Nein!«, rief er. »Scheiße!«

Sie musste durch den Sturz nach links gewischt worden

sein. Oder rechts? Schnell sah er nach. Nein, da war sie nicht. »Das darf einfach nicht wahr sein«, stöhnte er und erntete einen misstrauischen Blick von der Frau, die ihm gegenübersaß.

Seine Gedanken überschlugen sich. Rasch wählte er Hennes Nummer.

»Was vergessen?«, meldete der sich. Er kaute schon wieder. Glutenverzicht machte offensichtlich hungrig.

»Kann man bei Bumble jemanden zurückholen, wenn man versehentlich nach links gewischt hat?«, fragte Jo atemlos, ohne Begrüßung. Die zwei Frauen ihm gegenüber hoben gleichzeitig die Köpfe und starrten ihn neugierig an.

»Ja klar.« Henne kaute so laut, dass seine nächsten Worte im Genuschel untergingen.

»Schlucken!«, rief Jo ungeduldig.

»Sorry. Du musst schütteln.«

»Wie bitte?«

»Du musst das Handy schütteln, dann kommt sie zurück. Geht aber nur dreimal und ...«

Jo hatte schon wieder aufgelegt. Er öffnete Bumble erneut und schüttelte das Handy mit aller Kraft.

Nichts passierte.

»Komm schon«, stieß er gepresst hervor und schüttelte so heftig mit beiden Armen, dass es ihm fast erneut auf den Boden fiel.

Plötzlich war sie wieder da.

Er konnte sein Glück gar nicht fassen. Schnell wischte er nach rechts, bevor er sie wieder verlor. Dann starrte er mit klopfendem Herzen das Handy an.

Nichts passierte.

Sie hatten kein Match.

Entweder hatte sie ihn also noch nicht gesehen – oder, und das war die wesentlich schlimmere, aber wahrscheinlichere Variante, sie hatte ihn gesehen und nach links gewischt.

Er fuhr sich mit der Hand über die Stirn.

Jetzt hieß es warten.

Rasch öffnete er Tinder und begann, sich hektisch durch die Bilder zu swipen.

Diesmal landeten sie alle links. Wenn Marie bei Bumble war, hatte er vielleicht auch bei Tinder Glück, und hier konnte er ihr direkt schreiben und musste nicht warten, ob sie ihn kontaktierte.

Nach einer Viertelstunde gab er es auf. Sein Daumen glühte, und die App hatte ihn bereits mehrmals daran erinnert, dass er auch mal nach rechts wischen musste, um seine Chancen zu erhöhen. Bestimmt war sie auf Bumble, weil sie dort selbst aussuchen konnte, mit wem sie sich schrieb. Er hatte gelesen, dass viele Frauen sich deshalb für die App entschieden.

Den Rest des Abends behielt er sein Handy in der Hand, sah immer wieder nach, ob er nicht vielleicht doch eine Nachricht bekommen hatte. Er konnte doch nicht so viel Glück haben, nur um dann ignoriert zu werden. Zumindest eine kleine, einzige, winzige Chance musste er doch bekommen, dachte er verzweifelt.

Aber das Handy blieb stumm.

17

»Marie, du musst sofort kommen!«

Mir fiel beinahe das Handy aus der Hand. »Mama, was ist passiert?«, fragte ich erschrocken. Sie klang aufgewühlt, schluchzte mir ins Ohr. »Gab es einen Unfall, geht es dir gut?« Alarmiert sprang ich von meinem Schreibtisch auf, so dass meine Kollegin Marianne zusammenzuckte und beinahe ihren Kaffeebecher umstieß.

»Das Blut, Marie, ich ...«

Mein Herz blieb beinahe stehen.

»Wer, wovon sprichst du?«

»Na der Hund. Was denkst du denn?«, rief sie schrill.

Ich stöhnte auf. »Ach so!« Mein Herz klopfte in meinem Hals, ich hatte eine Gänsehaut am ganzen Körper. »Mama, sag das doch gleich! Du hast mich zu Tode erschreckt.« Ich atmete einmal tief ein und aus und setzte mich wieder. »Es geht also los?«

»Los? Wir sind mittendrin!«, brüllte sie.

»Ist etwa schon eins da?«, fragte ich atemlos.

»Ja, eins ist schon rausgekommen, und ich glaube, jetzt wirft sie gleich das Nächste!« Meine Mutter atmete hektisch in den Hörer, was als knisterndes Geräusch bei mir ankam. Ich hörte eine tiefe Stimme im Hintergrund murmeln. »Wer ist denn da bei dir?«, fragte ich verwirrt.

»Der Poldi, Marie, bitte beeil dich, ich weiß nicht, was wir machen sollen ...«

»Poldi?« Ich verstand nur Bahnhof. »Wer zur Hölle ist Poldi?«

»Na, der Leopold. Wirklich Marie, bist du überhaupt schon los?«

»Äh, ja klar!« Ich saß immer noch auf meinem Stuhl, packte aber nun schnell meinen Rucksack, warf mein Handy und meine Wasserflasche hinein, tauschte unter dem Tisch die Pumps gegen Schlappen. »Mama, pass auf. Eine sterile Schere und mein Verbandskasten liegen auf dem Schreibtisch«, erklärte ich, während ich meine Daten speicherte und den Computer runterfuhr. »Ihr müsst nur darauf achten, dass Dexter auch die Fruchtblase durchbeißt, damit die Kleinen atmen können.«

»Ach, oh Gottogottogott«, hörte ich sie murmeln.

»Immer die Nasen freihalten, mehr müsst ihr nicht machen!« Rasch schnappte ich meine Jeansjacke und rannte zur Tür. »Ich werde Oma!«, rief ich aufgeregt über die Schulter in die Runde, und alle antworteten mit angemessenem Jubel. Meine Chefin Nadine nickte mir zu, als Zeichen, dass sie Bescheid wusste und ich gehen konnte. Sie hielt beide Daumen in die Höhe und lächelte.

»Ich beeile mich!«, versicherte ich ins Handy und war schon auf dem Flur. »Mama, mach dir keine Sorgen, okay. Hunde können das ganz alleine! Ich weiß da auch nicht mehr als du. Muss jetzt auflegen, sonst kann ich nicht rennen!«

»Aber Marie ...«

Ich drückte sie weg und wetzte durch den Gang. Weil ich in den ausgelatschten Birkenstocks immer wieder stolperte, zog ich sie aus und klemmte sie mir unter den Arm. Ich rannte so schnell ich konnte durch die Stadt, aber als ich die Treppe zum Gleis hochjagte, sah ich schon die vielen genervten Gesichter. »Nein, nicht auch das noch!«, rief ich und hielt mir keuchend die Rippen, als ich das gelbe Band las, das über die Anzeige flimmerte. Polizeieinsatz. In beide Richtungen ging nichts mehr. Immer genau dann, wenn man gerade ganz dringend irgendwo hinmusste. Wenn ich so schnell wie möglich nach Herrsching kommen wollte, gab es jetzt nur eins.

Ich zog mein Handy wieder hervor.

»Nimm ab, nimm ab, nimm ab«, flüsterte ich durch die Zähne.

»Hmmm?« Eine verschlafene Stimme meldete sich.

»Es ist halb eins!«

»Ach ja, echt?« Eine kurze Pause entstand, in der Nep offensichtlich auf die Uhr sah.

»Stimmt«, bestätigte er dann fröhlich.

Ich verdrehte die Augen. »Bist du daheim?«, fragte ich.

Ich hörte eine Bettdecke rascheln. »Daheim und allein, du kannst also sehr gerne ...«, setzt er an, aber ich unterbrach ihn.

»Hör mal, ich muss so schnell es geht nach Herrsching, Dex bekommt die Welpen, und meine Mutter ist völlig am Durchdrehen ...«

»Scheiße«, plötzlich klang er hellwach. »Wo bist du?«

»Am Gleis, die Bahn fährt nicht. Mal wieder Polizeieinsatz!«

»Ok, beweg dich nicht, ich bin in zehn Minuten da!«

Erleichtert atmete ich auf. Zum Glück wohnte er im Lehel, das war ganz in der Nähe. »Du bist der Beste!«

»Weiß ich«, antworte er, und ich hörte seinen Gürtel kla-ckern. »Hol mir 'nen Doppio in der Zeit, ja? Meine Birne dröhnt vielleicht!« Damit legte er auf.

Genau elf Minuten später fuhr Nep mit seinem blauen Por-sche Cayman vor und hupte so laut, dass ich beinahe seinen Kaffee auf meinen Rock kippte.

»Einfach ultra peinlich, deine Schwanzverlängerung«, sagte ich, als ich einstieg und ihn auf die stoppelige Wange küsste.

»Aber praktisch, hm?«, fragte er grinsend.

Das musste ich zugeben.

»Außerdem ist das quasi der billigste Porsche auf dem Markt. Ist mir manchmal richtig unangenehm, damit hier rumzufahren.«

Lachend reichte ich ihm seinen Doppio.

»Doch, ehrlich. Du weißt ja nicht, wie das ist unter den Münchner Schnöseln. Das ist 'ne ganz eigene Hackordnung«, versicherte er mir und fädelte sich in den Verkehr ein. »*Du* magst vielleicht denken: *Oho, schau mal an, was für ein sexy fesches Auto der Nep da fährt*, wenn du mich siehst.«

Ich schnaubte. »Beinahe aufs Wort meine Gedanken.«

»Aber ...«, sprach er ungerührt weiter: »*Die* denken: Billige Rostlaube, die der Emporkömmling da von seinen Eltern be-kommen hat.«

»Und damit haben sie auch nicht ganz unrecht!«

»Ja, meine Alten sind manchmal richtig knauserig. Es gibt welche, die sind mehr als doppelt so teuer«, erwiderte er ni-ckend.

Ich schüttelte lachend den Kopf. »Ich meinte eher den Emporkömmling. Und du merkst doch selber, wie bescheuert das alles ist. Warum musst du denn da unbedingt mitmachen?«

Er zuckte etwas ratlos die Schultern. »Was soll ich denn sonst machen?«

Einen Moment schwiegen wir. Das Besondere an Nep war, dass er zu beiden Welten gehörte und scheinbar mühelos zwischen ihnen hin und her glitt. Er fuhr im Porsche durchs McDrive, feierte sich an den Wochenenden durch die exklusivsten Münchner Partys und rief mich dann an, um beim Matos eine Fischsemmel zu frühstücken und 'ne Runde im Tretboot über den See zu schippern. Er war sozusagen ein stinkreicher, urbayrischer Bohemien. Nur ohne die künstlerischen Ambitionen. Außerdem einer der großzügigsten und hilfsbereitesten Menschen, die ich kannte.

»Also, was erwartet uns da jetzt? Blut? Gedärme? Nervenzusammenbrüche?«, fragte er gut gelaunt und trank einen Schluck Kaffee.

Ich nickte. »Wahrscheinlich alles zusammen. Meine Mutter klang komplett hysterisch. Aber du musst nicht mit rein, ich brauche dich nur als Fahrer.«

»Vergiss es, wenn du mich schon so früh weckst, will ich auch ein bisschen Action sehen.«

Ich lächelte und legte meine nackten Füße aufs Armaturenbrett. »Alles klar, aber jammere später nicht rum, wenn dir schlecht wird.«

»Ach, ich bin hart im Nehmen.« Gelassen steuerte er den Porsche mit zwei Fingern am Lenkrad auf die Auffahrt zur A96.

»Und wie mir scheint auch noch nicht ganz nüchtern.« Ich wedelte mit der Hand durch die Luft. Das Wageninnere roch nach Fastfood und Alkohol. »Vielleicht sollte ich lieber fahren.«

»Ach, das ist nur mein Körper, der noch ausdünstet«, winkte er ab. »Und ich fahre am besten mit ein bisschen Restpromille im Blut. Macht mich wacher.«

Ich seufzte leise. Wahrscheinlich stimmte es sogar.

Als wir am Wohlwagen ankamen und ich die Tür aufstieß, bot sich uns ein höchst seltsames Bild. Meine Mutter saß in ihrem hellblauen Sommerkleid auf dem Boden neben Dexters Korb und streichelte ihr den Kopf. Der alte Kratzer kniete hinter der Hündin, die Hände bis zu den Ellbogen in Gummihandschuhen, und zog gerade, als wir erstarrt in der Tür stehen blieben, ein winziges, wild gemustertes Bündel aus ihr heraus.

»Hälfte geschafft, vier haben wir schon«, sagte er leise, als er uns sah, und strahlte mich stolz an. Meine Mutter hatte ganz verschmierte Wangen, aber auch sie lächelte glücklich. »Sie ist richtig tapfer«, flüsterte sie.

Als Dex Nep sah, knurrte sie drohend, und er hob beschwichtigend die Hände und entfernte sich ein Stück, ging dann in die Knie und verfolgte das Ganze aus sicherem Abstand. Sogar er hatte plötzlich einen ganz ehrfürchtigen Ausdruck im Gesicht.

Im Korb an Dex' Bauch gekuschelt, strampelten vier piepsende Bündel vor sich hin. Im Grunde sahen sie aus wie mikroskopische Fischotter. Ihre Augen waren noch geschlossen, sie schnüffelten unruhig mit ihren kleinen Schnauzen in der Luft herum. Dex lag erschöpft auf der Seite. »Du machst das ganz toll, mein Schatz«, versicherte ich ihr und gab ihr einen

Kuss aufs Ohr. Ich setzte mich neben meine Mutter und betrachtete sprachlos das kleine Wunder, das da in meinem Wohlwagen geschah.

»Es wird eine Weile dauern, bis das Nächste kommt.« Der alte Kratzer lehnte sich mit knackenden Knien zurück. Er hat seine Schuhe ausgezogen und einen Moment war ich vom Anblick seiner bunten Happy-Socks abgelenkt. »Bisher lief alles ganz nach Plan, sie hat die Fruchtblasen abgeleckt und die Nachgeburten gefressen«, erläuterte er.

Aus der Küche kam ein würgendes Geräusch, und wir blickten beide gleichzeitig zu Nep hinüber, der plötzlich ganz weiß im Gesicht war und sich an die Spüle klammerte.

»Einmal musste ich nachhelfen, aber ich habe alles vorher noch mal sterilisiert«, sprach der Kratzer fachmännisch weiter, nachdem er ihm einen strengen Blick zugeworfen hatte.

Ich nickte benommen. »Ähm ... darf ich fragen, wie es dazu kommt, dass Sie ...?«, setzte ich an, aber meine Mutter unterbrach mich sofort. »Der Leopold hat mich angerufen. Ich hätte es sonst gar nicht gemerkt. Er hat gesehen, wie Dexter ganz unruhig im Garten umhergelaufen ist, und meinte, dass es losgehen könnte!«

Ich nickte benommen. »Aber warum habt ihr mir nicht gleich Bescheid gesagt?«, fragte ich.

»Es ging dann plötzlich alles so schnell. Wir hatten hier alle Hände voll zu tun. Und der Leopold kennt sich ja auch aus.«

Ich war immer noch ein wenig überrascht, dass aus dem alten Kratzer plötzlich »der Leopold« geworden war.

Er nickte bestätigend. »Ich hatte früher immer Hunde. Meine Daisy hat dreimal Welpen bekommen, ich weiß also genau, was zu tun ist!«

»Wie praktisch«, lächelte ich, etwas durcheinander.

»Schau doch mal, wie goldig sie sind!« Zärtlich streichelte meine Mutter einem der kleinen Bündel mit dem Finger über den Rücken.

Dex gab ein leises Knurren von sich.

»Ich glaube, wir sollen sie nicht anfassen«, flüsterte ich, und sie nickte und zog schnell die Hand zurück.

Drei Stunden später lagen wir in den letzten Zügen der Geburt. Inzwischen waren nur noch der Leopold und ich beteiligt. Nep war bereits zum zweiten Mal losgezogen, um Kaffee und Snacks für alle zu holen, und meine Mutter war auf der Couch eingeschlafen. Ich wischte gerade, unter Leopolds Anleitung, den letzten Welpen zärtlich mit einem Tuch sauber. Dex war inzwischen so erschöpft, dass sie nur noch kurz den Kopf hob. Der Kleine war ein besonders dicker Brocken und hatte sie ihre letzten Kräfte gekostet. Wie ein Maulwurf wand er sich in meiner Hand, und ich betrachtete ihn verzückt. »Hallo kleiner Mann. Willkommen zu Hause«, flüsterte ich ihm zu. »Dich nenne ich Nils.«

Ich wusste nicht warum, vielleicht waren es die besonders speckigen rosa Füßchen, aber etwas an ihm eroberte mein Herz im Sturm. Die Welpen waren alle niedlich, aber ich überlegte sofort, wie ich es anstellen könnte, Nils zu behalten.

»So, Dexter muss nun raus und sich erleichtern. Das wird ein Kraftakt, sie wird die Welpen nicht alleine lassen wollen«, erklärte der alte Kratzer und sah zur Tür. »Hoffentlich schafft sie die Stufen.«

Nep, der gerade in diesem Moment mit Kaffee und Fischbrötchen zurückkam, versteckte sich im Bad, meine Mutter blieb auf der Couch, und wir beide zogen Dex unter Aufwand aller unserer Kräfte nach draußen. Sie wehrte sich so vehement, fing an zu knurren und zu heulen gleichzeitig, dass ich zwischendrin darüber nachdachte, sie einfach in den Wagen pinkeln zu lassen. Als wir sie nach dem eilig verrichteten Geschäft wieder drin hatten, waren wir beide schweißgebadet.

»Das wäre fürs Erste geschafft! Wie hast du dich organisiert? Bist du gut aufgestellt?«, fragte der Kratzer feldwebelhaft, als sie wieder bei den Kleinen lag, und wischte sich die Stirn mit einem Stofftaschentuch. Sein Hemd war durchgeschwitzt, und er atmete schwer. Erschrocken sah ich ihn an.

»Ähhh ...«, antwortete ich schlagfertig und fing mir sogleich einen tadelnden Blick ein.

Ich räusperte mich. »Zwei Wochen kann ich Home-Office machen, und danach wollte meine Mutter nach den Kleinen sehen«, erklärte ich. »Wenn das nicht reicht, werde ich einen Babysitter organisieren, oder ein paar Stunden redu...«

Er schüttelte den Kopf. »Umgekehrt!«, sagte er streng. »Am Anfang wird deine Anwesenheit nicht nötig sein. Sie können sich ja noch nicht bewegen, nicht mal hören, momentan. Dex macht erst mal alles allein, sie wird ihren Kot fressen und den Urin trocken lecken ...«

Wieder kam ein trockenes Würgen aus Neps Richtung, und wir drehten uns beide gleichzeitig zu ihm um. »Tschuldigung«, murmelte er, gefährlich grün um die Nase. »Mein Magen ist heute ein bisschen empfindlich.«

Der Kratzer warf ihm einen vernichtenden Blick zu. »Sie braucht jetzt vor allem Ruhe. Du kannst erst mal weiter zur Arbeit gehen, ich werde nach ihnen schauen«, sagte er zu mir. »Wenn sie dann agiler sind, brauchen sie alle zwei bis drei Stunden Futter und auch Ablenkung. Auch da kann ich wochentags sicher aushelfen. Du wirst alle deine Kräfte benötigen, die Nächte werden unruhig, das kann ich schon mal vorhersagen.«

Ich starrte ihn an. »Aber das kann ich doch nicht annehmen!«, protestierte ich gerührt.

»Ich bin sowieso im Garten, da kann ich auch ab und an rüberkommen!«, winkte er ab. »Wir tüfteln schon einen guten Plan aus, nicht Gabi?« Er lächelte meiner Mutter zu, die mit angezogenen Knien auf dem Sofa saß und überrumpelt nickte. Sie schien genauso überrascht wie ich.

»Das wäre einfach phantastisch von Ihnen, Herr Kratzer!«, lächelte ich, und er wurde rot.

»Leopold!«, erwiderte er. »Oder Poldi!«

So wurde aus mir eine Hundeoma, aus dem alten Kratzer der Leopold und aus meinen Plänen für die nächsten Wochen erst mal Kleinholz. Wir hoben meinen Schreibtisch in das Gehege, schoben Dexter und den Welpenkorb darunter und hängten ein Bettlaken darüber. »Sie braucht Ruhe und Sicherheit, ihr eine kleine Höhle zu bauen gibt ihr ein geschütztes Gefühl«, erklärte der Kratzer, bevor er sich mit einem letzten Blick auf die Welpen verabschiedete. »Ich trete dann morgen zur ersten Schicht an. Am besten wir gründen eine WhatsApp-Welpengruppe, dann können wir uns absprechen«, schlug er vor und machte mich damit für einen Moment sprachlos. Der alte Kratzer war nicht nur ziemlich nett, er war auch gar nicht so verstaubt, wie ich immer gedacht hatte.

Endlich ließen Nep und ich uns erschöpft aufs Sofa fallen. Inzwischen dämmerte es draußen, und der Duft nach gemähtem Gras und Sommerabend zog durch die Fenster herein. »Uff«, sagte Nep und lehnte den Kopf zurück.

»Du bist mein Held«, ich strich ihm über den braun gebrannten Oberschenkel. »Du hättest wirklich nicht den ganzen Tag hierbleiben müssen.«

Er lächelte. »Viel mehr, als *Vikings* auf Netflix weiterzuschauen, hatte ich für heute ohnehin nicht geplant. Aber das hier war allemal blutiger«, sagte er zufrieden. »Außerdem habe ich viel gelernt, vor allem, dass mein Magen nicht so stabil ist wie angenommen.« Er grinste. Dann küsste er mich. »Wir könnten uns doch jetzt eigentlich ein wenig entspannen«, murmelte er gegen meinen Mund.

»Bist du verrückt, doch nicht vor den Kindern!« Entsetzt riss ich die Augen auf und rückte ein Stückchen von ihm weg.

Er lachte und zog mich wieder an sich. »Schön, wie wäre es dann mit einem kleinen Nachtbad im See?«

»Darauf könnte ich mich einlassen«, sagte ich und biss ihn in die Unterlippe. »Gut, dann nimm eine Decke mit auf den Steg«, lachte er, während unser Kuss schnell intensiver wurde.

»Du hast schon wieder mit ihm geschlafen?« Katja klang gleichzeitig vorwurfsvoll und genervt.

»Warum denn nicht?« Ich klemmte mir das Handy zwischen Schulter und Wange und rührte einen Schluck Hafermilch in meinen Kaffee.

»Weil das zu nichts führt!«

»Es führt sogar zu 'ner ganzen Menge«, widersprach ich lachend. »Es führt dazu, dass ich ...«

»Keine Details«, unterbrach sie, und ich trank grinsend einen Schluck Kaffee.

»Es wäre einfach vernünftig, damit endlich mal aufzuhören. Wie willst du denn jemals eine ernste Beziehung eingehen, wenn du Nep noch am Bein hängen hast?«, fragte sie streng. »Im wahrsten Sinne des Wortes.«

»Das eine hat mit dem anderen überhaupt nichts zu tun«, widersprach ich. »Wenn ich jemanden kennenlernen würde, wäre mit Nep sofort Schluss. Und er würde auf meiner Hochzeit begeistert den Trauzeugen geben. Er hat nämlich genauso wenig Gefühle für mich wie ich für ihn.«

»Ja, aber stell dir doch mal vor, du stolperst in der S-Bahn über deinen Traummann. Alles geht ganz schnell, ihr verliebt euch Hals über Kopf. Und dann kriegt der was von Nep mit. Der ist doch sofort wieder weg. Ist doch auch klar, Nep sieht unverschämt gut aus, ist reich und irgendwie süß in seiner verpeilten Pseudo-Macho-Sepp-Art. Wenn der dann mit seinem Porsche vorfährt, muss doch jeder denken, dass ...«, protestierte sie, doch ich ließ sie gar nicht zu Wort kommen. »Ach, so ein Quatsch. Da würde ich doch aufpassen. Wann schaust du die Babys an?«

»Lenk nicht ab, Marie. Morgen, denke ich. Geht das?«

»Ja klar. Jederzeit. Sie sind unglaublich niedlich.«

Sie seufzte laut und lange in den Hörer. »Du wirst dir noch mal wünschen, auf mich gehört zu haben, Marie Louise Magdalena!«, ahmte sie den mahnenden Ton meiner Mutter nach und legte dann auf.

Ich kippte Ahornsirup in meine Schüssel, setzte mich draußen auf die Stufen und löffelte zufrieden meinen Porridge, während ich die Berge beobachtete, die zu der frühen Stunde noch ein wenig verschlafen in den Wolken hingen. Als mein Blick über den Steg glitt und ich an gestern Abend dachte, spürte ich bei der Erinnerung sofort ein wohliges Kribbeln. Nein, dachte ich und zerdrückte eine Blaubeere mit der Zunge. Nep verstand sein Handwerk zu gut. Ich konnte ihn auf keinen Fall einfach so in den Wind schießen wegen irgendeines zukünftigen Mannes, den ich noch nicht mal kannte.

Katja mochte das vernünftig nennen.

Ich nannte es Ressourcenverschwendung.

18

Irgendetwas war mit ihm passiert. Er fühlte sich anders.

Eigentlich hatte er erwartet, nach der knochenharten Blamage neulich in der S-Bahn erst mal völlig auseinanderzufallen. Ähnlich wie nach Katjas Abfuhr, die immer noch an ihm nagte, auch wenn er das nicht gerne zugab.

Aber das war nicht geschehen.

Irgendwie hatte sich in ihm ein Schalter umgelegt. Vielleicht war es ein Selbstschutzmechanismus, der angesprungen war. Sein Vater hatte es geschafft (wie schon des Öfteren in seiner Jugend, wenn man es genau nahm), ihn mit ein paar Worten vollkommen lächerlich zu machen. Es war beinahe wie in einem dieser Träume, in denen man plötzlich feststellt, dass man nackt mitten durch ein überfülltes Einkaufszentrum läuft. Nur dass das neulich in der S-Bahn kein Traum war.

Aber anstatt sich zu verkriechen und mit seinem Liebesleben für immer abzuschließen, wie er es eigentlich erwartet hatte, fühlte er sich besser.

Geläutert beinahe.

Selbstsicherer.

Das Schlimmste war bereits passiert, und er war noch hier. Vielleicht hatte es ein solches Erlebnis gebraucht, um ihn ein wenig wachzurütteln. Sich vor Dutzenden Menschen blamieren zu lassen war nicht schön gewesen. Aber irgendwie fühlte er sich nun abgehärtet. Wie nach einer Eisdusche kam ihm die Welt ein wenig wärmer vor.

Er würde sie ansprechen. Das hatte er sich ganz fest vorgenommen. Das nächste Mal, wenn er sie sah, würde er es einfach tun. Und dann würden sie vielleicht Wirklichkeit werden, die kleinen Phantasien, denen er sich in der S-Bahn hingegeben hatte. Wie sie durch Zufall herausfanden, dass sie sich im Kindergarten gegenseitig schon vor 30 Jahren Kleber in die Haare geschmiert hatten, sie vielleicht sogar in dieselbe Schule gegangen waren und beide bei Frau Justus Mathe hatten. Wie sie ins Gespräch kamen und dann merkten, dass es eine Verbindung zwischen ihnen gab, eine Anziehungskraft, die sich keiner von beiden erklären konnte, die aber spürbar war wie ein leichter, angenehmer Sommerduft, der den S-Bahn-Mief überdeckte.

Wenn er Marie sah, passierte etwas in ihm. Er wusste nicht, was, er wusste nicht, warum, er wusste nur, dass er nicht wegschauen konnte, wenn sie in der Nähe war. Es lag nicht an ihrem Aussehen. Er mochte es, wie sie sprach, sich bewegte. Lächelte. Er musste an die Worte seines Vaters denken. Wie er sich in seine Mutter verliebt hatte. Wie er es einfach gespürt hatte und das erste Gespräch nur noch eine Bestätigung dafür gewesen war, dass er seinen Menschen gefunden hatte.

Seine Mutter hatte diese Geschichte, die sich freilich im Laufe der Jahre in ihren Details ein wenig verändert hatte, immer bestätigt. Der Kern war stets derselbe geblieben. Dass sie es einfach gewusst hatten. Dass da dieses Gefühl des Ankommens gewesen war.

Jo sehnte sich nach diesem Gefühl. Nach dieser Gewissheit.

Er hatte sich vielleicht ein wenig hineingesteigert in den letzten Tagen, wenn er jetzt so drüber nachdachte. Es war eine schöne Ablenkung gewesen. Er hasste das Pendeln, und als er einmal verstanden hatte, dass er Marie interessant fand, hatte er sich eben die Zeit damit vertrieben, sich ihre gemeinsame Zukunft auszumalen, wie man das so machte, wenn Netflix als Ablenkung nicht verfügbar war.

Er sah auf die Uhr. Die ganze Woche über hatte er eine Bahn früher genommen, weil er im Büro aufholen musste. Dass er den Lenkerentwurf nicht abgesegnet hatte, war zwar wider Erwarten nicht weiter schlimm gewesen, aber es war aufgefallen. Natürlich war es aufgefallen. Er stand unter ständiger Beobachtung. Sie mochten ihn, das wusste er. Die meisten zumindest. Waren wohlwollend, auf seiner Seite, sie wünschten ihm, dass er sich bewährte. Aber bewähren musste er sich, auch für ihn gab es nichts geschenkt. Der Job war extrem anspruchsvoll, und wenn man ihm nicht gewachsen war, musste man eben für einen anderen Platz machen. Da konnte man nicht mit einem »Aber daheim ist es gerade so schwierig, gebt mir noch ein bisschen Zeit« kommen. Schließlich hatte er eine sehr fähige Konkurrentin im Rennen ausgestochen.

Falls es stimmte, dass sie gegen die gläserne Decke stieß, weil sie im gebärfähigen Alter war – hätte er dann sagen müssen, dass er quasi auch ein Baby daheim hatte? Okay, der Vergleich hinkte ein wenig, aber wer wusste schon, wie lange es noch dauerte, bis er die ersten Windelhosen kaufen musste? Hätten sie ihn genommen, wenn er voll und ganz ehrlich gewesen wäre, was seine Situation anging?

Er bezweifelte es.

Schließlich ging es bei der systematischen Benachteiligung von Frauen meist genau darum: Familiäre Verpflichtungen, die Produktivität und Engagement einschränken konnten.

Und die hatte er auf jeden Fall in ausreichendem Maße zu bieten.

Er seufzte und nahm einen Schluck Kaffee aus seinem Thermosbecher. Seit er damals Katja beim Bäcker getroffen hatte, vermied er auch den. Er musste ein bisschen aufpassen, Herrsching war klein, er hatte da nicht unbegrenzt Spielraum, um sich zu blamieren. Eigentlich, dachte er jetzt, war das langsam allerdings ein wenig affig. Mit Katja und ihm hatte es nicht geklappt, es war Zeit, da drüber hinwegzukommen. Schließlich kannte er sie ja gar nicht. Er war nicht ihretwegen so getroffen gewesen, sondern wegen seines angekratzten Egos. Das konnte jetzt langsam mal abheilen. Morgen würde er seinen Kaffee wieder beim Bäcker kaufen!

Obwohl der Kaffee von daheim besser für die Umwelt war. Neulich hatte er einen Artikel über Plastikdeckel gelesen, 7,6 Milliarden pro Jahr allein in Deutschland, 320 000 in der Stunde. Er kam sich zwar wie ein Urban Hippie vor mit seinem Travel-Mug, aber am Ende kam es eben auf jeden Einzelnen an. Und Horsts Filtergebräu schmeckte gar nicht mal schlecht. Auf jeden Fall machte es wach.

Obwohl er wusste, dass sie nicht da war, ertappte er sich dabei, wie er wieder nach blonden Haaren Ausschau hielt. Warum war er nur plötzlich so besessen von dieser Frau, mit der er noch nie auch nur zwei Worte gewechselt hatte? Es musste ihre Art sein, so vollkommen unbekümmert zu erscheinen. Die Welt und ihre Finten einfach mit einem Schulterzucken abschütteln zu können. So ganz würde er selbst das sicher nie lernen, aber das Zusammensein mit seinem dementen Vater war eine gute Lektion in Abgebrühtheit.

Sein Kaffee war dank der doppelwandigen Vakuum-Isoliertechnik immer noch so kochend heiß, wie er ihn eingeschüttet hatte. Er wusste das eigentlich, hatte die letzte Viertelstunde vorsichtig genippt, war aber ein paar Sekunden so in Gedanken versunken, dass er einen viel zu großen Schluck nahm.

Ein heißer Schmerz schoss seinen Rachen hinunter. Er hustete, prustete Kaffee auf den Bahnsteig. Sofort drehten sich die Köpfe.

Er meinte, einige Gesichter zu erkennen. Waren die nicht neulich auch in der Bahn gewesen? Ja, ganz sicher, die dunkelhaarige Frau hatte ganz in der Nähe gesessen und ihn ausgelacht, und diese zwei Mädchen da auch.

Jetzt wurde er paranoid.

Mit dem Ärmel tupfte er sich den Mund ab. Ja, schaut nur, ich bin's wieder, dachte er trotzig. Dann hustete er einen neuen Schwall aus.

Danach schlenderte er doch lieber ein Stück weiter über den Bahnsteig. Zwar fühlte er sich beinahe immun gegen die Blicke, aber sein Nacken prickelte doch ein wenig. Immer noch suchten seine Augen die Menge ab. Sie taten es wie von selbst, er konnte nichts dagegen tun. Vorsichtig nippte er am Becher. Die Bahn hätte längst da sein müssen. Aber ihm war es recht, er hatte schon wieder ein Lotzl-Gespräch vor sich, und in der Laune, in der er gerade war, würde das böse enden.

Als eine Frau mit blonden Locken um die Ecke bog und sich dem Gleis näherte, hielt er einen Moment den Atem an.

Aber sie war es nicht.

Er seufzte leise. Irgendwann würde er seinen Menschen schon finden. Er würde es daran merken, dass er sich nicht mehr verstellen musste. Dass er entspannt er selber sein konnte, ohne so zu tun, als wäre er witziger, als er eigentlich war, mutiger oder sportlicher.

So zumindest stellte er sich das vor.

Bei Francesca hatte er sich nie entspannen können. Immer wieder hatte sie ihm unmissverständlich klargemacht, dass er nicht ausreichte, dass er an sich arbeiten musste. Dass Selbstoptimierung angesagt war, und zwar flott! Er musste lächeln, als er daran dachte, was sein Vater gesagt hatte. Die Angst war gar nicht mal so unberechtigt gewesen, Francesca hatte tatsächlich wiederholt davon gesprochen, irgendwann nach Italien zurückzugehen. Dass er sich das auf gar keinen Fall vorstellen konnte, war dabei nie Thema gewesen. Aber gut, er hatte es wohlweislich auch nicht zum Thema gemacht. Der eine Besuch hatte ihm gereicht, damals, in jenem unerbittlich heißen Sommer vor zwei Jahren, in dem er das kleine lombardische Dorf ihrer Eltern kennengelernt hatte. Wenn er daran zurückdachte, konnte er sich nur an aufgekratzte Mückenstiche und beständige Müdigkeit erinnern, die dem fetten Essen und dem beinahe schwarzen Rotwein geschuldet war, die ihm dort unablässig eingeflößt wurden.

Ihre Mutter und die winzige, laute Nonna hatten ihn von morgens bis abends vollgestopft und mit viel missbilligendem Zungenschnalzen und gezielten Kniffen in seine Oberarme deutlich gemacht, dass er dringend aufgepäppelt werden musste. Ihr Vater und zwei ihrer sizilianischen Onkel, bei denen er ganz sicher corleonesische Gesichtszüge zu erkennen glaubte, hatten immer am anderen Tischende gesessen, schon zum Frühstück den hausgemachten Rotwein in kleinen Wassergläsern gekippt, ihn aus schmalen, misstrauischen Augen gemustert und sich in Knurrlauten über ihn ausgelassen. Immer wenn er Francesca flüsternd fragte, was sie denn um Himmels willen sagten, hatte sie abgewunken. »Ach, sie mögen dein Hemd, das ist alles!« Dann hatte sie etwas Italienisches gezischt, das die Männer erst mal zum Schweigen brachte, ihre Blicke aber noch misstrauischer werden ließ.

Gut, Italiener war er nun wirklich nicht, da konnte man nicht dran rütteln. Von Rotwein bekam er Kopfschmerzen, er trank seinen Kaffee lieber gefiltert, und sein Lieblingspizzabelag war Ananas.

Als er das damals einmal beiläufig erwähnte, war es beinahe zu einem kleinen Eklat gekommen.

Die Heimkehr nach Bayern, zu seinem kühlen Bergbier, seiner Pizza vom Seespitz und den heimischen Mücken, die zwar hinterhältig waren, deren Stiche aber ganz sicher weniger juckten, war eine Erlösung gewesen. Eines hatte er damals verstanden: Ob Polentone oder Terroner, wenn es um ihre Töchter ging, verstanden die Italiener keinen Spaß. Und wenn man ein nicht besonders trinkfester Bayer mit rudimentären Sprachkenntnissen war, hatte man sowieso verloren.

Nein, dass es mit Francesca nichts geworden war, war sicherlich gut so, dachte er und schaute auf die Bahnanzeige.

Im Zug war es nicht so voll wie sonst, aber er setzte sich trotzdem nicht hin, sondern lehnte sich mit der Schulter gegen die Tür. Wenn er telefonieren musste, stand er lieber. Im Büro lief er dabei immer umher, tigerte vor den Fenstern auf und ab, knibbelte an den Topfpflanzen herum, was ihm schon widerholt Schelte von Gitte, der Reinigungsfachkraft, eingebracht hatte.

Das Abteil füllte sich.

Gerade als die Tür piepte, kam sie hereingesprungen.

Marie.

Er zuckte zusammen, richtete sich kerzengerade auf. Beinahe wäre sie eingequetscht worden, schaffte es gerade noch, bevor die Tür sich mit einem leisen Knall schloss. Sie verlor einen ihrer Schlappen und angelte mit den Zehen danach. Atemlos strich sie sich eine Haarsträhne aus der Stirn. Er starrte sie an. Ihre Blicke trafen sich, und Erkennen flackerte in ihren Augen auf.

Sein Magen krampfte.

Dann lächelte sie ihn an.

Etwas in ihm machte einen kleinen Hüpfer. Unwillkürlich lächelte er zurück.

Genau in dem Moment schob sich ein großer Mann mit Rucksack zwischen sie und versperrte ihm die Sicht. Als er an ihm vorbeisah, hatte sie einen freien Platz gefunden und setzte sich.

Nun sah er sie im Profil. Sie trug die Haare in einem wuscheligen Knoten auf dem Kopf, kleine Strähnen wehten ihr um den braun gebrannten Hals, eine Kette glitzerte in ihrem Nacken. Er beobachtete, wie sie ihren Rucksack absetzte und Strickzeug hervorholte. Geschäftig sortierte sie die Nadeln, zog die Beine an und begann mit den Fingern ein kompliziert aussehendes Flechtspiel.

Er starrte sie so intensiv an, dass er das Gefühl hatte, ihr

Nacken müsste anfangen zu schwelen. Aber sie schien es nicht zu bemerken, denn sie blickte nicht mehr auf.

Mist. Für einen winzigen Augenblick hatte er das Gefühl gehabt, dass sie auf ihn zugehen wollte. Dass sie gleich etwas sagen würde. Und der Rucksacktyp hatte es versaut.

»Und warum sagst DU nichts?«, flüsterte es in seinem Inneren. »Vielleich *wartet* sie ja darauf. Du hast dir geschworen, dass du sie ansprechen würdest!«

»Das geht doch aber nicht«, flüsterte er in Gedanken zurück. »Hier, vor all den Leuten!«

Was strickte sie denn da? Konzentriert beobachtete er die Nadeln zwischen ihren Fingern. Es sah aus wie ein ... Babymützchen? Erschrocken starrte er auf die Maschen. Ja, das war eindeutig ein Babymützchen. Was hatte das denn nun wieder zu bedeuten?

Plötzlich kreuzte er den Blick des Mannes neben sich, der ihn misstrauisch musterte. Ihm wurde klar, dass er vielleicht etwas zu offensichtlich gestarrt hatte.

Schnell drehte er sich weg und sah aus dem Fenster. Er musste an die Kinowerbung für Zivilcourage denken, die er neulich gesehen hatte, als er mit Karla in der Sneak gewesen war. Über den Mann, der in der Bahn lüstern eine fremde Frau anstarrte und dann von einem anderen Mann daran gehindert wurde, indem der sich heldenhaft dazwischenstellte und den Blickkontakt unterbrach. Er hatte das dumme Gefühl, dass der Mann neben ihm diese Werbung auch kannte und gerade überlegt hatte, ob er nicht auch mal zum Helden werden sollte.

Er hustete verlegen. Immer noch hatte er sein Handy in der Hand. Gedankenverloren schickte er eine WhatsApp an

Henne. »Heute nach der Arbeit Eisbach?« Er musste sich ablenken, musste mal wieder raus. Er sah, dass Henne heute noch nicht online gewesen war, und beneidete ihn um sein einfaches Leben.

Gerade hatte er sich durchgerungen und wollte Lotzls Nummer wählen, da erschien das Wort »Home« auf dem Display, und der kleine grüne Hörer sprang auf und ab als Zeichen, dass er rangehen sollte.

»Was ist los?« Erschrocken hielt er den Atem an. Aber er erkannte sofort an Horsts gelöster Stimme, dass nichts vorgefallen war. »Johannes? Wo bist du denn?«

Er seufzte. »In der Bahn natürlich. Auf dem Weg zur Arbeit.«

»Ach richtig!« Sein Vater schien kurz nachzudenken.

»Ich wollte mähen, aber der Schuppen ist abgeschlossen.«

»Ja, du sollst da ja auch nicht rein.«

»Warum denn nicht?« Horst klang verblüfft.

Er bemühte sich, freundlich und ruhig zu sprechen. Diese Unterhaltung führten sie mindestens einmal pro Woche. »Weil es dadrin gefährlich ist. Ich mähe am Wochenende, das habe ich dir doch versprochen.«

»Aber das Gras steht schon ganz hoch.«

»Ich weiß, aber ich habe eben unter der Woche keine Zeit.«

»Ich kann es doch machen.«

»Nein, das will ich nicht. Ich kümmere mich schon, versprochen.«

»Das sagst du immer.«

»Aber ich mache es doch auch immer.«

»Aber zu spät. Wie sieht das denn aus, wenn alles so zuwuchert.«

»Das interessiert doch niemanden. Wenn die Mayr was sagt, dann schieb es auf mich. Morgen mache ich früher Schluss, dann mähe ich sofort, wenn ich nach Hause komme, okay?«

Horst war einen Moment stumm. »Na gut«, sagte er schließlich. Es klang ein wenig motzig, aber nicht wirklich wütend.

»Hör mal ... Ich komme heute Abend vielleicht erst spät ...«, setzte Jo zögerlich an. Sofort bekam er ein schlechtes Gewissen. Aber er ging so gut wie nie weg, kam nach der Arbeit immer direkt nach Hause. »Iss schon mal ohne mich, okay?« Er nahm sich vor, mindestens noch einmal anzurufen und Horst daran zu erinnern. Die Vorstellung, dass sein Vater am gedeckten Tisch saß und auf ihn wartete, schnürte ihm die Kehle zu.

»Alles klar. Dann amüsier dich«, sagte Horst, und er konnte nicht raushören, ob es ihm etwas ausmachte, dass er länger als sonst allein sein würde. Es klang nicht danach, aber sein Vater war schon immer gut darin gewesen, seine Emotionen zu verstecken.

»Okay. Wir sehen uns heute Abend.«

»Tschüs.«

Horst hatte aufgelegt. Es war ein beinahe normales Gespräch gewesen, und trotzdem nagte ein ungutes Gefühl an ihm. Als er aufsah, begegnete er ihrem Blick.

Marie sah ihn eindringlich an, hatte den Kopf gedreht und blickte über die Schulter zu ihm herüber. Er war es gewohnt, dass die Menschen schnell wegschauten, wenn sich ein zufälliger Augenkontakt ergab, errötend die Köpfe drehten oder ihre Schuhspitzen musterten. Sie tat nichts dergleichen, sah ihn mit ihren braunen Augen an, als würde sie intensiv über ihn nachdenken. Gerade überlegte er, ob er jetzt auf sie zugehen sollte, da klingelte sein Handy.

Henne. Er überlegte eine Sekunde, dann nahm er ab. Es war sicher besser so, der Mann neben ihm beobachtete ihn immer noch und würde ihn wahrscheinlich mit irgendeinem Krav-Maga-Griff zu Boden werfen, wenn er sich ihr jetzt näherte.

19

Du kannst deine Bemühungen einstellen, er ist verheiratet!, tippte ich enttäuscht.

Katjas Antwort kam postwendend: *Hä?*

Na mein S-Bahn-Typ. Grüni. Ist verheiratet.

Woher weißt du das? Sag nicht, du hast ihn einfach angequatscht.

Ich wollte ihn beim Rausgehen nach seiner Nummer fragen. Aber er hat gerade mit seiner Frau telefoniert.

Ach scheiße!

Ja. Na ja. Die Guten sind meistens verheiratet.

Alle außer uns.

Stimmt auch wieder.

Bist du ganz sicher?

Er hat gesagt, dass er den Rasen noch mähen muss und dass sie nicht mit dem Essen warten soll, weil er heute später kommt ...

Ok, das klingt eindeutig. Vielleicht ist er ja unglücklich verheiratet. Hat er einen Ring?

Schnell drehte ich mich um und musterte seine Hände. Er hat schöne Hände, dachte ich erneut.

Nein, schrieb ich zurück.

Vielleicht war es ja nicht seine Frau? Klang er vielleicht genervt? Hat er »ich liebe dich gesagt«, oder so was?

Ja, ein bisschen genervt schon, und nein, hat er nicht.

199

Gutes Zeichen!

In dem Moment begann er, hinter mir erneut zu telefonieren, und ich spitzte die Ohren.

»Henne? Na, endlich ausgeschlafen?« Er lachte in den Hörer.

Ich mochte sein Lachen.

»Stimmt, für dich ist es ja quasi noch Nacht. Und, was sagst du? Heute Abend mal wieder Eisbach? Ich muss mal raus, mir fällt daheim die Decke auf den Kopf.«

Er lauschte in den Hörer und nickte dann. »Klar, versteh ich ... Du, aber Karla wollte vielleicht auch mitkommen ...« Plötzlich grinste er siegessicher und nickte. »Dacht ich's mir doch. Ok, dann mach ich früher Schluss. Treffen bei Fräulein Grüneis? Um sechs. Vergiss die Badehose nicht!« Er lächelte. »Habe meine schon drunter.«

Erstaunt musterte ich ihn. Dann war Karla doch nicht seine Frau? Aber hatte er nicht neulich ... Nun verstand ich gar nichts mehr. Vielleicht hatten sie ja Streit? Oder vielleicht hatte ich eben am Telefon alles falsch verstanden? In mir kribbelte es nervös.

Heute Abend Lust auf Eisbach? Tippte ich in mein Handy. Ich wusste selber nicht, was ich damit beabsichtigte, aber ich hatte gelernt, meinen Eingebungen zu vertrauen. Öfter als nicht führten sie zu interessanten Entwicklungen. Außerdem wollte ich rausfinden, was Sache war mit seinen vielen Frauen.

Hm, nee, das ist mir zu riskant mit dem Baby.

Ach stimmt ja. Das hatte ich für den Moment ganz vergessen. Ich seufzte und strich mit der Hand ein paar Haarsträhnen zurück, die um mein Gesicht wirbelten. Jetzt verlor ich auch noch die letzte Freundin, mit der ich lustige Dinge unternehmen konnte. Einen Moment überkam mich wieder diese seltsame Traurigkeit, die ich in letzter Zeit manchmal spürte. Dieses Gefühl, alleine zurückgelassen zu werden. Aber ich wusste, dass es Unsinn war. Es gab so viele Arten der Freundschaft und auch der Familie. Ich freute mich wahnsinnig auf das Baby und würde die beste Adoptivtante sein, die man sich nur wünschen konnte. Und für all die Dinge, die Katja und ich jetzt vielleicht erst mal nicht mehr gemeinsam unternehmen konnten, würden wir neue, andere finden, die genauso oder vielleicht sogar noch schöner waren.

Früher hatten wir, wie alle jungen Menschen in München und Umgebung, es geliebt, uns in den Eisbach zu werfen, zur Tivolibrücke treiben zu lassen und dann tropfend und zitternd im Bikini in die Tram zu steigen und klatschnass die zwei Stationen zurückzufahren. Wir aus Herrsching hatten natürlich mit dem Seebad unsere ganz eigenen Abkühlungsmöglichkeiten. Aber das eisige, rauschende Flusswasser und die Angst, es nicht rechtzeitig herauszuschaffen und am Gitter unter der Brücke hängen zu bleiben, boten einen ganz eigenen Nervenkitzel. Ich hatte es eine Zeitlang auch mit dem Surfen versucht und mit Nep ganze Sommer an der Eisbachwelle verbracht. Er ging danach gerne in die Goldene Bar oder ins P1. Bei beiden war ich schon wegen unpassender Kleidung an der Tür abgewiesen worden, was mich mit Stolz erfüllte. Schickimicki muss man die Stirn bieten. Der Fräulein-Grüneis-Kiosk hingegen gefiel mir sehr gut ...

Du kannst ja auch nur was trinken und die Füße ins Wasser halten ..., schlug ich vor.

Aber das geht doch auch hier in Herrsching, warum soll ich da extra in die Stadt?, kam die wenig enthusiastische Antwort zurück.

Ich seufzte. Katja war noch nie sehr unternehmungslustig gewesen. Und spontan schon gar nicht. Es sei denn, es ging um Männer.

Er geht da heute Abend mit seinen Freunden hin. Hab ich gerade belauscht.

Achsoooo! Aber ich denk, er ist verheiratet.

Ich bin mir doch nicht mehr sicher.

Und jetzt willst du spionieren? Ja, dann komme ich mit!

Super. Ich frag Nep, ob er auch Zeit hat.

Hältst du das für eine gute Idee?

Klar.

Okaaaaay, dann treffen am Kiosk?

Ja genau. Um 6.

Spannend! Sie setzte ein Smiley mit aufgeregten Herzchenaugen hinter ihre Worte.

Ich lächelte. *Ja, aber freu dich nicht zu früh.*

Als ich die Worte abgeschickt hatte, fiel mir plötzlich ein, dass ich weder Handtuch noch Bikini mithatte. *Kannst du mir Badesachen mitbringen?*

Als ob du deine Monsterbrüste in meine B-Körbchen quetschen könntest ...

Da hatte sie recht. Und mit meinem Hintern würde es auch eng werden, wenn man mal ehrlich war.

Stimmt. Dann bade ich in Unterwäsche.

Nee, meine Liebe, ich kenne deine Unterwäsche. Da kannst du auch gleich nackt gehen.

Gerne!

Damit du wieder verhaftet wirst? Ich kann später bei dir vor-beifahren, kein Problem.

Das wäre super, die Badesachen sind ... Ich setzte ab. Tatsäch-lich hatte ich keine Ahnung, wo sie waren, da ich nie welche trug.

Ich konnte ihre verdrehten Augen direkt vor mir sehen. *Ich finde sie schon ...*

Danke! Zufrieden beendete ich die Unterhaltung mit einem Kusssmiley. Dann schrieb ich Nep. Er antworte beinahe so-fort mit einem hochgereckten Daumen.

Wann?

6?

Geht klar.

Die beiden Konversationen hätten gar nicht unterschied-licher verlaufen können. Aber bei beiden war alles Nötige ge-sagt worden, fand ich und steckte zufrieden mein Handy weg. Dann fiel mir ein, dass ich ja nun Verpflichtungen hatte. Ich stöhnte und zog es wieder hervor.

Bereits heute Morgen hatte meine Mutter mir schon wie-der eine ihrer dämlichen E-Cards weitergeleitet. Bisher war es mir gelungen, sie zu ignorieren. Auf dem Bild saß ein kleiner Teddy malerisch vor einem Regenbogen.

Wenn mich die Menschen fragen, ob mir Liebe oder Essen wichtiger ist, dann antworte ich nicht. Weil ich gerade kaue.

Ich stöhnte. Warum nur fühlte sie immer den Zwang, mir diese bescheuerten Dinger zu schicken? Und wo kriegten ihre Freundinnen die nur alle her? Es musste irgendwo jemanden geben, der darauf spezialisiert war, solche Bilder unter den Frauen in ihrem Alter in Umlauf zu bringen. Das war ja auch gut und schön, aber warum konnten sie sich nicht einfach gegenseitig damit zuballern und andere Menschen in Frieden lassen? Ich hatte Inge in Verdacht, der Hauptverteiler zu sein. Kopfschüttelnd beschloss ich, das Bild wie immer kommentarlos zu löschen. Wenn ich sie darauf ansprach und ihr sagte, dass sie mir so was nicht mehr schicken sollte, wurde sie nur maulig.

Mama, kannst du heute Abend nach den Kleinen sehen? Ich bin noch verabredet.

Mit einem Mann???

Nein.

Warum nicht?

Äh ... Weil es eben kein Mann ist? – Was war das bitte für eine bescheuerte Frage.

Aber Nep ist dabei ..., setzte ich hinzu.

Oh. Wie schön. Grüß ihn. Freilich, ich kümmere mich.

Wusste ich es doch. Die Masche zog immer noch.

Danke dir. Bist die Beste.

Ich weiß.

Wartend blickte ich auf das Handy, aber sie schien nichts mehr hinzuzufügen zu haben.

»So wahnsinnig viel Arbeit ist es ja jetzt nicht«, murmelte ich lächelnd.

Wie sich schnell herausgestellt hatte, stimmte die Vorhersage vom Leopold nämlich. Die ersten Wochen brauchten die Kleinen vor allem Ruhe. Ich war überflüssig und hatte eigentlich nichts zu tun, außer sie zu wiegen und abends die Handtücher zu waschen, die ihnen als Unterlage dienten.

Ich fühlte mich sogar ein wenig ausgeschlossen. Zu Beginn durfte ich sie nicht mal anfassen. Zwar knurrte Dex mich nicht an, aber immer, wenn ich einen Welpen hochhob, stand sie auf, nahm ihn mir sanft mit der Schnauze wieder aus der Hand und legte ihn zurück ins Nest.

»Schön«, grummelte ich. »Aber ich will irgendwas machen.« Mit Nadine hatte ich ausgehandelt, dass ich anfangs morgens erst mal eine Stunde später ins Büro kommen würde. Die nutzte ich jetzt dazu, den Kleinen aus der Zeitung vorzulesen. Wenn ich schon nicht miterziehen dufte, sollten sie sich wenigstens so schnell wie möglich an meine Stimme gewöhnen. Zwar war ich nicht sicher, ob sie überhaupt schon hören konnten, aber ich legte mich morgens mit einem Kissen im Nacken neben den Korb und erörterte mit ihnen die Kreisnachrichten. Überregionales fand ich zu verstörend.

Du kannst ihnen was vorlesen. Sie sollen sich an unsere Stimmen gewöhnen, schrieb ich.

Was? Ich sah das Gesicht meiner Mutter genau vor mir, die Brille ein Stück hochgeschoben, die Augen misstrauisch zusammengekniffen. Was redet sie da jetzt wieder, dachte sie wahrscheinlich gerade.

Ich lese ihnen immer vor. Sie mögen das.

Marie, wirklich!

Gut, da konnte ich jetzt wohl rauslesen, was ich wollte. Ich sendete einen kleinen Hundekopf und beendete das Gespräch, bevor es anstrengend wurde. Dann nahm ich die Nadeln wieder auf und machte klappernd an dem Mützchen weiter, das ich Katja zur Geburt schenken wollte.

Plötzlich zuckte ich zusammen. »Lotzl? Johannes hier. Ja,

Lotzl? Du, wieder ganz schlechte Verbindung! Ja, immer im Zug, ich weiß.«

Er telefonierte schon wieder. Busy der Mann, dachte ich und konzentrierte mich auf die Maschen, während ich aber gleichzeitig aufmerksam die Ohren spitzte. Johannes hieß er also! Grüni hatte einen Namen. Er gefiel mir, irgendwie passte es zu ihm. Wenn er nur nicht so schreien würde.

»Du, ich ruf an wegen ... Shit!«

Anscheinend war die Verbindung unterbrochen worden, denn er tippte genervt auf seinem Handy herum.

Er heißt Johannes, schrieb ich Katja.

Ist ja witzig, wie mein Tinder-Typ neulich.

Stimmt. Stell dir vor, es wäre derselbe.

Er war ein netter Typ, schrieb sie und setzte ein lachendes Smiley hinter die Worte.

»Lotzl? Ja, ich bin's wieder. Verbindung war weg.«

Er verstummte. »Ja. Aha. Ja. Genau. Doch, doch. Ja.«

Lotzl schien Redebedarf zu haben. Er kam gar nicht mehr zu Wort.

»Du, aber ... Hm, ja.«

Herrgott, jetzt rede eben einfach!, dachte ich. Der ließ sich ja von Lotzl total unterbuttern. Mach dem mal 'ne richtige Ansage, feuerte ich ihn in Gedanken an. Am liebsten hätte ich ihm das Handy aus der Hand gerissen und das mit Lotzl selbst geregelt.

Plötzlich merkte ich, wie sich seine Stimme veränderte. »Ich brauche den Bericht aber morgen. ... Nein. Morgen. Und zwar um neun!«

Er hörte einen Moment zu. Dann sagte er. »Hör mal, Lotzl. Ganz ehrlich: Das ist mir scheißegal. Das Ding ist morgen auf meinem Tisch. Und zwar vollständig und ohne dass ich hinterhertelefonieren muss. Schönen Tag!«

Wow!, dachte ich und zog anerkennend die Augenbrauen hoch. Wie es schien, hatte er meine Hilfe doch nicht nötig. Ich sah zu ihm rüber. Er schien gleichzeitig erschrocken und stolz auf sich selber.

Den ganzen Tag über konnte ich es kaum abwarten, endlich das stickige Büro zu verlassen. Momentan arbeiteten wir an unserer erweiterten, kuratierten Kleingeräte-Kollektion für die Küche, und ich hatte schon früh feststellen müssen, dass das für mich eine besondere Herausforderung darstellte. Wir hatten von Dolce & Gabbana abgekupfert und gestalteten sie in Zusammenarbeit mit einem namhaften Designlabel. Ich fand die Kooperation schlicht und einfach anstrengend. Ich machte lieber mein eigenes Ding. Man musste für meinen Geschmack zu sehr auf Zehenspitzen unterwegs sein, immer aufpassen, dass man niemanden vor den Kopf stieß. Heute Morgen war mein Design für die neue vollautomatische Zitruspresse mit der Begründung abgeschmettert worden, dass sie angeblich »zu maskulin« gestaltet war.

Mir war die Kinnlade runtergefallen.

Gerade wollte ich zu einem gesalzenen Vortrag über nichtbinäre Geschlechtsidentität ansetzen und warum es wichtig war, die Küche nicht mehr nur als Domäne der Frau zu betrachten und sowieso auch generell der Feminisierung unseres Berufsfeldes entgegenzuwirken, da stieß mich Nadine unter dem Tisch mit dem Fuß an und machte ein unmissverständliches Zeichen mit dem Finger über die Kehle. Wütend hatte ich den Mund wieder zugeklappt, die Arme verschränkt und die Kuratorin des Labels mit schmalen Augen angefunkelt.

»Your design is gorgeous, Marie. Really, just fabulous. But we need a bit more … curves. It just needs to be a bit sexier«, erklärte mir die Edelschnalle mit der grünen Schlangenbrille.

Es ist eine Zitruspresse, Hergott noch eins!, dachte ich. Dann nickte ich eisig und zeigte ihr in Gedanken den Stinkefinger. Sie machten hässliche, überteuerte Klamotten, und was Küchengeräte anging, hatten sie anscheinend noch weniger Geschmack. Wenn sie mir einfach gesagt hätten, dass sie den Entwurf nicht schön fanden, hätte ich gut damit leben können. So was lag ja immer im Auge des Betrachters. Aber diese Begründung? Die stieß mir sauer auf und zwar noch, als ich um Viertel vor sechs meinen Rucksack über die Schulter schwang und mit einem »Ich hau ab!« in die Runde das Studio verließ. Draußen roch es nach Sommerabend, München schwitzte und ächzte unter den heißen Tagen, und der Asphalt schien sich unter den Sohlen meiner Birkenstocks zu verflüssigen. Sehnsüchtig dachte ich an einen Kokos-Eiskaffee und das kühle Flusswasser, in das ich mich gleich stürzen würde.

»Hey!«

Erstaunt wirbelte ich herum. »Was machst du denn hier?«

Nep trug sein übliches verschmitztes Grinsen auf dem Gesicht, goldene Adiletten an den Füßen und seine Limited-Edition-Louis-Vuitton-Badetasche über der Schulter. Die Haare wirkten wie immer, als wäre er gerade aufgestanden (was wahrscheinlich auch so war), und wie immer ließ ihn das irgendwie zum Anbeißen aussehen – was ich auch sogleich tat, und zwar in den Hals.

»Ich wollte dich abholen«, sagte er, als wir uns voneinander gelöst hatten.

»Wie untypisch«, erwiderte ich misstrauisch.

»Habe dir geschrieben, aber die Nachrichten sind nicht durchgegangen.«

»Ja, ich mach das Handy aus, wenn ich mich besonders konzentrieren muss«, erklärte ich. Nebeneinander schlenderten wir in Richtung Englischer Garten. Ich holte mein Smartphone hervor, das die letzten zwei Stunden, in denen ich konzentriert schmollend meine Zitronenpresse zierlicher und gleichzeitig kurviger machte, im Flugmodus geschlafen hatte. »Oh shit«, entfuhr es mir, als ich die mobilen Daten wieder einschaltete. »Katja hat siebenmal angerufen!« Ich beeilte mich, auf den Hörer zur drücken.

»Marie, endlich!«, rief sie beinahe sofort, nachdem das erste Freizeichen ertönt war.

»Was ist denn los? Wo bist du?«

»Noch bei dir im Bauwagen. Dexter geht es gar nicht gut!«

Mein Magen verkrampfte sich. »Wie meinst du das?«, fragte ich und presste mir instinktiv die Hand auf den Bauch.

Nep runzelte neben mir die Stirn. Wir waren stehen geblieben, neben uns rauschten die Autos vorbei.

»Sie hat ganz schlimm Durchfall. Dein ganzer Wagen ist eingesaut! Und sie ist total apathisch.«

»Was? Oh nein ...« Ich sah Nep an, der mich mit seiner Badetasche über der Schulter erwartungsvoll anlächelte. »Wir kommen«, sagte ich in den Hörer, und sein Lächeln fiel in sich zusammen. »Hol dein Auto«, zischte ich ihm zu, und er zog verblüfft die Augenbrauen hoch. »Jetzt gleich!«, rief ich und stieß ihm zwei Finger in den Bauch. Er zuckte kurz zusammen, nickte dann aber und lief los.

»Ich habe schon die Tierärztin angerufen, aber sie kann nicht kommen, sie operiert. Wir müssen Dex in die Praxis bringen. Sie lässt auch die Kleinen nicht an sich ran«, erklärte Katja. Sie war ganz ruhig, aber ich hörte an ihrer Stimme, dass sie sich Sorgen machte. Im Hintergrund ertönte das aufgeregte, sonarhohe Fiepen der Welpen. Sie klangen hungrig.

»Alles klar. Bestimmt ist es nicht so schlimm. Wir kommen, so schnell wir können. Geh rüber und hol den Leopold, der kennt sich aus.«

»Okay, mache ich.« Katja beschwerte sich mit keinem Wort. Das hatte ich schon immer an ihr bewundert – in Krisensituationen war auf sie hundertprozentig Verlass.

Zehn Minuten später jagten Nep und ich mit dem Auto am Olympiapark vorbei über den Mittleren Ring Richtung Autobahn.

Diesmal fuhr ich.

Warum passieren solche Dinge immer, wenn ich nicht da bin?, fragte ich mich und drückte mit nackten Zehen aufs Gas. »Sachte, sachte«, mahnte Nep brummelnd und überprüfte seinen Gurt.

»Wofür hat man ein schnelles Auto?«, gab ich zurück, und er schien nicht zu wissen, was er darauf erwidern sollte, denn er zuckte mit den Achseln und holte eine Tüte Gummifrösche aus dem Handschuhfach. »Auch wieder wahr. Willst du einen?«

»Gelatine«, gab ich zurück.

»Nee, sind die von Katjes«, sagte er und stopfte sich gleich drei auf einmal in den Mund.

»Ach so.« Ich hielt die Hand auf. »Dann her damit!« »Vielleicht hätten wir die 99 nehmen sollen«, nuschelte Nep jetzt und sah besorgt auf die vielen roten Rücklichter, die uns entgegenleuchteten.

»Die geht einmal um die halbe Stadt herum.«

»Ja, aber manchmal ist sie schneller.«

»Zu spät«, erwiderte ich und schnitt hupend einen schwarzen Ferrari Portofino, der versucht hatte, sich an uns vorbeizudrängeln.

Nep sagte nichts mehr, aber ich sah, wie er sich verstohlen an der Tür festhielt.

Der Gestank wehte uns schon auf der Treppe des Bauwagens entgegen. Gerade als ich die erste Stufe erklomm, öffnete meine Mutter von innen die Tür. Sie hielt sich mit der einen Hand die Nase zu, in der anderen trug sie einen roten Eimer. »Na endlich!«, sagte sie gepresst. »Gerade, wenn wir alles weggeputzt haben.« Sofort drückte sie mir den Eimer in die Hand, in dem eine braune Flüssigkeit umherschwappte. »Kipp das mal rasch in den Gulli!« Sie wedelte sich Luft zu, dann gewahrte sie Nep hinter mir. »Ach, der Nepumuk. Was für eine Überraschung!« Plötzlich strahlte sie. »Hast du die Marie etwa schon wieder gefahren? Du bist mir aber auch ein Gentleman!« Sie gab ihm zwei Luftküsschen, die er etwas zögerlich erwiderte. Auch sie umwehte ein etwas strenger Geruch. »Also Nepumuk, ich sage dir, es ist ja so furchtbar!«, plapperte sie munter weiter und zerrte ihn sofort in den Bauwagen. »Ich bin ja ganz aufgelöst.«

Drinnen herrschte ein regelrechtes Getümmel. Katja kniete auf dem Küchenboden und scheuerte die Dielen. Der alte Kratzer kauerte mit besorgter Miene neben Dex, die Welpen fiepten zum Herzerweichen, und auf dem Sofa saß Franz und sah sich unbehaglich um.

»Du putzt immer noch?«, fragte ich entsetzt und zog Katja am Arm hoch, die sich mühsam erhob. Seit ihrem Anruf war beinahe eine Stunde vergangen. Sie stützte sich eine Hand in den Rücken und wischte mit dem Unterarm über die Stirn. »Nein, schon wieder«, gab sie zurück. »Aber jetzt ist sie hoffentlich erst mal leer.«

»Franz, Katja ist doch schwanger!«, rief ich vorwurfsvoll. Es war einfach typisch, dass er nur dasaß und die Frauen die Arbeit verrichten ließ.

»Ich weiß, aber ich habe heute Abend ein Meeting und keine Wechselklamotten dabei«, erklärte er. »Und ich habe es angeboten!«

»Hat er«, nickte Katja. Dann raunte sie mir zu. »Aber ganz ehrlich, der sah aus, als hätte er noch nie einen Lappen in der Hand gehabt. Hat mich vielleicht angeglotzt ... Da erledige ich das lieber selber.«

»Wir wollten sie schon zur Ärztin fahren, aber sie weigert sich, Marie.« Leopold war aufgestanden. »Du musst ihr zureden.«

Das tat ich. Trotzdem war es ein beinahe unmögliches Unterfangen. Dexter weigerte sich schlicht und einfach, den Bauwagen zu verlassen.

»Sie hat die Welpen die ganze Zeit über nicht trinken lassen. Ich fürchte, dass ihre Milchdrüsen entzündet sind. Aber allein lassen will sie ihre Kleinen natürlich auch nicht.« Leopold wischte sich einen Schweißtropfen von der Nase. Zu dritt versuchten wir, sie durch Schieben, Ziehen und Betteln aus dem Wagen zur bugsieren. »Komm, komm, komm!«, sang meine Mutter immer wieder mit merkwürdig hoher Stimme vor sich hin. »Komm, komm, komm!« Es klang, als würde sie Hühner füttern. Leopold murmelte beruhigend auf Dex ein, und ich versuchte es mit verschiedenen Leckereien aus meiner Hundekiste. Nep ließ in der Zwischenzeit das Auto meiner Mutter die Wiese hinunter bis vor die Treppe rollen. Dann legte er vorsorglich eine Plane im Kofferraum aus.

Mit etwas Leberwurst aus Leopolds Küche schafften wir es schließlich. Es war deutlich zu sehen, wie schlecht es Dex ging und dass sie Angst hatte, ihre Kinder zurückzulassen. Sie tat mir schrecklich leid, aber ich konnte ihr die Prozedur nicht ersparen. Alle drei keuchten wir schwer, als ich endlich die Kofferraumklappe zuschlug.

»Du warst klasse, Gabi!«, der alte Kratzer strahlte meine Mutter an und hielt ihr die Handfläche zum Einschlagen hin. Sie lächelte und wurde rot. »Du aber auch!«, erwiderte sie, und sie gaben sich High Five. Mir entging nicht, wie der alte Kratzer meine Mutter ansah. Er fand sie augenscheinlich ganz wunderbar. Auch sie merkte es wohl, denn die Röte auf ihren Wangen vertiefte sich.

Wäre mir tausendmal lieber als Franz, dachte ich und beschloss, das im Auge zu behalten.

»So, nun aber los. Wer fährt?«, fragte meine Mutter und bemühte sich um einen lockeren Ton.

Franz stand etwas verloren auf der Treppe und sah uns zu, neben ihm Katja mit Nils auf dem Arm, der hungrig fiepte. »Da krieg ich direkt Milcheinschuss«, rief sie, und Franz sah sie entsetzt von der Seite an.

Nep öffnete die Fahrertür. »Wenn Sie nichts dagegen haben, Frau Brunner, übernehme ich das.« Er lächelte sein Prince-Charming-Lächeln.

»Aber woher denn, natürlich nicht! Ich weiß doch, wie gut du dich mit Autos auskennst!« Sie zwinkerte ihm zu. »Franz, gell, du bleibst bei den Kleinen!«, rief sie dann und kletterte zum Leopold auf den Rücksitz.

Franz stand da wie der Ochs vorm Berge. Wie auf Kommando drückte Katja ihm schon den strampelnden Nils in die Arme. Er hielt ihn von sich weg, so weit er konnte, und betrachtete ihn, als hätte man ihm gerade gesagt, dass er auf einen frischgeschlüpften Dinosaurier aufpassen sollte.

»Keine Sorge, das kriegen wir schon hin«, rief Katja und zwinkerte mir von der Treppe aus zu.

»Das will ich hoffen«, murmelte ich und stieg ins Auto.

20

»Papa, es geht eben nicht anders!«

Horst schüttelte energisch den Kopf. Das hatte er schon die letzte halbe Stunde über getan.

»Sie kommt und damit basta«, beharrte Jo.

»Niemals.«

»Und ob.«

»Die spricht doch bestimmt gar kein Deutsch.«

»Doch, natürlich. Außerdem kann sie das ja lernen. Oder du lernst Polnisch, wie wär's?«

»Ich will aber nicht.«

»Ich diskutiere das jetzt nicht mehr.«

»Aber ich brauche so eine Person nicht.«

»Das entscheide ich und nicht du.«

»Das wäre ja noch schöner! Das ist mein Haus!«

»Ja, und du bist damit überfordert.«

»Unsinn!«

»Doch. Du siehst es nur nicht!«

Weil du gar kein Reflexionsvermögen mehr besitzt, dachte Jo verzweifelt. Weil du keinen Schimmer hast, was hier los ist!

»Papa, versteh das doch. Es geht dabei ja viel mehr um mich!« Er versuchte es jetzt mal mit einer anderen Taktik. Horst sah auf, als sein Tonfall sich änderte. Jo fuhr sich durch die Haare. Jetzt musste er aufpassen, was er sagte. »Ich brauche das, verstehst du? Ich bin den ganzen Tag weg, ich arbeite wirklich hart momentan. Und, ganz ehrlich ... Es wächst mir alles über den Kopf. Das Haus, das Einkaufen, das Saubermachen. Und es belastet mich zu wissen, dass du hier den ganzen Tag alleine rumsitzt. Verstehst du? Sieh sie einfach mehr als eine Haushaltshilfe. Eine Unterstützung in allen Bereichen. Mehr für mich als für dich. Es wäre doch vielleicht schön, wieder eine Frau im Haus zu haben?« Hoffnungsvoll sah er seinen Vater an.

Horsts Augen waren schmal geworden. »Aber was wird Marianne dazu sagen?«, fragte er.

Jo zuckte zusammen. »Sie ...«, setzte er an, brach dann aber ab. Musste er seinem Vater jetzt wirklich schon wieder erklären, dass seine Frau tot war?

Bitte nicht, dachte er verzweifelt.

»Das wird ihr nicht gefallen.« Horst schob die Unterlippe vor.

Jo kämpfte einen Moment gegen den Drang an, einfach aufzustehen und zu gehen.

»Das werden wir ja sehen. Ich glaube, dass sie nichts dagegen hat«, sagte er stattdessen. Man sollte in solchen Situationen einfach mitmachen, das hatten sie ihm zumindest bei der Angehörigenhilfe erklärt.

Horst verschränkte die Arme vor der Brust und grunzte etwas Unverständliches in seinen Bart.

»Gib ihr eine Chance, Papa. Sie kommt am Freitag an. Wir holen sie zusammen vom Bus ab. Wenn ihr euch nicht versteht, muss sie nicht bleiben. Aber ich will, dass wir es zumindest eine Weile versuchen.«

Als sein Vater nichts erwiderte, nickte er. »Okay. Danke. Du wirst sehen, das wird bestimmt super.«

»Das glaube ich kaum«, erwiderte Horst trotzig.

Jo seufzte tief.

Das Anheuern einer polnischen Hilfskraft war auch für ihn kein leichter Schritt gewesen. Aber in letzter Zeit hatten sich die Seltsamkeiten gehäuft, und irgendwann hatte er nicht mehr wegsehen können. Letzten Mittwoch hatte er seinem Vater den Biomüll in die Hände gedrückt und ihn gebeten, ihn nach draußen in die Tonne zu bringen. Als er sich später ein Bier aus dem Kühlschrank holen wollte, sah er, dass Horst den Müll ins Gemüsefach gekippt hatte. Ein fauliger Gestank wehte ihm entgegen. Das Schälchen hingegen stand sauber ausgewaschen auf seinem Platz neben der Spüle. Er hatte gelesen, dass Demenzkranke bis zum Schluss semiotische Subjekte waren. Das hieß, dass ihr Handeln immer einen bestimmten Sinn und Zweck verfolgte – auch wenn der für Außenstehende meist schwer bis gar nicht zu erkennen war. Man sollte nicht versuchen, solche Handlungen verstehen oder interpretieren zu wollen.

Das fand er ziemlich schwer umsetzbar.

»Äh ... Papa? Was ist denn das hier?«, hatte er ärgerlich gerufen.

Horst kam stirnrunzelnd näher und schaute sich die Schweinerei an. »Um Himmels willen!«, rief er empört. Dann sah er ihn mit schmalen Augen an. »Was ist denn das für ein Gelump, was du da gemacht hast, Johannes?«

»Ich?«, fragte Jo erstaunt.

»Ja, wer denn sonst?«

Sein Vater hatte ihn tatsächlich ausgelacht.

»Mach das mal schön wieder sauber, das sickert ja schon durch«, sagte er mit erhobenem Zeigefinger, nahm sich ein Bier und ging ins Wohnzimmer.

Jo hatte den Rest des Abends damit verbracht, den Kühlschrank auszuwaschen – was, wie er festgestellt hatte, auch allgemein mal dringend notwendig gewesen war –, und sich gefragt, was Horst noch so alles anstellen würde. Vielleicht war es an der Zeit, das Haus kindersicher zu machen. Bisher hatte er lediglich rutschfeste Matten im Bad ausgelegt und die Autoschlüssel verschwinden lassen. Sollte er die Steckdosen abkleben? Den Alkohol wegschließen? Die Reinigungsmittel verstecken? Eigentlich waren die Möglichkeiten, wie sein Vater im Haus zu Schaden kommen konnte, unbegrenzt. Die Müllsauerei hier war eklig, keine Frage, aber sie war nicht gefährlich. Ihn plagte jedoch die Sorge, dass Horst eines Tages den Herd oder das Bügeleisen anlassen würde. So was kann schließlich jedem mal passieren, bei seinem Vater war es damit also quasi nur eine Frage der Zeit.

Dann hatte er die Zettel gefunden. Auf dem Nachttisch seines Vaters. Kleine gelbe Post-its mit Horsts zittriger Altmännerschrift. In Bleistift standen dort die Namen seiner Brüder. Daneben die ihrer Kinder und Ehefrauen. Sein eigener war nicht dabei, aber dafür der der Bundeskanzlerin und der ihrer Hausärztin. Beim Anblick der Zettel hatte es ihn eiskalt durchrieselt, er war aufs Bett gesunken und hatte eine Weile auf den Nachttisch gestarrt, während in ihm ein stummer Kampf tobte. Wieder ein Puzzleteil mehr, dachte er. Nur war es bei seinem Vater ein Puzzle, das von hinten begann, das mit einem vollen Bild anfing, von dem langsam Teil für Teil verschwand. Er hatte sich eingeredet, dass es bisher nur an den Rändern ein wenig bröckelte. Aber anscheinend fehlten bereits mehr Stücke, als er sich eingestehen wollte.

Er hatte die Zettel liegen lassen und nichts dazu gesagt. Doch der Anblick der verwackelten Wörter hatte ihn mehr beunruhigt als alles zuvor.

Ein anderes Mal war er nach Hause gekommen, und Horst war nicht da gewesen.

Sofort hatte ihn die Panik überfallen.

Seinen Namen brüllend lief er durchs Haus, hechtete in den Garten, klingelte schließlich Sturm bei Frau Mayr, die ihn irritiert fragte, woher sie denn bitte wissen sollte, wo sein Vater steckte.

Weil Sie den ganzen Tag am Fenster hängen und die Nachbarn ausspionieren, hätte er beinahe geantwortet, doch gerade da hielt ein Auto vor dem Zaun, und sein Vater stieg aus. Er winkte kurz zu ihnen rüber und steuerte dann seelenruhig auf ihre Haustür zu. Jo und Frau Mayr starrten ihm ungläubig nach. Dann ging die Fahrertür auf, und Jo erkannte Susanne, eine alte Bekannte seiner Mutter. »Johannes!«, begrüßte sie ihn und kam zu ihnen an die Haustür. Im Gehen schlang sie sich ein Tuch um die Schultern. »Wie schön, dich zu sehen.« Sie lächelte ihm entgegen. »Du wunderst dich sicher. Ich habe Horst im Ort an einer Kreuzung aufgelesen. Er stand dort in einer kleinen Menschentraube ...« Ihr Lächeln wurde ein wenig schief. Etwas an ihrem Blick beunruhigte ihn. »Offenbar ist er an der roten Ampel in ein wildfremdes Auto gestiegen und wollte mitgenommen werden ...«, erklärte sie, und Jo durchzuckte ein kleiner Stromschlag. »Ich weiß nicht, ob er es für ein Taxi gehalten hat. Zum Glück konnte ich die Situation erklären.« Sie sah ihn mitleidig an und legte ihm dann die Hand auf den Unterarm. »Ich wusste ja nicht, dass es schon so um ihn steht, Johannes. Also wenn ihr irgendwas braucht, wenn ich irgendwie helfen kann ...«

»Ich biet's ja immer an. Die beiden Herren könnten wirklich jede Hilfe gebrauchen«, mischte sich die Mayr von der Seite ein. »Also wenn's im Haus so ausschaut wie im Garten ...«

Vor Jos Augen flimmerte es ein wenig. War er im falschen Film? Sein Vater war nicht nur wieder weggelaufen, er war einfach in ein wildfremdes Auto gestiegen?

»Bisher sind wir ganz gut klargekommen«, unterbrach er ihr Gemecker. »Und es ist ein Naturgarten!«

Susanne war wieder gefahren, nachdem sie noch mehrfach ihre Hilfe angeboten hatte, und er war zurück ins Haus gegangen und hatte seinen Vater zur Rede gestellt. Natürlich konnte der sich an nichts erinnern, Jo war mit den Nerven am Ende gewesen, und bald hatten sie sich so richtig schön angebrüllt.

Er hatte gelesen, dass der Verlust der Alltagskompetenz schleichend vonstattenging und oft erst bemerkt wurde, wenn es bereits zu spät war. Deshalb hatte er die Entscheidung getroffen.

Olga war aus Bunzlau und sprach tatsächlich ihre Sprache nicht. Davon ließ Jo sich aber erst mal nicht abhalten. Sie war klein, rund und rothaarig, schien wohlgesinnt, nickte eifrig zu allem, was er ihr mit Händen und Füßen zu erklären versuchte, und hatte ein gelbes Wörterbuch mitgebracht, das sie immer wieder stolz in die Höhe hielt und dabei mit strahlenden Augen »Deutsch, Deutsch!« rief.

Er war fasziniert und erschreckt davon gewesen, wie einfach es ging, sich eine illegale Hilfskraft zu organisieren. Im Ort war die Dichte an wohlhabenden Rentnern hoch, und so gab es bereits ein perfekt funktionierendes, lange eingespieltes System, in das er sich problemlos einklinken konnte. Nach ein bisschen Rumfragen in der Nachbarschaft hatte er schnell einen Kontakt. Der Polenbus kam immer freitags mit Nachschub und brachte dienstags nicht mehr benötigte oder urlaubsreife Frauen zurück in die Heimat.

Und dann standen sie auch schon an der Haltestelle, und Olga winkte ihnen zu.

In ihrem riesigen Koffer hatte sie nicht nur eine Vielzahl an bunten Kittelschürzen und Hausschuhe mit Pailletten, sondern auch allerhand seltsame polnische Spezialitäten verstaut, die sich bald im Kühlschrank stapelten. Von Keksen und Würsten über Gläser mit eingemachtem Fleisch, die aussahen wie Requisiten aus einem Horrorfilm, war alles dabei. Außerdem hatte sie bunt bemalte Tassen aus ihrer Heimat für ihn und Horst mitgebracht, aus denen sie jetzt morgens ihren Kaffee tranken.

Die Tassen gefielen Horst, und Jo wertete das als gutes Zeichen.

Anfangs zeigten sie ihr ein wenig die Gegend, damit sie sich zurechtfand und heimisch fühlte. Sonntag machten sie mit dem Raddampfer »Herrsching« eine Schifffahrt über den See, und abends fuhren sie nach Andechs hinauf und aßen im Klostergasthof Obatzda und Krustenbraten. Der Anblick der Berge vor dem glühenden Abendhimmel ließ Olga immer wieder verzückt aufspringen. Sie schoss etwa 300 Fotos des immer gleichen Motivs, und sie vertrieben sich die Wartezeit bis zum Essen damit, die Bilder einzeln durchzuklicken und bei jedem anerkennend zu murmeln. Sein Vater saß stumm vor seinem Bergbock und gab nicht preis, was er von der seltsamen Situation hielt. Aber er aß mit gutem Appetit, und als er sich zum Nachtisch Marillenknödel bestellte, sagte er zur Kellnerin: »Und für die Olga hier auch! Die hat so was noch nie gegessen.«

Jo hatte sich ein paar Tage frei genommen, um die Eingewöhnung überwachen zu können. Er ging mit seinem Laptop in ein Café in der Nähe. So war er erreichbar, falls die beiden daheim die Bude abfackelten, konnte aber so tun, als würde er sie eigenständig arbeiten lassen. Ein bisschen fühlte er sich wie ein Papa, der sein Kind zum ersten Mal in der Kita abgibt und sich noch nicht traut, sich allzu weit zu entfernen, für den Fall, dass er angerufen wird und es wieder abholen muss. Alle zwei Stunden schaute er vorbei und tat, als habe er etwas vergessen. Mit Gesten, freilich, denn das Wörterbuch war zwar immer in Reichweite, aufgeschlagen wurde es in seiner Gegenwart aber nie.

In den ersten drei Wochen lief es besser, als er gedacht hätte. Er kaufte Horst einen Express-Starterkurs Polnisch, der passenderweise »Ich nix verstehen« hieß, und eignete sich selbst ein paar Brocken an, die sie durch den Tag brachten. Meistens traf er die beiden dabei an, wie sie am Esstisch saßen und mit Händen und Füßen versuchten, sich über irgendwas zu verständigen, oder gemeinsam im Fernsehen ein Programm anschauten, das Olga nicht verstehen konnte, das ihr aber, ihrer Miene nach zu urteilen, trotzdem gefiel.

Manchmal löffelten sie schweigend zusammen das Fleisch aus den großen Einmachgläsern und hörten eine Sendung im Radio, der Olga mit derselben Konzentration lauschte wie denen im Fernsehen. Wenn ab und an ein Wort fiel, das sie kannte, wiederholte sie es freudestrahlend und wurde von Horst mit einem »sehr gut!« und einem anerkennenden Nicken belohnt.

Olga begann beinahe sofort mit der Umgestaltung des Hauses. Nachdem sie Jo mit eindeutigem Zungenschnalzen darauf aufmerksam gemacht hatte, dass die Putzmittel im Schrank nicht nach ihrem Geschmack waren, nahm er sie mit in die Drogerie. Dort füllte sie im Blitztempo einen Einkaufswagen mit chemischen Substanzen, von denen er vorher nicht gewusst hatte, dass man sie zum Überleben brauchte. Als er ihr zu erklären versuchte, dass er bei Reinigern lieber auf die umweltfreundlicheren Ökomarken zurückgriff, wurde sie so aufgeregt, dass er sofort allen Widerstand aufgab. Er bezahlte 86,72 Euro für giftgelbe Klosteine, Bleiche und Weichspüler, die eine ganze Kaserne sauber bekommen hätten, und lud Olga dann noch auf einen Cappuccino beim Bäcker ein. Er hatte sich angewöhnt, über den Google-Sprachassistenten mit ihr zu kommunizieren, denn sein Glaube an das kleine gelbe Buch war schnell in sich zusammengefallen. An den runden Tischen des Bäckers versuchte er ihr über einer Nussschnecke mit der digitalen Hilfe zu erklären, was mit Horst los war. »Er. ist. dement«, sprach er in sein Handy und betonte jede Silbe. »Und er hat Alzheimer.« Dann hielt er ihr die Übersetzung hin.

Sie nickte ernst und machte dann eine kreisende Bewegung mit dem Zeigefinger an der Schläfe.

»Genau. Kuckuck!«, bestätigte Jo. »Aber es ist noch im Anfangsstadium.«

Als sie ihn erwartungsvoll ansah, wiederholte er den Satz in das Handy hinein. Dann versuchte er zu erklären, wie es um seinen Vater stand. Dass er etwas vergesslich war, aber in vieler Hinsicht auch beinahe normal. Dass man jedoch nie wissen konnte und die Krankheit in unberechenbaren Schüben verlief. Dass besonders das Kurzzeitgedächtnis betroffen war und es daher passieren konnte, dass er Olga ab und an nicht erkannte. Dann würde sie ihm erklären müssen, wer sie war und was sie im Haus machte.

Wieder nickte sie und ließ dann eine gewehrschussartige Salve Polnisch auf ihn los. Er beeilte sich, den Assistenten so hinzuhalten, dass er etwas auffangen konnte, aber als sie atemlos endete und er auf das Display blickte, verstand er nur Bahnhof. Irgendwas von einem Onkel, der anscheinend dieselbe Krankheit gehabt hatte wie sein Vater. Von dem, was er rauslesen konnte, war der Onkel entweder eines Tages abgehauen oder sie hatten ihn irgendwo verloren.

Beide Varianten machten ihn nicht unbedingt zuversichtlicher in seinem Glauben an die neue Hausgemeinschaft.

Genau wie die Putzmittel war auch das Essen im Hause Schraml nicht nach Olgas Geschmack. Sie räumte die vorhandenen Vorräte in eine Ecke und füllte die Schränke mit Eingekochtem und Hülsenfrüchten. Sie kochte meist Eintöpfe. Anfangs waren sowohl er als auch sein Vater damit voll und ganz einverstanden. Es schmeckte gut, und wenn man keinen Wert auf einen ästhetisch angerichteten Teller legte, war dagegen nichts einzuwenden. Aber nach einer Woche vermisste Jo das Kauen, und als er einmal etwas aus dem

Grünkohl zog, das aussah wie der Oberschenkelknochen eines Hühnchens, wurde er misstrauisch, was Olgas Koch- künste anging.

Jo schaute immer öfter bei Seyhan vorbei und brachte sei- nem Vater ab und an heimlich einen Döner mit, den der dann in seinem alten Arbeitszimmer verschlang, das bald eine sehr eindeutige Knoblauchnote annahm.

Zwar war er sicher, dass Olga den Verrat roch, aber sie sagte nie etwas dazu.

Manchmal geschah es tatsächlich, dass Horst Olga seltsam ansah. Er saß ihr beim Essen kauend gegenüber und taxierte sie konzentriert. Jo traute sich nicht nachzuhaken, aber er war sich fast sicher, dass sein Vater sie in diesen Momenten nicht erkannte und sich fragte, wer sie eigentlich war und ob er sie nicht hinauswerfen müsste. Aber er kommentierte es nie, und so beschloss auch Jo, nicht weiter darauf einzuge- hen.

Auch für ihn selbst war es eine Umstellung, eine fremde Frau im Haus zu haben. Er hatte schon vor Monaten den Bad- schlüssel abgezogen, damit Horst sich nicht versehentlich einsperrte. Sein Vater und er verständigten sich da meistens mit fragenden Knurrlauten, aber Olga hatte er das anschei- nend nicht richtig erklärt, und so erwischte sie ihn einmal beim Zähneputzen und einmal auf der Toilette. Obwohl sie sehr galant reagierte und es nie wieder zur Sprache brachte, brauchte er ein paar Tage, um die Begegnung zu verarbeiten. Er hatte sie im Verdacht, sich mit ihrer polnischen Verwandt- schaft am Telefon über ihn lustig zu machen, und wenn sie zu laut lachte, schlich er sich manchmal mit dem Sprachassistenten an und versuchte, sie zu belauschen. Trotzdem war er froh, dass sie da war.

Wenn er nun abends die Tür aufschloss, roch er bereits das Putzmittel. Sie staubte Dinge ab, von denen er nicht mal gewusst hatte, dass sie überhaupt im Haus waren, und wischte unter dem Kühlschrank – was ihm nie in den Sinn gekommen wäre. Sogar die Mülltonnen scheuerte sie von innen aus, wenn sie geleert worden waren, und war dabei immer gut gelaunt. Sie hatten die beiden Zimmer seiner Brüder für sie leer geräumt, so dass sie einen Schlaf- und einen Wohnraum hatte, in dem auch ein Fernseher und ein Computer standen. Aber sie saß abends lieber bei ihnen im Wohnzimmer und sah mit Horst zusammen Tierdokus an.

Alles schien gut.

Nur merkte Jo mit der Zeit, dass sein Vater immer stiller wurde.

Bald fand er heraus, warum.

Horst hatte nichts mehr zu tun. Saß oft, wenn er nach Hause kam, mit hängenden Schultern am Küchentisch, während Olga umherwirbelte und alles übernahm, was er vielleicht auch noch selber gekonnt hätte. Jo versuchte ein paarmal, ihr zu erklären, dass sein Vater zwar seltsam, aber nicht komplett unfähig war, er konnte – und sollte! – so viel wie möglich selber machen, damit er sich nicht nutzlos fühlte. Aber es half nichts. Entweder sie verstand nicht, was er ihr sagen wollte, oder sie konnte schlicht und einfach nicht aus ihrer Haut. Olga machte alles. Sie kochte, sie putzte, sie legte Horst die Klamotten und Medikamente raus, sie kämmte ihm die Haare und mähte den Rasen. Sie schmierte ihm sogar das Brot, wenn Jo nicht hinsah.

Für ihn bedeutete ihr unermüdlicher Einsatz zwar eine große Erleichterung, aber er sah, dass sein Vater gemeinsam mit ihr trotzdem einsam war. Die beiden sahen zusammen fern, aßen zusammen, aber sie konnten sich nicht richtig verständigen. Er merkte, wie Horst sich immer mehr in sich selber zurückzog, wie er faul und unselbstständig wurde und sich bemuttern ließ. Ein paarmal beobachtete er, wie Olga ihm die Wange tätschelte wie einem kleinen Kind. Horst ließ es mit einem etwas seltsamen Ausdruck in den Augen geschehen und lächelte ihr matt zu, als habe er jeden inneren Widerstand bereits aufgegeben.

Auch ihn selber versuchte sie zu bemuttern, wo sie konnte. Sie wischte ihm unsichtbare Staubflusen von der Jacke, bevor er morgens das Haus verließ, schenkte ihm Kaffee ein und häufte seinen Teller immer extra voll, weil sie ihn, den gelegentlichen Kniffen in seine Rippen nach zu urteilen, die ihm Italien-Flashbacks verschafften, zu dünn fand. Jo war unwohl mit der Situation. Aber es schien ihm immer noch besser, als seinen Vater alleine daheim zu wissen.

Also sah er weg.

Und fühlte sich schlecht dabei.

Der erste Anruf kam – wie sollte es anders sein – im Zug. Sein Handy klingelte nur zwei Stopps vor dem Hauptbahnhof. Als er die Stimme von Frau Mayr hörte, wusste er sofort, dass etwas nicht stimmte.

Es war passiert, wovor er sich schon die ganze Zeit gefürchtet hatte: Horst hatte Olga nicht erkannt und sie aus dem Haus geworfen. Leider hatte er sich dazu den einzigen verregneten Tag des Monats ausgesucht. Nachdem Olga eine Weile bibbernd ums Haus gelaufen war, gegen Fenster und Türen getrommelt und versucht hatte, Horst dazu zu bewegen, sie wieder reinzulassen, hatte der die Polizei gerufen.

Zum Glück wurden die Beamten direkt am Gartenzaun von Frau Mayr abgefangen, die natürlich alles beobachtet und – das musste Jo grummelnd einräumen – die Situation richtig eingeschätzt hatte. Olga saß nun mit einem Handtuch um den Kopf bei ihr in der Küche und wärmte sich auf, und die Mayr rief an, um ihm die Situation zu erklären. »Komm am besten direkt heim, Johannes, die Polizei ist wieder weg, aber der Horst weigert sich immer noch, sie wieder reinzulassen«, erklärte sie und klang dabei seltsam fröhlich. »Mir macht er auf, aber er behauptet felsenfest, sie noch nie gesehen zu haben.«

Jo stieg an der nächsten Haltestelle aus und in die entgegenkommende Bahn wieder ein.

Nachdem er im Büro Bescheid gegeben hatte, lehnte er sich in seinem Sitz zurück und schloss für einen Moment erschöpft die Augen. Er musste plötzlich an Marie denken. Er fuhr wieder zur normalen Zeit, aber sie war seit mehr als drei Wochen nicht mehr in der Bahn gewesen. Morgens ging er jetzt immer das komplette Gleis ab, hatte sogar mit den Fahrzeiten herumprobiert, um zu sehen, ob sie eventuell einen späteren oder früheren Zug nahm. Aber die blonden Locken und braunen Augen, die angefangen hatten, manchmal nachts in seinen Träumen aufzublitzen, waren unauffindbar. Warum nur hatte er sie damals nicht einfach angesprochen?

Vielleicht war sie umgezogen, dachte er und lehnte den Kopf gegen die Scheibe. Oder sie war nur kurz hier bei ihren Eltern und wohnte gar nicht mehr in Herrsching. Beides keine guten Varianten. Die Marie-Träumereien waren kleine, warme Inseln in seinem komplizierten Alltag gewesen.

Deswegen hatte er sich bei *Spotted* angemeldet. Karla hatte ihn darauf gebracht. Natürlich. Zuerst wollte er davon nichts wissen, aber als sie ihm die Infos der Online-Community vorlas, hörte es sich gar nicht mehr so abwegig an. *Hast du jemanden in Zug/Straßenbahn/Bus/Flugzeug gesehen, dich aber nicht getraut, ihn oder sie anzusprechen? Habt ihr euch gut unterhalten aber nicht daran gedacht, die Kontaktdetails auszutauschen? Hier findest du die Person wieder.*

Bei *Spotted* gab es sogar eine spezielle Unterkategorie für die S-Bahn München. Alle Posts waren anonym, und so hatte er tatsächlich, in einer sehr einsamen abendlichen Stunde, als er zwischen Horst und Olga auf dem Sofa saß und die dritte Löwendoku der Woche guckte, eine kleine Nachricht verfasst.

Er sucht sie.
Liebe Marie, wir fahren morgens immer zusammen in der S8 von Herrsching nach München. Ich habe mich nie getraut dich anzusprechen. Jetzt bist du plötzlich nicht mehr da, und ich wünschte, ich hätte es getan. Du hast blonde Haare, braune Augen, Birkenstocks und das wärmste Lächeln. Ich halte jeden Tag nach dir Ausschau.

Doch natürlich hatte sie sich nicht gemeldet. Dafür zwei andere Frauen, die meinten, auf die Beschreibung zu passen, aber leider den falschen Namen trugen. Ob man sich nicht trotzdem kennenlernen wolle? Ihre Anschriften waren sogar ganz nett. Nur waren sie eben nicht Marie.

Er seufzte und blickte aus dem Fenster. Daran, was ihn daheim erwartete, wollte er jetzt mal lieber gar nicht erst denken. Vielleicht hatte er ja Glück, und es war alles vergessen, wenn er die Tür öffnete. Warum sollte das Ganze nicht auch mal so herum funktionieren?

21

Es war wieder da. In gekrümmter Haltung saß ich auf dem Klo und betrachtete traurig meine runtergezogene Unterhose, in der sich ein großer roter Fleck gebildet hatte.

Jemand öffnete draußen die Tür der Damentoilette, ich hörte Absätze klappern, dann Wasserrauschen und die gedämpften Bürogeräusche.

»Marie?« Nadines fröhliche Stimme drang zu mir in die Kabine. »Kann ich kurz Lippenstift von dir leihen? Ich muss gleich rüber für die Videokonferenz.«

»Ja klar!« Ich fummelte in meinem Rucksack herum und holte, immer noch auf dem Klo sitzend, meinen kleinen Kosmetikbeutel hervor. Den schob ich ihr unter der Tür durch. »Habe aber nur Pink Berry!«

»Hauptsache, ich bin nicht so blass. Durch diese Kameras sieht man immer aus, als hätten sie einen gerade aus dem Fluss gezogen.«

Ich lachte, und ein kleiner Krampf schoss durch meinen Unterleib. Vor Schmerz verzog ich das Gesicht und stützte mich auf meine Knie.

»Alles klar bei dir?« Ich hörte an ihrer Stimme, dass Nadine sich gerade die Lippen nachmalte.

»Hm, ja. Na ja«, antwortete ich zögerlich. »Ich kriege meine Periode. Und es wird von Mal zu Mal wieder schlimmer!« Ich seufzte tief, weil ich nicht drum herumkam, es beim Namen zu nennen. »Ich fürchte, es geht wieder los.«

Ich spürte, wie mein Herz schneller klopfte. Bereits gestern hatte es angefangen, die Schmerzen, das Unwohlsein. Es war erträglich, nicht schlimm, aber auch nicht gut. Und ich wusste, dass ich dankbar sein musste dafür, dass ich den Rest des Monats Ruhe hatte. Viele Frauen mit meiner Diagnose hatten durchgehend Schmerzen. Doch immer, wenn sich meine Periode näherte, erinnerte sich mein traumatisierter Körper an die grauenvollen Qualen von damals und versetzte mich, schon bevor es überhaupt losging, in einen lähmenden Angstzustand. Nun lauschte ich stets auf jedes kleine Zwicken und Zwacken, war schon verkrampft, wenn noch gar nichts weh tat. Nach der OP damals war erst mal Ruhe gewesen, aber die Krankheit war chronisch. Es gab keine Heilung und keine Erklärung, obwohl Millionen Frauen betroffen waren.

»Oh nein, das tut mir leid!« Nadine wusste genau, wie es mir früher ergangen war. Wir waren nicht nur Kolleginnen, sondern über die Jahre Freundinnen geworden, gingen oft zusammen was trinken und hielten uns auf dem Laufenden.

»Hast du dich schon durchchecken lassen?«, fragte sie nun besorgt.

Ich schloss einen Moment die Augen und krampfte meine Hand um meine runtergezogene Hose. »Ich mache heute einen Termin.«

»Mach das auf jeden Fall! Und wenn du früher fahren willst, kein Problem.«

»Danke, aber ich habe in letzter Zeit schon so viel versäumt. Ich nehme was, dann wird es schon gehen.«

»Zwing dich nicht!«, rief sie, schob mir mein Beutelchen

wieder unter der Tür durch, und dann hörte ich, wie sie die Türklinke drückte. »Du, ich muss. Tabletten sind in meinem Schreibtisch, falls du welche bauchst.«

»Danke dir«, antwortete ich matt, und die Tür fiel zu.

Als sie gegangen war, zog ich den kleinen Stoffbeutel aus meiner Kosmetiktasche, in dem ich meine Menstruationstasse aufhob. Misstrauisch hielt ich sie in die Höhe.

Die Tasse und ich hatten ein gespaltenes Verhältnis. Ich hatte neulich eine neue Einführmethode ausprobiert, die ich auf YouTube entdeckt hatte – was, wenn ich es jetzt so rückblickend betrachtete, vielleicht auch nicht die beste Quelle gewesen war.

Statt zu knicken, hatte ich gerollt.

War angeblich einfacher.

Stimmte auch, es hatte alles prima geklappt. Ging rein wie Butter. Nur leider hatte die Tasse sich dann, einmal in mir drin, nicht richtig aufgefaltet. Das merkte ich aber erst später, als ich gerade in einer Besprechung saß und mich plötzlich nach Luft schnappend zusammenkrümmte.

Es fühlte sich an, als hätte jemand das straffsitzende Gummiband eines Einmachglases gepackt und es mit aller Kraft losschnalzen lassen.

Nur eben in meiner Vagina.

»Vielleicht brauche ich meinen Uterus ja irgendwann doch noch«, sagte ich jetzt zu der Tasse. »Es wäre also toll, wenn du diese kleine Nummer von neulich nicht noch mal abziehst.«

Während ich die Hose hochzog und mir die Hände wusch, redete ich mir gut zu. Zum Glück gab es in München ein Endometriosezentrum. Ich musste mich untersuchen lassen. Davonlaufen hatte keinen Zweck mehr.

Als ich ein paar Stunden später mit schmerzendem Kopf und krampfendem Unterleib in der überfüllten Bahn nach Hause saß, merkte ich, dass ich meine Tasse vielleicht vor dem Verlassen des Büros noch mal hätte ausspülen sollen. Oh Gott, ich glaub's nicht, sie läuft über!, dachte ich entsetzt, als ich spürte, dass es zwischen meinen Beinen warm wurde. Erschöpft ließ ich den Kopf gegen das Fenster sinken. Das hatte noch gefehlt. Hoffentlich schmierte ich nicht die ganzen Polster ein. Unsicher ruckelte ich herum. Meine Periode war schon immer stark gewesen, aber die Aufnahmefähigkeit der Tasse ersetzte drei Supertampons ... Dass ich das innerhalb von nicht mal vier Stunden geknackt hatte, war sogar für mich ein Rekord.

Ich spürte, dass mir das Ganze Angst machte. Ich war nicht bereit, das alles schon wieder durchzustehen.

In der Klinik hatte ich relativ bald einen Termin bekommen, und nun war mir nicht nur wegen der Schmerzen flau im Magen. Wieder eine OP? Dieses Mal waren die Beschwerden nicht mal ansatzweise so schlimm wie früher, aber ich spürte, dass meine Periode mir jeden Monat mehr abverlangte, dass sie länger dauerte, mir mehr Kraft raubte, die Krämpfe jedes Mal intensiver wurden. Ich war sicher, dass neues Gewebe gewachsen war. Würden sie meinen anderen Eierstock auch noch entfernen müssen? Er war ohnehin höchstwahrscheinlich zu nichts zu gebrauchen, aber trotzdem wollte ich ihn nun ganz und gar nicht einfach so hergeben. Allein der Gedanke schnürte mir den Hals zu.

Als an der nächsten Haltestelle zwei Kindergartengruppen in orangenen Warnwesten einstiegen, hätte ich am liebsten angefangen zu weinen. Der Lärm war ohrenbetäubend. Diese

Menschen verdienen einen Orden!, dachte ich, während ich den gestressten Erziehern und Erzieherinnen dabei zusah, wie sie versuchten, die Horde zu bändigen. Nun fing der Mann mir gegenüber natürlich auch noch an zu telefonieren und beschwerte sich mit dröhnender Stimme über seine nichtsnutzige Schwester.

Ich blute hier gerade meine Hose durch, ich glaube, deine Probleme sind dagegen Kinderkacke, dachte ich ungnädig. Und wenn diese kleinen Kackbratzen nicht gleich aufhören zu schreien, dann explodiert mir der Schädel!

Ich wusste genau, dass ich mich an anderen Tagen über die bunte Truppe gefreut hätte. Die normale Marie hätte mit den Kindern Witze gemacht und den Mann gegenüber mit Interesse belauscht. Aber heute war ich nicht die normale Marie. Heute wollte ich mir nur noch die Decke über die Ohren ziehen und den kleinen Bälgern und dem Krakeeler entkommen. Wenn es einem nicht gut ging, war Pendeln die Hölle. Allerdings ... Wenn ich daran dachte, was mich daheim erwartete, war das hier das reinste Paradies.

»Ich kann nicht mehr!«, rief ich zwei Stunden später in mein Handy. »Du musst runterkommen!«

»Was? Wovon redest du bitte?« Meine Mutter klang ungehalten.

»Sie werden einfach nicht satt!«

»Ach Marie. Ich war doch nun aber vorhin schon dran!«

Das wusste ich auch, trotzdem war ich im Moment heillos überfordert.

»Bitte«, sagte ich nur.

»Gut, ich komme«, brummte sie.

»Danke«, flüsterte ich erschöpft ins Handy, obwohl sie schon aufgelegt hatte.

Ich saß im Welpenstall, hatte zwei Kleine auf dem Schoß und ein weiteres unter den Arm geklemmt, dem ich gerade die Flasche gab. Alle drei zappelten wie verrückt. Die anderen watschelten um mich herum und zerstörten systematisch alles in ihrer Reichweite.

Sie waren wie im Zeitraffer groß geworden, vor vier Wochen hatten sie weder sehen noch hören, geschweige denn laufen können, nun tobten sie um mich herum und bissen mich aufgeregt in die Zehen.

Dexter hatte sich relativ schnell von ihrem Durchfall erholt, nicht aber von ihren geschwollenen und entzündeten Milchdrüsen. Sie hatte sozusagen vom einen auf den anderen Tag abgestillt und es uns überlassen, für den Nährstoffhaushalt ihrer Kinder zu sorgen. Die Welpen durften nicht mal mehr in die Nähe ihrer Zitzen kommen, so empfindlich war sie geworden. Gut, die kleinen Krallen waren auch wirklich scharf, und sie hatten inzwischen auch Zähne bekommen. Wenn ich ehrlich war – ich hätte sie auch nicht in der Nähe meiner Brüste gewollt.

Als die Ärztin mir erklärt hatte, was Dex' Verweigerung für mich bedeutete, hatte ich es nicht gleich in vollem Ausmaß verstanden. Erst als wir eine Stunde später mit dem Milchpulver und den kleinen Saugflaschen nach Hause kamen, fing ich an, eine leise Ahnung davon zu bekommen, wie die nächsten Wochen aussehen würden.

Die Kleinen mussten tagsüber alle zwei bis drei Stunden gefüttert werden. Wenn man Glück hatte, schliefen sie nachts etwa sechs bis sieben Stunden durch.

Ich hatte kein Glück.

Mehrere Wochen lang war ich nun später zur Arbeit gefahren und früher wieder nach Hause. Durch den Schlafmangel wankte ich teilweise wie ein Zombie durch die Gegend. Ich konnte Gott auf Knien dafür danken, dass Nadine eine verständnisvolle Chefin und Hundeliebhaberin war. Mehr als einmal war ich mit Milchspritzern auf der Kleidung ins Büro gekommen, und die Kleinen hatten nicht nur meine Birkenstocks, sondern auch die Absätze meiner Pumps angekaut, was ich erst merkte, als ich sie bei der Arbeit für ein Meeting auspackte. Dazu stank es in meinem Wagen zum Gotterbarmen. Der Geruch ging einfach nicht raus, egal, wie sehr wir uns darum bemühten, alle Würste, die aus den Kleinen rausfielen, sofort aufzusammeln. Außerdem wurden sie von Tag zu Tag agiler und verlangten mehr Aufmerksamkeit und Abwechslung. Das Gehege wurde ihnen zu langweilig, sie wollten raus und die Welt erkunden. Das konnte ich auch gut verstehen, aber es war quasi unmöglich, alleine auf acht unternehmungslustige Welpen aufzupassen. Sobald man sie aus dem Gehege ließ, verteilten sie sich systematisch in alle Himmelsrichtungen und zerbissen, was immer ihnen vor die Schnauzen kam. Ich hatte bereits alle Kabel und Steckdosen entfernt oder abgeklebt, aber auch meine Stuhl- und Tischbeine mussten daran glauben. Sie fanden außerdem ständig neue Verstecke und brachten mich regelmäßig in die Nähe eines Herzinfarktes, wenn ich mal wieder einen von ihnen einfach nicht finden konnte. Wenn man aber nur einen oder zwei aus dem Stall nahm und die anderen drinnen ließ, schrien sie zum Herzerweichen und zerbohrten einem mit ihrem hohen, verzweifelten Fiepen das Trommelfell.

Wenn ich bei der Arbeit war, hatten sich Leopold und meine Mutter mit den Kleinen abgewechselt. Ich wusste, dass ich ihnen damit viel zumutete. Aber gerade war ich, nach einem langen Tag voller Schmerzen, am Ende meiner Kräfte. Außerdem hatte ich tatsächlich das Gefühl, dass beide die Aufgabe in gewisser Weise genossen. Leopold sowieso, aber auch meine Mutter kümmerte sich so hingebungsvoll um die Kleinen, wie ich es ihr nie zugetraut hätte.

Ich nahm Karl unter meinem Arm raus, zog die Flasche ab und stopfte sie dafür Nils in den Mund. Er saugte so gierig, dass er sofort den Nuckel abriss und mir die Milch ins Gesicht spritzte.

Ich leckte mir über den Mund und schloss einen Moment die Augen, während mir die Tropfen die Wange hinabliefen.

»Das reicht«, sagte ich zu Nils und gab ihm einen erschöpften Kuss auf den milchverschmierten Kopf. »Ab morgen steigen wir auf feste Nahrung um.«

Wenig später schliefen sieben der acht Babys, und auch ich lag auf der Couch, die Füße auf die Lehne drapiert und einen kalten Lappen auf der Stirn. Nils hatte sich auf meinem Bauch eingerollt. Ich träumte immer noch davon, ihn vielleicht behalten zu können, und nahm ihn daher so oft ich konnte zu mir. Meine Mutter saß neben uns und hatte Erbse auf dem Arm, die Kleinste aus dem Wurf. Wie immer wollte sie nicht so richtig fressen. Ich hörte mit geschlossenen Augen zu, wie sie nuckelte und meine Mutter ihr dabei liebevoll zumurmelte: »Ja, jetzt frisst du mal richtig schön deinen kleinen Bauch voll und rund, damit du auch groß und stark wirst wie deine Mama!«, gurrte sie.

Plötzlich hatte ich einen Kloß im Hals. Der Ton ihrer Stimme erinnerte mich an früher, wenn meine Eltern mir abends vorgelesen hatten. Mit einem Mal klang mir die tiefe, brummende Stimme meines Vaters im Ohr. Er hatte oft improvisiert und die Bücher nach seinem eigenen Geschmack weitergesponnen. Wenn dann am nächsten Abend meine Mutter las, wunderte ich mich, dass die Geschichte nicht mehr zusammenpasste.

Mit einem Mal kamen mir die Tränen.

Na toll, die emotionale Achterbahn ging wieder los ... Ich bin einfach erschöpft, dachte ich und versuchte, gleichmäßig zu atmen, bevor meine Mutter etwas mitbekam. Würde ich jemals meinem eigenen Kind zum Einschlafen vorlesen können?

Wollte ich das überhaupt?

Ich wollte jedenfalls die Möglichkeit haben, so viel konnte ich aus meinem Gefühlschaos herauslesen. Wenn ich jemals ein Kind haben werde, kann mein Vater es nicht kennenlernen, ihm nicht vorlesen, dachte ich und war dankbar für den Waschlappen, der meine Tränen auffing. Es würde nie seine brummende Stimme und nie seine besonderen Geschichten hören. Er würde nie mit ihm im Boot rausfahren und nie mit ihm abends auf der Terrasse sitzen und nach Sternschnuppen Ausschau halten, wie wir es früher immer gemacht hatten.

So war das mit der Trauer um meinen Vater. Ich dachte jeden Tag an ihn, er war ständig bei mir, und es tat immer weh. Aber manchmal überrollte mich aus dem Nichts eine tiefe Welle aus Schmerz. Es fühlte sich an, als drückte jemand mein Herz zusammen. Dann wurde mir klar, wie endgültig der Tod war. Dass es nicht getan war mit dem einen großen Abschiednehmen, sondern dass ich für immer Abschied nehmen würde. In kleinen Momenten wie diesen, mein Leben lang.

Ich schniefte leise und nahm den Lappen von der Stirn. Jedenfalls hätte mein Kind eine ganz tolle, manchmal etwas anstrengende Oma, dachte ich, als ich meine Mutter sah, die Erbse mit einem abwesenden Lächeln auf dem Gesicht hin und her wiegte. Ich stupste sie mit dem Zeh an. »Danke, dass du mir so hilfst«, sagte ich leise, und sie sah auf und lächelte überrascht. »Es macht mir Spaß! Auch wenn ich auf die Milchflecken und den Geruch verzichten könnte. Aber so übe ich schon mal für meine Enkel!«

Ich holte tief Luft.

»Mama, ...«, setzte ich an, doch im selben Moment sprach sie. »Marie, es ist ganz gut, dass wir jetzt hier so ruhig beisammen sind. Ich wollte sowieso mit dir reden!«

Verwundert setzte ich mich aufrecht hin und ließ Nils in meinen Schoß rutschen, der leise im Schlaf schmatzte. »Ach ja?«, fragte ich. Ein ungutes Gefühl beschlich mich. Sie sah plötzlich nervös aus und blickte mich nicht direkt an. Ich hatte so eine Ahnung, dass mir das, was sie gleich sagen wollte, nicht gefallen würde. Sie legte Erbse vorsichtig aufs Sofa und deckte sie mit ihrer Strickjacke zu.

Noch immer sah sie mir nicht in die Augen.

»Mama?«, fragte ich. »Du machst mir Angst!«

Sie räusperte sich. »Also. Mariele. Jetzt versuch mal, ganz unvoreingenommen an die Sache ranzugehen!«

Ich holte tief Luft. »Okay«, sagte ich gedehnt. Der Anfang des Gesprächs gefiel mir schon mal überhaupt nicht.

Sie stockte und schien sich zu sammeln. Dann nickte sie, wie um sich selber Mut zu machen.

»Ich werde das Haus verkaufen!«

Es war, als hätte mir jemand in den Magen geboxt. Einen Moment starrte ich sie einfach nur an.

»Wie bitte?« Vor meinen Augen flimmerte es. Sicher hatte ich sie falsch verstanden. »Du machst *was*?«

»Ich werde das Haus verkaufen und mit Franz in die Stadt ziehen. Er hat dort eine Wohnung gefunden, die zum Verkauf steht. Direkt in der Maximilianstraße, kannst du dir das vorstellen? Im Dachgeschoss, mit einer herrlichen Terrasse, Blick über die ganze Stadt. Die Schlafzimmer haben Stuck, und im Treppenhaus gibt es eine ganz tolle Marmor ...«

»Aber ...«, unterbrach ich sie. Ich konnte nur den Kopf schütteln. Was faselte sie da von Stuck und Marmor? »Aber ihr kennt euch doch gar nicht richtig!« Alles in mir kribbelte plötzlich. Das konnte nur ein Albtraum sein. »Du kannst doch nicht unser Haus verkaufen!«, quietschte ich, und Nils blinzelte erschrocken. Schnell hielt ich ihm die Hände über die Ohren. »Das geht doch nicht«, rief ich dann, einfach, weil ich es noch mal bekräftigen wollte. Ich war gleichzeitig wütend, traurig, fassungslos, durcheinander und panisch.

Um ihre Lippen zuckte es unsicher. »Ich weiß ja, Marie, das kommt sehr plötzlich. Aber die Wohnung ist nun mal jetzt auf dem Markt. Und Franz sagt ...«

»Moment!« Ich war aufgesprungen und presste mir den erschrockenen Nils an die Brust. »Warum musst du dafür das Haus verkaufen? Ich denke, er ist so stinkreich. Kann er nicht die Wohnung ...«

241

»Seine Gelder sind angelegt!« Sie schüttelte den Kopf. »Das ist ja alles investiert. Da kann er nicht mal so eben ...«

Erstaunt ließ ich mich wieder zurücksinken. »Mama, das kommt mir seltsam vor.«

Sie schüttelte ungeduldig den Kopf. »Woher denn. Er hat mir das alles ganz genau erklärt. Die Wohnung ist sehr teuer, Marie. Maximilianstraße! Ich meine, was denkst du, da müssen wir schon einiges für zusammenkriegen.«

»Aber ... Willst du denn hier weg?« Fassungslos sah ich sie an. Ich fühlte mich, als hätte mir jemand den Boden unter den Füßen weggezogen. Was auch irgendwie so war. In all den Jahren, in denen ich in der Welt umhergezogen war, mal hier, mal dort gewohnt hatte, war das hier immer meine Basis gewesen, der Ort, an den ich zurückkehrte, wenn es mir nicht gut ging. Es war mein Zuhause!

»Hier ist doch dein Leben. Hier sind deine Freunde! Hier sind deine Erinnerungen an Papa. Hier bin ich, Hergott nochmal! Es ist auch mein Zuhause. Ich habe mir extra wegen dir den Wohlwagen gekauft, bin wegen dir hierhergezogen!«

Sie nickte traurig, und ich sah, dass ihre Lippen zuckten. »Ich weiß ja.« Plötzlich standen ihr Tränen in den Augen. »Und ich bin dir dafür auch so dankbar, Marie.« Sie atmete einmal tief ein und aus und schloss einen Moment die Augen. »Aber das Haus ist so leer. Ich fühle mich immer so ... allein. Verstehst du? Und dass Franz mit mir zusammenziehen will, ist doch ein eindeutiges Zeichen, dass er mich wirklich liebt. Ich kann das nicht ausschlagen! Was, wenn er dann geht?«

»Setzt er dich unter Druck?«, fragte ich erschrocken.

Sie schüttelte den Kopf. »Nein, er sagt natürlich, dass es meine Entscheidung ist, aber wir werden nie wieder eine solche Wohnung finden. Das ist ein einmaliges Angebot. So können wir unser neues Leben anfangen. Er hat Kontakte, weißt du. Und er will nicht hierherziehen. Er sagt, dann würde er immer im Schatten des verstorbenen Ehemannes stehen. Und ich denke, er hat recht!«

Wenn ich ehrlich war, dann wollte auch ich nicht, dass Franz in unser Haus zog. Aber es war allemal besser als die Alternative.

»Aber willst du wirklich hier weg?«, fragte ich leise. Sie weinte jetzt, und auch ich spürte, dass ich die Tränen kaum noch davon zurückhalten konnte, sich wieder auf den Weg zu machen. Sie schniefte. »Nein!«, rief sie. »Eigentlich nicht. Der Gedanke ist schrecklich. Aber ich will auch nicht mehr alleine in einem leeren Haus sitzen.« Sie vergrub das Gesicht in den Händen und schluchzte.

Entsetzt starrte ich auf ihre bebenden Schultern. Ich hatte ja keine Ahnung gehabt, dass sie so litt.

»Mama, warum hast du da noch nie mit mir drüber geredet?«, fragte ich leise und rutschte an sie heran, so dass ich sie umarmen konnte. Ihr ganzer Körper zuckte. Erbse wachte auf und blinzelte verwirrt. Dann krabbelte sie auf ihren Schoß und leckte ihr die Tränen vom Kinn. Meine Mutter zog sie an sich und presste ihr Gesicht in Erbses Fell.

So saßen wir lange Zeit da, sie weinte, ich streichelte ihr den Rücken und wischte mir heimlich meine eigenen Tränen weg. Irgendwann atmete sie noch ein wenig zittrig und hickste ab und zu, aber sie hatte sich beruhigt. Erbse war inzwischen an ihrem Hals eingeschlafen. Sie ließ sie vorsichtig in ihre Armbeuge rutschen, wo sie auf dem Rücken liegen blieb und alle viere in die Luft streckte. Eine Weile be-

243

obachteten wir stumm, wie ihr kleiner nackter Bauch sich friedlich im Schlaf hob und wieder senkte. »Sie vertraut dir«, flüsterte ich.

Ein Lächeln umzuckte ihren Mund. Dann sah sie mich mit großen feuchten Augen an. »Ich habe natürlich auch an dich gedacht, Marie. Glaub nicht, ich würde einfach so gehen und dich deinem Schicksal überlassen.« Sie zog die Nase hoch. »Du kriegst deinen Anteil vom Verkauf. Und auch deinen Teil vom Vermögen deines Vaters. Dann kannst du dir hier in Herrsching etwas Neues für deinen Wagen suchen. Oder vielleicht willst du dann ja auch wieder gehen ...« Sie sah mich ängstlich an, als fürchtete sie sich vor meiner Antwort.

Ich nickte langsam. »Und dann habt ihr noch genug Geld für die Wohnung?«

»Na ja, ich werde zusätzlich einen Kredit aufnehmen müssen, aber ...«

»Warum denn du?«, rief ich erschrocken.

»Ach Marie, das ist kompliziert. Er hat mir das alles ganz genau erklärt, und es hat auch Sinn gemacht, aber ich kann das jetzt nicht so wiedergeben. Du kannst ihn ja selber noch mal fragen.«

»Das werde ich«, nickte ich grimmig. »Verlass dich drauf!«

Irgendwas war da faul. Und zwar stinkfaul.

Mir wurde plötzlich klar, dass ich Franz keinen Meter über den Weg traute. Meine Mutter hatte ihn beim Onlinedating kennengelernt. Ich war aus allen Wolken gefallen, als sie es mir damals erzählt hatte. Ich hatte ja nicht mal gewusst, dass sie einen Computer überhaupt anschalten konnte. Natürlich war Inge die Übeltäterin gewesen, die sie dazu gedrängt hatte. Elitepartner oder so was Ähnliches. Singles mit Niveau, was für ein Quatsch. Aber meine Mutter schien glücklich, und daher hielt ich mich zurück. Ich hatte ihr damals nur einen Tipp gegeben: »Mach, was du willst, aber sobald die Worte Western Union oder Überweisung fallen, bist du raus!«

Das hatte sie mir versprechen müssen.

Eine Überweisung war es nun nicht direkt, aber es ließ trotzdem alle Alarmglocken bei mir losbimmeln. Wie konnte es sein, dass ein reicher Unternehmer seine Lebensgefährtin dazu brauchte, um sich eine Wohnung zu kaufen? Ich beschloss, später sofort Inge zu schreiben, was sie von der ganzen Sache hielt. Meine Mutter war viel zu gutgläubig. Man musste auf sie aufpassen. *Ich* musste auf sie aufpassen!

In diesem Moment legte sie erschöpft den Kopf in den Nacken. »Ich weiß ja auch nicht, was das Richtige ist!«, flüsterte sie plötzlich, und ich war erschrocken, wie traurig sie klang. »Ich denke immer, wenn ich diese Chance jetzt nicht nutze, dann sterbe ich irgendwann in diesem großen leeren Haus, und niemand kriegt es mit. Also außer dir vielleicht.« Sie lächelte kurz. »Ich werde auch immer älter, Marie. Wer nimmt mich denn noch? Aber der Gedanke, mein ganzes Leben hier aufzugeben … Und ich liebe ja unser Haus. Dass ich nicht mehr jeden Morgen den See und deinen kleinen Wagen sehen werde … Außerdem … Wenn du dann doch vielleicht mal Kinder kriegen solltest. Dann will ich doch da sein!« Ihre Stimme zitterte wieder. »Aber die Wohnung ist so herrlich. Es wäre ein ganz neues Leben.«

Mein Herz hatte bei ihren letzten Worten einen Hüpfer gemacht. Das muss aufhören, dachte ich. Ich kann mich nicht jedes Mal, wenn sie über Enkelkinder spricht, so fühlen.

Jetzt war der Moment.

Es musste sein.

»Mama«, sagte ich leise. »Es ist vielleicht an der Zeit, dass ich dir etwas sage.«

Als sie mich erstaunt ansah, begann meine Haut zu prickeln. Und als die Worte endlich aus mir herauspurzelten, die ich ihr in Gedanken schon Hunderte Male gesagt hatte, merkte ich erst, wie sehr es mich belastet hatte, diese schwere Bürde in meinem Leben nicht mit ihr teilen zu können.

Sie sagte kein Wort, bis ich geendet hatte. Dann war es eine ganze Weile still im Wagen. Ich sah auf meine Hände, weil ich ihren Blick nicht ertragen konnte.

»Aber ... Warum hast du mir das denn nie erzählt?«, flüsterte sie schließlich. Sie schien fassungslos.

Seufzend schüttelte ich den Kopf. »Ich wollte dich nicht belasten. Damals war ich so weit weg. Und ich dachte, dass ihr euch nur wahnsinnige Sorgen machen würdet. Du weißt doch, ich will immer alles mit mir selbst ausmachen.« Wir weinten jetzt beide. »Und dann ist Papa krank geworden. Da konnte ich es erst recht nicht erzählen. Und als sie mich operiert haben, wollte ich es nicht sagen, weil ich ...«, dich nicht enttäuschen wollte, dachte ich, aber ich konnte nicht weitersprechen. Sie wusste auch so, was ich meinte.

»Ach, Mariele!«, sagte sie nur. Dann zog sie mich in ihre Arme. »Und ich sage die ganze Zeit so schreckliche Sachen zu dir!«, murmelte sie in meine Haare und brachte mich damit dazu, noch mehr zu weinen. »Du konntest es ja nicht wissen!«, schniefte ich.

In diesem Moment klopfte es an der Tür.

Als ich öffnete, stand der Leopold auf der Treppe. Er trug eine Latzhose und schlug nach den Mücken. Hinter ihm strahlten die Berge im Abendlicht. »Ich hab unsere Kleinen vermisst«, sagte er entschuldigend. »Und wollte schauen, ob ich beim Abendessen helfen kann! Ist alles in Ordnung?« Erschrocken musterte er meine verquollenen Augen.

Ich musste lächeln, obwohl er sich keinen schlechteren Zeitpunkt für seinen Besuch hätte aussuchen können. »Ja, alles gut. Aber natürlich kannst du helfen«, sagte ich und umarmte ihn. »Jederzeit!«

Als er meine Mutter auf dem Sofa sitzen sah, die sich schnell die Augen tupfte, strahlte er. »Gabi! Guten Abend! Ich hoffe, ich störe nicht?«

»Aber woher denn!«, sie stand auf und lächelte tapfer.

Sobald die Welpen seine Stimme hörten, öffneten sie alle wie auf Kommando die Augen und begannen, zu strampeln und zu fiepen. Ich sah, wie sehr es ihn freute. »Du bist ihr erklärter Liebling«, sagte ich, und er fuhr sich gerührt mit der Hand über den Nacken. »Na, dann kommt mal zum Opa«, sagte er, strich Dexter über den Kopf, die sich an seine Knie presste, und nahm Anton und Sissi hoch, die schon ungeduldig auf und ab sprangen. Auch meine Mutter war aufgestanden und begann damit, in der Küche die Milch vorzubereiten. »Es ist schon unglaublich, wie oft sie Hunger haben!«, sagte sie. »Wir sind doch eben erst fertig geworden!«

»Das war vor ... zweieinhalb Stunden«, sagte ich nach einem erstaunten Blick auf die Uhr.

»Ach herrje! Na ja, wenn jeder welche nimmt, sind wir ja schnell durch!«, rief sie und wischte sich mit den Zeigefingern unter den Augen entlang. Ihre Stimme klang fast wieder normal, aber ich hörte einen belegten Unterton heraus. Auch

Leopold betrachtete sie einen Moment aufmerksam. Sie kam mit den ausgewaschenen Nuckeln zu uns, hob dann Erbse hoch und presste einen Moment ihre Nase gegen ihre kleine Schnauze. »So mein Liebling. Jetzt keine Ausreden mehr, man muss essen, wenn man groß werden will!«, gurrte sie und ging mit ihr zum Sofa.

»So eine warmherzige Frau, die Gabi!«

Erstaunt sah ich zum Leopold hoch. Er hatte sich je einen Welpen unter den Arm geklemmt, sein Blick aber folgte meiner Mutter. Etwas in seinen Augen ließ einen kleinen Schauer meinen Rücken hinunterlaufen. Franz hatte sie noch nie so angesehen, dachte ich. Noch nie auch nur einen Moment.

Es sprach ein tiefer Respekt aus seinem Blick. Bewunderung. Sehnsucht vielleicht? Als sähe er meine Mutter als genau das, was sie war, eine kluge, liebenswerte, schöne Frau, die zu kennen man sich glücklich schätzen konnte.

Ich würde sofort ja zu allem sagen, wenn Franz sie auch nur einmal so ansähe, dachte ich. Sofort. Aber ich glaube nicht, dass das je passieren wird.

»Warst du eigentlich mal verheiratet?«, fragte ich. So oft wir uns in letzter Zeit gesehen hatten, es hatte sich immer alles nur um die Hunde gedreht. Ich hatte zwar schnell gemerkt, dass hinter der Grantlerfront, die er gerne nach außen trug, ein liebenswürdiger und hilfsbereiter Mensch steckte, aber viele private Gespräche hatten wir noch nicht geführt. Erstaunt wurde mir klar, dass ich so gut wie nichts über den Mann wusste, der täglich in meinem Bauwagen ein und aus ging.

Sofort änderte sich etwas in seinem Gesicht. Ein Schatten legte sich über sein Lächeln.

248

Er räusperte sich. »Ja, das war ich. 32 Jahre, um genau zu sein.«

»Oh«, sagte ich erschrocken. »Und ist sie ...«

Er nickte. »Gestorben, ja. Rita hatte Krebs. Es war ... nicht schön am Ende.« Er stockte. »Danach musste ich umziehen. Ich konnte nicht mehr dort leben, in dem Haus. Mit den Erinnerungen. Und so bin ich dann hergekommen!«

Erstaunt sah meine Mutter zu ihm hinüber. Auch sie schien keine Ahnung gehabt zu haben, dass ihre Schicksale sich so sehr ähnelten.

Er lächelte jetzt. »Ich dachte, der See würde mich vielleicht ein bisschen heilen. Ich habe ihn immer schon so geliebt. Und Rita auch. Wenn man die Berge sieht, fühlt man sich weniger allein, hat sie immer gesagt. Und das stimmt auch. Aber es war bisher trotzdem einsam. Ich kann schon lange nicht mehr richtig schlafen. Schlägt furchtbar aufs Gemüt, diese Schlaflosigkeit, das kannst du mir glauben. Der Garten ist meine einzige Beschäftigung.« Er blickte auf Sissi hinunter, die hungrig nuckelte. »Und ich habe jetzt schon Angst, wie es wird, wenn die Kleinen nicht mehr da sind«, murmelte er und streichelte ihr über den Kopf.

Ich schluckte. In seinen Augen stand mit einem Mal so viel Schmerz, dass meine Mutter und ich uns bestürzt ansahen. »Warum behältst du nicht einen?«, fragte ich vorsichtig. Ich fühlte mich schrecklich, dass ich ihn immer so verurteilt und ihm nie eine Chance gegeben hatte. Jeder würde gucken, wenn nebenan eine Halbnackte über die Wiese rennt, dachte ich. Deswegen ist er noch lange kein verrückter Spanner. Und jeder wäre manchmal schlecht drauf, nach dem, was er alles erlebt hat und noch immer durchmacht.

Er schüttelte den Kopf. »Ach, in meinem Alter. Ich habe auch schon darüber nachgedacht, aber was ist, wenn ich mal ins Krankenhaus muss. Noch bin ich ja ganz rüstig, aber man muss an die Zukunft denken.«

Es wäre so perfekt, dachte ich. Meine Mutter könnte Erbse behalten und ich Nils, er nimmt Sissi, und dann können die beiden sich gemeinsam um die Kleinen kümmern, beide haben eine Beschäftigung, sind nicht mehr allein, und alles bleibt so, wie es immer war. Und Franz ekeln wir raus!

Was für ein herrlicher Wunschtraum ...

»Ja, ich kann den Gedanken auch kaum ertragen, wie es sein wird, wenn sie nicht mehr da sind«, sagte ich, obwohl ich noch vor zwei Stunden am Rande eines Nervenzusammenbruchs gestanden hatte. Aber inzwischen hatten meine Tabletten gewirkt, es ging mir besser, und ich sah wieder klarer.

»Und, Gabi? Wirst du die kleine Erbse adoptieren?«, fragte der Leopold und lächelte meine Mutter an.

»Franz mag keine Hunde ...«, antwortete sie stockend. Sie wirkte mit einem Mal nachdenklich. »Außerdem werde ich wohl nicht mehr lange hier wohnen!«

Es war, als hätte jemand das Licht in seinen Augen ausgeknipst.

»Oh!«, sagte er nur, und ich sah, wie es in ihm arbeitete. Er ist in meine Mutter verliebt!, dachte ich schockiert. Wie hatte ich das nur nicht sehen können? Es war doch so offensichtlich.

»Ihr ... zieht in die Stadt?«, fragte er dann, und sie nickte zögerlich. »Das ist der Plan, ja!«

Eine Weile sagte niemand etwas, und nur das Nuckeln und

Schmatzen der Kleinen erfüllte den Raum. »Und du?«, fragte er dann und blickte mich an. Ich konnte es kaum ertragen zu sehen, wie traurig er plötzlich aussah. »Du gehst dann wohl auch?«

»Ach, ich weiß das alles auch erst seit fünf Minuten«, sagte ich und presste mir ein aufmunterndes Lächeln heraus. »Noch muss ich das erst mal verdauen. Aber ja, wenn sie geht, kann ich nicht hierbleiben. Dann werde ich mir wohl in Herrsching irgendwo was anderes suchen, wo ich meinen Wagen parken kann.«

Er nickte wieder.

Danach redeten wir nicht mehr viel. Jeder schien mit seinen eigenen Gedanken beschäftigt.

Der Abend der gebrochenen Herzen, dachte ich. Selten in meinem Leben hatte ich mich so schrecklich gefühlt.

»Du gehst weg?« Frau Obermüller drehte sich in ihrem Rollstuhl herum, um mich mit ihren wässrigen Augen zu taxieren.

»Nein!« Ich seufzte. »Aber ich muss auf jeden Fall umziehen. Und wer weiß, wo ich was finde. Das ist gar nicht so einfach, wie Sie sich das vorstellen. In der Gegend sind die Grundstückspreise unerschwinglich.«

Sie nickte nachdenklich. »Na, frag doch mal hier. Die Wiese ist doch groß genug. Zum Picknicken braucht die hier eh keiner, das machen die Hüften nicht mehr mit.«

Ich lachte. »Hm, ich weiß nicht, ob Sie mich wirklich im Vorgarten parken haben wollen!«

251

Wir hatten uns in den Schatten gerettet. Nils hing erschöpft in der Trage an meiner Brust und schnarchte. An diesem Dienstag hatte ich ihn mitgenommen, um die Heimbewohner (und mich selbst) ein wenig aufzuheitern.

Der Plan hatte funktioniert wie Magie.

Selten hatte ich so viele leuchtende Augen auf einmal gesehen. Und Nils hatte sich ebenfalls gefreut wie ein Schneekönig, war von einem zum anderen gehüpft, mit Keksen und allen möglichen anderen Leckereien vollgestopft worden und hatte so viele Hände und Gesichter abgeleckt, dass er irgendwann vor Erschöpfung zusammengebrochen war.

»Und was macht die Liebe?«, fragte Frau Obermüller jetzt und wackelte mit den winzigen Sandalen in der Luft. »Vielleicht ist ja in deinem Telefon einer, der einen guten Garten zum Parken hat!«

Ich schnaubte. »Schön wär's! Diese App habe ich wieder gelöscht.«

»Und warum?«, fragte sie erstaunt.

Nachdenklich schüttelte ich den Kopf. »Ich weiß auch nicht so genau. Ich will gerne jemanden kennenlernen, weil ich ihn als Mensch sympathisch finde. Seine Stimme, sein Lachen. Nicht seine Fotos. Verstehen Sie?«

Ihre Stirn legte sich in unzählige keine Runzeln. »Aber hinter den Fotos steckt doch ein echter Mensch. Der eine Chance verdient«, warf sie ein.

»Ich weiß ... Ach, keine Ahnung.« Ich seufzte wieder.

Sie sah mich von der Seite an. »Da steckt doch mehr dahinter«, sagte sie streng und bohrte mir plötzlich einen Zeigefinger in den Oberschenkel.

Ich hob erschrocken den Blick. »Ach ja?«

Sie nickte. »Komm schon. Spuck es aus!«

»Ich weiß nicht, was Sie meinen«, sagte ich trotzig.

Sie schnaubte. »Und ob.«

»Nein«, beharrte ich.

Eine Weile schwiegen wir.

»Ich kann keine Kinder kriegen.«

Erstaunt lauschte ich den Worten nach. Ich hatte nicht vorgehabt, sie auszusprechen. Aber es fühlte sich gut an, als wäre ein kleines Gewicht von meiner Brust gefallen. »Jedenfalls höchstwahrscheinlich«, fügte ich hinzu.

Sie blinzelte erstaunt. »Ja, und deshalb willst du keinen Mann?«

Ich lächelte, obwohl mir eigentlich schon wieder zum Heulen zumute war. Was war nur mit mir los? Das passte alles gar nicht zu mir. »Doch. Ich schon. Aber sie wollen dann wohl mich nicht.«

»Also Marie!« Sie stemmte sich von ihrem Rollstuhl hoch und baute sich mit ihren ganzen 1,54 vor mir auf. »Das ist ja wohl der größte Unsinn, den ich je gehört habe!«

»Ist es nicht!« Trotzig schob ich das Kinn vor. »Irgendwann wollen alle Familie. Und dann können sie nichts mit mir anfangen. Außerdem ... Erzählen Sie das mal jemandem beim ersten Date. Wundervoller Eisbrecher ist das. Und wenn man es später erst erzählt, dann heißt es, dass man sie an der Nase rumgeführt und nicht mit offenen Karten gespielt hat«, brummte ich.

Frau Obermüller sah mich eine Weile so eindringlich an, dass ich den Blick senken musste. »Marie«, sagte sie dann, und ihre Stimme hatte sich plötzlich verändert. »Hast du mich jemals von meinen Kindern sprechen hören?«

Erstaunt schüttelte ich den Kopf.

»Das liegt daran, dass ich keine habe.« Sie presste plötzlich die Lippen aufeinander, und ihr runzeliges Gesicht bekam einen seltsamen Ausdruck, als würde sie in sich hineinhorchen und etwas in der Vergangenheit sehen, das ihr großen Kummer machte. »Es hat eben nie geklappt. Ich weiß nicht, woran es lag, aber ich konnte nicht schwanger werden. Die Ärzte hatten keine Antwort für mich. Eine Weile war das wahnsinnig schwer. Eine lange Weile sogar. Ist es immer noch manchmal. Wenn mich wochenlang niemand besucht zum Beispiel und ich daran denke, wie es wäre, eine Tochter oder einen Sohn zu haben, die sich um mich sorgen.« Sie sah plötzlich auf, und ihr Blick traf mich mitten ins Herz.

»Das tut mir leid«, sagte ich leise. Plötzlich kam ich mir wahnsinnig selbstsüchtig vor.

Sie lächelte. »Aber mein Leben war doch wunderschön, Marie. Sicher habe ich es mir gewünscht. So sehr. Aber es hat nicht sollen sein, und am Ende war es einfach mein Leben, mit allen Höhen und Tiefen, genau so, wie es nun mal war. Und es war herrlich. Bernhard und ich waren bis zu seinem Tod keinen einzigen Tag getrennt. Wenn dich jemand liebt, dann liebt er dich. Mit oder ohne Kinder. Das muss ich dir doch wohl nicht erklären.«

Ich sah auf meine Zehen. »Man kann etwas wissen und es trotzdem nicht fühlen«, erwiderte ich nach einer Weile.

Sie seufzte und setzte sich wieder, wobei ihre Hüften gefährlich knackten. »Das passt nicht zu dir. So einfach den Kopf in den Sand zu stecken. Heute gibt es doch so viele Möglichkeiten.«

254

»Das mache ich ja gar nicht«, protestierte ich, aber meine Stimme verriet, dass ich mir selbst nicht glaubte.

»Und ob!«, erwiderte sie streng. »Ganz tief drin ist er, im Sand, dein schöner Kopf.«

22

Der zweite Anruf erreichte ihn nicht in der Bahn, sondern mitten in einer Besprechung. Er musste ihn wegdrücken. Als sich schließlich endlich alle erhoben hatten und er erneut auf sein Handy sah, hatte die Mayr viermal versucht, ihn zu erreichen. Er hechtete auf die Toilette und drückte noch im Laufen die Rückruftaste.

Olga war gegangen. Ihr Vater hatte sie, so zumindest hörte er das aus der aufgeregten Erzählung heraus, im Keller eingesperrt. Und dann mit Essen beworfen. Weil er sie für eine Einbrecherin hielt. Sie hatte ihre Sachen gepackt und war geflüchtet, wohin wusste niemand. Horst ging es gut, er saß im Wohnzimmer und schaute fern. »Ich mach ihm jetzt Kaffee. Nach der Aufregung!«, erklärte die Mayr. Sie klang, nicht zum ersten Mal, seltsam zufrieden mit der Situation.

Den ganzen Weg nach Hause grübelte er, was nun zu tun war. Hatte er die Lage falsch eingeschätzt und Horst damit nur noch mehr belastet? War es besser, sein Vater blieb alleine daheim als mit jemandem, den er noch nicht lange kannte und der ihm in seinen verwirrten Momenten Angst machte?

Draußen zockelten die Ortschaften vorbei. Im Abendlicht wirkten die kleinen Häuser und Gärten auf ihn immer besonders anziehend. Er hatte nie verstanden, warum die Leute unbedingt in die Städte wollten. Man musste im Supermarkt um die Ware rangeln, stundenlang bei der Post anstehen und konnte nachts nur mit Ohrenstöpseln schlafen. Zwar vermisste er manchmal das Ausgehen und die vielen Möglichkeiten, die München bot. Aber auf andere Weise genoss er es, wieder in Herrsching zu wohnen. Natürlich nicht unbedingt in der gegenwärtigen Konstellation. Aber er fand, dass es ein guter Ort war, um eine Familie zu gründen. Der perfekte Ort, wenn man es genau nahm. Er hatte seine Heimat immer geliebt. Die blaue Ruhe des Sees, die berückende Schönheit der Berge. Klar, mit neunzehn war es wichtig gewesen, rauszukommen, die Welt zu sehen, seinen Brüdern nachzueifern, nicht mehr das Nesthäkchen zu sein, das noch bei Mama und Papa wohnte. Aber eigentlich hatte er dadurch nur gelernt, dass es anderswo auch nicht besser war. Wenn er länger weg gewesen war, fiel ihm beim Aussteigen aus dem Zug immer als Erstes die Luft auf, diese klare, würzige Luft, die er von allen anderen Orten zu unterscheiden können glaubte. Immer, wenn er abends in der Bahn saß, spürte er, wie mit jeder Station, die er sich Herrsching näherte, der Stress der Arbeit ein wenig mehr von ihm abfiel.

Nur nahm dafür jetzt die Sorge um seinen Vater exponentiell mit jedem Kilometer Fahrtweg zu.

Er könnte sich sogar vorstellen, einmal das Haus zu übernehmen, dachte er. Modern oder ausgefallen brauchte er es nicht. Diese ganzen Neubauten mit ihren Glaswänden und geraden Linien waren nichts für ihn. In Herrsching gab es jetzt sogar einen von diesen Bauwagen. Tiny-Houses nannte man das. Hatte er auf Instagram gelernt. Er hatte den Wagen gesehen, als er neulich abends mit Horst einen Spaziergang

am Ufer machte. Sicher, es war toll, so in erster Reihe am
Wasser. Aber eng wirkte es, und die Mücken mussten einen
doch auffressen. Nein, dachte er und seufzte. Eigentlich war
ihr Haus ideal für das, was er sich vorstellte. Drei Kinder,
mindestens. Am liebsten vier. Am Wochenende Grillabende
und Ausflüge in die Berge, Fußballclub und Segeln. Hänge-
matten in den alten Apfelbäumen im Garten. Er schloss einen
Moment lang erschöpft die Augen. Und ein Opa, der nicht
mehr wusste, wie seine eigenen Kinder hießen. Der den Müll
in den Kühlschrank kippte und den Postboten zum Essen ein-
lud, weil er ihn für einen alten Bekannten hielt. Langsam ließ
er die Stirn gegen die Scheibe sinken.

Das würde ohnehin keine Frau mitmachen, dachte er traurig.

Als er ausstieg, sah er sie.

Direkt unter der großen Uhr. Ein Stromstoß durchzuckte
ihn. Die blonden Locken, die sich in ihrem Nacken kringelten, der Rucksack. Die Schlappen. Sie war offensichtlich im
Wagen vor ihm gefahren.

Alles in ihm wollte ihren Namen rufen. Aber den durfte er
ja eigentlich gar nicht wissen.

Er pirschte sich von hinten an sie heran. Sie telefonierte. Er
ging so dicht hinter ihr, dass er meinte, den Duft ihrer Haare
wahrnehmen zu können.

»*Ja, es war ein richtiger Schock. Ich weiß auch nicht, was ich
jetzt machen soll.*« Eine Weile lauschte sie in den Hörer. »*Das
ist lieb, aber so einfach ist das nicht. Man braucht ja auch eine
Genehmigung, und bei euch ist doch wirklich nicht genug Platz.
Ich werde mir schon was einfallen lassen ...*«

Jo fand, dass sie seltsam klang. Traurig.

»Sehen wir uns später beim Yoga? Um acht? Dann können wir danach noch mal quatschen. Alles klar, super!« Sie küsste die Luft neben dem Telefon und legte auf. Plötzlich blieb sie so abrupt stehen, dass er beinahe in sie hineingerannt wäre. Er konnte gerade noch ausweichen und lief dann rasch weiter, damit sie ihn nicht bemerkte. Sie tippte abwesend auf ihrem Handy herum. »Mist«, dachte er. Jetzt konnte er sich natürlich nicht einfach wieder umdrehen und sie ansprechen. Er musste auf eine neue Gelegenheit warten. Schon wieder.

Als er nach Hause kam, schien alles wie immer, nur dass Olgas großer Koffer und das kleine Wörterbuch nicht mehr da waren. Stattdessen stand Frau Mayr in der Küche und zog, gerade als er zur Tür hereinkam, einen Auflauf aus dem Ofen.

»Ach Johannes, da bist du ja schon. Du hättest dich nicht so beeilen müssen.«

Erstaunt stellte er fest, dass sie den Tisch gedeckt hatte.

»Sie müssen doch nicht für uns kochen ...«, stotterte er, aber sie winkte ab. »Ich hab nur schnell was zusammengeworfen und einen kleinen Salat gemacht. Schließlich muss der Horstl ja was essen.« Sie strahlte geradezu. Jo beäugte sie misstrauisch. So kannte er sie gar nicht. »Wie geht es ihm denn?«, fragte er.

»Ach, ich glaube, er hat einen schlechten Tag ...« Sie legte den Kopf schief und blickte in Richtung Wohnzimmer. »Man kann es der Olga nicht verübeln, dass sie gegangen ist. Richtig garstig ist er geworden. Und sie versteht ja nicht, was sie falsch gemacht hat ...«

Jo nickte. »Vielen Dank, dass Sie gekommen sind!«, sagte er und meinte es ernst.

»Ach, ist doch nicht der Rede wert. Man muss eben wissen, wie man damit umgeht, sag ich immer. Die Mizzi, die Mutter von meinem Mann, die hatte das ja auch. Aber die war richtig fies. Hinterhältig, das sage ich dir. Hat immer gedacht, man wolle ihr was Böses. Ist einmal mit der Schere auf mich los. Aber ich hab mich nicht einschüchtern lassen. Nicht persönlich nehmen und einfach weitermachen. Da muss man schon aus hartem Holz geschnitzt sein, manchmal. Aber ist natürlich auch schwieriger, wenn's die eigene Mutter ist.«

Erstaunt sah Jo sie an. »Sagen Sie ... Sie könnten sich nicht vielleicht vorstellen, tagsüber nach ihm zu sehen?«, fragte er. »Zumindest vorübergehend. Gegen Bezahlung, natürlich!« Es war ihm einfach so rausgerutscht, er hatte die Sache keine Sekunde durchdacht, und das sah ihm gar nicht ähnlich. Aber es wäre perfekt.

Sie hob die Augenbrauen und nahm dann die Ofenhandschuhe, um den Auflauf zum Tisch zu tragen. »Na ja. Vorübergehend könnt ich's schon machen«, erwiderte sie nachdenklich. »Ich bin ja allein, und wenn ich damit unterstützen kann ...«

»Sie würden mir den Arsch retten ... Äh, ich meine. Entschuldigung! Also ... Sie wären eine wahnsinnig große Hilfe.« Er wurde rot und nahm schnell die Brille ab, tat so, als müsste er sie an seinem Pulli sauber wischen. »Ich weiß nicht, wo ich so schnell jemanden herbekommen soll, und Sie kennt er ja schon so lange. Da hat er sicher keine Schwierigkeiten mit der Eingewöhnung.«

»Na, dann mach ich's«, sagte sie. So leichthin, als wäre es nichts.

Jo starrte sie an. »Ehrlich?«, fragte er. Am liebsten wäre er ihr um den Hals gefallen.

»Na sicher. Ich freu mich, wenn ich mal wieder für jemanden kochen kann, dem's auch schmeckt.« Sie lächelte, und er dachte, dass er sie in all den Jahren, die sie nun schon neben ihnen wohnte, noch nie hatte so warm und echt lächeln sehen. Es machte sie beinahe schön. »Wir können ja alles später besprechen, jetzt geh erst mal und sag dem Horstl, er soll Hände waschen. Der Auflauf ist fertig.«

Jo nickte benommen, immer noch vollkommen überrumpelt von seinem eigenen Mut. Das war mal eine rasche Wendung des Schicksals.

Als er ins Wohnzimmer kam, schaute sein Vater eine Arte-Sendung auf Französisch.

Horst konnte kein Französisch.

Oje, dachte Jo. Er sah sofort, dass sein Vater keinen guten Tag hatte. Zwar wirkte er ganz ruhig, aber seine Haare standen wirr in alle Richtungen, und seine Wangen waren von einer fiebrigen Röte überzogen. Die Geschehnisse mit Olga hatten ihn anscheinend mitgenommen.

»Hey, wie geht's?« Vorsichtig setzte er sich neben ihn aufs Sofa.

Horst lächelte freundlich. »Gut, gut. Und Ihnen?«

Jo erstarrte. Er hatte gerade nach der Fernbedienung greifen wollen, aber seine Hand hielt mitten in der Luft inne. »Auch gut«, sagte er dann automatisch. »Danke.«

Horst lächelte verwirrt. Er drehte sich zu ihm und sagte: »Wie alt bin ich jetzt eigentlich ganz genau?«

Jo schluckte schwer. »72 geworden, im Herbst«, antwortete er leise.

Horst lachte auf. »Was? Nee! Da vertust du dich jetzt aber!« Er wackelte schmunzelnd mit dem Zeigefinger. »So alt bin ich nun noch nicht.«

Jo wusste nicht, wie er reagieren sollte. »So? Na, vielleicht täusche ich mich auch«, sagte er schließlich, und sein Vater nickte, als fände er seine Vermutung bestätigt.

Ich hätte es vielleicht kommen sehen sollen, dachte Jo.

Gestern hatte Horst die Kanne mit dem frischgebrühten Kaffee genommen, war an Jos ausgestreckter Tasse vorbeigelaufen und hatte begonnen, die Blumen auf dem Fenstersims hinter ihm zu gießen.

»Und war ich denn verheiratet?«, fragte sein Vater plötzlich. Er sagte es ganz ruhig, ohne jegliche Emotion, so wie man nach dem Wetter fragt.

»Ja. Natürlich«, erwiderte Jo nach ein paar Schrecksekunden.

Horst nickte. »Hab ich Kinder?«

Jo krallte kurz die Nägel in die Handfläche. In seinen Augenwinkeln flimmerte es. »Drei Söhne«, sagte er langsam.

Horst nickte wieder. »Sehr schön.« Er klang zufrieden. »Wo geht's noch mal ins Bad?«, wollte er dann wissen, stand auf und lächelte ihn an. Jo zeigte mit dem Finger in den Flur. »Die dritte Tür rechts. Gleich gibt's Abendessen.« Seine Stimme kam als komisches Krächzen aus ihm heraus. In seinem Kopf pulsierte das Blut und drückte gegen seine Schläfen.

Er wusste, dass das nichts bedeutete. Die Krankheit verlief nicht linear. Schon wenn er aus dem Bad kam, konnte Horst wieder ein anderer Mensch sein.

Trotzdem war es das erste Mal, dass sein Vater ihn nicht erkannt hatte.

An diesem Abend ging Horst direkt nach dem Essen ins Bett. Er war fahrig, und Jo musste ihn daran erinnern, den Schlafanzug anzuziehen. Vielleicht bekommt er auch eine Erkältung und war deshalb heute so neben der Kappe, dachte Jo und hoffte, dass sich damit der Ausfall erklären ließ. Er hatte lange gebraucht, um die Essensreste aus dem Kübel, die Horst offensichtlich benutzt hatte, um Olga zu bewerfen, von der Kellerwand zu kratzen. Ausgerechnet gestern hatten sie ausnahmsweise mal keinen Eintopf, sondern Rote-Beete-Salat mit Würstchen gehabt. Während er auf den Knien den Boden scheuerte und einen zermatschten Kaffeefilter aufhob, den sein Vater samt Inhalt gegen die Wand gepfeffert hatte, dachte er, dass er an ihrer Stelle auch abgehauen wäre. Und zwar mit Pauken und Trompeten. Olga konnte Horst mit Worten nicht beruhigen, so wie er es vermochte, wenn er in einen seiner Zustände geriet. Sie war seiner Angst und Rage hilflos ausgeliefert gewesen. Er würde sich gleich morgen bei ihr entschuldigen und ihr eine Entschädigung anbieten, das war er ihr unbedingt schuldig.

Aber vielleicht fügt sich ja nun alles für eine Weile erst mal, überlegte er, als er das Kehrblech leerte, auf dem sich Kaffeebrösel, Spaghetti und Wollmäuse zu einem ekligen Haufen vermischt hatten. Vielleicht war die Mayr ja die unerwartete Rettung, eine ordnende Hand in all dem Chaos.

Als Horst sich zurückgezogen hatte, saß Jo im stillen Wohnzimmer und blickte auf die Uhr. Halb acht. Er nahm einen Schluck Bier und zog den Laptop heran, der aufgeklappt vor ihm stand. »Yoga Herrsching« brachte bei Google Maps neun Treffer. Stirnrunzelnd ließ er die Finger einen Moment über den Tasten schweben. Ein Studio war in Seefeld und eines in Schondorf. Aber sie wohnte hier. Klar, es konnte sein, dass sie bis in den Nachbarort fuhr. Doch wahrscheinlich war es nicht. Er wusste auch gar nicht, was er machen sollte, wenn er herausfand, in welches Studio sie ging. Es wäre einfach schön zu wissen, wo sie sich gerade aufhielt. Vielleicht ging sie ja jede Woche. Vielleicht konnte er mal vorbeischlendern, sich das Ganze angucken, sie zufällig treffen. *»Hey, kennen wir uns nicht aus der Bahn! Das ist ja witzig! Du auch hier? Ja, ich mache oft Yoga ...«*

Er rief die verschiedenen Seiten auf und verglich die Stundenpläne. Es gab nur zwei Studios, die an diesem Abend um 20 Uhr Angebote hatten. Eines war Schwangerschaftsyoga. Im selben Sudio gab es noch Ashtanga Basic. Und in einem anderen einen Power Flow für Fortgeschrittene.

Hm. Fortgeschritten konnte er gleich streichen. Aber Basic hörte sich doch gut an. *Für alle Stufen*, stand fett dahinter. Nachdenklich sah er an sich hinunter. Trainingshose trug er schon. Und er wollte ja ohnehin wieder mehr Sport machen. Die Blamage neulich an der Wand hing ihm noch nach. Wenn er joggen ging, was auch nur noch alle paar Wochen geschah, schwabbelte sein Bauch nun immer so ungewohnt auf und ab, als hätte er sich irgendwie von seinem Torso gelöst. Er war bei weitem nicht dick, aber fit war auch etwas anderes. Auf Instagram hatte er gelernt, dass Yoga inzwischen auch eine männliche Disziplin geworden war. Sogar Jogi Löw praktizierte es angeblich, obwohl der schon noch deutlich anders aussah als die meisten Yogis in seinem Handy.

Warum nicht?, dachte er und stand auf. Was hatte er schon zu verlieren, außer ein bisschen Bauchfett. »Rein gar nichts!«, sagte er laut in den stillen Raum hinein.

Als er die Treppe rauflief, roch er an seinem Shirt. Grauzone, entschied er. Noch nicht richtig am Müffeln, aber Rosenduft stieg einem auch nicht entgegen. Vielleicht sollte er heute aber lieber auf Nummer sicher gehen. Schnell zog er ein sauberes über, tauschte seine leicht angegrauten Socken gegen frische und packte ein Handtuch in seine Sporttasche. Er sprühte eine vorsorgliche Nebelwolke Deo in sein Hemd, die ihn kurz husten ließ, dann schaute er auf Zehenspitzen bei seinem Vater vorbei. Horsts Atem ging ruhig und friedlich. Er nickte erleichtert, ließ aber vorsichtshalber den GPS-Tracker in der Tasche des Bademantels verschwinden, der neben dem Bett über dem Stuhl hin. Sicher war sicher. Dann legte er einen Zettel auf den Küchentisch, schloss die Haustür von außen zweimal zu und schwang sich auf sein Rad.

Eine halbe Stunde später wusste er, dass er selten etwas in seinem Leben so bereut hatte wie die Entscheidung, zum Yoga zu gehen. Marie war nicht da. Natürlich nicht, warum sollte das Schicksal auch einmal auf seiner Seite sein, wenn es doch bisher unmissverständlich klargemacht hatte, dass es ihn nicht ausstehen konnte? Seine Matte war bereits glitschig vor Schweiß, sein Atem ging keuchend, und ihm war so heiß, dass es ihn nicht gewundert hätte, hätte seine Haut zu dampfen angefangen. Er fühlte sich, als würde sein Rücken brechen und sein Kopf explodieren. Es ging nur noch darum, was zuerst eintraf, denn geschehen würde beides, wenn er so weitermachte.

Nachdem Ursel, die Instructorin, wie sie sich selbst bezeichnete, ihn mit leicht entrücktem Lächeln in die Stunde eingeschrieben und seiner Matte zugewiesen hatte, stimmte sie als Erstes ein lautes und sehr seltsames Lied an, das alle Anwesenden sofort mitsangen. Jo zuckte zusammen und sah sich mit großen Augen um. Darauf war er nicht vorbereitet gewesen. Als ihn der prüfende Blick seiner Nachbarin traf, schloss er schnell die Augen und tat so, als übte er sich in meditativer Konzentration.

Dann ging es los. Er bemühte sich nach Kräften. Doch so ungefähr hatte er sich in der Schule immer gefühlt, wenn die Lehrerin ihnen zu erklären versuchte, wie man auf Englisch »th« aussprach: Das, was da von ihm verlangt wurde, war einfach völlig unmöglich!

Während Ursel die Übungen vormachte, hielt sie, ohne auch nur schneller zu atmen, einen Vortrag darüber, dass Ashtanga die Königsdisziplin des Yoga war. Körperlich extrem fordernd und mit schnellen und dynamischen Bewegungen.

Hätte er das mal früher gewusst …

Schon nach fünf Minuten wurden ihm zwei Dinge klar. 1.: Flexibilität gehörte nicht zu seinen Kernkompetenzen. Und 2.: Seine Polyester-Trainingshose, die er meist nur zum Fernsehen trug, war denkbar ungeeignet für die Verrenkungen, die hier von ihm verlangt wurden.

Nicht reißen, bitte nicht reißen!, dachte er verzweifelt und machte daraus sein ganz eigenes Mantra, das er im Kopf wiederholte, bis die Stunde vorbei war. Der Geruch der Räucherstäbchen verursachte ihm Übelkeit. Mittlerweile war er einfach nur noch dankbar, dass Marie *nicht* da war. Allein die Vorstellung, dass sie ihn so sehen würde, ließ sein Blut noch schneller pulsieren. Ab und an kam Ursel zu ihm, umschlich mit prüfendem Blick seine Matte und drückte ihm dann entweder einen Fuß in den Rücken oder eine Hand in den Nacken, um seine Haltung zu korrigieren. Wann immer ihre Zehen mit den blitzenden Ringen daran sich in sein Sichtfeld schoben, verlor er jede Konzentration. Es war nur seiner hübschen Nachbarin zu verdanken, dass er nicht das Handtuch warf. Sie lächelte ihm manchmal aus einer Verrenkung heraus aufmunternd zu. Und so biss er die Zähne zusammen und sagte sich, dass er nur stärker werden würde, wenn er das hier überlebte.

Die Betonung lag auf *wenn*.

Er keuchte immer noch, als er nach der Dusche, die vollkommen leer gewesen war, da sich der Yoga-Trend unter den Herrschinger Männern anscheinend noch nicht herumgesprochen hatte, Richtung Ausgang lief. Er musste zugeben, dass er sich herrlich fühlte. Wie durchgeknetet, entspannt und konzentriert gleichermaßen. Trotzdem würden ihn keine zehn Pferde jemals wieder auf eine Yogamatte bekommen.

Als er den Flur entlanghastete, ging plötzlich links von ihm eine Tür auf, und eine Frau trat heraus. Sie schaute auf ihr Handy, und er hatte es so eilig, endlich hier rauszukommen, dass er einen Zusammenstoß nicht mehr vermeiden konnte, obwohl er schnell zur Seite hüpfte.

Sie riss ihr Handy hoch, um es vor einem Absturz zu bewahren, er streckte die Hände aus, um den schlimmsten Aufprall zu vermeiden. Trotzdem taumelten sie beide gegen die Wand.

»Hoppla, Verzeihung, ich ...« Er brach ab und blieb wie angewurzelt stehen.

Katja, 32, riss die Augen auf.

Jo starrte sie an. Einen Moment war er so verdattert, dass sein Hirn einfach ausschaltete. Dann wanderte sein Blick langsam zu ihrem sichtlich gerundeten Bauch hinunter.

»Oh!«, sagte er nur.

Zehn Minuten später saßen sie draußen auf der Mauer und tranken Saft von der hauseigenen Juice-Bar. Jo betrachtete sein Glas, in dem die Eiswürfel klirrten. Für 6,50 Euro sah der Fingerhut voll Saft aus wie der Urin eines Dehydrierten und schmeckte auch so. Kurkuma war nicht sein Ding – eine der vielen Erkenntnisse, die er aus diesem Abend mitnahm. Katja hingegen nippte genießerisch an ihrem Greenbomb. Sie saßen nebeneinander, und keiner schien zu wissen, wie er das Gespräch beginnen sollte. Er betrachtete ihr Profil. Komisch, dass er sich noch vor ein paar Wochen so nach dieser Frau gesehnt hatte. Nun berührte ihr Anblick nichts mehr in ihm. Sie war eine Fremde, und er begriff, dass er einer Phantasie hinterhergeschmachtet hatte.

Sie begegnete seinem Blick und lächelte verlegen. Als er eben in sie hineingerannt war, hatte er genau gesehen, wie einen Moment die Panik über ihr Gesicht flackerte. »Ich stalke dich nicht!«, hatte er gerufen und abwehrend die Hände gehoben. »Ich war beim Ashtanga. Aber du kannst ganz beruhigt sein, diese Höllenfolter werde ich mir in meinem ganzen Leben nie wieder antun! Das Studio gehört dir!«

Zu seinem Glück hatte sie nach zwei Schrecksekunden gelacht. Sicherlich hatte ihn gerettet, dass er absolut offensichtlich wirklich vom Yoga kam, so rot wie seine Birne immer noch war. Außerdem roch er, dass er sogar nach der Dusche noch ausdünstete. Unauffällig rückte er ein paar Zentimeter von ihr ab. »Also, worüber wolltest du reden?«, fragte er, denn sie hatte ihn um ein Gespräch gebeten.

Katja sah ihn an. »Ich wollte mich entschuldigen. Für alles.« Überrascht nahm er einen Schluck Urinsaft. »Ach ja?«, krächzte er, völlig überrumpelt.

Sie nickte. »Das hier war nicht geplant!« Sie zeigte auf ihren kleinen Kugelbauch, auf dem sie ihren Greenbomb balancierte. »Und es hat mich völlig aus der Bahn geworfen.«

»Verstehe«, sagte er langsam. »Also war es ein ...«

»One-Night-Stand. Sozusagen. Mit meinem Ex. Aber wir sind nicht mehr zusammen. Und werden es auch nie wieder sein.« Aus ihrer Stimme hörte er Bitterkeit und Enttäuschung heraus.

Weil er nicht wusste, was er sagen sollte, kippte er den Fingerhut mit einem großen Schluck hinunter. Dann musste er husten, weil neben dem Kurkuma auch noch eine ordentliche Ladung Ingwer in dem Saft war und ihm die Schärfe einen Moment den Atem nahm.

Sie lächelte und wartete, bis er sich gefangen hatte.

»Versteh mich nicht falsch, ich freue mich wahnsinnig auf das Baby. Auch wenn ich es mir hätte aussuchen können ...« Sie brach ab und blickte einen Moment nachdenklich auf ihre Schuhspitzen. »Ich wollte dir jedenfalls nur sagen, dass es rein gar nichts mit dir zu tun hatte, dass ich mich nicht mehr gemeldet habe. Ich konnte einfach nicht, es war alles zu viel. Und dann standst du neulich vor mir, und es war mir so peinlich ... Ich hatte einfach nicht damit gerechnet und habe Panik bekommen. Hinterher habe ich mich furchtbar gefühlt. Was musst du nur gedacht haben?«

269

Das wollte er ihr lieber nicht so genau erzählen. »Danke!«, sagte er nur. »Dass du ehrlich bist.«

Sie nickte und holte tief Luft. »Ich bin einfach nicht bereit für eine neue Beziehung. Und schon gar nicht jetzt. Im Moment will ich mich einfach nur auf die kleine Kugel hier konzentrieren. Und auf mich selber. Aber das hätte ich dir sagen sollen. Es ist scheiße, einfach geghostet zu werden, das weiß ich zu gut.«

Verlegen schob er seine Brille auf der Nase nach oben. »Alles gut, das verstehe ich total. Du warst sicher wahnsinnig durcheinander. Außerdem warst du zu nichts verpflichtet. So ist es eben mit Tinder.« Er stockte. »Ich … finde es toll, dass du das Baby trotzdem bekommst«, sagte er und hoffte, dass er ihr damit nicht zu nahe trat. »Das muss sehr schwierig sein.«

Sie sah ihn erstaunt an. Dann lächelte sie traurig. »Danke. Ja. Es hat meine Lebenspläne vollkommen über den Haufen geworfen. Ich dachte immer, ich habe mit 32 einen Mann, ein Haus und einen Labrador. Und *dann* irgendwann Kinder.«

»Ich auch!«, rief er. »Ist es nicht seltsam, wie anders alles manchmal kommt?«

Sie sahen sich an, und einen Moment fühlte er eine seltsame Verbundenheit. Dann leerte sie ihr Glas. »Ich muss los. Eigentlich war ich hier mit einer Freundin verabredet, aber es geht ihr nicht gut und ich will noch bei ihr vorbei. Es hat mich sehr gefreut, dich zu treffen. Vielleicht sieht man sich ja mal wieder.«

Er nickte. »Sicherlich nicht hier, aber vielleicht am Bahnhof.«

Sie lachte, dann umarmte sie ihn. Es war eine freundschaftliche Umarmung ohne jedes Versprechen auf mehr, und zu seiner Überraschung stellte er fest, dass ihn das erleichterte. Als sie ging, sah er ihr lange nach. Dieselben Serien zu mögen und sich gut unterhalten zu können reicht eben nicht aus, dachte er. Es muss noch etwas anderes da sein. Dieses Gefühl eben. Und das war es nicht.

Definitiv nicht.

Nachdenklich nahm er die leeren Gläser und stand auf. Er fühlte sich plötzlich so unbeschwert wie seit Wochen nicht mehr.

23

»Ich wusste es!« Entgeistert starrte ich auf das Foto, das Inge mir hinschob. Ich hatte es tatsächlich gewusst, ganz tief in mir. Und doch konnte ich es nicht glauben.

»Das ist einfach ... unfassbar!«

Inge nickte düster. »Dieses Schwein. Zum Glück sind wir ihm noch rechtzeitig auf die Schliche gekommen.« Sie nahm einen Schluck Tee. Während ich vor Wut zu zittern begann, wirkte sie vollkommen gelassen. Inge war Resilienz-Trainerin. Und momentan der beste Beweis für die Wirksamkeit ihres Jobs.

»Aber ich verstehe nicht«, stotterte ich und ließ mich im Stuhl nach hinten fallen. Wir saßen auf ihrem sonnigen Balkon mit Ausblick auf das Seebad und tranken Holunderlimonade zum Kirschkuchen. Sie hatte mir gerade ein Foto vor die Nase geschoben. Von Franz. Nur hieß er anscheinend nicht Franz, sondern Joseph. Und er war kein reicher Unternehmer, sondern Architekt.

Das Bild zeigte sein Profil auf einer Dating-Website. Und es bestätigte meine allerschlimmsten Befürchtungen. Oder besser gesagt, es übertraf meine allerschlimmsten Befürchtungen um Längen.

Inge spießte ein Stück Kirschkuchen auf und schob es sich mit einer für sie typisch resoluten Bewegung in den Mund.

Ihre blonden Raspelhaare blitzten in der Nachmittagssonne. »Gut, dass du mich angerufen hast. Wir haben da schon eine Weile unsere Vermutungen«, sagte sie und leckte sich einen Krümel von der Oberlippe. »Wir wollten erst genügend Beweise sammeln. Aber nun wird es dringend. Er steht kurz davor zuzuschlagen.«

»Wir?« Erstaunt ließ ich die Gabel wieder sinken, auf die ich gerade ein Stück Kuchen geladen hatte.

Sie nickte. »Waldtraut, Hannelore und ich ...« Sie lächelte. »Wir passen aufeinander auf. Es ist eine gefährliche Welt da draußen im Internet. Besonders für Frauen wie deine Mutter.«

Verblüfft nickte ich, auch wenn ich nicht ganz verstand.

»Uns kam dieser Typ schon lange seltsam vor«, erklärte sie, als sie mein Gesicht sah. »Er lässt sich ständig von ihr einladen, niemand in der Stadt kennt ihn. Und wenn man ihn googelt, findet man auch nichts. Das gibt es heutzutage nicht mehr. Außerdem habe ich letzte Woche in sein Sakko geschaut.«

»Ja und?«, fragte ich verständnislos.

»Angelo Litrico!«, erwiderte sie vielsagend, als würde sie mir ein gutgehütetes Staatsgeheimnis entweihen.

Ich hatte keine Ahnung, wovon sie sprach.

»Äh ... Und das sagt mir was genau?«

Sie lehnte sich vor. »C!«, verkündete sie mit hochgezogenen Augenbrauen und verschränkte die Arme vor der Brust, als wäre das alles, was ich an Informationen brauchte. »Sein Sakko ist von C!«

»Ohhhh!« Jetzt verstand ich!

Sie nickte zufrieden. »Ich hab's gleich gerochen, dass da

was im Busch ist. Aber Gabi wollte nichts davon hören. Wenn sie jemanden mag, verteidigt sie ihn bis aufs Blut. Deswegen haben wir die Sache alleine in die Hand genommen.«

»Was meinst du damit?«, fragte ich erstaunt.

Inge lächelte vielsagend. »Wir haben uns auch angemeldet. Und zwar auf allen möglichen Dating-Seiten.

»Und dann habt ihr ihn gefunden?«, fragte ich atemlos.

Sie schüttelte den Kopf. »Nicht gleich. Franz ist nicht dumm, er weiß ja, dass die meisten Frauen auf mehr als einer Seite angemeldet sind. Er musste also warten, bis Gabi sich der Beziehung sicher war und er gewiss sein konnte, dass sie sich nicht weiter im Internet rumtreibt. Dann hat er sich wieder angemeldet, unter neuem Namen. Wahrscheinlich, um schon mal sein neues Opfer zu suchen. Ich schätze, dass er damit sein Geld verdient. Wahrscheinlich zieht er umher, von einer zu nächsten, sozusagen im fliegenden Wechsel. Oder er hat mehrere gleichzeitig. Würde mich nicht wundern, denn arbeiten tut der sicher nicht.«

Schockiert starrte ich sie an. Sie erzählte mir das alles mit der kaltblütigen Ruhe einer erfahrenen Kriminalbeamtin. Ich muss unbedingt einen Resilienz-Kurs bei ihr belegen, dachte ich, während ich ihre Worte noch verdaute.

»Also ist er ein ... Catfish?«, fragte ich fassungslos.

Sie nickte düster. »Zu meiner Zeit nannte man das noch Heiratsschwindler. Aber ja. Ich schätze, dass er sie in nächster Zeit darum bitten wird, ihm Geld zu überweisen, damit er die Wohnung anzahlen kann. Und dann macht er sich damit aus dem Staub. Irgendwie so wird es ablaufen.«

Ich war zu schockiert, um nachzudenken. Einen Moment saß ich einfach nur da und ließ diese Ungeheuerlichkeit auf mich wirken. »Wir müssen Mama sofort anrufen!«, rief ich dann und sprang auf.

»Halt!« Inges Befehlston ließ mich zusammenzucken. Sie deutete mit dem Zeigefinger auf meinen Stuhl. Langsam setzte ich mich wieder. »Das werden wir nicht tun«, sagte sie bestimmt.

»Und warum nicht?«, fragte ich, nun vollkommen verwirrt.

Inge nahm einen Schluck Eistee. »Weil«, sagte sie und stellte das Glas ab. »Franz sich herausreden wird. Und du kennst deine Mutter. Sie will immer das Beste in allen sehen. So leicht kann er einfach behaupten, dass er sein wahres Ich im Internet nicht preisgeben wollte, dass es nur ein Fakeprofil ist, er sich nie mit einer anderen treffen würde und so weiter. Er wird uns als eifersüchtige alte Krähen hinstellen, und er ist so ein windiger Schleimbeutel, dass er das vielleicht sogar schafft. Wird sagen, dass wir ihr ihr Glück nicht gönnen.«

Während ich ihr zuhörte, wurde der Druck in meinem Magen immer größer. Sie hatte recht, das könnte nach hinten losgehen.

»Aber was machen wir denn dann?«, fragte ich aufgeregt. »Wir müssen doch etwas tun!«

Sie nahm die Tortenschaufel und legte mir ein neues Stück Kuchen auf den Teller. »Keine Sorge, Marie. Das werden wir. Und wie wir das werden! Ich habe einen Plan.«

Eine Woche später lag ich im Stuhl einer Gynäkologin, krallte die Finger in die Lehne und beobachtete ihre konzentriert zusammengezogenen Augenbrauen, die gleich darauf wieder hinter meinem Becken verschwanden. »Tief einatmen«, wies sie mich an, und ich folgte der Aufforderung mit einem lauten Zischen. »Und jetzt langsam wieder aus. Sehen Sie, tut gar nicht weh.«

Ich nickte verkrampft. Und wie es weh tat! Sie schob etwas Riesiges, Kaltes in mich hinein, und ich spürte, wie sich alle meine Muskeln im Widerstand anspannten. »Schöööön locker lassen«, mahnte sie sanft, und ich versuchte, mich auf meine Yogaatmung zu konzentrieren und an etwas anderes zu denken. »Genau so. Na, dann wollen wir mal sehen.«

Zehn Minuten später zog ich mich in der kleinen Kabine wieder an und kämpfte dabei mit den Tränen. Beim Ultraschall und bei der manuellen Untersuchung des Beckens war herausgekommen, dass sich neue Herde gebildet hatten. Ich würde um eine erneute operative Bauchspiegelung nicht herumkommen.

»Machen Sie sich keine Sorgen, Frau Brunner! Das heißt noch gar nichts. Sie können erst, wenn sie drin sind, sehen, was genau los ist und wie sie weiter vorgehen. Vielleicht ist alles nicht weiter schlimm, sie entfernen nur die Verwachsungen und testen dann auch gleich die Eileiterdurchgängigkeit«, sagte sie beruhigend.

Wenn ich dann noch einen Eileiter zum Testen habe!, dachte ich.

Sie konnte mir wohl am Gesicht ablesen, was gerade in mir vorging, denn sie lächelte sanft. »Sie werden alles Menschenmögliche tun, um die Fruchtbarkeit zu erhalten«, versicherte sie und legte mir die Hand auf den Unterarm.

Ich nickte benommen. Sie stand auf, ging zu ihrem Schreibtisch und zog eine Schublade auf. »Aber falls das Schlimmste eintritt, will ich, dass Sie wissen, dass Sie nicht allein sind. Es gibt Alternativen, und es gibt Unterstützung!« Geschäftig kramte sie in der Schublade und hielt mir mehrere Prospekte hin. Mit einem tauben Gefühl in den Fingerspitzen nahm ich sie entgegen. Mein Blick glitt über die Wörter, und sofort spürte ich, wie es in mir zu prickeln begann. Broschüren von Pro Familia und Wunschkind e. V. über Selbsthilfegruppen. *Unerfüllter Kinderwunsch* stand fett in roten Buchstaben auf dem ersten Flyer.

Fluchtartig verließ ich die Praxis. Auf dem Heimweg in der Bahn liefen mir die Tränen. Ich konnte nichts dagegen tun und wollte es auch nicht. In mir drin herrschte das reinste Chaos. Der Schlafentzug, die Schmerzen, der drohende Verlust meines Elternhauses, Franz' Intrige und nun auch noch das! Wenn ich daran dachte, dass ich bald wahrscheinlich meinen Nils, den Wohlwagen, mein Zuhause und meine Chance auf eine eigene Familie auf einmal verlieren würde, spürte ich ein dunkles Loch in mir, das mich von innen aufzufressen schien. Die Menschen um mich herum starrten mich an und sahen dann schnell weg, wenn sie meinem Blick begegneten. Sie scharrten unruhig mit den Füßen und warfen sich besorgte Blicke zu. Aber niemand sagte etwas.

Wenig später schob ich mit glasigen Augen meinen Wagen durch die Regalreihen des Herrschinger Rewe. Es kam mir seltsam vor, so alltägliche Dinge wie Einkaufen zu verrichten, obwohl doch gerade ganz und gar nichts alltäglich war. Beim Reingehen hatte ich einen Zettel ans Schwarze Brett gehängt, auf dem ich für die Welpen ein neues Zuhause suchte. Als ich die Nadel in die Pinnwand drückte, fühlte es sich an, als würde ich sie in mein Herz bohren. Ich konnte das Foto nicht mal anschauen. Es kam mir vor, als würde ich einen schrecklichen Verrat begehen. Sie waren doch unsere Babys, sie kannten nur uns und ihr kleines Zuhause unter meinem Schreibtisch. Wie würden sie sich nur fühlen, wenn eines Tages völlig Fremde kamen und sie für immer ihrer Familie entrissen? Als ich dem Leopold den Ausdruck gezeigt hatte, war er ganz bleich geworden und hatte dann mit verkniffenem Mund genickt. Wenig später hatte ich gesehen, wie er sich verstohlen mit seinem Taschentuch die Augen wischte. Ich wusste, dass ihm das Ganze wahrscheinlich fast noch mehr weh tat als mir.

Noch stärker als der drohende Verlust der Welpen machte mir die Sache mit meiner Mutter zu schaffen. Inge hatte mir das Versprechen abgenommen, zu warten, bis sie ihren Plan vorbereitet hatten. Noch nie in meinem Leben war mir etwas schwerer gefallen. Nicht nur log ich meine Mutter an, ich musste auch Franz' dämliches Lächeln und seine überhebliche Art ertragen, ohne dass ich meinen Urinstinkten nachgeben und mich auf ihn stürzen konnte, um ihn so richtig zur Schnecke zu machen. Zum Glück hatte ich ihn seither erst einmal gesehen, aber diese Begegnung war zur größten Probe in Selbstbeherrschung geworden, die ich je hatte bestehen müssen. Wir hatten zusammen zu Abend gegessen, das wunderbare Menü meiner Mutter stand zwischen uns und duftete herrlich, aber jeder Bissen verlor in meinem Mund seinen Geschmack, und alles in mir schrie danach, Franz zu packen und seinen Kopf in die Salatschüssel zu rammen, bis ihm die Oliven zu den Ohren rauskamen.

Das ging natürlich nicht.

Stattdessen verlor ich mich in Rachephantasien und löcherte ihn mit Fragen über seine Geschäfte und seine Vergangenheit. Da ich bisher nur mäßiges Interesse an ihm gezeigt hatte, wirkten beide zunächst etwas überrascht. Aber angesichts der Tatsache, dass sie vorhatten zusammenzuziehen, war es wohl nicht weiter verwunderlich, dass ich ihn ein wenig grillte. Er war ein geschickter und charmanter Lügner, das musste ich zugeben. Wann immer er etwas nicht genauer beantworten konnte oder wollte, lenkte er ab, gab eine schwammige Erklärung und sprach dann über etwas anderes, wonach ich nicht gefragt hatte. Normalerweise wäre mir nichts aufgefallen, aber nun, da ich über ihn Bescheid wusste, knallten mir die Unstimmigkeiten geradezu um die Ohren. Doch ich machte gute Miene zum bösen Spiel – und zwar so gut, dass meine Mutter ganz leuchtende Augen bekam. Sie saß zwischen uns und strahlte. Endlich verstanden wir zwei uns. Es tat mir in der Seele weh, ihr so falsche Hoffnungen zu machen.

Am Abend bekam ich wieder eine ihrer blöden E-Cards. Vor einem strahlenden Sonnenuntergang stand: *Am Ende wird alles gut, und wenn es nicht gut ist, ist es noch nicht das Ende!*

So ein schöner Abend, mein Schatz, ich freue mich, dass ihr euch endlich besser versteht!, hatte sie getippt und ein strahlendes Smiley dazugeschickt.

Ich biss mir auf die Lippen. »Ach, Mama«, flüsterte ich in meinen dunklen Bauwagen, denn ich lag schon im Bett. Einen Moment schloss ich die Augen. Dann drehte ich mich auf den Bauch und schrieb: *Ich mich auch. Du wirst sehen, am Ende wird wirklich alles anders, als man denkt, und trotzdem toll! Hab dich lieb.*

Das war zwar etwas kryptisch, aber sie würde hoffentlich bald verstehen, wie ich es meinte.

Als ich jetzt daran dachte, überrollte mich erneut eine dunkle Welle der Wut auf Franz, der meine unschuldige, gutgläubige Mutter ausnutzen und mir mein Zuhause wegnehmen wollte. Die Wut hatte zum Glück den Nebeneffekt, dass sie meine Tränen endlich zum Versiegen brachte.

»Genau, jetzt reiß dich mal zusammen, Marie Louise Magdalena!«, flüsterte ich und wischte mir mit dem Handrücken über die laufende Nase, als ich den Wagen an der Gemüsetheke vorbeischob und in den Gang mit dem Müsli einbog.

Plötzlich blieb ich wie angewurzelt stehen. Diese Stimme kannte ich doch! Vorsichtig lugte ich um das Regal herum.

Johannes!

Schnell zog ich den Kopf zurück. Er telefonierte mal wieder. Ich musste lächeln, und gleich ging es mir ein bisschen besser. Wieder fiel mir auf, dass ich seine Stimme mochte. Sie ließ einen warmen Schauer meine Arme hinauffahren. Irgendwie hatte sie etwas Beruhigendes, beinahe schon etwas Vertrautes. Kurz lauschte ich seinem Gespräch. Er hatte das Handy zwischen Ohr und Schulter geklemmt und einen riesigen Zettel in der Hand, auf den er konzentriert blickte, während er sprach und anscheinend über eine Zutat diskutierte. Bestimmt doch seine Frau, dachte ich, und der Gedanke machte mich seltsam traurig. »Wow!«, entfuhr es mir leise, als ich den Wagen sah. Er war bis oben hin vollgetürmt. »Der kauft ja für eine ganze Horde ein.«

Er legte auf und sah noch mal konzentriert auf den Zettel. Dann schüttelte er den Kopf, brummte etwas und ging weiter.

Jetzt!, dachte ich. Ich würde ihn ansprechen. Irgendwas an

ihm zog mich magisch an. Wenn er verheiratet war, konnte er es mir ja sagen. Ich wusste nicht genau, was es war, aber ich wusste, dass ich meinen Gefühlen vertrauen konnte. Er sah nett aus, gut, aber nicht so, dass einem die Augen rausfielen, wenn man an ihm vorbeiging. Es war seine Art, seine Stimme, sein Lächeln. Und wir begegneten uns schließlich ständig im Zug, warum sollte ich nicht mal hingehen? Entschlossen gab ich dem Wagen einen Schubs und näherte mich ihm von der Seite. Doch dann tat ich etwas, das mich selbst so sehr schockierte, dass ich für einen Moment keine Luft mehr bekam.

Ich ging an ihm vorbei.

Mit hämmerndem Herzen bog ich um die Ecke und stand dann einfach da.

Das war mir noch nie passiert. Noch nie in meinem ganzen Leben hatte ich einen Mann, den ich interessant fand, nicht angesprochen. Warum auch? Ich war nicht schüchtern, und was hat man schon zu verlieren, wenn man einfach hingeht und sein Glück versucht?

Ich kannte das Gefühl nicht, das mich da überrollt hatte. Verdattert stand ich da und wartete, dass sich mein Herz beruhigte. Gerade pumpte es so heftig, dass ich es in meinen Ohrläppchen spürte. Da fiel mein Blick auf meinen offenen Rucksack, den ich in den Babysitz des Wagens geklemmt hatte. Die Broschüren der Gynäkologin ragten heraus. Schreiend rot flammte mir das Wort entgegen, das ich am liebsten in meinem ganzen Leben nie wieder sehen wollte, das aber höchstwahrscheinlich in den nächsten Jahren eine überaus wichtige Rolle für mich spielen würde. Und plötzlich wurde mir klar, warum ich mich so seltsam fühlte.

281

»Das kann nicht sein. Du bist so nicht, Marie«, flüsterte ich mir zu. Frau Obermüllers Stimme klang in meinen Ohren. »Ganz tief drin ist er, im Sand, dein schöner Kopf.«

»Shit, sie hat recht!«, entfuhr es mir.

Ich holte tief Luft und packte mit beiden Händen den Wagengriff. »Das werden wir ja sehen«, sagte ich etwas zu laut in den Gang hinein, so dass ein alter Mann verdutzt von seinem Einkaufszettel aufsah.

»Tschuldigung, ich spreche mit mir selber«, erklärte ich lächelnd.

Dann lief ich los.

Ich würde Grüni ansprechen und ihm sagen, dass ich ihn aus dem Zug kannte. Dass es mich beeindruckt hatte, wie ruhig und respektvoll er neulich mit seinem offensichtlich verwirrten Vater umgegangen war. Dass ich es toll fand, wie er mit Lotzl geredet hatte. Und ich würde ihn fragen, ob wir einen Kaffee trinken wollten. Und zwar jetzt und hier.

Da war er! Ich sah seine braunen Haare neben der Käsetheke und hielt direkt auf ihn zu. Diese neue, verunsicherte Marie konnte einpacken. Er schaute konzentriert auf die Auswahl und merkte nicht, wie ich mich von hinten näherte. Plötzlich sah ich, dass er schon wieder den Hörer am Ohr hatte.

»Hm, ja. Es ist seltsam, aber diese Babyphase ist halt anstrengend«, sagte er gerade.

Ich blieb stehen.

»Genau. Nee, Gott sei Dank, weißt du, wie teuer Windeln sind?« Er lachte.

»Ja, wir sind auch froh. Du, ich muss weiter, hab hier 'nen vollen Wagen, und Betty wartet daheim.«

Ich machte langsam zwei Schritte zurück. Dann packte ich den Wagen und zog ihn schnell hinter eine Pyramide aus Thunfischdosen.

Er hatte ein Kind?

Ich wusste nicht, warum mich das so enttäuschte. Wir kannten uns ja gar nicht. Und wer war jetzt wieder Betty? Hatte er nicht neulich noch von einer Karla geredet? Die wiederum ja auch nur eine Freundin zu sein schien. Aber wenn ein Kind im Spiel war, dann hielt ich mich wohl wirklich besser fern.

Enttäuscht drehte ich meinen Wagen um.

Vergiss ihn, Marie, sagte ich mir und ging in die andere Richtung davon.

24

Mit dem Bauch schubste Jo den Einkaufswagen vor sich her und versuchte gleichzeitig, das Gekritzel auf dem Zettel zu entziffern, den er sich vors Gesicht hielt. »Malzklößchen«, murmelte er. »Was zur Hölle sind Malzklößchen?« Sein Vater hatte anscheinend nach der verwirrten nun wieder eine seiner leicht paranoiden Phasen. Wenn die auftraten, bekam er einen Hortungswahn. Jo wartete nur auf den Tag, an dem er begann, im Garten einen Bunker auszuheben und ihn mit eingekochten Lebensmitteln zu bestücken.

»Wen will er damit durchfüttern? Wir sind nur zu zweit.« Auch wenn Frau Mayr, die er nun Betty nannte, jetzt unter der Woche bei ihnen Mittag aß, konnte das nicht erklären, was Horst sich dabei gedacht hatte. Mit den Sachen auf dem Zettel hätte man eine ganze Geburtstagsgesellschaft satt bekommen.

Aber er würde sein Bestes tun, um alles zu kaufen. Er wusste nämlich nicht, was ihn daheim erwarten würde. Es konnte sein, dass große Irritation auftrat, wenn auch nur eine der gewünschten Sachen nicht von der richtigen Marke war. Genauso gut war es aber möglich, dass sein Vater die kulinarischen Pläne, die er anscheinend schmiedete, schon wieder vergessen hatte und ihn fragte, warum er immer so übertreiben musste und wer das bitte alles essen sollte. Er seufzte und lud drei Dosen Pfirsiche in den Wagen, bei deren Anblick ihn ein leichter Schauer überlief. »Ich schlafe jedenfalls nicht unter der Erde«, versicherte er sich, denn der Bunker schien in greifbare Nähe zu rücken.

Eigentlich lief es gerade gut bei ihnen. Bestens, könnte man sagen. Betty erwies sich als Segen. »Nee, das macht der Herr mal schön selber! Wir sind hier ja schließlich nicht bei Sultans daheim«, sagte sie, wenn Horst, noch verwöhnt von Olgas All-inclusive-Paket, darauf wartete, dass sie etwas erledigte, das er auch selber konnte. Sie stritt sich mit ihm, gab aber nach, wenn sie merkte, dass er wütend wurde und die Situation nicht mehr richtig durchschaute. Wenn er Stuss redete, blieb sie gelassen und machte entweder mit, oder sie beendete das Gespräch durch eine geschickte Ablenkung. In seinen klaren Phasen unterhielt sie sich mit ihm über gemeinsame Bekannte, die Nachbarn oder Lokalpolitik, was ihm sichtlich Freude machte. Außerdem stellte sie von Anfang an klar, dass sie keine Putzfrau war, so dass Horst nun wieder Aufgaben hatte, die ihn beschäftigten. Sie tat seinem Vater gut, das merkte Jo sofort. Und auch sie schien richtig aufzublühen und es zu genießen, gebraucht zu werden. Zum ersten Mal seit langer Zeit hatte er das Gefühl, wieder richtig atmen zu können.

Er hatte bereits alles auf dem Zettel im Wagen und streifte nun noch einmal für sich selber durch die Regale, warf Chips, Sour Cream und Gummitiere hinein. Er war schon viel zu lange unterwegs, hatte eben noch mit Karla telefoniert, die er seit beinahe zwei Wochen nicht gesehen hatte. Er musste noch zum Bäcker und beim Rausgehen wollte er am Schwarzen Brett nach einer Einkaufsbegleitung schauen. Er durfte

Bettys Hilfe nicht überstrapazieren und hielt es für eine gute Idee, jemanden zu suchen, der ab und zu mit Horst Besorgungen machen konnte.

Plötzlich blieb er wie angewurzelt stehen. Diese Birkenstocks kannte er! Ganz deutlich sah er den kleinen, hellroten Fleck über der zweiten linken Schnalle, den er inzwischen als »höchstwahrscheinlich Nagellack« identifiziert hatte. Hinten an der Sohle sahen sie aus, als hätte jemand daran herumgekaut. Das war neu.

Langsam glitt sein Blick nach oben.

Marie reckte sich gerade nach einer Flasche Essig. Ihr Kleid rutschte hoch und offenbarte braun gebrannte Oberschenkel. Jo legte leicht den Kopf schief und genoss den Anblick. Bestimmt fuhr sie Fahrrad. Eine ältere Dame ging an ihm vorbei, registrierte, wie er schmachtete, und rümpfte die Nase. Er zuckte zusammen. Wahrscheinlich sah er aus wie ein sabbernder Dackel. Schnell schob er seinen Wagen hinter eine Pyramide aus Thunfischdosen. Von hier aus hatte er gute Sicht, konnte aber jederzeit den Blick auf die Waren richten, sollte sie zufällig rübergucken. Ihre Haare waren jetzt wieder zu jenem wuscheligen Knoten auf ihrem Kopf drapiert, den sie auch in der Bahn immer trug. Kleine Strähnchen hatten sich gelöst und schwirrten ihr um den Kopf. Wahnsinn, wie sie sich verändern kann, dachte er. In ihrem Business-Kostüm sah sie aus wie eine taffe Anwältin. In ihrer privaten Aufmachung schien sie verletzlicher.

Als sie die Flasche in den Wagen geworfen hatte, ging sie weiter in den nächsten Gang. Jo folgte ihr unauffällig. Sie lehnte sich alle zwei Schritte über den Griff, stieß sich ab, fuhr einen Meter auf dem Wagen liegend mit und betrachtete die vorbeiziehenden Auslagen. Jo hatte das als Kind auch immer gemacht.

Als sie am Kühlregal angekommen war, hielt sie an und stand einen Moment einfach da. Es war klar, dass sie nicht nach Zettel einkaufte, sondern spontan entschied, worauf sie Lust hatte. »Würde ich auch vorziehen ...«, murmelte er, und dachte dann, wie stalkermäßig er sich gerade verhielt. Aber er konnte einfach nicht wegschauen.

Sie nahm ein paar Joghurts in die Hand, las die Etiketten und legte sie wieder beiseite. Schließlich entschied sie sich und ging weiter. Soja, registrierte er. Normalerweise kam Sojajoghurt für ihn direkt nach Matcha-Latte. Bei ihr fand er es jedoch irgendwie passend. Auf jeden Fall gut fürs Klima, dachte er und war von sich selber überrascht.

Sie nahm eine Packung Sauerkraut in die Hand und drehte sie nachdenklich hin und her.

Wenn sie sie in den Wagen legt, spreche ich sie an!

Der Gedanke hatte ihn einfach so durchzuckt. Er machte das gerne, diese kleinen Spiele mit dem Schicksal. *Wenn sie ein Tor schießen, werde ich mich wieder im Fitnessstudio anmelden.* Oder: *Wenn die Ampeln dreimal hintereinander grün sind, höre ich endgültig mit dem Rauchen auf,* waren seine Standardspielchen.

Natürlich hatte er immer auch eine Ausrede parat, wenn das Schicksal nicht mitspielte. *Der Schiri hätte das nie durchgehen lassen dürfen, das war 'ne glatte Schwalbe!* Oder: *Ich rauche ja eh so gut wie nie. Wenn ich mich jetzt so unter Druck setzte, geht das nach hinten los.* Trotzdem forderte er es immer wieder heraus.

Er stand hinter den Thunfischdosen und gab sich ein paar Sekunden den Tagträumcn hin, die ihn normalerweise nur im Zug überkamen. Er würde sie ansprechen und ihr sagen, dass er sie aus der Bahn kannte. Sie würde lachen und ihn mit blitzenden Augen anschauen, in denen er deutlich lesen konnte, dass sie ihn toll fand und gerne mit ihm flirtete und er sich nicht wie ein Creep verhielt. Dann würden sie sich für ein Date verabreden, und dann sah er nur noch einen Labrador, zwei blonde, lockige Kinder, Urlaube am Meer und Sonntagmorgen im Bett, mit Croissants und Zeitung. Das volle Programm. All das zog innerhalb von ein paar Millisekunden in Form von bildhaften Lichtflecken vor seinem inneren Auge vorbei und ließ ihm einen warmen Schauer durch den Körper rieseln. Irgendwie wollen wir doch alle das Hollywood-Ending, dachte er, egal, wie vehement wir auch so tun, als wäre es uns viel zu kitschig.

»Jetzt, mach es einfach!«, redete er sich zu. Sie hatte das Sauerkraut in den Wagen gelegt, es war ein eindeutiges Zeichen. Ohne seine Augen von ihr zu nehmen, gab er dem Wagen einen Schubs mit dem Bauch. Doch dann fiel ihm ein, dass er vielleicht nicht mit einer Familienladung Pökelfleisch und Pralinen bei ihr vorfahren sollte. Schnell schob er seine Einkäufe in den Gang nebenan. Dann pirschte er sich heran.

Verzweifelt suchte er nach dem besten ersten Satz. Es war zum Aus-der-Haut-Fahren. Welche Möglichkeiten hatte man denn als Mann heutzutage noch? Man galt doch beinahe automatisch als Triebtäter, wenn man eine Frau einfach so ansprach. Wie sollte er beginnen? »Hey, schmeckt der Sojajoghurt?« Er sollte einfach sagen, dass er sie kannte und sie

ihm schon öfter aufgefallen war. Die Untertreibung des Jahr-
hunderts ...

Aber dann müsste er zugeben, dass er sie beobachtet
hatte. Er sah bereits die Panik in ihrem Blick. Vielleicht
könnte er einen kleinen Unfall inszenieren? Einfach in sie
hineinlaufen. Es würde kurz crashen, und dann hatten sie
etwas, worüber sie reden konnten. Er würde ihr die Reini-
gung bezahlen, dann mussten sie Nummern austauschen,
und er könnte sie als Entschuldigung auf einen Kaffee einladen.

War das nicht überhaupt eine geniale Idee?

Je länger er darüber nachdachte, desto besser gefiel sie
ihm. Ein Tollpatsch hatte doch immer auch etwas Liebens-
wertes, und die Geschichte könnten sie dann später auf ihrer
Hochzeit erzählen. »*Er ist einfach in mich hineingerannt und
hat mich über und über mit Guacamole bespritzt*« (die hatte er
gerade aus dem Kühlregal genommen).

Kitschig, klar. Oberkitschig. Henne konnte er von dieser
kleinen Phantasie nicht erzählen. Aber ihm verursachte sie
ein Kribbeln im Bauch.

Er holte den Wagen zurück, nahm schnell ein paar Packungen Weinbrandbohnen und einige Dosen Eingemachtes heraus, warf sie auf einen Stapel mit Angeboten und stellte sich
in Position.

Jetzt!, dachte er, und alles in ihm spannte sich an. Seine
Finger am Griff wurden sofort glitschig. Aber entschlossen
schob er los und nahm vorsorglich die Guacamole in die
Hand. So genau wollte er über das, was er hier gerade tat,
lieber nicht nachdenken, aber in der Liebe und im Spiel ist
alles erlaubt, sagte man das nicht so?

Jetzt oder nie.

Marie hatte sich hingekniet und suchte mit konzentrierter Miene etwas in einem Regal. Plötzlich blieb er stehen. Sein Blick schweifte über die Auslage, und als er registrierte, was er sah, durchzuckte es ihn kalt.

Er schluckte trocken.

Babysachen!

Sie erhob sich, verlor dabei einen Schlappen, angelte mit den Zehen danach und legte eine ganze Palette voller Babygläschen in den Wagen. Dann drehte sie sich wieder um und zog noch weitere aus dem Regal. Schließlich blieb sie vor den Wickelunterlagen stehen und warf zwei Packungen dazu. Er erinnerte sich wieder daran, was sie neulich in der Bahn gestrickt hatte.

Die kleine Mütze.

Langsam ging er rückwärts, bis er aus ihrem Sichtfeld verschwunden war. Dann lehnte er sich gegen ein Regal und schloss für einen Moment die Augen.

»Shit!«, entfuhr es ihm. »Shit, shit, shit!«

Plötzlich fühlte er sich leer. Als habe jemand alle Wärme und Freude aus ihm herausgesaugt.

Er ließ die Einkäufe einfach stehen. Vergaß völlig, dass er noch zum Bäcker gewollt hatte, und auch am Schwarzen Brett ging er vorbei, ohne es zu registrieren. Ihm war nicht klargewesen, wie viel Hoffnung er in die Sache mit Marie gesetzt hatte. Du kennst sie doch gar nicht, sagte er zu sich selber, als er im Auto saß und mit den Händen das Lenkrad umklammerte, wie blind durch die Scheibe starrte und versuchte, seinen Herzschlag zu beruhigen. Beinahe hätte er sich richtig übel blamiert. Eine junge Mutter anzubaggern, noch dazu vor dem Windelregal ...

Er verstand es nicht, hatte sie nicht neulich in der Bahn zu ihrer Mutter gesagt, dass sie Single war ... Er musste sich verhört haben, hatte ohnehin nur Fetzen des Gesprächs mitbekommen. Aber Single hieß ja nicht kinderlos.

Wie auf Autopilot fuhr er nach Hause. Es war das erste Mal, dass ihm die Krankheit seines Vaters etwas erleichterte. Horst hatte vollkommen vergessen, dass er einkaufen wollte, und fragte nicht nach, als er mit leeren Händen zur Tür hereinkam.

Jo nahm sich ein Bier und setzte sich in den Garten. Dort hörte er eine ganze Weile den Amseln zu, trank in kleinen Schlucken und versuchte zu verstehen, warum er sich so fühlte, wie er sich fühlte. Schließlich ging er seufzend wieder hinein, schwang sich auf sein Rad und fuhr zu Seyhan.

»Was ist los?«, begrüßte der ihn schon von weitem, als er sein Gesicht sah.

»Ach, frag nicht.« Jo winkte ab und lehnte sich über die Theke. »Einen Döner ohne Salat, wie immer, zum Mitnehmen, und für mich einmal Falafelteller. Zum Hieressen!«

Erstaunt zog Seyhan die Augenbrauen hoch. »Bist du unter die Vegetarier gegangen?«

»Na ja, Klimawandel, Greta Thunberg, Tierschutz, schlechtes Gewissen ... Du weißt schon ...«

Seyhan nickte ernst und begann, für Horsts Döner Fleisch auf die Schippe zu säbeln. »Wem sagst du es, meine Veggie-Schawarma geht weg wie nie. Tolle Sache!«, erklärte er und legte das Brot für den Döner auf den Grill. »Ich bin schon seit fünfzehn Jahren Vegetarier!«

Verblüfft sah Jo ihn an. »Ernsthaft?«

Seyhan nickte, betrachtete ihn dann und stemmte besorgt die Hände in die fleckige Schürze. »Willst du drüber reden?«, fragte er.

Jo war dankbar für sein Interesse, aber er hätte nicht einmal sich selbst erklären können, was gerade in ihm vorging. »Ach, manchmal ist einfach alles beschissen«, sagte er nur und nahm sich eine Olive. »Da muss man eben durch.«

»Wem sagst du's.« Seyhan warf die Falafel in die Fritteuse und klatschte ihm einen riesigen Haufen Tsatsiki neben den Hummus. »Kriegst einen extra Falafel dazu. Das kriegt sonst nur Marie«, sagte er mit einem Zwinkern.

Jo erstarrte.

»Marie?«, krächzte er.

»Meine beste Falafelkundin. Überhaupt meine beste Kundin. Tolles Mädchen. Immer ein Lächeln im Gesicht. Vielleicht kennst du sie, ihr seid ungefähr im selben Alter.«

»Marie Brunner?«, fragte Jo und wunderte sich, dass seine Stimme so ruhig klang.

»Keine Ahnung. Blonde Locken.«

»Das ist sie!«

Seyhan nickte begeistert. »Also kennt ihr euch wirklich?«

»Äh, nein, eigentlich nicht. Ich glaube, wir waren vielleicht zusammen im Kindergarten oder so«, stotterte er.

»Ach, das wär ja 'n Ding! Na, wundern würds mich nicht, Herrsching ist ja ein Dorf. Sie ist ständig hier. Wenn sie das nächste Mal kommt, frag ich sie nach dir!«

Er nickte benommen. »Sie ... hat ein kleines Kind, oder?«, fragte Jo vorsichtig und vermied es, Seyhan in die Augen zu sehen.

Der blinzelte überrascht. »Marie? Nee, 'n Kind hat die nicht. Aber Welpen!«

»Sie hat ... was?« Verblüfft ließ Jo die Peperoni sinken, in die er gerade hineinbeißen wollte.

»War erst heute Morgen hier. Hat das da aufgehängt.« Seyhan nickte mit dem Kopf nach rechts, wo an einem Balken der Bude Flyer und Zettel übereinandergepinnt waren, auf denen die Herrschinger Dinge suchten oder anpriesen. Mit angehaltenem Atem trat Jo näher und zog mit steifen Fingern den Zettel ab.

Wir suchen eine Familie, stand dick über einem Foto von einem Korb voller entzückender, gefleckter kleiner Hunde, die um einen dicken schwarzen Rottweiler herumtobten. *Bei Interesse bitte jederzeit melden. Keine Raucher. Nur mit Garten. Kinder wären ideal.*

Jo starrte auf das Foto.

Er verstand gar nichts mehr.

»Du, sag mal. Fressen Welpen zufällig ... Babygläschen?«, fragte er, als er wieder denken konnte.

Seyhan zog nachdenklich die Mundwinkel nach unten. »Gut möglich. Sind ja schließlich auch Babys, nicht? Und manche davon sind einfach püriertes Fleisch. Die haben wir Ali immer gegeben, als er noch klein war.«

Jo betrachtete nachdenklich das Bild. Unter den Welpen und der Hundemama lagen große weiße Tücher. »Wickelunterlagen ...«, murmelte er.

»Hm?«, fragte Seyhan.

»Ach nichts.« Er lächelte. »Du, ich muss kurz telefonieren. Kannst du den Teller doch einpacken?«

»Geht klar«, antwortete Seyhan verdutzt.

Unauffällig riss Jo einen der kleinen Zettel ab, auf denen die Telefonnummer stand, und zog sein Handy aus der Hosentasche.

Plötzlich wusste er genau, was er zu tun hatte.

Als das Freizeichen ertönte, pulsierte es in seinem Hals.

»Kratzer hier«, meldete sich eine männliche Stimme, und er ließ vor Schreck beinahe das Handy fallen.

»Äh, ja, Schraml«, sagte er, nachdem er sich ein paarmal mit trockenem Mund geräuspert hatte. »Ich ... rufe wegen der Welpen an.«

»Ach, gut, hat die Marie die Zettel also schon ausgehängt«, murmelte der Mann, mehr zu sich selber als zu ihm.

»Ja, äh, genau. Ich habe gerade einen gesehen und wollte fragen, ob ich sie mal anschauen kann.«

»Selbstverständlich. Haben Sie denn einen großen Garten?«

»Sehr groß!«, stotterte er.

»Das ist schon mal gut. Und Sie rauchen nicht?«

»Schon lange aufgegeben!« Schnell überkreuzte er die Finger hinter dem Rücken.

»Sie arbeiten ja sicher, so jung, wie sie klingen. Für wen soll der Hund denn sein? Für die Kinder nehme ich an?«

»Ähm ...« Jo suchte fieberhaft nach einer Antwort. »Sie verstehen hoffentlich die Frage, wir müssen ja sichergehen, dass es auch jemanden gibt, der sich mit den Kleinen beschäftigt. Da wollen wir ungeeignete Kandidaten lieber gleich aussondern, bevor sich noch Hoffnungen gemacht werden. Kinder wären natürlich ideal ... Am besten eine große Familie zum Toben.«

»Ja, er ist für meinen, äh … für meine Frau …«, stotterte Jo und schlug sich gleich darauf mit der Hand gegen die Stirn. Aber was hätte er sonst sagen sollen? Er ist für meinen senilen, 72-jährigen Vater?

Schwester, du Trottel, warum nicht Schwester!, fluchte er innerlich. »Sie wünscht sich schon so lange einen Hund!«, erklärte er ins Handy hinein und trat gegen einen nahestehenden Pfeiler. Wie dämlich konnte man eigentlich sein?

»Verstehe, sehr schön. Und sie hat auch Zeit, neben der Arbeit?«

»Sie ist freiberufliche Webdesignerin!«, verkündete er, stolz, dass ihm sofort eine passende Antwort eingefallen war. Dann biss er sich innerlich dafür in den Hintern, dass er nicht gesagt hatte, dass ER freiberuflicher Webdesigner war. Es wäre so einfach gewesen.

Aber gut, schließlich gab es immer noch Zeit, das alles aufzuklären, falls er sich einmal wirklich und wahrhaftig in Ruhe mit Marie unterhalten sollte – was er immer mehr bezweifelte. Das Schicksal schien eindeutig nicht gewillt, ihnen beiden eine Chance zu geben.

»Sie arbeitet zu Hause und fühlt sich da oft so allein. Da dachten wir, ein Hund wäre doch genau das Richtige. Und sie kann immer mit ihm Gassi gehen«, säuselte er und merkte, dass das am anderen Ende der Leitung gut ankam. Jetzt musste er das Ding auch durchziehen.

»Sehr schön, sehr schön. Das klingt gut. Dann kommen Sie doch am Samstag vorbei. Es ist noch ein wenig Zeit, bis wir sie abgeben, aber es ist doch gut, wenn man sich schon mal beschnuppern kann.« Der Mann gab ihm die Adresse durch.

»Super, und bei wem muss ich klingeln?«, fragte Jo, nur

um noch einmal sicherzugehen, dass dieser seltsame Typ auch wirklich irgendwas mit Marie zu tun hatte.

»Brunner!«, erklärte er, und Jo machte eine Siegerfaust und sprang ein paar Zentimeter in die Luft. »Yes!«, rief er lautlos.

»Es gibt einmal Gabi und einmal Marie, Gabi ist das Haupthaus«, erklärte Herr Kratzer, der nichts von seinem stummen Freudentanz zu bemerken schien. »Sie klingeln bei Marie und gehen bitte durch den Garten. Sie wohnt unten am See.«

»Verstehe, und Sie sind ...?«, fragte Jo zögernd.

»Ich bin der Opa!«, erwiderte Herr Kratzer streng. »Von den Welpen. Also dann, bis Samstag.«

Jo nickte verblüfft. »Alles klar. Dann bis Samstag.«

25

»Komm schon, du musst essen!« Ich hielt Nils den Löffel vor die Schnauze und versuchte, mit den Fingern seine kleinen Kiefer auseinanderzubiegen. Aber er zog den Kopf zurück, schüttelte sich und spritzte mir den Brei ins Gesicht.

»Kartoffel mit Pute mag er nicht.« Leopold reichte mir ein Zewa. »Versuch es mal mit Lachs-Allerlei. Das hat er gestern verschlungen.«

Fluchend wischte ich mir die Soße vom Kinn. Wir hatten die Fütterung schon extra nach draußen vor den Bauwagen verlegt, aber als Veganerin fand ich es nicht gerade angenehm, zermatschte Pute auf der Nase zu haben. »Du bist vielleicht ein snobistischer kleiner Gourmet«, seufzte ich und nahm das Gläschen entgegen, das Leopold mir hinhielt. Ich vermischte es im Napf mit dem Trockenfutter, an das wir die Welpen gerade gewöhnten, und nahm einen Löffel.

»So, jetzt will ich nichts mehr hören!«, sagte ich mit Nachdruck und schob Nils den Brei hin. Er roch daran, rümpfte die Nase und drehte sich weg.

»Also jetzt komm schon! Mehr Sorten haben sie beim Rewe nicht«, rief ich entgeistert.

»Ach, lass ihn einfach, wenn er Hunger hat, frisst er schon.« Nachsichtig lächelnd nahm Leopold ihn mir ab und setzte stattdessen Erbse auf meinen Schoß. »Die kleine Speckwurst nagt ja nicht unbedingt am Hungertuch.«

»Ich bin wohl einfach keine gute Mutter«, scherzte ich, aber schon während ich die Worte aussprach, bereute ich sie.

Leopold blickte mich streng an. Ich hatte ihm inzwischen von meiner Krankheit erzählt und ihn gefragt, ob er auf Dexter aufpassen konnte, wenn ich operiert wurde. Er war mehr als einfühlsam gewesen und hatte sich alle Mühe gegeben, mich aufzubauen. Das hatte mir gutgetan, trotzdem war das Ganze gerade noch ein empfindlicheres Thema als sonst, denn gestern hatte ich meinen OP-Termin bekommen. In zwei Monaten war es so weit.

»So ein Unsinn«, sagte er schroff. »Das will ich nicht mehr hören. Du bist geduldig, liebevoll und würdest alles für die Kleinen tun. Und darauf kommt es an.«

Ich nickte zerknirscht.

»Wo wir hier gerade so zusammensitzen ...«, begann Leopold plötzlich, und sein Ton ließ mich aufhorchen. »Ich wollte ohnehin etwas mit dir besprechen.« Mit einem Mal sah er sehr ernst aus.

Überrascht nickte ich. »Klar, schieß los!«

Er räusperte sich und wusste offensichtlich nicht, wie er beginnen sollte. »Also, ich habe mir gedacht ... Es ist nur so eine Idee, aber wie wäre es denn ... Also was hältst du davon, quasi ...« Er brach ab und fuhr sich mit der Hand über die Stirn. »Zu mir rüberzuziehen. Auf meine Wiese.«

Beinahe ließ ich Erbse fallen, so überrumpelt war ich. Leopolds Wangen hatten sich mit einer leichten Röte überzogen. »Lass es dir durch den Kopf gehen«, sagte er hastig. »Aber es wäre die beste Lösung! Dann müsstest du den Wagen nur ein paar Meter umparken. Du wärst immer noch am See, Dexter hätte weiter den Auslauf und ...«

»Aber deine Rosen«, rief ich. Ich war so gerührt, dass mir die Tränen in die Augen schossen. In letzter Zeit war nicht nur mein Wohlwagen nah am Wasser gebaut. »Oh Leopold, das ist wahnsinnig lieb von dir, aber das kann ich nicht annehmen. Dein schöner Garten. Wir würden ja alles zerstören.«

Er sah plötzlich sehr ernst aus. »Der Garten bedeutet mir nicht viel, Marie. Die Rosen sind schön, sicher. Aber ...«, er holte tief Luft und sah mich dann an, »... aber ich kümmere mich um die Blumen, weil ich nichts anderes zum Kümmern habe.«

Seine Stimme verlor sich. Er blickte auf das Wasser hinaus, und ich konnte den Schmerz und die Einsamkeit, die in seinen Worten mitschwangen, beinahe körperlich fühlen.

»Das bedeutet mir so viel, dass du das vorschlägst, wirklich!« Ich versuchte, meine Tränen zu verstecken, indem ich Erbse an mich zog und mein Gesicht in ihr Fell drückte. »Aber das geht auf keinen Fall«, sagte ich entschieden.

Seine Schultern sackten nach unten. Er nickte. »Ich verstehe.«

»Nein, du verstehst nicht.«

Ich hatte Inge hoch und heilig versprochen, niemandem von unserem Plan in der Sache mit Franz zu erzählen. Aber ich musste Leopold einweihen. Er durfte nicht denken, dass ich den Vorschlag seinetwegen ablehnte, wo es doch das Liebenswerteste war, das mir jemals jemand angeboten hatte.

Als ich ihm erklärte, was wir herausgefunden hatten, wurde er abwechselnd blass und rot. Am Ende sprang er so wütend auf, dass die Hollywoodschaukel gefährlich schwankte.

»Ja, da steigt's mir doch einer am Hut nauf! Dieser dreckige Strawanzer. Ich hab gleich gewusst, dass bei dem was nicht stimmt. Zu fein, um 'nen Hund auf den Arm zu nehmen, hat man so was schon gehört!« Es folgte eine Reihe von bayrischen Schimpfwörtern, die sich so gewaschen hatten, dass ich Erbse schnell die Ohren zuhielt. »Beruhig dich!«, rief ich lachend. Er setze sich wieder und nickte grimmig. An seiner Schläfe pulsierte eine Ader. »Gut, dass ihr was unternehmen werdet. Am liebsten würde ich ja sofort selber losziehen und ihm mal ordentlich ...«

»Glaub mir, ich auch«, unterbrach ich rasch. »Aber das führt zu nichts. Wir müssen ruhig und überlegt vorgehen.« Das waren eigentlich Inges Worte.

Er schüttelte den Kopf, als könne er es immer noch nicht fassen. »Und das der Gabi! Es ist einfach ... Wir müssen deine Mutter beschützen, Marie.«

Ich nickte. »Das werden wir. Ihre Freundinnen sind der Wahnsinn! Alle ein bisschen crazy, aber sie werden ihr Möglichstes tun, um sie da rauszuholen. Und dann hat sie ja auch noch uns.«

Ein Lächeln zuckte über sein Gesicht. »Ja, das ist richtig«, sagte er, und ich merkte, wie sehr es ihn freute, dass ich uns als Team betrachtete. Ich drückte kurz seine Hand.

»Also, ich muss mich jetzt erst mal kurz sammeln«, sagte er plötzlich und stand auf.

Verblüfft sah ich ihn an. »Aber gleich kommt der erste Interessent, wolltest du da nicht dabei sein?«

»Eigentlich ja, aber gerade kann ich den Gedanken nicht ertragen, dass ein Fremder kommt und sich einen unserer Kleinen aussucht«, erwiderte er. »Nicht auch das noch.«

»Oh. Gut, dann komm einfach später wieder, wenn du magst«, sagte ich zögerlich, und er zog Erbse liebevoll am Ohr und verabschiedete sich mit einem kurzen Lächeln.

Kaum war er durch das Gartentor verschwunden, klingelte es im Wagen.

»Einfach über die Wiese kommen, es ist offen!«, brüllte ich, und die Welpen begannen, als Antwort alle auf einmal zu bellen. »Tschuldigung, aber es ging nicht leiser.« Vorsichtshalber machte ich die Tür des Wagens zu und schob den Riegel vor die Hundeklappe. Dexter war immer noch schwierig, wenn Fremde sich ihren Babys nähern wollten. Besser sie blieb drin.

Plötzlich würgte es leise neben mir. »Oh nein, Nils!«, rasch kniete ich mich neben ihn. Er hatte eine rot-gelbe Pfütze ausgespuckt und begann nun, sie freudig wieder aufzulecken.

»Nein, nein, nein!« Ich hob ihn hoch, versuchte, mit den Füßen die anderen davon abzuhalten, sich ebenfalls auf die Pfütze zu stürzen, und merkte dabei zu spät, dass Nils wohl noch nicht ganz leer war. Plötzlich spürte ich etwas Warmes auf meiner Brust. »Och nee, oder?«, rief ich und hielt ihn schnell von mir weg, aber es war zu spät. Der warme Schleim glibberte mir in den Ausschnitt.

»Ähm, guten Tag. Störe ich?«

Erschrocken sah ich auf – und starrte in ein mir wohlbekanntes Gesicht.

»Johannes?«, stieß ich hervor, vollkommen verblüfft.

Seine Augen weiteten sich erstaunt, und sein Mund klappte auf. Es war offensichtlich, dass er keine Ahnung hatte, woher ich seinen Namen kannte. Aber wie sollte er auch?

»Ich ... Oh Mist. Hier, kannst du kurz halten?« Rasch

drückte ich ihm Nils in die Hände, der noch immer Würgge-
räusche von sich gab, und bückte mich, um Erbse, Heinz und
Sissi von dem Glibberhaufen wegzuziehen. »Nein, pfui. So
was isst man doch nicht!«, erklärte ich streng. Nur gut, dass
die anderen vier bei Dexter im Wagen waren. Rasch klemmte
ich mir zwei unter den Arm, wehrte den anderen mit dem
Fuß ab, nahm eine der Küchenpapierrollen vom Tisch, die
sich zum Glück in den letzten Wochen in ausreichender
Menge in und um meinen Wagen rum verteilt hatten, und
wischte über die Wiese. »Tut mir leid, wir hatten gerade
einen kleinen Unfall. Er verträgt das Futter nicht«, erklärte
ich und nickte mit dem Kinn in Richtung Nils. Immer noch
war ich vollkommen verdattert über den Zufall, dass Johannes, Grüni!, der Mann, den ich gestern beinahe nach einem
Date gefragt hätte, jetzt tatsächlich hier vor meinem Wagen stand.

»Verstehe«, sagte er lächelnd. Er ging zum Tisch, riss sich
ebenfalls ein Tuch ab und wischte Nils über den verschmier-
ten Mund. »So ist's besser«, murmelte er liebevoll. Auf der
Wiese kniend hielt ich einen Moment inne und beobachtete
ihn. Schon immer hatte ich gedacht, dass nichts mehr über
einen Menschen aussagt als sein Umgang mit Tieren. Der
Blick, mit dem Johannes Nils ansah, verriet mir alles, was ich
über ihn wissen musste.

»Huch, kommt da vielleicht noch eine Ladung?«, fragte er,
als Nils plötzlich wieder zu würgen begann. Er ging in die
Knie, setzte ihn vorsichtig ins Gras und streichelte ihm den
Rücken, während Nils sich krümmte und dann keuchend
noch einmal einen kleinen Haufen ausspuckte. »So, jetzt ist's
aber geschafft«, murmelte Johannes, nahm ein neues Tuch

und wischte den Fleck weg. Dann hob er den Kopf, und unsere Blicke trafen sich. Rasch sah ich zur Seite.

Mich hatte am ganzen Körper eine Gänsehaut überzogen. Und ich wusste nicht, warum. Und warum ich weggeschaut hatte, wusste ich auch nicht.

Ich schaute nie weg!

Vielleicht war es, weil ich mir plötzlich, für eine ganz seltsame Millisekunde, vorgestellt hatte, wie es wäre, wenn er mit dieser warmen, freundlichen Stimme mit einem Baby sprechen würde, so wie er gerade mit Nils sprach.

Was war nur mit mir los?

Er nahm Nils wieder hoch, legte ihn sich gegen die Schulter und trat mit dem Tuch in der Hand auf mich zu. »Wohin?«, fragte er lächelnd.

»Oh, warte.« Immer noch verwirrt nahm ich es ihm ab und stopfte es in meine Jeanstasche. Dann sah ich ihm endlich in die Augen. »Hallo erst mal«, sagte ich, lachte und streckte ihm die Hand hin. »Tut mir leid, das war eine seltsame Begrüßung.«

Er schmunzelte. »Auf jeden Fall ein sehr authentischer Einblick in euer Leben. Übrigens ... Du hast da ...« Verlegen zeigte er auf meine Brust.

»Oh, stimmt!« Das hatte ich in dem Chaos ganz vergessen. Seufzend wischte ich mir übers Shirt. Warum zog ich auch Weiß an, wenn ich doch genau wusste, dass es den Tag nicht überstehen würde. »Du weißt gar nicht, wie viele meiner Klamotten schon dran glauben mussten.«

»Deine Schuhe haben sie ja auch schon ordentlich zerkaut«, lachte er, dann sah er mich erschrocken an. Ich trug keine Schuhe.

»Äh, ich meine, also das machen Welpen ja so ...«, stotterte er. »Du bist Marie, oder?«, fragte er dann rasch.

»Ja, genau! Und du bist Johannes!«

Er nickte. »Woher weißt du ...«

Ich musste lachen, weil er so perplex dreinschaute. »Ich sehe dich manchmal in der Bahn. Du pendelst auch nach München, oder? Und ich habe dich neulich telefonieren hören. Mit einem Kollegen, glaube ich. Lotzl oder so?«

Er starrte mich an und brauchte ein paar Sekunden, um zu reagieren. »Ach ja, richtig«, sagte er dann.

»Dem hast du ja schön einen reingedrückt«, sagte ich. »Das war beeindruckend.«

Er lächelte jetzt. »Lotzl ist ein Arsch, man kann es leider nicht anders beschreiben. Ich arbeite bei BMW in der E-Bike-Abteilung, und er hasst unser komplettes Team. Hält uns quasi für die große Plage der Moderne.«

Verdutzt hörte ich zu.

E-Bikes?

»Und was machst du so?«, fragte er.

»Ich bin Produktdesignerin. Eigentlich entwerfe ich Küchenmaschinen«, erklärte ich und umriss kurz, wobei es in meinem Job ging.

»Ach, das habe ich ja noch nie gehört.« Interessiert lehnte er sich vor. »Und du wohnst ... hier?«, fragte er und machte eine Geste, die den Bauwagen umfasste. »Der Wagen ist mir schon früher aufgefallen. Phantastisch, so nah am Wasser! Aber wie kommst du mit den Mücken klar?«

Wir hatten uns inzwischen auf die Hollywoodschaukel gesetzt, und wie ich hielt auch Johannes einen Welpen im Arm, den er abwesend streichelte. »Ich habe Netze«, erklärte ich.

»Und eine gute Blutgruppe. Außerdem ist der Ausblick es wert.«

Er nickte. »Das glaube ich sofort«, sein Blick wanderte in die Ferne Richtung Berge.

Plötzlich sah er mich an. »Ich muss vielleicht etwas gestehen.« Stockend brach er ab. »Ich ... habe dich auch schon oft in der ...«

»Ah, der Herr Schraml, da sind Sie ja!« Strammen Schrittes kam der Leopold über die Wiese auf uns zu und unterbrach Johannes mitten im Satz. Anscheinend hatte er es sich doch anders überlegt. Er streckte ihm die Hand hin. »Wir hatten telefoniert. Und, was sagen Sie zu unseren Kleinen?« Verwundert blickte er sich um. »Ja, wo ist denn Ihre Frau?«

Ich zuckte zusammen. Das hatte ich für einen Moment vollkommen vergessen. Also doch, dachte ich traurig. Ich hatte mich nicht geirrt.

Johannes sah Leopold erschrocken an. »Äh, sie hatte ganz kurzfristig einen wichtigen Termin«, stotterte er dann, und ich wunderte mich, warum er plötzlich so durcheinander schien. »Aber ich wollte trotzdem schon mal vorbeikommen, wo Sie sich schon die Zeit nehmen!«

Leopold nickte verwundert. »Na gut, hat Marie Ihnen denn die Kleinen schon vorgestellt?«

Leopold übernahm sofort das Gespräch. Ich wusste, dass er es mit der Auswahl der geeigneten Kandidaten sehr ernst nahm. Er löcherte Johannes geradezu mit Fragen, auf die der Arme etwas fahrig antwortete. Ich ging in der Zwischenzeit hinein, um die anderen vier zu holen. Dexter hatte bereits gerochen, dass jemand Fremdes in ihrem Revier war. Sie stand leise knurrend an der Tür. Als ich öffnete, schlüpfte sie an mir vorbei. »Scheiße!«, fluchte ich und versuchte, sie zu packen, doch sie rannte bellend an mir vorbei.

Dann geschah etwas Seltsames.

Dexter stürmte auf Johannes zu, der erschrocken aufsah, dann hielt sie plötzlich inne und beschnüffelte seine Hände. Vorsichtig streckte er sie ihr hin. »Hey, du bist bestimmt die Mama«, sagte er beruhigend. »Ich tue deinen Kleinen ja nichts.« Mit angehaltenem Atem sah ich zu. Dexter schnupperte, dann leckte sie ihm einmal kurz über die Arme und setzte sich neben seine Füße, als gehörte sie zu ihm.

Verblüfft tauschten Leopold und ich einen Blick.

»Hmpf. Dexter mag Sie offensichtlich. Das ist ein gutes Zeichen«, stellte Leopold mit etwas schroffer Stimme fest, als passte ihm das eigentlich nicht so richtig in den Kram.

Johannes streichelte Dex stolz über den Kopf.

Ich überließ Leopold die Führung bei dem weiteren Gespräch, weil schnell klarwurde, dass er sich die ohnehin nicht nehmen lassen würde. Es war mir recht, ich zog mich ein wenig zurück und beobachtete die beiden. Johannes verwirrte mich mehr, als ich zugeben wollte. Die Tatsache, dass er tatsächlich verheiratet war, fühlte sich an wie ein giftiger Stachel in meinen Eingeweiden. Da gab es schon diesen unglaublichen Zufall, dass er hier auftauchte, auch noch nach meinem Rückzieher vorgestern, und dann ... Besser, ich dachte nicht mehr darüber nach. Ich entschuldigte mich unter einem Vorwand und zog mich in den Wagen zurück. Als ich die Stufen hochging und mich noch einmal umdrehte, sah er mir nach.

Wenig später beobachtete ich durch das Fenster, wie er über die Wiese davonging. Ich betrachtete seinen Rücken und spürte ein seltsames Ziehen. Plötzlich blieb er stehen und drehte sich zum Wagen um, als hätte er etwas vergessen. Schnell hüpfte ich zur Seite, damit er mich nicht dabei erwischte, wie ich ihm nachstarrte. Als ich wenig später vorsichtig wieder aus dem Fenster lugte, war er verschwunden.

»Los, jetzt mach schon! Schneller, schneller.« Ich lehnte mich nach vorne und schaufelte das Wasser zur Seite. Die Wanne wackelte gefährlich, und einen Moment lang klammerte ich mich angstvoll am Rand fest.

»Ich mach ja, aber du spritzt mir die ganze Zeit ins Gesicht!«, brüllte Nep hinter mir.

»Ist doch nur Wasser, Mann!«, brüllte ich zurück.

Die Menge am Ufer johlte und klatschte und feuerte uns an. Es war das jährliche Herrschinger Schlossgartenfest, und Nep und ich bestritten gerade das Sautrogrennen. Hintereinander saßen wir in einer wackeligen roten Plastikkiste und ruderten uns unter vollem Körpereinsatz mit den Armen durch den Ammersee. Ich sah aus den Augenwinkeln, wie Katja in der Menge begeistert auf und ab hüpfte, mit der einen Hand ihren Bauch festhielt und uns mit der anderen zuwinkte. Ein paar Schritte weiter standen meine Mutter und Franz. Als ich registrierte, wie er seinen Arm um ihre Schulter legte, durchflutete mich plötzlich eine Welle von Hass.

»Loooos!«, schrie ich und lehnte mich vor, so weit ich konnte. »Komm schon!« Ich paddelte, als würde mein Leben davon abhängen, und brüllte Nep dabei unablässig an, dass er gefälligst schneller machen sollte. Dabei hörte ich an seinem Keuchen, dass er bereits alles gab. Neben uns waren die Gegner in der gelben Kiste ein ganzes Stück zurückgefallen, obwohl es sich um zwei kräftige Kerle handelte. Zum Glück wusste ich meinen Hass in Energie umzuwandeln. Wir umrundeten die Boje, und ich wäre fast über Bord gekippt, so weit lehnte ich mich zur Seite, um die Kurve möglichst eng zu kriegen. Als wir schließlich nach einer gefühlten Ewigkeit über die Ziellinie krochen und die Schiris, die die ganze Zeit auf einem Surfboard um uns herumgepaddelt waren, die Runde abpfiffen, hatten wir die anderen weit hinter uns gelassen.

Erschöpft stiegen wir aus der Wanne und schleppten uns schwer atmend an Land. Die Zuschauer stürmten johlend auf uns zu, viele liefen in den See, um uns zu empfangen. Nep watete zu den Nachzüglern, reichte ihnen kameradschaftlich die Hände, ließ sich anschließend fallen und tauchte kurz unter. Dann schüttelte er den Kopf, dass die Haare in alle Richtungen abstanden. Als er mich strahlend umarmte und dabei hochhob, spürte ich, wie sein Körper unter dem kalten Wasser vor Hitze glühte. Auch mein Atem ging rasselnd. Wir hatten für den Sieg alles gegeben!

»Du machst mir manchmal richtig Angst«, rief er mir grinsend ins Ohr, denn der Lärm um uns herum war jetzt ohrenbetäubend. Ich haute ihm liebevoll auf den nassen Hintern.

»Gut so!«, sagte ich, und wir gingen tropfend und lachend Arm in Arm an Land.

Nach der Siegerehrung erstürmten wir einen Tisch im Biergarten, um uns herum Katja und einige unserer alten Schulfreunde, die begeistert das Rennen rekapitulierten.

Ich hatte ein Handtuch um die Schultern und teilte mir mit Nep eine Portion Pommes. Meine Mutter, Franz und auch Leopold saßen ein paar Tische weiter mit ein paar Nachbarn zusammen. Ich versuchte, sie nicht so genau zu beobachten, aber dennoch registrierte ich, wie schwer es Leopold fiel, gute Miene zum bösen Spiel zu machen. Immer wieder blieb sein Blick besorgt an meiner Mutter hängen. Hoffentlich hält er durch, dachte ich. Meine Mutter merkte, dass ich zu ihnen rüberschaute, und winkte kurz. Sie sah so glücklich aus. Ich lächelte zurück und spülte dann, weil ich den Kloß loswerden wollte, den ich plötzlich in der Kehle hatte, mein Bier auf ex hinunter. Ich würde ihr bald sehr weh tun müssen.

»Oho, hier wird Nachschub gebraucht!«, rief Nep, der mich beobachtet hatte, und winkte der Kellnerin. Sie war sehr jung und sehr hübsch, hatte eine sommersprossige Stupsnase und trug eine extrem enge Schürze über dem kurzen Rock. Obwohl sie gerade an einem anderen Tisch zu tun hatte, kam sie sofort zu uns, als sie Nep bemerkte. Mit seinen verwuschelten Haaren und den glühenden Wangen sah er aber auch zum Anbeißen aus.

Beinahe alle am Tisch bestellten nach, und sie zählte neun Maß und sieben Schnäpse auf, plus eine Apfelschorle für Katja. »Mei, das schaffst du ja gar nicht. Ich helfe beim Tragen!« Nep sprang auf und lief der überraschten Kellnerin hinterher. Perplex sah ich den beiden nach, wie sie nebeneinander zum Ausschank gingen. Sie hätten sich gar nicht offensichtlicher anhimmeln können. Wenig später kam er zurück und setzte sich wieder neben mich. Seine Miene war völlig unleserlich, aber ich beobachtete die Kellnerin, die jetzt, eine verräterische Röte auf den Wangen, zwischen den Tischen

umhereilte. Plötzlich hatte ich einen sauren Geschmack auf
der Zunge. Katja, die mir gegenübersaß, warf mir einen mahnenden Blick zu. Sie runzelte die Stirn und stieß mich unter
dem Tisch mit dem Fuß an. Dann zog sie fragend die Schultern hoch.

»Nichts«, formte ich lautlos mit dem Mund und schüttelte
den Kopf. Dann setzte ich das unbekümmertste Lächeln auf,
das mir zur Verfügung stand. Tatsächlich war ich über mich
selber erschrocken. War ich jetzt plötzlich eifersüchtig auf
Nep, oder was passierte hier? Nein, das ging nun wirklich
nicht!, bremste ich mich und löcherte ihn extra neckisch mit
Fragen über die Kellnerin, denen er allerdings geschickt auswich und mir stattdessen einen Schnaps hinschob. Dass er
neben mir sitzen blieb, beruhigte mich ein wenig. Zwar hatten wir nicht darüber gesprochen, aber ich ging davon aus,
dass er heute bei mir übernachten würden, was nach dem
Sommerfest quasi schon eine kleine Tradition war.

Es wurde ein lustiger Abend, auf dem Tisch stapelten sich
die leeren Gläser, weil die Bedienungen nicht mehr mit dem
Abräumen hinterherkamen, die Sonne versank hinter dem
See, ließ den Himmel rot glühen, und das Wasser plätscherte
träge gegen das Ufer. Wir alle schlugen unermüdlich um uns,
aber keiner wollte sich von den Mücken die Stimmung ver-
derben lassen, und so machten wir irgendwann einen Wettbewerb daraus – der mit den meisten Stichen musste eine
Runde schmeißen.

Katja verabschiedete sich bald mit einem bedauernden Lächeln, und ich blickte ihr wehmütig nach, als sie am Ufer
entlang davonging. Man konnte ihr ansehen, dass sie noch
Schwierigkeiten hatte, diesen neuen Lebensabschnitt zu na-

vigieren. Sie war bei solchen Gelegenheiten eigentlich immer eine der Letzten, die nach Hause gingen. Nun begann etwas Neues, und so schön es auch war, sie spürte sicher gleichzeitig auch, dass etwas anderes zu Ende ging.

Mein Sichtfeld verschwamm schon etwas, und in mir hatte sich eine wohlige Schwere ausgebreitet. Neps Oberschenkel presste sich warm gegen meinen, und er hatte eine Hand auf mein Knie gelegt, während er sich mit seinem Sitznachbarn über irgendein legendäres Fußballspiel aus der Schulzeit unterhielt. Es tat gut zu wissen, dass er da war, in all dem Chaos, das in meinem Leben herrschte, dachte ich und lehnte mich ein wenig an ihn. Er lächelte mir kurz zu und schimpfte dann voller Leidenschaft weiter über den unmöglichen Schiri.

Wenig später merkte ich, dass meine Blase zu drücken begann. Ich war vor ein paar Runden auf Wein umgestiegen und bereute diese Entscheidung, denn die Mischung machte sich bemerkbar. Als ich aufstand, schwankte der Biergarten kurz.

Die Toilettenschlange war einen halben Kilometer lang. Ich ignorierte die amüsierten Kommentare und stellte mich in die wesentlich kürzere zum Männerklo. Trotzdem dauert es ewig, bis ich endlich pinkeln konnte.

Als ich zum Tisch zurückkam, war Nep verschwunden.

»Die Kellnerin hatte Feierabend«, erklärte mir meine Freundin Franzi augenzwinkernd, als ich fragte, wo er abgeblieben war. »Er ist mit ihr abgezogen!«

Ich wusste nicht, ob es am Alkohol lag, an meinem leeren Magen, an meinem angeschlagenen Seelenzustand oder an allem zusammen, aber diese Info haute mich vollkommen aus der Bahn. Plötzlich wollte ich nur noch weg. Ich schnappte meinen Wein und Neps halbleeres Bierglas und stiefelte davon, Richtung Wasser.

Mit schnellen Schritten ließ ich den lärmenden Biergarten hinter mir und verlangsamte erst, als es um mich her stiller wurde. Eine Weile schlenderte ich ziellos am Ufer entlang, trank abwechselnd aus dem einen und dem anderen Glas und versuchte gleichzeitig, in mich hineinzuhorchen und meine brodelnden Emotionen zu ignorieren.

Inzwischen war der Mond aufgegangen, die Sterne glitzerten über dem Wasser, und auch wenn der Horizont noch rosa war, hatte die Nacht sich schon hinter den Bergen angeschlichen. Auf einem der Stege saß eine einsame Gestalt und hielt die Füße in den See.

Ich trat auf das Holz und wusste einen Moment nicht, ob der Steg schwankte oder ich, aber ich musste mich kurz an einem Pfosten festhalten. Es sah malerisch aus; die dunkle Silhouette, über ihr der Mond, die leuchtenden Schatten der Berge. Ich wollte nicht stören, aber irgendwie zog es mich aufs Wasser hinaus, und ich ging trotzdem weiter die Planken entlang. Um mich her gluckerte es leise, ein Fisch sprang auf, ich fühlte die laue Luft auf meinen Schultern. Ein paar Meter vom Ende des Stegs entfernt hielt ich an und trank einen Schluck. Ich wollte nur einfach kurz hier stehen, über dem Wasser, die Sommernacht und alle verwirrenden Gefühle, die sie mit sich brachte, in mir spüren.

Plötzlich drehte sich die Gestalt vor mir um.

»Das gibt's nicht!«, entfuhr es uns gleichzeitig.

Johannes sah mich entgeistert an. Er hatte mehrere leere Bierflaschen neben sich stehen und schob sie rasch zur Seite, als ich herantrat, die Birkenstocks abstreifte und mich neben ihn setzte (oder mich fallen ließ, denn der Steg, oder ich?, schwankte schon wieder so seltsam). »Also, das glaub ich jetzt nicht«, sagte ich lachend. »So ein Zufall.« Meine trübe Stimmung war sofort wie weggeblasen. Ich freute mich viel zu sehr, ihn zu sehen. Denk daran, er ist verheiratet!, ermahnte ich mich streng. Ich wusste nur zu gut, wie ich sein konnte, wenn ich zu viel getrunken hatte. Und dass es bereits zu viel gewesen war, sagte mir schon die seltsam Art, wie der schwarze See vor meinem Sichtfeld auf und ab wallte.

Er starrte mich immer noch an, als habe er eine Erscheinung. Einen Moment lächelten wir beide verlegen, und keiner schien zu wissen, wie er das Gespräch beginnen sollte. »Gratuliere zum Sieg«, sagte er schließlich.

Erstaunt strich ich mir die Locken aus der Stirn. »Oh, das hast du gesehen?«

Er nickte. »Mein Kumpel Henne saß im anderen Boot. Ich habe aber dich angefeuert. Er ist ohnehin viel zu eingebildet, und es wurde Zeit, dass da mal eine Frau gewinnt. Das war eine beeindruckende Performance.«

»Danke«, erwiderte ich überrascht. »Wo ist dein Kumpel jetzt?«

Er gab ein Grunzen von sich und trank einen Schluck Bier. »Ist mit meiner besten Freundin abgezogen. Die beiden sind, wie soll ich sagen, ein komplizierter Fall. Schon ewig ineinander verliebt, ein ständiges Hin und Her mit manchmal monatelangen Pausen, aber keiner traut sich, sich so richtig reinzuwerfen. Sie haben beide Angst vor den großen Gefühlen.«

Das konnte ich tatsächlich ziemlich gut nachempfinden. »Und sie haben dich einfach allein gelassen?«, fragte ich und

313

plätscherte mit den Zehen im Wasser. Wie schön es war, hier neben ihm zu sitzen. Ich spürte die Wärme seines Körpers an meiner Schulter. Irgendwie fühlte es sich vertraut an, obwohl wir uns gar nicht kannten.

»Ach, das ist schon okay. Ich wollte ohnehin ein bisschen nachdenken. Und ich bin froh, wenn sie endlich wieder miteinander reden. Sie sind beide so verbohrt, jeder auf seine Art, aber irgendwann haben sie ein kleines Häuschen im Grünen und einen Haufen Kinder, ich sage es dir.«

Überrascht sah ich ihn an. Es klang beinahe ... sehnsüchtig.

Nachdenklich stieß ich mein Weinglas zum Prosten an seine Bierflasche. »Oh, schon leer«, stellte ich fest, als ich es zum Mund hob.

»Hier, ich hab Nachschub.« Er langte hinter sich, zog ein Bier aus einem Stoffbeutel, öffnete es mit seinem Feuerzeug und reichte es mir.

»Danke.« Lächelnd nahm ich einen Schluck. Ganz tief in mir sagte eine Stimme, dass ich langsam aufhören sollte zu trinken, aber dann dachte ich an Nep, und wie feige er mich hatte sitzenlassen, und hob die Flasche an meine Lippen. »Es ist immer kompliziert, wenn aus Freundschaft mehr wird«, sagte ich, nachdem ich sie in einem Zug etwa zur Hälfte geleert hatte, und wischte mir über den Mund. »Das weiß keine besser als ich.«

»Wie meinst du das?«, fragte er.

Hör jetzt einfach auf zu reden!, sagte die Stimme in mir.

»Ach ...« Plötzlich hatte ich das Bedürfnis, ihm alles zu erzählen, was mich gerade belastete. Er war ohnehin nicht zu haben, also musste ich nicht flirten oder unkompliziert scheinen, damit er mich sympathisch fand. Das entspannte mich. Und ich vertraute ihm. Knapp umriss ich, wie es mit Nep und mir aussah. »Und dann komme ich vom Klo zurück, und er ist einfach weg. Hat mir nicht mal eine Nachricht geschrieben.« Erst als ich es aussprach, merkte ich, wie verletzt ich war. »Versteh mich nicht falsch, wir sind nur Freunde – die eben manchmal miteinander schlafen. Ich habe wirklich keine Gefühle für ihn, und ich würde mich freuen, wenn er jemanden kennenlernt. Und er hat sowieso ständig irgendwelche Frauen an der Angel. Aber wenn ich dabei bin, macht er so was normalerweise nie. Es geht ums Prinzip, um die Loyalität. Ich sollte doch wichtiger sein, oder nicht? Und er weiß, wie es mir gerade geht ...« Zu meinem Entsetzen merkte ich, dass ich anfing zu weinen. Es brach einfach aus mir heraus, ich schluchzte plötzlich los, mein ganzer Körper fing an zu beben. Er schien erschrocken und wusste offensichtlich nicht, was er tun sollte. »Hey, hey«, sagte er beruhigend, und ich fühlte seine warme Hand auf meinem Rücken. Ganz vorsichtig, bereit, sie jederzeit wieder zurückzuziehen. Dann kramte er in seinem Beutel und hielt mir ein Taschentuch hin.

»Tut mir leid«, schniefte ich und gab mich einer neuen Welle an Schluchzern hin. »Ich hab zu viel getrunken.«

»Ist doch kein Problem. Was meinst du damit? Dass es dir gerade schlecht geht?«, fragte er leise, und etwas in seiner Stimme brachte mich dazu, erneut in Tränen auszubrechen. Er klang, als wollte er es wirklich wissen. Als würde er mich nicht verurteilen, egal, was ich erzählte. Und da sprudelte es einfach alles aus mir heraus. Von meiner Mutter und Franz, meiner Sorge um mein Zuhause, die Welpen, meine Krankheit. Allerdings war ich so verwirrt und betrunken, dass mir alles durcheinandergeriet. »Der eine Eierstock ist schon weg. Und der andere war ganz verklebt. Sie konnten ihn retten, aber wer weiß schon, was das mit ihm gemacht hat. Und ich habe es meiner Mutter so lange verheimlicht, und sie will doch unbedingt Enkel. Und ich weiß nicht mal, ob ich Kinder haben will. Auf keinen Fall mit Nep, das kann sie sich jedenfalls abschminken. Aber ich fühle mich so seltsam, als wäre ich nicht komplett, verstehst du? Und ich weiß, wie bescheuert das ist. Und trotzdem sind da diese Gedanken in mir drin.«

Ich redete und redete. Es fühlte sich so gut an, jemandem zu sagen, wie sehr ich mich freute, dass meine beste Freundin schwanger war, und wie weh es gleichzeitig tat. Wie ich mich immer nur als halbe Frau fühlte, und mich dann für genau dieses Gefühl verachtete. »Und in zwei Monaten schneiden sie mich wieder auf. Aber es geht nicht anders, die Schmerzen werden wieder schlimmer. Du hast keine Vorstellung, wie grauenhaft das früher war. Ich habe geblutet wie verrückt, jedes Mal, wenn ich aufs Klo musste, habe ich schon vorher geweint, weil ich wusste, wie schrecklich es wird. Ich bin so oft vor Schmerzen ohnmächtig geworden, und dann kam die Anämie dazu.« Ich hickste leise. Noch eine ganze Weile plapperte ich vor mich hin, bis ich irgendwann merkte, dass er neben mir ganz still geworden war. Was rede ich da nur, dachte ich entsetzt. Er muss ja denken, dass ich komplett einen an der Waffel habe. Ich holte tief Luft. »Oh Gott, was ist nur mit mir los. Tut mir leid, dass ich das alles bei dir abgeladen habe. Wir kennen uns ja gar nicht.« Beschämt schnäuzte ich mir die Nase. Was hatte ich da nur alles gefaselt? Bestimmt hielt er mich jetzt für völlig hysterisch.

»Dafür musst du dich doch nicht entschuldigen. Es tut mir sehr leid, dass es dir so schlecht geht«, sagte er leise.

Ich nickte dankbar. Es klang aufrichtig. Trotzdem kroch immer mehr ein seltsames Gefühl in mir hoch. Ich hatte gerade einem fremden Menschen Dinge erzählt, die ich bisher nicht mal vor mir selber so richtig ausgesprochen hatte.

»Ich ... reden wir über was anderes«, sagte ich schnell. »Sonst weine ich die ganze Nacht.«

Er räusperte sich, und es schien, als wollte er noch etwas sagen. »Alles klar«, erwiderte er, schien dann aber nicht zu wissen, wie er weitermachen sollte.

»Worüber musstest du nachdenken?«, fragte ich. »Hier allein auf dem Steg?«

Er seufzte. »Ach, das ist kompliziert.« Er lachte, aber es klang traurig.

»Ich habe nichts mehr vor heute«, sagte ich und stieß ihm leicht mit dem Fuß ans Bein. »Schieß los!«

»Ach, es geht um meinen Vater ... Unter anderem. Er ist ... Oh Gott, wo soll ich da anfangen? Glaub mir, du willst das eigentlich gar nicht wissen.«

»Und ob!«

»Okay, aber ich habe dich gewarnt.« An seiner Stimme konnte ich hören, dass auch er nicht mehr ganz nüchtern war. Plötzlich redete er drauflos, zunächst stockend, dann immer schneller. Erzählte von Kaffee in Blumentöpfen, Kompost im Kühlschrank, kleinen Zetteln auf dem Nachttisch, einem zertrümmerten Auto, GPS-Trackern und einer Frau namens Olga. Ich verstand anfangs nur die Hälfte. Aber was ich sofort verstand, war, dass auf diesem Steg nicht nur eine Person saß, der es momentan ganz und gar nicht gut ging. Man hörte

317

schon an seiner Stimme, wie sehr ihn die Krankheit seines Vaters belastete. Ich erinnerte mich, wie liebevoll er in der Bahn mit dem alten Mann umgegangen war, und fühlte eine Welle von warmer Sympathie in mir aufwallen. Schnell trank ich noch etwas Bier, um sie wieder nach unten zu spülen. Er erzählte, wie einsam er sich manchmal fühlte, wie allein gelassen von seinen Brüdern, wie ratlos, wenn er an die Zukunft dachte. Wie seltsam es war, wieder in seinem alten Kinderzimmer zu wohnen, wie schwer es war, ein Privatleben zu führen, wenn man den ganzen Tag arbeitete und sich dann um Haus und Vater kümmern musste.

»Das klingt ... schrecklich kompliziert«, sagte ich und war auf mich selber sauer, weil ich das Gefühl hatte, dass er gerade dringend jemanden zum Reden brauchte und ich zu betrunken war, um vernünftig zu antworten. Mehr hast du dazu nicht zu sagen?, schimpfte ich innerlich mit mir, aber es war so schwer, einen klaren Gedanken zu fassen. Ich wollte ihm sagen, dass ich es unglaublich fand, was er alles auf sich geladen hatte, dass ich ihn zutiefst bewunderte, dass es mir wahnsinnig leidtat, aber ich stotterte nur etwas davon, wie schwer das sein musste.

Er räusperte sich. »Ist ja auch egal. Ich kann ohnehin nichts ändern. Was machen die Kleinen?«, wollte er dann plötzlich wissen. Er blickte mich nicht an, sondern sah auf den See hinaus, in dem sich der Mond spiegelte. Irgendwas stimmte nicht mit seiner Stimme. Ich war erschrocken über den plötzlichen Themenwechsel. Jetzt denkt er, es interessiert dich nicht, was er erzählt, dachte ich wütend.

»Oh, denen geht es gut. Wir haben schon für zwei von ihnen neue Familien gefunden. Also falls ihr noch interessiert seid, entscheidet euch besser schnell.« Ich war auch dankbar für das neue Thema, aber wie immer, wenn der nahende Abschied der Welpen zur Sprache kam, spürte ich einen dumpfen Druck auf der Brust. »Was sagt denn deine Frau? Möchte sie sie noch mal angucken kommen?« Ich hickste wieder. »Ich würde mich wirklich freuen, wenn ihr einen nehmt ...«

Weil ich dich sehr mag, fügte ich in Gedanken hinzu, und einen Moment hielten unsere Blicke einander fest, aber eine Wolke hatte sich vor den Mond geschoben und ich konnte seine Miene nicht deuten. Dann räusperte er sich plötzlich. »Ich, ja, also, meine Frau. Sie ...«

»Wie heißt sie eigentlich, Betty oder Karla?«, unterbrach ich. »Hab ich auch in der Bahn belauscht«, gestand ich leichthin und trank einen Schluck Bier.

Er lachte plötzlich schallend. »Um Gottes willen. Karla ist meine beste Freundin. Die, die gerade mit meinem besten Freund abgehauen ist«, erklärte er. »Und Betty ist unsere Nachbarin. Und momentan auch Haushaltshilfe.«

»Ah«, erwiderte ich nur und versuchte das, was er gerade gesagt hatte, mit dem übereinzubekommen, was ich in der Bahn mitbekommen hatte. Aber es war unmöglich, in meinem Kopf schwamm alles hin und her. Und mit all den Karlas und Bettys war es ja auch in nüchternem Zustand schon verwirrend genug gewesen. »Und, möchte deine Frau, wie auch immer sie heißt, noch einen Hund?«

»Also, ich ... Sie ...« Er brach ab und setzte die Bierflasche an. Nach ein paar Schlucken legte er plötzlich den Kopf in den Nacken, schloss für einen Moment die Augen und gab einen gequälten Laut von sich. »Scheiße. Was rede ich da eigentlich.« Er fuhr sich mit der Hand über die Augen und kniff sich kurz in die Nasenwurzel, als hätte er Kopfschmerzen. »Sie ... existiert nicht. Es gibt keine Frau. Ich bin nicht verheiratet. Es ... tut mir leid, ich weiß, wie das jetzt klingen muss, du denkst sicher, ich bin total verrückt ...«

Überrascht spuckte ich den Schluck, den ich gerade genommen hatte, wieder in die Flasche. »Was?«, fragte ich und spürte, wie er neben mir kurz zusammenzuckte.

»Ich weiß. Es ist nur ...« Er holte tief Luft, schien nicht zu wissen, wie er anfangen sollte. »Herr Kratzer hat am Telefon gesagt, dass die Hunde nur an Menschen mit Familie gehen, und ich ... ach«, er brach ab. »Ist ja auch egal. Jedenfalls war das Ganze ein Missverständnis. Also eigentlich kein Missverständnis. Ich habe gelogen. Ich weiß nicht warum. Ich lüge wirklich nie. Es war einfach eine Kurzschlussreaktion.«

»Ich verstehe nur Bahnhof«, sagte ich. Tatsächlich verstand ich gerade gar nichts mehr, denn genau in diesem Moment begann die Übelkeit. Ich hatte bei meinem Redeerguss immer weitergetrunken und nun auch die Bierflasche geleert. Und plötzlich merkte ich, dass ich durch das Hicksen und Weinen kurz davor stand, mich zu übergeben.

»Ich ... Das ist schwer zu erklären. Ich wollte einfach ...« Wieder schien es mir, als wollte er unbedingt etwas Bestimmtes sagen, brachte es aber nicht heraus.

Plötzlich holte er tief Luft. »Wenn ich ganz ehrlich sein soll, dann habe ich gar nicht wegen dem Hund angerufen. Ich habe wegen dir angerufen.« Er stockte. »Weil ich dich schon lange kennenlernen wollte ...«

Ich versuchte, mich auf seine Worte zu konzentrieren und gleichzeitig meine schwimmenden Gedanken und meinen

Magen unter Kontrolle zu behalten. Das machte doch alles gar keinen Sinn. Hatte er gerade gesagt, dass er mich kennenlernen wollte? Und verheiratet war er plötzlich auch nicht mehr. Und was hatte das mit den Hunden zu tun?

»Mich?«, fragte ich.

»Ich wollte es dir neulich im Garten schon sagen. Auch ich habe dich in der Bahn gesehen ... schon oft. Und ich fand dich so ... toll.« Er stieß das Wort in einem seltsamen Seufzer aus. Plötzlich klang er schrecklich nervös. »Ich habe schon so oft überlegt, dich anzusprechen. Aber ich wollte nicht ...«

»Marie? Hey, Marie!« Plötzlich vibrierte der Steg unter uns, und eilige Schritte näherten sich. Wie fuhren beide gleichzeitig herum. »Hier steckst du!«

»Nep?« Vom Mondlicht beschienen kam er auf uns zugelaufen. »Warum gehst du nicht an dein Handy?«, fragte er. »Hi. Alles klar?« Lächelnd begrüßte er Johannes, der nur nickte und ihn erschrocken anstarrte.

Ich zog mein Handy aus der Tasche und sah erst jetzt, dass er die ganze letzte Stunde über versucht hatte, mich anzurufen. »Du warst doch weg«, sagte ich. »Mit der Kellnerin.«

Verdutzt starrte er mich an. »Spinnst du? Denkst du, ich lasse dich einfach sitzen? Wir waren nur kurz eine rauchen.« Er kniete sich neben mich. »Alles ok mit dir?«, fragte er besorgt, denn er sah wohl, dass ich plötzlich meine Hand vor den Mund gepresst hatte.

»Nein«, stöhnte ich. Dann drehte ich mich um und erbrach mich in den See.

26

Jo sah den beiden nach, wie sie über den Steg davonwankten. Nep stützte Marie, die sich stöhnend den Bauch hielt. Alles in ihm schien zu vibrieren. Er fühlte sich seltsam losgelöst von seinem Körper, als schwebte ein Teil von ihm über dem See und beobachtete alles von oben. Gleichzeitig spürte er deutlich das raue Holz an seinen Oberschenkeln, das kalte Wasser an seinen Füßen. Was war hier gerade passiert? Sein Herz hämmerte.

Marie war hier gewesen! Marie Brunner, die Frau, von der er seit Wochen träumte. Er hatte mit ihr gesprochen. Wie eine Erscheinung war sie plötzlich hinter ihm aufgetaucht und hatte sich neben ihn gesetzt. Einen Moment lang hatte er geglaubt, dass er jetzt schon Wahnvorstellungen entwickelte. Er hatte nicht gerade wenig getrunken heute und ihre mondbeschienene Gestalt eine Sekunde für eine Alkoholphantasie gehalten.

Aber sie war echt gewesen.

Er hatte ihre Wärme an seiner Seite gespürt, den Geruch ihrer Haut wahrgenommen. Einmal hatte eine Brise ihre Haare gegen seinen Oberarm geweht, und alles in ihm hatte sich versteift und zu prickeln begonnen.

»Oh Gott!«, stöhnte er und ließ sich nach hinten fallen. Dann lag er eine Weile einfach da, beobachtete die blinkenden Sterne, die sich heute seltsam drehten, und dachte darüber nach, was für ein dämlicher Trottel er doch war.

Er hatte sie angelogen.

Und dann hatte er ihr all das erzählt, was man einer Frau auf gar keinen Fall erzählen sollte, wenn man wollte, dass sie einen interessant fand. Und nicht nur das, sie hatte ihm ihr Herz ausgeschüttet, und er war gar nicht richtig darauf eingegangen.

Er hätte ihr sagen sollen, dass alles wieder gut werden würde. Dass sie jemanden finden würde, der sie über alles liebte und der sie genau so haben wollte, wie sie eben war, großartig und liebenswert, lustig und besonders, verklebter Eierstock hin oder her. Dass es immer eine Lösung gab. Dass es auf diese Dinge nicht ankam, wenn es zwischen zwei Menschen einfach stimmte. Sie hatte so deutlich ihre Unsicherheit formuliert, und er hatte dagesessen wie der größte Vollpfosten und einfach gar nichts gesagt! Und nun wusste sie nicht nur, dass er einsam und verzweifelt war, sondern auch von seinem Vater und all den skurrilen Problemen, die er mit sich brachte. Und zur absoluten Krönung hatte er sie auch noch angebaggert, obwohl es ihr so schlecht ging, sie offensichtlich traurig und betrunken und durcheinander war. Genau die Situation, in der man einer Frau seine Gefühle gestehen sollte. Sauber, Jo!

Er haute mit der Faust auf den Steg. Er war der unsensibelste Holzklotz, den man sich vorstellen konnte. Das war seine Chance gewesen, die eine, einmalige Chance, die ihm das Schicksal wohl doch noch hatte gewähren wollen.

Und er hatte es so richtig verbockt.

Wahrscheinlich hatte sie sich absichtlich übergeben, um endlich abhauen zu können.

Als er sich aufraffte, um nach Hause zu gehen, hatten die Mücken ihn bereits halbleer gesaugt. Aber stärker als die Stiche brannte die Blamage in seinen Eingeweiden, und das schreckliche, magenumstülpende Gefühl, dass er soeben die Chance seines Lebens versaut hatte.

Er schloss die Tür auf und stolperte in die dunkle Küche. Es roch nach Essen. Plötzlich spürte er, wie hungrig er war. Nachdem Henne und Karla abgezogen waren, hatte er sich seltsam gefühlt. Er freute sich für die beiden, wünschte sich wirklich, dass sie endlich zueinander finden würden. Aber irgendwie machte es ihn auch traurig. Er fühlte sich ausgeschlossen. Für jeden schien es diesen einen, besonderen Menschen zu geben. Alle fanden ihn irgendwann, nur er nicht. Er wollte es sich nicht eingestehen, aber er hatte sich heute, inmitten der fröhlichen Menschen, besonders einsam gefühlt. Und dann hatte er auch noch Marie gesehen, wie sie mit Schleimer McSchleim, der beschissener Weise auch noch total nett zu sein schien, den Wettbewerb gewonnen hatte. Hatte sie beobachtet, wie sie danach neben ihm im Biergarten saß und sich vertrauensvoll an ihn schmiegte. Deswegen hatte er sich Alkohol geholt, so viel er tragen konnte, und war zum See gegangen. Das Bier hatte nicht nur seine aufgewühlte Seele ein wenig beruhigt, sondern ihn auch vergessen lassen, dass er den ganzen Tag über nur eine Pommesportion gegessen hatte. Aber als er jetzt Horsts Zwiebelauflauf sah, der in einer halbvollen Form auf dem Herd stand, überkam ihn wahnsinniger Hunger. Misstrauisch stocherte er zunächst mit der Gabel in dem Auflauf herum, aber dann siegte die Gier. An die Spüle gelehnt stopfte er ihn in sich hinein so schnell er konnte. Er schmeckte eigenwillig, nach Maggi und zu viel

Brühwürfel, aber das war ihm egal, und irgendwie tat das Salz auch ganz gut. Dann trank er noch ein letztes Bier, weil jetzt eh schon alles egal war, knipste das Licht aus und ging die Treppe hinauf. Er fühlte sich elend. Marie konnte er ein für alle Mal vergessen. Sie würde ihn nie und nimmer wiedersehen wollen.

Dieser Zug war abgefahren.

Eine Stunde später erwachte er mit schrecklichen Magenkrämpfen. Verwirrt fuhr er sich über die schweißnasse Stirn, dann rappelte er sich stöhnend hoch. »Scheiße«, murmelte er. »Was ist denn jetzt los?« Verwirrt tappte er ins Bad, aber schon im Flur drehte sich ihm plötzlich der Magen um. Er würgte krampfartig und schaffte es gerade noch zum Klo, wo er keuchend und spuckend über der Schüssel hing. Als er sich danach im Spiegel betrachtete, blickte ihm ein gespenstisch weißes Gesicht entgegen. Seine Augen glänzten fiebrig. Er putzte sich die Zähne, doch als er ausspuckte, musste er bereits erneut zum Klo hechten. Diesmal schoss es an der anderen Seite aus ihm heraus. Wenig später durchkämmte er leise fluchend auf der Suche nach etwas Krampflösendem den Badschrank, als plötzlich sein Vater in der Tür stand.

Er sah sich überrascht um. »Hab ich dich geweckt ...?«, wollte er fragen, doch er erkannte sofort, dass es etwas anderes sein musste. Auch Horst sah schrecklich aus. »Johannes, ich hab mir den Magen verdorben«, konnte er gerade noch stottern, bevor auch er zum Klo stürzte und sich würgend erbrach.

Jo versuchte, nicht so genau hinzusehen und das laute Platschen zu ignorieren. Rasch drückte er die Spülung, füllte den Zahnputzbecher mit Wasser und reichte ihn Horst. Seine Hände zitterten.

Wenig später saßen sie zusammen in ihren Bademänteln in der Küche. Horst klammerte sich an eine Tasse Kräutertee. »Mir ist schwindelig«, sagte er. Immer noch war er leichenblass. »Können wir jetzt nach Hause gehen?«

Jo nickte besorgt. »Ich rufe den Arzt an«, sagte er. Auch ihm ging es miserabel. Er hatte das Gefühl, dass alles vor seinen Augen verschwamm, wenn er sich zu schnell bewegte. Außerdem litt er immer noch unter heftigen Bauchkrämpfen. Als er dem Notruf die Situation beschrieb, sagte die Ärztin: »Hört sich für mich nach Vergiftung an. Was haben Sie in den letzten 24 Stunden zu sich genommen?«

»Vergiftung?« Jo war einen Moment sprachlos. »Pommes«, antwortete er dann. »Und Bier.« Er überlegte kurz. »Und ...«, er sprang auf und lief zur Spüle, wo die verkrustete Auflaufform in Spüli einweichte. »Können Sie einen Augenblick dranbleiben?«, fragte er und legte das Telefon hin.

»Papa. Was genau war denn in dem Auflauf?«

Horst sah ihn verwirrt an. Seine Augen glänzten dunkel. »Das weiß ich doch nicht«, antwortete er trotzig.

»Also hat ihn Betty gemacht?«, fragte Johannes stirnrunzelnd. Das konnte er sich nun wirklich nicht vorstellen, so wie der geschmeckt hatte. Er schnüffelte an der Form, aber das Spüli überdeckte jeden Geruch. Dann schaute er in den Kühlschrank und in den Abfalleimer. Plötzlich stutzte er. Und zog einen leeren Sack Blumenzwiebeln aus dem Müll. »Oh Gott«, stöhnte er. »Bitte nicht! Papa, hast du eventuell diese Zwiebeln zum Kochen verwendet?«, fragte er und hielt die Packung hoch. Horst verzog nur das Gesicht, und Jo merkte an seiner verständnislosen Miene, dass sein Vater gerade in keinem Zustand war, um zu diskutieren.

»Kann man Vergiftungserscheinungen bekommen, wenn man ... eine Packung Blumenzwiebeln isst?«, fragte er in den Hörer und kannte die Antwort, bevor er sie hörte.

»Aber freilich!«, sagte die Frau erschrocken. »Das ist gar nicht gut, besonders, wenn es mehrere Zwiebeln waren. Wie kann denn so was passieren?«

Jo schlug sich mehrmals mit der Hand gegen die Stirn. »Es war ein Auflauf«, stöhnte er. »Ein Zwiebelauflauf. Ich weiß auch nicht, er muss sie im Keller gefunden haben oder so ...«

»Und das haben Sie nicht geschmeckt?« Sie klang mehr als skeptisch. »Blumenzwiebeln riechen sehr scharf und sehen doch auch ganz anders aus als normale.«

»Was mein Vater kocht, schmeckt oft etwas seltsam. Außerdem mischt er so viel Maggi rein, dass das alles andere übertönt«, erklärte Jo und schloss einen Moment die Augen. »Was machen wir denn jetzt? Wir haben beide Brech-Durchfall und Schwindel.«

»Das klingt nicht gut. Es kann sein, dass Ihnen der Magen ausgepumpt werden muss. Ja, vermutlich sollte man das tun. Besonders, wenn Sie viel davon gegessen haben. Ich schick einen Wagen vorbei, Sie sollten keinesfalls selber fahren!«

Jo legte auf und ließ sich kraftlos an der Spüle entlang in die Hocke sinken. Das hatte gerade noch gefehlt. Das denkbar beschissenste Ende für den denkbar beschissensten Tag. Dann sprang er schnell wieder auf, weil sein Magen gefährlich rumpelte, und sprintete Richtung Toilette.

27

Das Haus wirkte freundlich. Einladend kuschelte es sich wie ein kleines Nest in die Kurve der Sackgasse. Ein Familienhaus, dachte ich, als ich es betrachtete. Ein bisschen zugewuchert und verwildert, das mochte ich. Der Garten schien langsam an das Haus heranzurücken, Efeu zog sich über das Dach, ein paar knorrige Apfelbäume bogen sich unter der Last roter Früchte, und in den Hecken sangen die Amseln. Ich blieb vor dem Zaun stehen und las das Schild.

Schraml, stand in verblassten Buchstaben über dem Zeitungsrohr. Ich hatte nicht lange rumfragen müssen, es gab nur eine Familie mit dem Namen im Ort. Das Herz pochte mir im Hals. Als ich das Tor aufstieß, huschte eine Erinnerung durch meine Gedanken, als wäre ich hier irgendwann schon einmal gewesen. Nun gut, das konnte auch durchaus sein, schließlich war Herrsching wirklich nicht groß, dachte ich und lief über den Gartenweg.

Mir fiel auf, dass eine der Mülltonnen eine ordentliche Beule hatte. Ich war also richtig.

Als ich klingelte, hallte der Ton dumpf im Haus wider. Nichts regte sich.

Ich klingelte noch einmal, aber es blieb totenstill. Ungeduldig drückte ich den Daumen ganze zehn Sekunden auf den Knopf. »Komisch, zumindest sein Vater müsste doch da sein«, murmelte ich und lugte durch das schmale Fenster in der Tür. Dann zuckte ich enttäuscht mit den Schultern. Kurz überlegte ich, ob ich eine Nachricht schreiben sollte. Aber all das, was ich sagen wollte, passte nicht auf einen Zettel.

Vor allem wollte ich mich entschuldigen.

Ich konnte es eigentlich immer noch nicht fassen, wie dämlich ich mich am Abend zuvor verhalten hatte. Er war so rücksichtsvoll gewesen, hatte mir stundenlang zugehört, ohne blöde Ratschläge zu geben, hatte mein Geheule, das Gejammer und mein konfuses Gestammel ertragen. Zu alledem hatte er mir gestanden, dass er mich offensichtlich schon länger hatte ansprechen wollen – was mich vollkommen überfordert hatte.

Und als Dank hatte ich ihm vor die Füße gekotzt.

Und war dann einfach abgehauen.

Noch dazu hatte ich nicht mal richtig zugehört, als er mir von seinem Vater und seinen Problemen erzählte. Er musste mich für die selbstsüchtigste, unsensibelste Kuh der Welt halten. Und was ich ihm alles erzählt hatte ... Ich seufzte, als mir die Worte verklebter Eierstock und Supertampons durch den Kopf hallten. Ich hatte richtig schön bildhaft all die Dinge beschrieben, die kein Mann so genau wissen wollte – schon gar nicht von einer Frau, die er überhaupt nicht kannte –, und das Ganze mit ein bisschen Hysterie und Selbstmitleid gewürzt.

Die perfekte Mischung, um jemanden für immer zu vergraulen.

Wahrscheinlich ist er doch da und versteckt sich gerade hinter dem Vorhang, dachte ich und spähte am Haus hinauf. Weil er dich nämlich nie wieder sehen möchte.

Ich hoffte, dass ich ihn vielleicht am nächsten Tag in der Bahn treffen würde, und stieg wieder auf mein Fahrrad.

Auf dem Heimweg radelte ich bei Seyhan vorbei. Bei Kater und angeschlagenem Selbstwertgefühl ging nichts über einen Falafelteller.

»Ach, Marie«, Seyhan winkte mit seiner Dönerschippe. »Na, sind die Hunde alle untergekommen?«

Ich nickte traurig. Eine weitere Sache, an die ich eigentlich gar nicht denken wollte. Schwermütig zog ich mir einen Hocker heran und lehnte mich auf die Theke. »Alle außer zwei«, erzählte ich. Tatsächlich hatte ich Nils und Erbse absichtlich noch zurückgehalten. Ich konnte mich einfach nicht von Nils trennen, obwohl ich wusste, dass er zu klein war, um ihn den ganzen Tag alleine zu lassen, und es unverantwortlich von mir wäre, ihn zu behalten. Und irgendwie hatte ich die Hoffnung, dass meine Mutter, falls alles gutgehen und sie doch hier in Herrsching bleiben würde, sich vielleicht entschied, ihren erklärten Liebling Erbse zu adoptieren. Es würde ihr guttun, da war ich sicher. Etwas zum Kümmern und Liebhaben tat jedem gut.

»Fällt dir schwer, der Abschied, hm?«, brummte Seyhan mitleidig und schob mir Oliven hin. Ich verzog den Mund und nahm mir eine aus dem Töpfchen. »Und wie«, gestand ich.

Er tat sein Bestes, um mich aufzumuntern. Kurz darauf klatschte er mir eine Riesenportion Trost-Hummus neben die Pommes. Dann legte er zwinkernd erst eine und dann eine zweite Peperoni obendrauf. »Kriegst nur du!«, lächelte er, und ich warf ihm ein Luftküsschen zu.

»Und Johannes!«

Ich hustete und spuckte den Olivenkern, den ich gerade in den Hals bekommen hatte, in die Handfläche. »Wer?«, fragte ich erstaunt.

»Johannes. Schraml. Ihr kennt euch doch! Hat er zumindest neulich erzählt. Er hat nach dir gefragt. Wart zusammen im Kindergarten, meinte er. Einer meiner freundlichsten Kunden. Isst jetzt übrigens auch immer Falafel. Wegen Klimawandel. Find ich ja super, wenn man das so durchzieht.«

Ich saß mit offenem Mund da. Plötzlich hatte ich ein Bild von einem dünnen Jungen mit wuscheligem braunen Haar vor mir, der im Kindergarten am Klettergerüst Luftrollen machte. »Jo Schraml. Das gibt's ja nicht«, flüsterte ich.

»Und ... sag mal. Kommt er oft her?«, fragte ich dann beiläufig, als ich mich wieder gefasst hatte, und tauchte eine Peperoni in Olivenöl.

Er nickte. »Oh jaaa, mindestens zweimal die Woche. Manchmal auch öfter.«

Plötzlich war ich ganz aufgeregt. Ich kramte einen Kuli aus dem Rucksack und schrieb meine Handynummer auf eine Serviette. »Du, kannst du ihm vielleicht sagen, dass er sich bei mir melden soll, wenn er das nächste Mal kommt? Ich äh ... muss ihn dringend sprechen. Ich war eben bei ihm daheim, aber es macht niemand auf.«

»Ist ja seltsam, Horst muss doch eigentlich da sein«, sagte Seyhan mit zusammengezogenen Augenbrauen.

»Das dachte ich auch, aber es ist alles still und verlassen. Das wäre mir eine große Hilfe.«

»Geht klar, bestimmt kommt er heute noch, er war schon ein paar Tage nicht hier«, nickte Seyhan und schob sich die Serviette unter die Schürze.

Als ich heimfuhr, war ich ganz beschwingt. Wie die Zufälle doch manchmal so spielten, dachte ich. Erst trafen wir uns am See, und dann stellte sich heraus, dass wir auch noch zusammen im Kindergarten waren. Das musste doch etwas bedeuten. Er würde sich sicher melden, und dann konnte ich mich entschuldigen und alles erklären und ihn fragen, ob er mit mir ausgehen wollte, dachte ich und setzte mich mit meiner Falafel und Nils auf den Steg, wo er hin und her lief und das Wasser anbellte.

Nach unserem Gespräch am See musste ich unaufhörlich an Johannes denken. Schon vorher hatte ich gespürt, dass ich ihn mochte, dass da irgendwas an ihm war, das mich anzog. Aber ich hatte ja die ganze Zeit angenommen, dass er verheiratet wäre, und meine Gefühle ignoriert. Wenn ich aber jetzt an ihn dachte, fühlte ich mich seltsam, irgendwie schwindelig und leicht. Ich gestand mir ein, dass ich ihn wirklich mochte. Verliebst du dich etwa, Frau Brunner?, dachte ich und hielt nachdenklich die Füße ins Wasser.

Ich war schon so lange nicht verliebt gewesen ... und aus gutem Grund. Der Gedanke machte mir Angst, er verunsicherte mich, ließ mich nervös meine Lippe zerkauen und unruhig auf den See hinausstarren, meine Falafel vergessen neben mir.

Einen Moment überflutete mich wieder die Scham, als ich an unser Gespräch und mein betrunkenes Gestammel dachte. Aber eigentlich war ich froh über mein alkoholisiertes Geständnis. Er wusste es nun. Wusste buchstäblich alles. Ich brauchte keinen Gewissenskonflikt mehr zu haben. Wenn er mit meiner Krankheit und ihren Konsequenzen nicht umgehen konnte, war das eben so, ich spielte nun mit offenen

332

Karten, und das fühlte sich wahnsinnig beängstigend und erleichternd zugleich an. Ich konnte nicht ewig vor meinen Gefühlen davonlaufen. Frau Obermüller hatte schon recht, er musste raus aus dem Sand, mein Kopf. Ich musste Johannes auf jeden Fall klarmachen, dass ich keine so unsensible Kuh war, wie es an dem Abend ausgesehen hatte. Und vielleicht hatte ich ja doch noch nicht alles ruiniert. Vielleicht konnte ich ihm erklären, dass es mir nicht egal war, wie es ihm ging und was mit seinem Vater passierte. Vielleicht würde er anrufen.

Sicher würde er anrufen.

Aber er rief nicht an.

Nicht am nächsten Tag und auch nicht am Tag darauf.

Schließlich nahm ich mein Rad und fuhr erneut bei ihm vorbei. Doch es öffnete wieder niemand. Ich ertappte mich dabei, wie ich alle zwei Minuten auf mein Handy starrte. Bei der Arbeit war ich unkonzentriert und machte Fehler, beim Bahnfahren konnte ich nicht stillsitzen und sah an jeder Ecke sein Gesicht.

Ein paarmal überlegte ich, zu Seyhan zu radeln und ihn zu fragen, ob er Johannes meine Nachricht schon überbracht hatte. Doch ich tat es nicht. Ich hatte dann doch zu viel Angst vor der Antwort. Stattdessen googelte ich das Telefonbuch und rief noch mehrmals bei Schramls auf dem Festnetz an, aber als auch da niemand abnahm, gab ich es auf. Die ganze Woche über hielt ich in der Bahn Ausschau nach ihm, ich lief das Gleis ab, stieg an jeder Station in einen anderen Wagen um, damit ich ihn nicht verpasste. Ich fragte sogar einige der anderen Pendler, die ich auch jeden Tag auf dem Weg zur

Arbeit sah, ob sie ihn vielleicht kannten und ihn gesehen hatten. Aber er war nicht da, und niemand hatte etwas von ihm gehört.

Es war, als hätte er sich vor mir versteckt.

»Jetzt schieb den Bauch eben nicht so vor!« Mit kritisch geschürzten Lippen drückte meine Mutter mir eine flache Hand gegen den Magen und zupfte mit der anderen an meinem Dekolleté herum. Wir standen beim Lodenfrey in der Trachtenabteilung, weil sie mir unbedingt ein Wiesn-Outfit kaufen wollte. Ich hatte mich für eine sonnengelbe Variante mit kleinen Blumen entschieden, doch schon als ich es vom Haken nahm, hatte ich sehen können, dass ihr etwas daran nicht passte.

»Bei dem Ausschnitt schaut niemand auf meinen Bauch, Mama, das kann ich dir versprechen«, antwortete ich und warf im Spiegel einen Blick auf meine hochgedrückten Brüste. »Die sehen ja aus wie eine Rettungsweste. Außerdem kommt da ja noch die Schürze obendrauf.«

»Zum Glück«, sagte sie streng und winkte der Verkäuferin. »Huhu. Schaun' Sie doch mal, was halten Sie denn davon? Irgendwie sitzt das doch nicht so, wie's soll!«, sagte sie, und beide blieben mit schiefgelegtem Kopf vor mir stehen und musterten mich abschätzend.

Ich lächelte gequält.

»Na ja, ich sage es mal so, bei den günstigeren Modellen zwackt es eben manchmal an der Fertigung«, erklärte die Verkäuferin mit falschem vertrauensvollem Lächeln, und meine Mutter nickte bestätigend. »Dies ist eines unserer Modelle aus der ... wenn Sie so wollen ›unteren‹ Preisklasse.« Sie machte Gänsefüßchen in der Luft. »Die Designer-Dirndl sind da natürlich ganz anders verarbeitet.« Ich sah, wie meine Mutter sofort auf das Gesäusel ansprang. »Dann zeigen Sie uns doch mal eines!«, nickte sie. »Es soll ja auch ein bisschen was Fesches sein. Sie ist immer so sportlich unterwegs, die Marie. Das passt einfach nicht auf die Wiesn.«

»Mama, ich will nicht, dass du so viel Geld für ein bescheuertes Dirndl ausgibst«, sagte ich, als sie sich schon umgedreht hatte, um der Verkäuferin zu folgen, die mir jetzt einen entrüsteten Blick zuwarf, den ich gekonnt ignorierte. »Das ist doch Schwachsinn, ich trag es ja nur einen Tag.«

»Einen wichtigen Tag! Du wirst doch an Nepumuks Seite sein. Dort ist überall Presse, Marie. Und man hat doch schon Wind von dir bekommen, auf der Gala neulich. Glaub mir, die werden sich nur so auf euch stürzen. Du willst ihn doch nicht blamieren.«

»Ja, aber ... mir gefällt das hier«, rief ich, doch sie war schon in den High-End-Bereich des Ladens entschwunden und machte eine Geste mit der Hand, die mir signalisierte, dass sie mich hörte, aber ignorierte. Dass Nep nichts auf der Welt egaler sein würde als mein Wiesn-Outfit, brauchte ich ihr gar nicht erst hinterherzurufen. Letztes Jahr hatte er Fußballstutzen und Badelatschen zur Lederhose kombiniert. Als Wiesn-Royal und Zelterbe konnte er sich alles erlauben, und die Presse war auf seinen Look tatsächlich abgefahren wie auf warme Semmeln. »Heutzutage kann man doch eh alles tragen«, brummte ich, aber sie waren schon zwischen den bunten Stoffen verschwunden.

Vorsichtig sah ich mich um und zog dann mein Handy aus dem Rucksack.

Alles nach Plan?, tippte ich und drückte auf Senden.

Alles roger. Aber seid bloß pünktlich!, kam die postwendende Antwort von Inge.

Ich geb mein Bestes!, schrieb ich zurück, dann ließ ich das Handy schnell wieder verschwinden, als meine Mutter mit der Verkäuferin im Schlepptau zurückkam. »Also, da musst du unbedingt reinschlüpfen!«, rief sie aufgeregt. »Das ist von Cathy Hummels!«

»Wer?«, fragte ich uninteressiert und drehte das Preisschild um. Als ich die vielen Nullen sah, schnappte ich nach Luft. »Das kann nicht dein Ernst sein!«

»Marie, bei der Fashion darf man nicht knausern. Jetzt probierst es eben an! Und du weißt doch, Franz hat gesagt, er beteiligt sich. Er freut sich, wenn er dir mal ein Geschenk machen kann, er hat immer das Gefühl, du magst ihn nicht. Wir wollen dir eben was Gutes tun. Und bei ihm kommt's ja nun wirklich nicht aufs Geld an.«

Bei diesen Worten zuckte ich unmerklich zusammen. Aber ich erkannte schon an ihrem Blick, dass wir übermorgen noch hier stehen würden, wenn ich nicht mitspielte. Also nahm ich widerstrebend das Kleid und verschwand in der Kabine.

Wenig später traten wir vollbeladen auf den Promenadenplatz hinaus. Da meine Mutter nur unter dem Vorwand, ein Dirndl zu brauchen, erst von mir in die Stadt gelockt worden war, hatte ich mich nicht ganz verweigern können, aber es war, nach viel Hin und Her, dann doch das sonnengelbe Modell geworden.

»So, und jetzt gönnen wir uns noch was Leckeres!«, rief meine Mutter. Sie strahlte übers ganze Gesicht. Bei ihrem Anblick schüttelte es mich vor Schuldgefühlen.

Ich hatte im *Les Deux* reserviert, einem ihrer Münchner Lieblingsrestaurants, wo schon eine Vorspeise so viel kostete wie ein kleiner Urlaub. Nur hieß sie da natürlich auch nicht Vorspeise, sondern Entrée.

Es lag ganz in der Nähe, so dass wir zu Fuß laufen konnten. Ich sah unauffällig auf die Uhr. Wir lagen gut in der Zeit. Inzwischen kribbelte alles in mir vor Anspannung.

Als wir unseren Tisch zugewiesen bekamen, achtete ich darauf, dass sie mit dem Rücken zum Ausgang saß. Ich lächelte dem älteren Herrn am Nachbartisch zu, der alleine seine Suppe aß. Wir studierten gerade die Karten – auf denen ich vergeblich etwas Veganes suchte –, als plötzlich jemand rief: »Huhu, Gabi, Marie!« Inge zog einen Stuhl heran und setzte sich zu uns.

»Das gibt's ja nicht, was machst du denn hier?« Perplex umarmte meine Mutter sie. »Ja, lustig nicht?« Inge wich ihrem Blick aus und kramte in ihrer Handtasche.

»So ein Zufall!«, meine Mutter schüttelte lachend den Kopf. Wir beide vermieden es, ihr in die Augen zu sehen.

»Hallo ihr Lieben!«, Hannelore winkte und ließ sich außer Atem auf einen Stuhl fallen. »Puh, so warm heute!«

Meine Mutter starrte sie an. »Was ist denn hier los?«, fragte sie verdutzt, doch genau in dem Moment umarmte Waldtraut sie von hinten. »Gabi!«, rief sie und gab ihr ein Busserl auf die Wange. »Habt ihr denn noch Platz für mich?« Sie wartete nicht auf eine Antwort, sondern nahm sich einen Stuhl vom Nachbartisch.

»Also jetzt versteh ich gar nichts mehr. Woher wusstet ihr denn ... Habt ihr euch alle hier verabredet?«, fragte meine Mutter verblüfft. »Marie, hast du das etwa geplant?«

Ich antwortete nicht, sondern sah Inge an. Die blickte kurz auf ihr Handy und nickte mir dann zu. »Fünfzehn Minuten«, formte sie mit den Lippen.

Ich holte tief Luft. Es konnte losgehen.

»Mama ...«, begann ich vorsichtig. »Erschrick jetzt nicht, okay? Wir sind hier, weil wir dir etwas Wichtiges sagen müssen.«

Sie sah mich mit großen Augen an und lächelte dann unsicher. »Aber geh. Was redest du denn? Ist was passiert?« Erschrocken wandte sie sich an Inge. »Geht es allen gut?«

Inge legte ihr die Hand auf den Unterarm. »Es ist niemandem etwas passiert, Gabi, keine Sorge. Es geht um Franz.«

»Franz? Ja, um Himmels willen, was ist denn mit ihm?«

»Oh, dem geht's gut. Viel zu gut, würde ich meinen.« Hannelore verschränkte die Arme vor der Brust.

»Wovon sprecht ihr denn nur?« Meine Mutter schien jetzt ganz aufgeregt. Sie tat mir so leid. Eben noch war sie überglücklich gewesen, und nun würden wir ihr das Herz brechen.

Ich nahm über den Tisch ihre Hände. »Mama. Bitte hör mir jetzt einfach mal ganz kurz zu, okay?«, sagte ich sanft. Dann erzählte ich, was wir herausgefunden hatten.

Sie wurde abwechselnd blass und rot, dann schlich sich eine grünliche Färbung auf ihre Wangen. »Das kann nicht sein!«, flüsterte sie. »Ihr verwechselt da was!«

Inge schüttelte sanft den Kopf. »Leider nicht, Gabi-Herz«, versicherte sie mitleidig.

338

»Aber das *muss* eine Verwechslung sein! Vielleichte ein altes Profil, oder jemand hat seine Identität gestohlen.« Sie lachte nervös. »Ich meine ... Was hätte er denn davon?«

»Oh, eine ganze Menge sogar«, erwiderte Waldtraut. »Allein die letzte Zeit, in der du so viel für ihn bezahlt hast. Und sollst du ihm Geld für die Wohnung überweisen oder nicht? Musst du dafür einen Kredit aufnehmen oder nicht?«

»Ja, aber doch nur vorübergehend!« Meine Mutter schüttelte den Kopf. Ich konnte sehen, dass sie verunsichert war, aber immer noch glauben wollte, dass es sich um ein riesengroßes Missverständnis handelte. »Er hat eben alles in Gold investiert, das habe ich euch doch schon erklärt. Da kann man nicht so mir nichts, dir nichts eine große Summe einfach rausholen, versteht ihr? Das ist ja alles festgefroren!«

»Gabi, hast du nicht zugehört?« Inge sprach freundlich aber bestimmt. »Wir haben alle Dating-Seiten durchsucht, die für unser Alter in Frage kommen. Parship, ElitePartner, LemonSwan und was es nicht alles gibt. Wir haben uns falsche Profile gemacht, damit er uns nicht erkennt. Und wir haben drei verschiedene Varianten von ihm gefunden, Gabi. Mit verschiedenen Namen. Er hat sich in den letzten Wochen dort angemeldet. Weil er schon die Nächste sucht. Verstehst du nicht?«

Meine Mutter schaute trotzig und gleichzeitig verängstigt. Ihre Unterlippe begann leicht zu zittern. »Das würde er mir niemals antun!«, flüsterte sie. Dann griff sie plötzlich nach ihrem Handy. »Ich muss ihn anrufen!«

»Mama. Warte!« Schnell stand ich auf und nahm ihr das Handy aus der Hand. Ich seufzte leise. »Ich habe mir schon gedacht, dass du uns wahrscheinlich nicht glauben wirst«, sagte ich. »Deswegen habe ich noch ein wenig Unterstützung mitgebracht.« Ich trat ein Stück vom Tisch zurück. »Erinnerst du dich, dass vor ein paar Wochen mal eine Gruppe Radfahrer vor meinem Wagen kollidiert ist?«, fragte ich, und sie nickte verwirrt.

»Ich sag ja immer, zieh dir was an beim Schwimmen!«

Ich ignorierte die Spitze. »Mit einem dieser Radfahrer bin ich noch immer in Kontakt. Darf ich vorstellen, Hubert Moser.«

Der ältere Herr am Nachbartisch stand auf, legte seine Serviette neben den leeren Suppenteller und trat an unseren Tisch. Wir umarmten uns kurz, dann begrüßte er die Gruppe mit einer kleinen Verbeugung. »Die Damen!« Er lächelte breit. »Gestatten: Moser, Kriminalpolizei. Oder eher: Exkriminalpolizei. Bin schon einige Jahre im Ruhestand. Deswegen hatte ich auch Zeit, vor einigen Wochen um Ihren herrlichen See zu radeln und habe dabei die Marie und ihren kleinen Wagen kennengelernt. Und meinen ersten Wasserkefir getrunken. So eine nette Begegnung, gell, Marie?«

Ich nickte bestätigend.

Meiner Mutter war die Kinnlade runtergeklappt. Inge fing meinen Blick auf. »Fünf Minuten!«, formte sie mit den Lippen und hielt eine Hand in die Höhe.

Ich nickte und heftete meinen Blick auf den Eingang des Restaurants.

»Würden die Herrschaften gerne schon die Entrées bestellen?«, fragte die Bedienung, die nun bereits zum dritten Mal an unseren Tisch kam. »Wir brauchen noch einen Moment«, erklärte ich, ohne die Tür aus den Augen zu lassen. Hubert setzte sich jetzt neben meine Mutter und legte eine

Akte vor sie auf den Tisch. »Die Marie hier hat mich vor ein paar Wochen angerufen und mich gebeten, ein paar Nachforschungen über einen gewissen Franz Gruber anzustellen. Meine Ergebnisse sehen Sie hier vor sich, Frau Brunner. Wenn Sie vielleicht selber schauen wollen?« Er schob ihr die Akte hin.

Meine Mutter war zur Salzsäule erstarrt. Es dauerte ein paar Sekunden, bis Bewegung in sie kam, dann blinzelte sie und öffnete mit zitternden Fingern die Mappe. Es kam mir vor, als würde das alles in Zeitlupe geschehen. Sie blätterte durch die Papiere, und ich sah, wie ihr Gesicht immer blasser wurde, falls das überhaupt noch möglich war. »Aber das ... Ich verstehe das nicht!«, sagte sie leise.

Hubert rückte ein Stück zu ihr ran und begann mit sanfter, aber eindringlicher Stimme zu erklären. »Franz Gruber existiert nicht. Oder er existiert schon, aber er ist nicht der Mann, den sie unter dem Namen kennengelernt haben. Bei dem handelt es sich um einen gewissen Anton Wörter. Es liegen mehrere Anzeigen gegen ihn vor, wahrscheinlich hat er deshalb eine andere Identität angenommen. Ich kann Ihnen bestätigen, dass alles, was Ihre Freundinnen hier behaupten, die ich im Übrigen sehr für Ihren Einsatz bewundere, der Realität entspricht!« Während er sprach, lächelte er Inge anerkennend zu, und sie wurde zu meiner Überraschung rot bis unter die Haarwurzeln. »Bei Ihrem Partner handelt es sich um einen landesweit gesuchten Betrüger«, verkündete Hubert und lehnte sich im Stuhl zurück.

Plötzlich sprang meine Mutter auf. »Ich glaube das alles nicht. Das ist doch kompletter Blödsinn, ich muss mit ihm selbst reden!«, rief sie und griff nach ihrer Tasche.

»Das kannst du auch«, sagte ich.

Etwas in meinem Ton ließ sie aufhorchen.

Denn da waren sie.

Franz und die blonde Frau an seinem Arm. Meine Mutter erstarrte mitten in der Bewegung. Wir *alle* erstarrten und blickten stumm zu dem Pärchen am Eingang.

»Aber Hannelore, ist das nicht deine ...«, stotterte meine Mutter leise.

»Tochter«, beendete Hannelore den Satz. »Ganz genau.«

Es stand außer Frage, dass es sich bei den beiden nicht um Bruder und Schwester handelte. Die Frau sah verliebt zu Franz auf, sie hielten Händchen, und als sie den Tisch zugewiesen bekamen und er ihr den Stuhl zurechtschob, strich er ihr über den Arm. Die blonde Frau hob kurz den Blick und sah mich an. Sie nickte unmerklich.

Dann ging alles ganz schnell. Von hinter der Theke kamen zwei Polizeibeamte in Zivil und traten an den Tisch. Sie sagten etwas zu Franz, der erschrocken aufsprang. Eine Sekunde stand er einfach da und schien nicht zu wissen, wie er reagieren sollte, dann rannte er plötzlich in Richtung Tür. Doch die Beamten waren schneller, sie packten ihn und drehten ihm die Arme auf den Rücken. Dann legten sie ihm Handschellen an.

Empört schimpfte er und wehrte sich, doch dann erstarrte er, als sein Blick auf meine Mutter fiel, die langsam ein paar Schritte auf ihn zugegangen war. »Gabi!«, stieß er hervor. »Gabi, das ist alles eine Verwechslung!«

Meine Mutter blieb einen Moment lang stehen. Wir alle hielten den Atem an. Ich dachte schon, dass sie sich gar nicht mehr bewegen würde, doch dann schoss sie plötzlich auf ihn zu, packte im Gehen ein volles Weinglas von einem der Tische und schüttete es ihm mitten ins Gesicht. »Du Schwein!«, zischte sie. »Wie konntest du nur!«

Wir waren alle hinter ihr hergestürzt, um sie zu schützen, doch sie war mit einem Mal ganz ruhig. Sie strich sich die Haare aus dem Gesicht, drehte sich würdevoll um und ging an uns vorbei zu unserem Tisch zurück, wo Hannelore sie in die Arme schloss.

Franz sagte nichts. Wegen seiner gefesselten Hände konnte er sich den Wein nicht aus dem Gesicht wischen, also blinzelte er nur und starrte ihr perplex hinterher. Dann wurde er abgeführt. Genau in dem Moment, als die Beamten ihn durch die Tür schieben wollten, ging diese auf, und Leopold kam herein. Die beiden Männer standen sich eine Sekunde gegenüber und sahen sich in die Augen. Ich hatte Leopold noch nie so zufrieden grinsen sehen.

»Franz!«, sagte er nur und ließ ihn mit einer halben Verbeugung vorbeigehen. »Oder soll ich lieber sagen Anton?«, rief er ihm dann hinterher und beobachtete genüsslich den kläglichen Abgang seines Widersachers.

»Was machst du denn hier?«, rief ich erstaunt, als er auf uns zukam.

»Ich dachte mir, ich bringe euch nach Hause!« Sein Blick wanderte zu meiner Mutter, die auf einen Stuhl gesunken war und nun doch wieder ziemlich blass aussah. »Das Auto steht vor der Tür.«

Erst als wir uns langsam durch den Münchner Feierabendverkehr schlängelten, begann sie zu weinen. Leise zunächst, dann fingen ihre Schultern an zu beben und trockene

343

Schluchzer brachen aus ihr heraus. Ich lehnte mich vor, legte von hinten einen Arm um sie und murmelte beruhigend auf sie ein. Leopold sagte nichts, aber er reichte ihr ein Taschentuch, und als sie es nahm, drückte er einen Moment ganz fest ihre Hand.

28

Er stand auf dem Gleis und beobachtete die Menschen. Was gäbe er jetzt darum, mit einem kühlen Bier bei den Amseln im Garten zu sitzen. Es war voll und laut, noch dazu trotz der abendlichen Stunde immer noch schwülwarm. Als die Bahn einfuhr, drängelten alle wie immer gleichzeitig auf die Tür zu. »Komm's nei, da könn's nausschaugn!«, hallte es fröhlich durch die Lautsprecher. Er rollte mit den Augen und stieg als einer der Letzten in den Wagen. Er fragte sich, ob er jetzt für immer dieses Herzklopfen haben würde, wenn er an einem Bahnhof stand, auch wenn es gar nicht die S8 war, die er nahm.

Ob er sein Leben lang nach blonden Locken Ausschau halten würde.

Erschöpft stellte er die Tüte mit Obst, Büchern und Schokoladenkeksen neben seine Laptoptasche auf den Boden. Er kam direkt aus dem Büro und fühlte eine bleierne Müdigkeit. In der Krankenhaus-Cafeteria holte er sich als Erstes einen doppelten Espresso, auch wenn es schon Abend war und er später nicht würde schlafen können.

Nachdem ihnen beiden der Magen ausgepumpt worden war, eine extrem schmerzhafte und entwürdigende Prozedur, bei der er einen Beißring tragen musste, war er selber, von den seelischen Narben einmal abgesehen, relativ schnell

345

wieder auf dem Damm gewesen. Sein Vater jedoch hatte eine Lungenentzündung bekommen. Man wusste nicht so genau, warum, ob es mit dem Gift zu tun hatte, mit der Narkose oder ob Horst schon vorher angeschlagen gewesen war, auf jeden Fall lag er nun schon seit zwei Wochen im Krankenhaus. In den ersten Tagen war Jo rund um die Uhr dageblieben, hatte in der Cafeteria einen Tisch mit seinem Laptop belegt und von dort aus gearbeitet. Seine Brüder waren auch gekommen, sogar ein paar Tage geblieben, um ihn zu unterstützen und nach Horst zu sehen, aber wirklich geholfen hatte das niemandem. Sie alle mussten ihr Leben weiterleben. Er fuhr trotzdem jeden Morgen früher zur Arbeit, damit er abends noch im Krankenhaus vorbeischauen konnte.

Seinem Vater ging es heute besser. Betty war, wie eigentlich jeden Tag, zu Besuch gekommen, er war guter Dinge und wenn auch schwach, so doch beinahe ganz klar im Kopf. Jo las ihm ein bisschen aus der Zeitung vor, fütterte ihm einen Wackelpudding und fuhr dann erschöpft nach Hause. Die letzten Wochen hatte er immer in der Stadt schnell etwas auf die Hand gegessen oder sich in der Cafeteria mit Brezen versorgt. Die Tage nach dem Auspumpen hatte er ohnehin kaum Appetit gehabt und nichts Fettiges bei sich behalten können. Aber heute würde er bei Seyhan vorbeischauen. Der Gute dachte sicher schon, er habe ihn vergessen.

»Jo, das gibt's ja nicht. Bist du wiederauferstanden?«, grüßte er ihn strahlend. Er nickte und erzählte kurz, was passiert war. »Ja das ist ja unglaublich. Blumenzwiebeln, hast du so was schon gehört?« Seyhan kam aus dem Staunen nicht mehr heraus. Jo war die Geschichte ziemlich peinlich, er fand, dass Magenauspumpen wegen Blumenzwiebelvergiftung so ziemlich der unheroischste Grund der Welt war, um ins Krankenhaus zu kommen, und wechselte schnell das Thema.

»Und bei dir alles gut?«, fragte er und nahm sich eine Olive aus dem Töpfchen, das Seyhan ihm hinschob.

»Freilich, alles beim Alten. Du, da fällt mir was ein!« Seyhan griff unter die Arbeitsfläche und holte eine bekritzelte Serviette hervor. »Die Marie war da. Hat drum gebeten, dass du dich bei ihr meldest. Aber sie hat dich ja sicher inzwischen erreicht.«

Jo erstarrte.

Dann hustete er ganz schrecklich und spuckte den Olivenkern aus, den er vor Schreck in den Hals bekommen hatte.

»Wie bitte?«, fragte er und schaute mit tränenden Augen auf seine Serviette.

»Ist schon 'ne ganze Weile her, dass sie's mir gegeben hat, du warst ja so lange nicht da. Sie meinte, sie ist bei euch vorbeigefahren, aber es war keiner zu Hause. Komisch, hab ich gesagt, der Horst muss doch daheim sein, aber jetzt erklärt es sich natürlich.« Seyhan lächelte unschuldig, nicht wissend, was seine Worte gerade ins Jos Innerem anrichteten. »Wahrscheinlich wart ihr da schon beim Auspumpen.«

»Und, was hat sie gesagt?«, krächzte er und hatte das Gefühl, seine Stimme würde ihm jeden Moment versagen.

»Nicht viel, wollte nur mit dir sprechen.« Seyhan zuckte die Schultern.

Jo hatte den Weg nach Hause noch nie so schnell zurückgelegt wie an diesem Abend. Noch an Seyhans Bude hatte er bereits mehrmals versucht, Marie zu erreichen, aber er kam nicht durch. Ihr Handy war ausgeschaltet, immer sagte ihm

347

eine blecherne Stimme, dass der Teilnehmer, den er zu erreichen versuchte, momentan nicht verfügbar war.

Er schmiss seinen Laptop in die Ecke, sprang unter die
Dusche, zog sich ein frisches Shirt über den Kopf und warf
sich auf sein Fahrrad. Als er Maries Gartenpforte zur Seite
drückte, lief ihm der Schweiß den Nacken hinunter.

Er hatte mehrmals geklingelt, doch alles war stumm gelie-
ben. Langsam lief er über die Wiese und hoffte, dass Dexter
ihm heute noch genauso freundlich gesonnen sein würde wie
neulich.

»Hallo?«, rief er, als er sich dem Wagen näherte. »Hallo,
Marie?«

Alles war still. Sie schien nicht zu Hause zu sein. Wie schön
es hier war, dachte er. Wie ruhig und friedlich. Er betrachtete
ihr Hochbeet, die Kapuzinerkresse, die vielen bunten Blumen. Alles passte so gut zu ihr, er konnte sich vorstellen, wie
sie hier morgens saß und frühstückte oder in der Hollywoodschaukel ein Buch las, die Schlappen auf dem Boden und
einer der kleinen Hunde auf ihrem Bauch. Er hätte alles dafür
gegeben, in diesem Bild auch einen Platz zu finden.

»Hey, hallo, was machen Sie denn da, bitte?«

Herr Kratzer schaute streng über die Hecke.

Jo zuckte zusammen.

»Oh, hallo, guten Abend. Ich, äh, ich suche Marie.«

»Und warum, wenn ich fragen darf?«

»Ich muss mit ihr reden«, antwortete er ausweichend.

»Kommen Sie immer einfach in fremde Gärten, wenn auf
die Klingel niemand antwortet?«

Der Alte konnte ihn nicht leiden, das hatte er neulich schon
gemerkt.

348

»Ich ... dachte nur, vielleicht hat sie es nicht gehört.«

»Hat sie auch nicht. Weil sie nicht da ist. So, und jetzt muss ich Sie bitten, wieder zu gehen.«

»Aber ich ...«

»Die Hunde sind alle verkauft, Sie sind zu spät dran.«

»Darum geht es ja gar nicht«, stotterte er. Musste er dem jetzt wirklich erklären, dass er rettungslos in Marie verliebt war? »Ich muss dringend mit ihr sprechen! Könnten Sie ihr vielleicht meine Nummer geben?«

»Wenn's sein muss«, brummte der Alte. »Moment.« Er verschwand kurz und reichte ihm ein paar Sekunden später einen Kuli und einen Zettel über den Zaun. »Schreiben Sie auf!«

Jo hinterließ seine Nummer. Als er ging, folgte ihm der wachsame Blick des Kratzers, bis er auf sein Fahrrad gestiegen und davongefahren war.

In den folgenden Tagen war er an seinem Handy nahezu festgeklebt. Er legte es keine Sekunde aus der Hand, und wann immer ihn eine unterdrückte oder fremde Nummer anrief, antwortete er mit einem hoffnungsvollen »Marie?«, nur um dann enttäuscht in sich zusammenzusinken, wenn es nicht Marie war. Er rief in jeder Pause bei ihr an, aber ihr Handy blieb ausgeschaltet. Beinahe jeden Abend fuhr er bei ihr vorbei, aber im Bauwagen war alles dunkel.

Wenn sie nicht da ist, hat sie vielleicht auch deine Nummer nicht bekommen, dachte er, aber er traute sich nicht, noch einmal beim Kratzer zu klingeln. Er bat Seyhan, nach ihr Ausschau zu halten, und hoffte auf das Beste. Sicher würde sie anrufen. Sie musste einfach anrufen.

Aber sie rief nicht an.

29

»Wenn wir dem Poldi gesagt hätten, wann wir ankommen, hätte er uns bestimmt geholt!« Mürrisch saß meine Mutter auf ihrem Koffer.

»Ja, aber er ist nachtblind, willst du vielleicht, dass er nur für uns die weite Strecke fährt?«, fragte ich. »Da ist er zwei Stunden unterwegs. Außerdem kommt die Bahn ja gleich.«

Wir standen am Flughafen am Gleis und warteten auf die S1. Beide waren wir schön braun geworden in den letzten zwei Wochen, meine Mutter hatte eine rote Nase, die langsam begann, sich zu schälen, und ich sonnenverbrannte Schultern.

Wir waren einfach abgehauen. Ich hatte die Reißleine gezogen, als ich merkte, dass sie kurz vor einem Nervenzusammenbruch stand. Sie hatte nur noch in ihrem dunklen Zimmer gelegen und geweint, genau wie damals nach dem Tod meines Vaters. Also hatte ich unsere Koffer gepackt und sie zum Flughafen gekarrt. Nadine war zwar ganz und gar nicht begeistert, als ich ankündigte, dass ich zwei Wochen Soforturlaub brauchte, aber meine Mutter war wichtiger. »Es ist ein Notfall«, hatte ich gesagt, und sie hatte irgendwann brummelnd eingewilligt. Ich hoffte, dass ich noch einen Job hatte, wenn ich am Montag wieder ins Büro ging. Wir waren auch nur deshalb schon an diesem Freitag zurückgekommen, weil meine Mutter darauf bestand, dass ich am Wochenende mit

Nepumuk auf die Wiesn ging, wie es schon lange verabredet war. Als ich an ihn dachte, musste ich lächeln. Ich hatte weder von ihm noch von Katja in den letzten zwei Wochen etwas mitbekommen – meine Mutter und ich hatten den totalen Social-Media-Detox gemacht und auch unsere Handys komplett ausgeschaltet. Sie wollte von niemandem etwas hören oder sehen, und da es mir ähnlich ging, hatte ich mich ihr einfach angeschlossen. Leopold passte auf Dexter auf und kümmerte sich darum, dass die Kleinen alle gut in ihre neuen Zuhause übersiedelten. Ich war mehr als froh, dass dieser Kelch an mir vorbeiging. Er hatte die Nummer unseres Hotels, für den Notfall, ansonsten wollten wir einfach zwei Wochen lang unsere Ruhe haben. Wir hatten gelesen, Ausflüge gemacht und uns massieren lassen, und langsam war meine Mutter wieder zu sich gekommen. Sie hatte gutgetan, diese totale Auszeit. Mehr als gut. So konnte ich meine bevorstehende OP, den Abschied von Nils und meine Blamage vor Johannes für eine Weile einfach vergessen.

Aber jetzt mussten wir wieder ins Leben zurückkehren.

Unruhig trippelte ich auf und ab. Es war lächerlich, ich wusste, dass er nicht da sein würde, aber irgendwie verband ich die Münchner S-Bahn so sehr mit Johannes, dass ich mich dabei ertappte, wie ich sogar hier am Flughafen nach ihm Ausschau hielt. Als die Bahn endlich kam und wir einstiegen, lehnte meine Mutter sich müde gegen das Fenster. »Seltsam, wieder hier zu sein!«, murmelte sie. »Ich hätte auch einfach dortbleiben können!«

»Ja, ich auch«, stimme ich zu.

Eine Weile saßen wir einfach da und blickten aus den Fenstern auf die Lichter der Vororte. »Es wird so traurig sein, wenn wir nach Hause kommen und die Kleinen sind nicht mehr da«, murmelte sie.

Genau dieser Gedanke spukte mir schon den ganzen Tag im Kopf umher. »Ich hätte Erbse behalten sollen«, sagte meine Mutter plötzlich. »Jetzt ist es zu spät. Ich treffe doch immer die falschen Entscheidungen!«

»Ach, Mama!« Zu meinem Entsetzen sah ich, dass ihre Augen zu glänzen begannen. »Sag doch so etwas nicht!«

Wenig später waren wir endlich daheim angekommen und gingen zusammen über die Wiese zum Leopold hinüber, um unsere Urlaubs-Mitbringsel zu überreichen und Dexter abzuholen. Als es klingelte, ertönte aus dem Inneren des Hauses aufgeregtes Gebell.

Meine Mutter und ich schauten uns verdutzt an.

Das war auf jeden Fall mehr als ein Hund!

Mit einem verschmitzten Lächeln öffnete Leopold die Tür. »Ich habe es nicht übers Herz gebracht!«, verkündete er, als er uns sah.

Nils und Erbse sprangen bereits um unsere Füße und leckten uns begeistert die Hände ab. »Ja, aber das gibt es doch nicht!«, rief meine Mutter. Sofort ließ sie ihre Tasche fallen und nahm Erbse hoch. Sie strahlte über das ganze Gesicht. »Meine kleine Erbse! Ich habe dich ja so vermisst!«

»Ich dachte mir, wenn wir sie uns teilen, ist es doch kein Problem.« Leopold kratzte sich verlegen den Kopf. »Ich habe ja Zeit und kann mich kümmern. Und wenn bei mir was ist, kann die Gabi einspringen. Zu dritt schaffen wir das doch. Wir machen einfach wieder eine WhatsApp-Gruppe!«, erklärte er mit roten Wangen.

»Ich lass dich nie wieder gehen!«, flüsterte meine Mutter und grub ihr Gesicht in Erbses Fell.

Einen Moment lang standen Leopold und ich einfach da und sahen ihr zu. Sie sah so glücklich aus. »Gute Entscheidung«, flüsterte ich ihm zwinkernd zu, und er errötete noch mehr. »Du, Marie, da fällt mir was ein. Ich sollte dir diese Nummer hier geben. Einer von den Interessenten war noch mal hier und bat um Rückruf, aber ...« Er hielt mir einen völlig zerrupften Zettel entgegen. »Leider haben die Kleinen ihn erwischt.«

»Oh!« Lachend nahm ich die Fetzen entgegen. »Na, wenn es wichtig war, wird er sich schon noch einmal melden! Wir haben ja jetzt ohnehin keinen Hund mehr abzugeben.«

30

Seine Laune hätte nicht unterirdischer sein können. Der Waggon stank nach Bier, und er hatte für seinen Geschmack an diesem Morgen schon entschieden zu viele Lederhosen gesehen. Jetzt ging das wieder los! Warum musste das Krankenhaus auch ausgerechnet in der Nähe der Theresienwiese liegen? Dass er jetzt auch sonntags in der Bahn sitzen musste, war wirklich noch das i-Tüpfelchen auf seinem beschissenen Leben. Zum Glück würde Horst am Montag entlassen, wenn alles gut ging. Und dann würde er einen seiner Brüder bitten, eine Woche bei ihm zu bleiben. Er war wirklich urlaubsreif.

Rasch wich er einem kichernden Pärchen in Tracht aus, das sich, verliebt rumschnäbelnd, ein Vormittagsbier teilte, und setzte sich auf einen gerade freigewordenen Platz. Er nahm sich vor, bis zur Haltestelle nicht mehr hochzuschauen. Schnell vertiefte er sich in die Arbeitsmails, die er die Woche über nicht geschafft hatte, und es gelang ihm sogar, den stechenden Bierdunst und die Kussgeräusche weitestgehend zu ignorieren. Als sich ein Mann in Lederhosen und Fußballschal neben ihn auf den Sitz warf und ihm gut gelaunt zuprostete, ruckelte er zum Fenster, so weit er konnte. Gerade wollte er wieder auf sein Handy schauen, da huschte sein Blick über die Scheibe, die ihren vom Nachbarwagen trennte.

Es war, als hätte ihn ein kleiner Blitz getroffen.

Dort drüben.

Da war sie.

Marie!

Sie telefonierte lachend, war offensichtlich auf dem Weg zum Oktoberfest, trug ein sonnengelbes Dirndl, hatte Blumen in die Haare geflochten und roten Lippenstift aufgelegt.

Jo fand, dass sie aussah wie eine Elfe.

Jetzt fuhr die Bahn langsamer, und der nächste Halt wurde angesagt. Sie erhob sich und ging zur Tür.

Er saß da wie versteinert. Was sollte er tun? Sollte er sie ansprechen? Sie hatte ihn nie zurückgerufen, war das nicht ein klares Zeichen? Ihr Handy war die letzten beiden Wochen über ausgeschaltet gewesen, und er hatte schon begonnen sich zu fragen, ob es überhaupt die richtige Nummer war. Jeden Tag hatte er angerufen, Dutzende Male. Doch irgendwann kam er sich lächerlich vor, er konnte die Stimme, die ihm sagte, dass sie momentan nicht erreichbar war, nicht mehr ertragen und gab es auf. Was war nur los, sie war doch bei ihm gewesen, hatte versucht, ihn zu erreichen. Warum meldete sie sich dann nicht bei ihm? Vielleicht hatte der alte Kratzer ihr die Nummer ja nie gegeben. Aber das konnte er sich nicht vorstellen, der Typ war ein Stänkerer, aber wirkte pedantisch. Blieb die Tatsache, dass er sich neulich auf dem Steg so richtig zum Horst gemacht hatte und sie ihn danach unmöglich noch sympathisch finden konnte. Vielleicht hatte sie ihn ja auch wegen etwas ganz anderem sprechen wollen. Oder es sich einfach wieder anders überlegt. Sollte er ihr nicht doch hinterherrennen? Was, wenn sie ein Date hatte, so schick wie sie aussah. Seine Gedanken überschlugen sich. »Es hilft nichts!«, sagte er plötzlich entschlossen, und der Mann neben ihm zuckte erschrocken zusammen. Dann sprang er auf. Doch er war zu spät, die Tür piepte schon, und gerade als er sie erreichte, ging sie mit einem leisen Knall zu.

»Na, moacht nix, foasd eine weida und steigsts do um!«, riet der Mann mit dem Fußballschal freundlich, als er sich wieder auf seinen Sitz fallen ließ.

Eine halbe Stunde später sprintete er am Kotzhügel vorbei durch die Trachtenhorden auf der Suche nach dem Semmelhuber-Zelt. Er wusste genau, wo er Marie finden würde. Schleimer McProtz hielt sicher ganz groß Hof heute.

Er schien der einzige unter den 600 000 Besuchern zu sein, der dem ganzen Aufriss nichts abgewinnen konnte. »Alle wahnsinnig«, murmelte er, als er sich durchs grölende Getümmel drängte.

Endlich sah er das Zelt. Am Eingang wartete bereits eine kleine Schlange. »Scheiße«, fluchte er leise. Er stellte sich an und trippelte nervös auf und ab, während vor ihm nach und nach noch Menschen eingelassen wurden. Drei Plätze vor ihm verkündete der Türsteher: »Wir sind dicht bis unters Dach, vorerst kommt niemand mehr rein!«

»Aber meine Freundin ist da drin!«, rief Jo verzweifelt. Der Türsteher lachte ihm ins Gesicht. »Na, da haste dir ja mal was richtig Originelles ausgedacht«, sagte er. »Ruf sie doch an und sag ihr, sie soll rauskommen!«

»Als ob da drin bei dem Lärm einer sein Handy hören würde!«, knurrte Jo leise. Tatsächlich überlegte er dann einen Moment doch, ob er nicht noch ein letztes Mal versuchen sollte, sie anzurufen. Nein, das war am Telefon alles so komisch und auch noch hier mitten im Getümmel. Jetzt war er schon mal hier. Er musste persönlich mit ihr reden. Er trat ein paar Schritte zur Seite und sah sich ratlos um. Was nun? Eine Weile stand er da und wartete. Der Türsteher wurde von einem anderen, noch strenger aussehenden abgelöst. Plötzlich lief eine kleine Traube junger Männer an der Schlange vorbei. »Wir müssen zu Jürgen. Wir gehören zum Bauchladen-Team«, erklärte einer von ihnen.

Der Türsteher blätterte in den Listen an seinem Klemmbrett. »Spät dran!«, verkündete er. »Thomas, Andreas, Peter, Florian?« Sie hoben alle der Reihe nach ihre Hände. »Florian?«, rief er, als sich bei dem Namen keiner meldete. »Der kommt noch«, brummte einer der Jungs. »Viel später und er braucht auch nicht mehr anzutanzen«, meckerte der Türsteher, dann schlang er ihnen Bänder um die Handgelenke und ließ sie durch.

Jo entfernte sich ein paar Schritte und hoffte, dass der Türsteher ihn noch nicht gesehen hatte. Ihm kam in den Sinn, was Henne manchmal in solchen Situationen sagte: »Die dreistesten Lügen glaubt man am ehesten.«

Er wartete zwei Minuten, dann joggte er zur Tür. »Hey. Sorry, Mann, die Bahn war das einzige Chaos. Ich muss zu Jürgen, bin vom Bauchladen-Team. Florian!«, verkündete er strahlend und hob eine Hand.

Der Mann musterte ihn finster, und ihm rutschte das Herz in die Hose. »Bisschen früher aufstehen, wie wär's!«, schnauzte er. Dann machte er ihm ein Band ums Handgelenk. »Drinnen links und hinter den Hähnchen in die weiße Tür. Wenn Jürgen nicht da ist, frag nach Manni!«, sagte er und scannte mit wachsamem Blick die Menge um sie her.

Er konnte sein Glück kaum fassen, als er sich drinnen

durch die Trachten schob. Die Luft war stickig, es stank nach Rauch, Bier, Schweiß und Fett. Wer macht das freiwillig?, dachte er und wollte gerade zwischen die Tische eintauchen, als ihn eine Hand an der Schulter packte. »Hey, ich hab gesagt links!«

Er blickte in die blutunterlaufenen Augen des Türstehers. »Oh, ja richtig«, stammelte er. Dann wurde er nach vorne geschoben und stolperte durch eine Tür. »Jürgen, hier ist der Letzte!«

»Ja, wie schaust du denn aus?«, brüllte Jürgen.

Jo sah an sich hinunter.

»Willst du vielleicht so verkaufen gehen? Du schaust ja aus wie der letzte Preiß!«

Fünf Minuten später betrachtete er sich im Spiegel. Dass dieser Tag einmal kommen würde, hätte er wirklich nicht gedacht.

Er trug Lederhosen.

Sehr enge Lederhosen.

Mit einem gestickten Hirsch vorne drauf.

»Kannst froh sein, dass die mal einer hier vergessen hat«, brummte Jürgen, der ihn abschätzend musterte, und reichte ihm seinen Bauchladen. »Sitzt ja schön knackig!« Dann stülpte er ihm etwas über den Kopf. »Gehört zum Outfit!«

Jo blickte entsetzt in den Spiegel.

Er trug einen Hendl-Hut.

Einen. Hendl. Hut.

Ein halbes Grillhähnchen aus Filz. Auf seinem Kopf.

Schlimmer wird es nicht, sagte er sich. Das ist jetzt ganz unten. Der Boden vom Bierfass, sozusagen. Schlimmer *kann* es gar nicht werden.

Jürgen erklärte ihm noch kurz, wie er das Licht im Portemonnaie anschaltete, und füllte Mini-Lebkuchenherzen nach. »So, und jetzt Abmarsch!«, brüllte er dann und schob ihn zur Tür hinaus.

Sie ist es wert …, dachte Jo, bevor er in die Menge stolperte.

31

Ich saß auf Neps Schoß und schunkelte meine zweite Maß hin und her. Wo die so plötzlich hergekommen war, wusste ich nicht genau. Im VIP-Bereich war immer gut für Nachschub gesorgt. Katja saß neben mir in ihrem hellblauen Umstandsdirndl und sang strahlend das Lied mit, das die Schwarzfischer gerade angestimmt hatten. »Hölle, Hölle, Hölle, Hölle, Hölle!«, rief sie und hob begeistert ihre Spezi in die Luft. Ich legte ihr einen Arm um die Schulter, und zu dritt bewegten wir uns Wange an Wange im Takt. Neps Blick war eindeutig schon viel zu glasig für die Uhrzeit. Ich wusste, dass das hier, auch wenn es von außen nicht so wirkte, nicht leicht für ihn war. Immer wenn er mit dem Familienbusiness konfrontiert wurde, das sein Bruder leitete, fühlte er sich wie ein Versager. Obwohl er gar nichts damit zu tun haben wollte. Aber so war es nun mal, man kann sich den Erwartungen der Familie niemals ganz entziehen. Deswegen trank er noch mehr als sonst, grinste noch breiter und stürzte noch krasser ab. Ich musste auf ihn aufpassen.

Hungrig nahm ich mir eine Breze vom vollbehängten Ständer auf dem Tisch und biss in eine Salzgurke. Für eine Veganerin war die Auswahl hier begrenzt. Ich durfte gar nicht zu genau hinschauen, wie die Leute überall um mich herum ihre halben Hähnchen aufrissen wie ausgehungerte Zombies. Dabei überkam mich jedes Mal das Schaudern.

Da fing ich den Blick eines Mannes auf. Er saß ein paar Tische weiter, lächelte mir zu und hielt sein Glas in die Höhe. Verwirrt lächelte ich zurück. Den kannte ich doch? Aber woher nur. Dann fiel es mir ein. Richtig! Ahrend Bauer, von den Kunstsammler-Bauers. Der Geheimratseckenbesitzer, den meine Mutter gerne als Schwiegersohn gehabt hätte. Schnell senkte ich den Blick. Aber dann schielte ich doch wieder hin. Er sah mich immer noch an. Eigentlich sah er wirklich ganz nett aus, dachte ich und seufzte in mein Glas. Vielleicht war heute der Tag, an dem ich Johannes endgültig vergessen sollte. Das wäre sicher keine schlechte Idee. Ich konnte nicht ewig einem Mann nachweinen, den ich kaum kannte und der eindeutig nichts mehr mit mir zu tun haben wollte.

32

Wie sollte er unter den 8000 Menschen im Zelt Marie finden? »Sonnengelb, sonnengelb«, murmelte er, während er zwischen den Tischen umherlief und verzweifelt nach ihr Ausschau hielt. Der Schweiß lief ihm in Strömen die Schläfen hinunter, die Hose scheuerte an seinen Oberschenkeln, und der dämliche Hendl-Hut, den ihm alle zwei Minuten jemand johlend vom Kopf reißen wollte, rutschte ihm immer wieder über die Augen.

»Hey, mir brauchen oa so einen Hut!«, zwei völlig betrunkene, schwankende Mädels bauten sich vor ihm auf.

»Sind aus«, sagte er ruppig und versuchte, sich an ihnen vorbeizudrücken. »Aber do liegen doch ganz viele!«, riefen sie empört und zeigten auf seinen Bauchladen. Er reagierte nicht, sondern ruderte mit den Armen durch eine Gruppe schunkelnder Australier und bog rasch in den nächsten Gang ein.

Wo konnte sie nur stecken?

Plötzlich sah er die Boxen an der Wand. VIP, na klar! Er schlug sich gegen die Stirn. Jetzt rannte er schon fast eine Stunde hier rum und war nicht auf die Idee gekommen, dass sie natürlich im Promibereich sitzen musste, wenn sie mit dem Sohn des Zeltbesitzers hier war.

Da legte sich ein schwitziger Arm um seine Schulter, und

eine Wolke Bierdunst wehte ihm entgegen, die so stark war, dass er einen Moment das Gefühl hatte, seine Augenbrauen würden sich empört zusammenkringeln.

»Hey, dich kenn ich doch!«

Nepumuk Semmelhuber, der letzte Mensch, den er gerade sehen wollte, grinste ihn mit glasigen Augen an. »Du bist doch der Freund von der Marie, den sie vollgekotzt hat«, sagte er und stupste ihm freundlich einen Zeigefinger in die Brust.

Schön wär's!, dachte Jo und musste sich erneut eingestehen, dass er Nepumuk eigentlich ganz sympathisch fand.

»Ja, na ja, nicht direkt vollgekotzt ...«, sagte er. »Du, sag mal, seid ihr zwei eigentlich ...«, begann er dann und beendete den Satz mit vielsagend hochgezogenen Augenbrauen.

Trotz seines Zustandes verstand Nepumuk sofort.

»Die Marie und ich?« Er lachte schallend.

»Nein, nun wirklich nicht. Ist nur Freundschaft. Plus. Wenn du verstehst! Aber um Himmels willen nix Ernstes.«

Jo nickte. Auch wenn Nepumuk ihm sympathisch war, hätte er ihm in diesem Moment gerne die Nase in den Bierkrug gerammt.

»Und was machst du hier?« Nepumuk strahlte ihn jetzt an, als wären sie beste Freunde, die sich seit Jahren nicht gesehen hatten.

»Ich arbeite hier«, erklärte Jo und setzte ebenfalls ein Lächeln auf. »Du, gut, dass ich dich treffe, ich kann die Marie nirgends finden.«

»Die Marie?« Nepumuk zog nachdenklich die Augenbrauen zusammen. Als er einer keifenden Bedienung auswich, die sich mit zehn Maß in den Armen an ihnen vorbeidrängte, rutschte er auf dem feuchten Boden aus und wäre beinahe hingefallen. »Hoppla, da haut's mich doch fast aufn Rüssel. Du, die is da oben irgendwo«, sagte er und zeigte auf eine der Boxen, während seine Augen in die entgegengesetzte Richtung blickten.

»Ach so, ja ...« Jo überlegte fieberhaft. »Mist, da komm ich ja leider nicht rein!«

»Was?« Nepumuk schien empört. »Ja, hast du so was schon gehört. Freilich kommst du da rein!« Er packte ihn an Arm und zog ihn mit sich.

30 Sekunden später stolperte Jo in die VIP-Box. »Du, ich muss kurz austreten. Wir sehn uns!«, brüllte Nepumuk ihm ins Ohr und war auch schon verschwunden. »Wenn du was brauchst, frag Ahmed hier!« Er zeigte mit dem Kinn auf den Security-Mann, der sie eingelassen hatte.

Jo nickte dankbar und wischte sich die Spucke vom Ohr.

Er hatte es geschafft.

Schnell nahm er den Hut vom Kopf und sah sich um. Sonnengelb, sonnengelb, dachte er. Wenn die doch nur alle nicht so wild schunkeln würden.

Plötzlich blieb er wie angewurzelt stehen.

Er fühlte sich, als hätte ihm jemand einen Kübel Eiswasser über den Kopf gekippt. Marie saß auf dem Schoß eines Mannes, den er noch nie gesehen hatte. Ihr sonnengelbes Kleid drückte sich gegen seine braune Lederhose, und sein Arm lag um ihre Taille.

Sie küssten sich.

33

Hastig machte ich mich von Ahrend los und blickte in die Menge. War das nicht eben ... Nein, das konnte nicht sein. Aber ich hätte schwören können, dass ich sein Gesicht gesehen hatte. Er hatte mich angestarrt, unsere Blicke hatten sich getroffen. Aber jetzt war er weg. Da, wo er gestanden hatte, stand nun einer dieser Bauchladenverkäufer, der sich gerade einen dieser geschmacklosen Hühnchen-Hüte auf den Kopf zog. Ich sah ihn nur von hinten, aber wahrscheinlich hatte ich sein Gesicht mit dem von Johannes verwechselt. Es schien ein klares Zeichen, dass ich vielleicht doch noch nicht bereit war für was Neues, wenn ich jetzt schon von ihm phantasierte, während ich jemand anderes küsste.

»Was ist los?«, fragte Ahrend verwirrt.

»Ach, ich muss mal kurz nach meiner Freundin schauen, ich habe sie ganz alleine sitzen lassen«, erklärte ich lächelnd.

»Soll ich mitkommen?«

»Nein, bleib lieber hier!« Hastig drückte ich ihn auf die Bank zurück.

Katja saß alleine am Tisch, strich mit der einen Hand gedankenverloren über ihren Bauch und schob sich mit der anderen einen Löffel Bayrische Creme in den Mund.

Als ich mich neben sie fallen ließ, hielt sie mir den Löffel hin, aber ich schüttelte den Kopf. »Ach, stimmt ja, entschuldige. Du, ich glaube, ich geh gleich. Die Luft hier ist so sti-ckig. Vielleicht hätte ich gar nicht kommen sollen«, sagte sie trübsinnig.

»Aber warum nicht?«, rief ich erschrocken.

Sie zuckte mit den Achseln. »Das hier ist kein Ort für Schwangere. Ich fühle mich so seltsam. Alle trinken. Und was, wenn mir jemand in den Bauch stößt im Getümmel.«

Ich nickte. Vielleicht hatte sie recht. Wir mussten einfach der Tatsache ins Auge sehen, dass jetzt alles ein bisschen anders wurde. Genau in dem Moment ließ sich Nepumuk neben mir auf die Bank fallen. Er wirkte, als wüsste er nicht so wirklich, wo er sich gerade befand. »Hat er dich funden?«, lallte er und legte den Kopf auf meine Schulter.

»Was?«, fragte ich.

»Hat er dich funden. Ge-funden?«, stieß er hervor, und sein Bieratem ließ mich kurz zurückzucken.

»Alter, du stinkst«, erklärte ich freundlich und schubste ihn von mir runter. »Wer denn?«, fragte ich dann, aber er legte den Kopf auf den Tisch und schloss die Augen. »Weeeer?«, fragte ich und schüttelte ihn.

»Na, er wollt doch mit dir sprechen!«, sagte Nepumuk und gab dann ein leises Röcheln von sich.

»Okay. Es reicht für heute. Wir gehen heim!«, verkündete ich und stand auf.

»Willst du nicht noch bleiben? Dein Typ guckt schon die ganze Zeit ganz traurig zu dir rüber!« Katja deutete mit den Augenwinkeln Richtung Ahrend.

»Nein, ich komme mit, du solltest dich nicht ohne Beglei-tung durch die Besoffenen drängeln. Und du kannst Nep so-wieso nicht alleine tragen.«

Schnell lief ich zu Ahrend und gestand ihm, dass ich nach Haus gehen würde. Er nickte betrübt in sein Bier, aber eine vollbusige blonde Frau mit Lebkuchenherzkette, die die ganze Zeit über schon im Hintergrund gelauert hatte, war bereits näher gerückt, und ich hatte so ein Gefühl, dass ihn mein Abschied nicht lange schmerzen würde. Ich drückte ihm einen Kuss auf die Wange, dann legte ich mir Neps einen Arm über die Schulter und Katja den anderen, und zusammen bugsierten wir ihn Richtung Ausgang.

34

Er wusste nicht mehr genau, wie er aus dem Zelt gekommen war. Beim erstaunten Jürgen im Backstage hatte er irgendwas davon gestammelt, dass er sich gleich übergeben würde – was stimmte, genauso fühlte er sich –, hatte ihm Hut und Bauchladen in die Hände gedrückt und war davongerannt. Eine Weile schon stolperte er nun ziellos über das Gelände. Es war inzwischen dunkel geworden, überall blinkten Lichter, und Menschen schrien durcheinander. Irgendwann besann er sich und machte sich auf den Weg zur Bahn. Er spürte gar nichts mehr, fühlte sich einfach nur leer. Leer und einsam.

Als er an der Hackerbrücke ankam, bemerkte er, dass er die Lederhosen noch trug.

Die Bahn hatte Verspätung, und es wurde immer voller am Gleis, er konnte es kaum ertragen, die stinkenden, schubsenden Horden Besoffener, die alle so glücklich und gut gelaunt schienen. War er denn der Einzige, bei dem immer alles schieflief?

Er wollte einfach nur noch nach Hause.

Schließlich fuhr die Bahn vor, und obwohl er ganz nach hinten bis zum letzten Wagen gegangen war, wurde er von der Menge mitgerissen.

»Alle ein bisserl zusammenrücken, heut wird's kuschelig!«, verkündete ein gutgelaunter Fahrer über die Lautsprecher.

Jo knirschte mit den Zähnen.

Allein vom Alkohol, der hier in der Luft hing, konnte man schon einen Pegel bekommen. Jetzt sangen die auch noch. Wenn er an diesem Abend noch einen einzigen Helene-Fischer-Song über sich ergehen lassen musste, würde er zu schreien anfangen, das konnte er garantieren. Er hielt sich an einer Stange über seinem Kopf fest und versuchte, dem ziemlich dicken und ziemlich verschwitzten Mann vor ihm nicht bei jedem Ruckeln in den Rücken zu stoßen.

Außerdem versuchte er, nach oben zu atmen.

Plötzlich traf er ihren Blick.

Es war wie ein Stromstoß. Sie sah ihn an, vom anderen Ende des Wagens, über die Menge hinweg. Ihre Augen hielten einander fest, dann zog ein kleines Lächeln über ihr Gesicht. Sie hob die Hand zum Gruß.

In diesem Moment ging ein Ruck durch den Wagen. Die Menge schrie auf, und alle stolperten ineinander. Jo wurde schmerzhaft gegen den Schwitzrücken gepresst, seine Wange wischte eine Sekunde über den feuchten Nacken des Mannes. Er schüttelte sich vor Ekel und versuchte, sich wieder aufzurappeln. Die Bahn hatte angehalten. Alle schauten sich verwirrt um. Er suchte Marie mit den Augen, aber die Sicht war ihm versperrt

In diesem Moment ging das Licht aus.

35

Alle schrien durcheinander. Nep, der zuvor halb ohnmächtig auf meiner Schulter gehangen hatte, zuckte zusammen, und Katjas Hand krallte sich in meinen Arm.

»Was passiert hier?«, rief sie angstvoll.

»Ganz ruhig, das ist nur ein kleiner Stromausfall«, ich versuchte, meine Stimme ganz entspannt und sicher klingen zu lassen – denn Katja hatte ja Angst in engen Räumen und der überfüllte Wagen war ihr ohnehin nicht ganz geheuer gewesen, das hatte ich schon beim Einsteigen bemerkt.

In den Lautsprechern knackte es. »Foad geht in Kürze weida!«, ertönte es über unseren Köpfen.

Die Menschen um uns her riefen aufgeregt durcheinander. »Das Licht geht gleich wieder an, keine Sorge«, murmelte ich noch einmal beschwichtigend.

Einer der Betrunkenen in der Gruppe vor uns fing an, um sich zu schlagen, und grölte etwas davon, dass ihn jemand angefasst habe. Die Menschen versuchten hastig, von ihm wegzukommen und drückten gegen uns. Ich merkte, wie Katjas Atem sich beschleunigte. »Nicht so drängeln, meine Freundin hier ist schwanger!«, rief ich und versuchte, mich so vor sie zu stellen, dass ich sie mit meinem Körper schützen konnte, und mich gleichzeitig an einer Stange festzuhalten.

370

Plötzlich ging das Licht wieder an.

Alle atmeten auf. »Na, siehst du ...«, setzte ich an, doch dann erschrak ich. Katja war kreidebleich, und ihre Hände zitterten. »Scheiße«, fluchte ich leise. »Hey, ganz ruhig, es ist doch alles gut, gleich fahren wir weiter, das ist nur eine kurze Störung«, erklärte ich, aber sie hörte mich gar nicht. Ihr Atem ging hastig, es wirkte, als würde sie nicht genug Luft bekommen.

»Okay. Alle Platz machen!«, rief ich. »Sie muss sich hinlegen!«

»Mir hom aber koan Platz!«, grölte einer der Betrunkenen und lachte schallend.

Ich fuhr herum und funkelte ihn so wütend an, dass er erschrocken zurückzuckte. »Ach ja, na dann komm ich am besten zu dir rüber und mache welchen!«, schrie ich.

Er murmelte irgendwas in seinen Bart, traute sich aber offensichtlich nicht, noch etwas zu sagen. Seine Kumpels klopften ihm mitleidig grinsend auf die Schulter.

»So. Ihr da, zur Seite, zackig! Seht ihr nicht, dass sie schwanger ist?« Ich schob eine Traube Teenagermädels im Dirndl von ihren Sitzen und in den Gang hinaus. Dann führte ich Katja in den frei gewordenen Vierer und bedeutete ihr, dass sie sich auf den Boden setzen sollte. Nep, der die ganze Zeit über an meinem Arm gehangen hatte, ließ sich auch auf einen der Sitze gleiten. »Schön hier mit euch«, nuschelte er, bevor sein Kopf nach hinten kippte. Die Menge um uns herum war still geworden, alle gafften mit offenen Mündern, aber keiner half.

Panisch sah ich mich um. Ich hatte keine Ahnung, was ich tun sollte.

»Hey, lasst mich durch. Ich muss mal durch. Entschuldigung, würdet ihr mich mal ...«

Ich fuhr herum und sah, wie Johannes versuchte, sich zu uns durchzuschlagen.

»Lasst ihr ihn Herrgott noch eins sofort durch!«, brüllte ich, und die Menschen wichen erschrocken zur Seite.

Er sah mich an, und einen Moment war es, als wären nur wir beide hier. Dann fiel sein Blick auf Katja, und seine Augen weiteten sich erschrocken.

»Katja!«, rief er.

36

Er traute seinen Augen nicht. Das konnte doch nicht sein!

Katja?

Sie sah gar nicht gut aus, wie sie da verkrampft auf dem Boden hockte, ihr lief der Schweiß übers Gesicht, sie krallte die Nägel in die Polster der Sitze neben sich und versuchte verzweifelt, ruhiger zu atmen.

Rasch kniete er sich zu ihr. »Ich glaube, sie hat eine Panikattacke«, sagte er.

Marie setzte sich neben ihn, und ihr Bein streifte seine Haut. Eine Sekunde lang war er vom Duft ihrer Haare abgelenkt.

»Sie hasst Enge, hat Platzangst. Und als dann noch das Licht ausging, fing sie an zu hyperventilieren ...«, erklärte sie hastig und legte Katja mitfühlend eine Hand aufs Knie.

Er nickte. »Hey«, sagte er und lächelte Katja an. »So sieht man sich wieder, was? Du hast eine kleine Panikattacke. Das ist gar nicht schlimm, mein Bruder hatte das früher auch. Du musst mir jetzt einfach alles nachmachen, okay?«

Zu seinem Erstaunen nickte sie mit angstvoll geweiteten Augen.

»Super. Also, wir holen jetzt ganz tief durch die Nase Luft und atmen sie durch den Mund wieder aus.« Er machte es ihr vor, und sie bemühte sich, seinen Anweisungen zu folgen.

Aber sie war so aufgelöst, dass sich ihre Lungen einfach nicht füllen wollten. Vorsichtig nahm er ihre Hand und legte sie ihr auf den Bauch, damit sie spürte, wie die Luft in sie hineinströmte. »Sehr gut! Ein und aus. Spürst du es? Super machst du das! Gaaaanz langsam, ein und aus!«

Ewig saßen sie so da und atmeten zusammen. Er merkte gar nicht, wie ihm irgendwann selber der Schweiß die Schläfen hinablief und dass alle anderen Menschen still geworden waren und ihnen gebannt zusahen. Er konzentrierte sich nur auf Katja und ihre Atmung. »Hat jemand Wasser?«, fragte er, als er merkte, dass sie sich zu entspannen begann, und irgendwer reichte ihm eine Flasche über die Köpfe. »So, jetzt trink einen Schluck, das lenkt dich ab«, sagte er und flößte ihr vorsichtig ein wenig Flüssigkeit ein. Langsam wurde ihre Atmung immer ruhiger, und sie entkrampfte, ihre Hände lösten sich von den Polstern und fielen ihr schlaff in den Schoß. Sie sah völlig entkräftet aus, aber die Panik hatte ihren Körper verlassen. »Danke«, murmelte sie, und ihre Mundwinkel zuckten zu einem zaghaften Lächeln nach oben.

Er lehnte sich zurück und lächelte ebenfalls. »Sie ist übern Berg!«, verkündete er, und die Menge um sie her begann zu johlen.

37

Ich hatte die letzten zehn Minuten einfach nur dagesessen und ihm zugesehen. Sogar Nep war aus seinem Koma erwacht und verfolgte, wie Johannes Katja aus ihrer Panikattacke half. Als es ihr besser ging und sie einen Schluck getrunken hatte, seufzte er anerkennend. »Toller Typ. Also hat er dich doch gefunden.«

Ich runzelte die Stirn. »Was redest du denn?«, fragte ich, aber er hatte die Augen schon wieder geschlossen und war gegen meine Schulter gesunken. »Hey, was meinst du?«

»Er meint vorhin. Auf dem Oktoberfest.«

Verwirrt sah ich auf und blickte in Johannes' Augen. Ich rutschte auf den Platz neben Nep, so dass wir uns gegenübersaßen. Katja blieb auf dem Boden sitzen, ihr Blick schoss fragend zwischen uns beiden hin und her.

»Was?«, fragte ich verständnislos.

Er lächelte. »Ich war vorhin auf dem Oktoberfest. Wegen dir. Nur deshalb bin ich jetzt auch hier. Ich hatte dich in der Bahn gesehen, in deinem Dirndl. Wollte schon so lange mit dir reden.«

»Ich dachte, nachdem ich mich am See so aufgeführt habe, willst du mich nie wieder sehen!«, gestand ich.

»Bist du verrückt!«, rief er erschrocken. »Ich dachte, du willst mich nie wieder sehen!«

»Warum sollte ich?«, antwortete ich verwirrt.

»Na, du hast nie zurückgerufen, und da dachte ich ...«

»Moment mal. Ich? *Du* hast nie angerufen!«, rief ich, und er zuckte erschrocken zusammen.

»Doch, habe ich, die letzten zwei Wochen, ungefähr tausendmal, aber dein Handy war ausgeschaltet. Du warst immer vorübergehend nicht zu erreichen.«

»Oh. Aber ich habe gar keine Benachrichtigung bekommen, dass ich verpasste Anrufe habe!«, sagte ich erstaunt. »Ich war im Digital-Detox-Urlaub mit meiner Mutter.«

Ein kleines Lächeln zuckte um seinen Mund. »Die Anrufe sind ja auch gar nicht durchgegangen. Das Handy war ja aus. Das kann der Provider regeln, du musst da mal anrufen und die SMS-Benachrichtigung einstellen lassen«, sagte er leise und sah mich an.

Ich nickte verblüfft. »Mache ich«, antwortete ich genauso leise. »Aber hey, ich habe davor eine Woche lang versucht, dich zu erreichen!«, fiel mir dann plötzlich ein. »Ich war sogar ein paarmal bei euch zu Hause.«

»Da war ich im Krankenhaus«, erklärte er verlegen.

»Oh nein, was ist denn passiert?«, fragte ich erschrocken.

»Nichts Ernstes, nur eine kleine ... Vergiftung.«

»Ach, deshalb warst du auch nie in der Bahn!«

»Moment mal«, rief Katja plötzlich. Sie hatte unsere Unterhaltung die ganze Zeit gebannt verfolgt. »*Das* ist dein Johannes aus der Bahn? Das ist auch *mein* Johannes!«

Mein Kopf ruckte herum. »Wie bitte?«, fragte ich mit trockenem Mund.

Sie fasste sich an die Stirn. »Ich glaub es nicht. Weißt du noch, wie wir Witze darüber gemacht haben, dass es derselbe sein könnte?«, rief sie und lachte plötzlich. »Und es *war* der-selbe! Ich fasse es ja nicht.«

Johannes war ganz bleich geworden. Er nickte jetzt. »Ich wusste das nicht«, erklärte er rasch. »Ich habe es eben erst begriffen, als ich euch zusammen gesehen habe. Katja und ich, wir haben uns neulich zufällig getroffen ...«

»... und alles geklärt«, beendete sie den Satz entschieden.

»Aber ich ... dann ... ihr ... also ...« Ich war tatsächlich sprachlos. Das war mir noch nie passiert.

»Ich wusste doch, ich habe dich vorhin gesehen«, rief ich plötzlich. »Du hattest so einen Hähnchen-Hut auf!«

Er wurde rot. »Ein Tiefpunkt in meinem Leben, den ich gerne vergessen würde«, gestand er.

»Ja und ... Warum bist du dann im Zelt nicht zu mir ge-kommen, wenn du nur wegen mir da warst?«, fragte ich und kannte im selben Moment die Antwort.

Er blickte plötzlich betreten auf seine Hände.

»Scheiße«, murmelte ich leise.

Johannes nickte traurig.

Jetzt wusste ich erst recht nicht, was ich sagen sollte.

In diesem Moment öffnete Nep erneut die Augen. »Heeeey, du schon wieder!«, rief er mit schwerer Zunge und strahlte, als er Johannes sah. »Ein feiner Kerl, Marie. Der wär was für dich!«, nuschelte er an meiner Schulter.

Johannes hielt meinen Blick fest.

Ich spürte ein Flackern in der Brust.

Plötzlich bemerkte ich aus den Augenwinkeln, dass Katja ganz seltsame Bewegungen machte. Sie zuckte mit dem Kopf, schürzte die Lippen und gestikulierte mit den Augen hektisch in seine Richtung. Sie grinste übers ganze Gesicht.

Ich musste lachen.

»Jetzt küssts euch halt endlich!«, brüllte hinter uns einer der Betrunkenen.

Ich wusste, dass er nicht den Anfang machen würde. Jetzt lag es an mir. Wie gut, dass ich noch nie Probleme damit gehabt hatte, mir zu nehmen, was ich wollte.

Ich lachte und lehnte mich vor. Die Menge begann zu johlen, so dass Nep in seinem Sitz kurz die Augen öffnete. »Ach, so schön hier mit euch«, nuschelte er selig.

In diesem Moment fuhr die Bahn an.

38

Später, als der Falafelteller, den sie sich bei Seyhan geteilt hatten, schon lange aufgegessen war und sie immer noch an der Bude saßen und redeten, beugte Johannes sich irgendwann vor und küsste Marie. Es war genau so, wie er es sich in den letzten Wochen Tag für Tag vorgestellt hatte.

Nur noch schöner.

Und doch, auch anders. Weil es nach Knoblauch schmeckte, weil sie an einer Dönerbude am Bahnhof saßen und weil Seyhan, der um sie herum aufräumte, verlegen hüstelnd zur Seite schaute. Und weil genau in dem Moment hinter ihnen die letzte S-Bahn des Tages einfuhr und den Kuss mit ihren quietschenden Bremsen untermalte.

39

Später schlenderten wir durch die schlafende Stadt und redeten und redeten. Über alles Mögliche redeten wir, nur nicht über die OP und meine Krankheit und auch nicht über seinen Vater und die Probleme, die er mit sich brachte.

Wir wussten wohl beide, dass es dafür noch genug Zeit geben würde.

Er brachte mich zum Gartentor. »Also. Sehen wir uns dann morgen früh in der Bahn, Marie Brunner?«, fragte er leise und schob mir eine Locke hinters Ohr. Er lächelte.

Ich sah ihn einen Moment an und genoss das warme, prickelnde Gefühl, das durch mich hindurchgeströmt war, als er meinen Namen sagte. Dann küsste ich ihn mitten auf sein Lächeln. »Ja, Johannes Schraml«, versprach ich und zog ihn an mich. »Auf jeden Fall. Wir sehen uns morgen früh in der Bahn!«

Dank

Liebe Leserin, lieber Leser,

wie schön, dass du Marie, Jo und mich nach Herrsching begleitet hast! Ziemlich genau ein Jahr vor Erscheinen dieses Buches habe ich den kleinen Ort am Ammersee das erste Mal gesehen und mich sofort verliebt. Ich hoffe, dir ging es beim Lesen genauso. Falls du noch nie dort warst, fahr unbedingt einmal hin! Ich kann Jo nur zustimmen: Die blaue Ruhe des Sees und die berückende Schönheit der Berge sind nicht zu überbieten. Die Mücken mögen hinterhältig sein, aber dafür gibt es ja Zitrusspiralen. ;) Vielleicht siehst du dann auch Marie in ihrem kleinen Bauwagen. Du kannst einfach über die Wiese gehen und anklopfen, Dexter ist zum Beißen ohnehin zu faul.

Wenn du Lust hast, dann schreib mir doch eine E-Mail an *lisakirschautorin@gmail.com*. Ich freue mich sehr über deine Gedanken zum Buch! Auf Instagram findest du mich unter *@mina_gold*. Falls du etwas über mein Berliner Autorinnenleben oder meinen tauben Hund Rosali erfahren willst, kannst du mir dort sehr gerne folgen.

Ich danke dir für deine Zeit und hoffe, du bist auch beim nächsten Buch wieder dabei!

Deine Lisa Kirsch

Lisa Keil
Hin und nicht weg
Roman

Rob Schürmann ist als Tierarzt Tag und Nacht im Einsatz, und die Herzen der Tierbesitzerinnen fliegen ihm zu.
Anabel aus Berlin tritt den Aushilfsjob in der Praxis Schürmann mit gemischten Gefühlen an. Schließlich passt sie mit ihren Tattoos und ihrem selbstbewussten Auftreten nicht ins ländliche Neuberg und schon gar nicht an die Seite des charmanten Tierarztes. Zwischen Hufverbänden und Pfotenoperationen geraten die beiden immer wieder aneinander. Und kommen sich näher.
Doch plötzlich steht ein dramatischer Notfall zwischen ihnen und ändert alles.

432 Seiten, broschiert

Weitere Informationen finden Sie auf
www.fischerverlage.de

AZ 596-70398/1